集英社文庫

落日はぬばたまに燃ゆ

黒岩重吾

集英社版

落日はぬばたまに燃ゆ　目次

落日はぬばたまに燃ゆ

プロローグ

三十分前に電話があって良い筈《はず》なのにかかってこない。

私は意味もなくシャワーを浴びると、冷蔵庫からビールを取った。十余年前にパリにきた時は、部屋に冷蔵庫などなかった。ビール一つでもルームサービスに電話しなければならないのが、めんどうだった。パリも時代の波に乗り新しくなった。

ベッドに腰を下ろすと枕《まくら》に顔を寄せ、さっきまでベッドにいた女の移り香を嗅《か》いだ。体臭よりも香水の匂《にお》いがした。

大きな溜息《ためいき》をつくと、頭の空洞に漂っている甘い靄《もや》を追い払うように、勢い良くビールを飲んだ。この半日近い出来事が信じられないような気がした。やはり夢を見ていたのだ、と自分にいい聞かせた。

その呟《つぶや》きをバネにして立ち、窓際のソファーに坐《すわ》った。

ホテルの窓からは、オペラ座の石の階段が夜の闇《やみ》に浮き上がって見えた。靄で霞《かす》んだような淡い月影と街灯のせいで、そう見えるに違いなかった。

部屋は、メインライトを消し、ベッドライトを絞ってつけているだけなので薄暗い。

もう午前零時に近いので、車の数も少なかった。ただ車が通るとヘッドライトの錯覚で、オペラ座の建物が、幻のように淡くなる。階段に坐っている若者は二十人足らずに減っていた。夕方頃は、四十人はいた。殆《ほとん》ど世界各地から集まった男女のカップルだった。私はオペラグラスで眺めた。

一人で坐っているのは数えるほどである。

カップルは大半が肩を寄せ合っていた。なかには頰《ほお》をくっつけ、微動だにしない者、また、口づけを執拗《しつよう》に繰り返しているカップルもいた。

服装はそれぞれ何処《どこ》か違っていた。白い太腿《ふともも》をむき出した水着のような短パンに、かろうじて乳房を覆った臍《へそ》まる出しのタンクトップから、ジーパンの腰まで垂れ下がったロングのブラウス。トレーナーの下半部を切断し、その部分に縄のような太い紐《ひも》を縫いつけた上衣《うわぎ》。素肌に一枚のサロンを肩からはおり、胸の前だけを手製らしい大きなボタンでとめた名前のつけようがない服。ただその女性は片方の脚だけに布をかけていた。もう一方は素脚だった。どうにかパンティーは覆っているが、身体《からだ》を少しでも動かせば太腿のつけねは露出する。

それにしても何故《なぜ》、片一方の脚しか覆っていないかが分らない。

頭の髪の色を金とグリーンとに半分ずつ染め分けるのと一緒かもしれない。まだ見たことはないが。

並んでいる男の方は、やはり布をはおっているがジーパンをはいている。彼は女を抱き寄せ、頰に口づけしたり素肌の脚を撫《な》でていた。ひょっとすれば、男に愛撫《あいぶ》されるために布をかけていないのかもしれない。

六月だが深夜の気温は二十度を割っている。愛撫で熱を得なければ寒さは堪えられないだろう。勿論《もちろん》、ジーンズのジャンパーにTシャツというありふれた恰好《かっこう》の者もいたが、少数派である。

若者たちは、既製の服を拒否することで自己を主張していた。共通しているのは、皆、寝袋のような大きな袋を傍や後ろに置いていることだった。寝袋兼リュックサックというところだろうか。

私はオペラグラスをテーブルに置いた。

何となく眠るのが惜しかった。

こういう各国の若者たちを見ると、会社を辞《や》めて良かった、とつくづく思う。かつては、眉《まゆ》を寄せていたこの種の若者たちが身近に思えるのだ。自由という点では共通の面がある。今の私にとっては自由が財産だった。

勿論、時に嫌なこともある。旅先などで知り合った人に、職業を訊《き》かれた時の、汚れた空気を吸い込んだような得《え》もいわれぬ不快感を味わう時だ。

私は最近、その空気を少しでも濾《こ》すために、薬品を扱っている、と答えることにしていた。自由な身になったが、相変らず日本に住んでいるし、何処に行っても、無職というと相手に警戒される。私は五十五歳だが、五、六歳は若く見える。肩叩《かたたた》きにあって辞めたともいえないし、停年退職といっても通用しない。まして、会社勤めはつくづく嫌気がさした、などといえば、その理由を話さねばならない。一日ぶっ通しで話しても話しつくせることではなかった。

私は、僅《わず》かな隙間《すきま》を残してカーテンを閉じた。ブランデーのミニボトルをグラスに注ぎ、掌《てのひら》で暖めながらストレートで舐《な》めるように飲んだ。こういう飲み方も、会社を辞めてからできるようになった。

エビアン水で喉《のど》を潤し、舌で味わいながら飲む。流し込むのではなく、口中で溶かすのである。

私は昨日パリに着いた。コペンハーゲン、アムステルダム、ベルリンに六泊した。フランスではパリに二泊、南仏に一泊して、ローマに飛ぶ予定だった。贅沢《ぜいたく》な一人旅の海外旅行である。

それにしても今夜は、想像もしていなかった一夜になった。アヴァンチュール的な情事など殆ど念頭になかったのだが、ふとした成行きで、パリに留学中の日本人女性とベッドを共にしてしまった。

彼女に金銭的な計算があったかどうか、私には分らない。ただ、私が渡した三千フランを拒絶反応を隠し、虚無的な表情で受け取ったところを見ると、セミプロかもしれない。だが、そんなことはどうでも良い。晩秋の落日に近い年齢にある私にとって、一瞬でも虹《にじ》の夢を見たことは、今回の旅行に忘られぬ彩りをそえてくれた。

これだけはいっておく。彼女は計画的に私に接近したのではない。私も同じだった。

私が泊まっているGホテルのカフェは、パリでも有名である。テラスには日が暮れるまで大勢の観光客がいた。九割は中年もしくは初老の白人で、日本人をも含めた東洋人は少なかった。黒人はめったに見ない。

今日、パリに来た目的の一つは、このカフェテラスで半日過すことだった。

十余年前、薬品の販売でドイツの製薬会社と提携するためにヨーロッパに来た時、パリにも一泊した。交渉担当の販売部長が、翌日、パリに行くと告げたからである。まるで東京から横浜に行くような口調だったので、私もパリに行くので、夕食を御一緒できないかと誘うと、簡単に承諾した。

結局その夜はナイトクラブやプライベートクラブで遊興したが、部長とパリで会う前に一人でカフェテラスに寄った。坐っていたのは、時間の関係で三十分ほどだったが、去るのが惜しく、停年退職になったなら再度パリを訪れ、何も考えずに半日ほどボケッとしていたい、と思った。

停年を待たずに会社を辞めたのだが、オペラ座の前のホテルに宿泊したのは、カフェテラスのせいだった。

午前中にモンマルトル界隈《かいわい》を散策し、カフェテラスに坐ったのは午後二時頃だろうか。客は七分の入りで道から奥のガラス壁の近くに坐った。両隣りが空いていたが、間もなく太った白人の女性が腰を下ろした。絹物の半袖《はんそで》のブラウスからはみ出たといった感じの腕は、学生時代に野球部にいた私の三倍近くはあった。肌は皮のようで、白い斑点《はんてん》模様がついている。体温が伝わりそうで私は左側の席に移った。貴重な時間である。左右の席に気を遣わずのんびりと空白の時を過したかった。両隣りの席が空いたわけで、様々なファッションに溢《あふ》れる通りに眼を向けた。

彼女は半時間後に姿を現わした。黒いカルソンパンツに赤いタートルのセーターというカジュアルな服装である。明らかに日本人だが、何処か放心したような眼は、旅行者ではないことを示していた。彼女はパリという街にも旅行者にも自分自身にも興味を抱いていないようだった。目的に向って歩くというより、脚があるから歩いているという感じである。

後ろから来た染めたような金髪の女性が彼女を追いぬいた。季節外れの毛皮のハーフコートを引っ掛けるように着ている。眼の鋭さや昼間にしては濃い化粧から娼婦《しょうふ》を感じさせる。媚《こび》を売る時以外の娼婦は無表情で精気がないものだが、彼女はその種の女よりも活《い》きていなかった。

パリにも色々な人生がある、と私は深い溜息をついた。娼婦を感じさせた女に肩をこすれるようにして追いぬかれたせいか、彼女は虚《うつ》ろな眼をカフェテラスに向けた。勿論、彼女の視線に私は入っていない。彼女がイタリア人夫婦らしいカップルが去った後の空席に坐ったのは偶然である。私の存在を彼女は全く意識していなかった。

彼女は二十一、二歳に見えた。面長で眉が長く眼は細い。ただ瞼《まぶた》は二重で整形のものではなかった。整形ならもっと眼を大きくする。肌はやや小麦色がかっていて白い方ではない。唇は下唇だけが桜桃のように肉づきが良かった。彼女が放つ唯一の色香はそこから出ているようだった。手首は細く、指が吃驚《びっくり》するほど長く爪《つめ》が美しかった。そういえば骨格は華奢《きゃしゃ》なようである。首など少女になったばかりといった稚《おさな》さを感じさせる。胸は薄い。

彼女は運ばれたジュースを一口飲んだだけで眼を閉じていた。腰に置かれた手は、今にも下に落ちそうだった。私は時々盗み見したが、気づいているのかいないのか、全く無反応である。気づいたなら多分席を立つだろう。

三十分ぐらいたったろうか。三十半ばの白人の男が、若いブラウンの髪の女と共に私の隣りにきた。私に向って話しかけた。フランス語のような気がするが、私は英語も片言が喋《しゃべ》れる程度でフランス語は全く駄目だった。十余年前ドイツに行った時は、支店の社員が同行し、通訳となった。

私は首を横に振ったが相手には通じない。右側の空席を指差しながら喋りまくる。その態度から左側の席に移って欲しいといっているようだが、右側の空席は二つなので彼と彼女は坐れる筈だ。それに私は放心の空間を浮遊している彼女の気持を乱したくなかった。

フランス人はエチケットがあり、親日的だと思われがちだが、それは皮相な見解である。本質的にプライドが高く、日本人を含めた東洋人を冷やかに眺めている。

私が強く拒否すると、私達に無関心だった彼女が、眠りから覚めたばかりのような声でいった。

「彼は、もう一人後からくるので、三つの席が必要だ、といっているのです」

「言葉が通じないので、馬鹿にされたと思って」

私が彼女の傍の席に移ると、彼は彼女に礼をいった。別人のように愛想の良い表情だった。

彼女はフランス語で、どういたしまして、といった意味のことを告げたらしいが、声が掠《かす》れているせいか、流暢《りゅうちょう》ではなかった。

私は彼女に話しかけたいのを我慢して街の風景を眺めた。長い間、薬品会社の営業部に席をおき、プロパーといわれている販売拡張業務を担当していた私は、口だけで生きていた時代があった。

だが今は黙っていることが如何《いか》に大事であるかを、知る身になっている。

彼女は相変らず瞼を閉じていた。膝《ひざ》の手は、指先がかろうじてカルソンパンツに引っかかっているが今にも落ちそうだった。眠っているのだろうか。そんな中で下唇だけが彼女の気持を無視したように生々しかった。

更に二時間くらいたったろうか。彼女は赤い革のハンドバッグの小銭入れから一フラン硬貨を出し、テーブルに置いた。立とうとして、いぶかるように私を見た。

初めて眼に表情らしいものが宿った。

「観光でこられたのですか？」

私はコペンハーゲンで買ったスエードのブルゾンに、グリーンのコットンのスポーツシャツ、グレーのズボンをはいていた。

パリ在住の日本人と見られなかったのは、何処か野暮ったいからであろう。

「観光というより、ここのカフェテラスで、ぼやっとしたかったからです、十余年前にきた時は、三十分しか坐っておれなかった」

「御免なさい、話しかけたりして」

「とんでもない、僕も話しかけたかったけど、お邪魔だろうと思って」

「お一人でこられたのですか」

「勿論です」

言葉に力を入れ過ぎたのが伝わったのか、彼女は眼で微笑した。

「お泊りはこのホテルですか」

「そうです、非常に失礼なんだけど、もしよろしければ食事でも如何《いかが》ですか、カフェテラスは一人の方が良いが、一人の食事は少し侘《わび》しい」

彼女は腕時計を見た。

「六時頃、お電話します、お部屋の方に」

「隅高志《すみたかし》です」

姓名の字を説明した後、ルームナンバーを告げた。

彼女は南本恵《みなみもとめぐみ》と名乗った。

彼女が去った後、狐《きつね》に頰をつままれたような思いがした。五十前後に見えるが、彼女の父親の年齢だし、所詮《しょせん》おじんである。

ただ、テレクラあたりでは、結構、私ぐらいの年齢の者も行き、女子中学生や女子高校生と遊ぶ者もいるらしい。そういう欲望がないといえば嘘《うそ》だが、未成年者とベッドを共にする気にはなれなかった。

それにしても、彼女は何故、私と食事を共にしようと思ったのか。まあ気紛れというところが妥当であろう。都合の良い判断をすれば、二時間も隣り合わせでいたのに、声をかけなかったことが気に入られたのかもしれない。

私には、南本恵と名乗る彼女に下心があるとは到底思えなかった。

崩れた雰囲気など全くない。無垢《むく》な少女が、そのまま成長したようである。少なくとも、即物的な汚れは微塵《みじん》もなかった。

だからこそ私は声をかけずにいたのである。

一人になった私は、カフェテラスを出るとタクシーに乗り、サンマルタン運河に行った。地図を運転手に示し、ここだ、といえば日本語で通じる。

サンマルタン運河の川岸には、ダビの小説よりも、ルイ・ジューベが名演技を見せて有名になった北ホテルがある。落魄《らくはく》の人々の生き様を描いたものだが、私は学生時代に観《み》て感動した。現代の若者たちは、相当な映画通でなければ知らない。

パリも約二十年ほど前から開発の波に乗り、古びた煉瓦《れんが》造りや土壁の建物の数多くが破壊され、鉄筋の建物に変っているが、北ホテルの建物は残っている。その辺りの風景には数十年前のパリの叙情が息づいていた。

運河には太鼓橋を少しゆるくしたような鉄製の歩道橋が架かっていた。

私は川岸に立ち運河を眺めた。シテ島と異なり人影はまばらだった。流れは止まっているように見えた。黄昏《たそがれ》の人生に虚勢の胸を張ったルイ・ジューベが唇を結び、前方を睨《にら》みながら歩いてきそうである。

もう二度と、この運河や、北ホテルを眺めることはないだろう。

幸い私は或《あ》る程度の金を握って自由な身になった。だがその自由も社会通念では一種の落魄者かもしれない。

妻の妙子《たえこ》は、私がプロパーの世界から抜け出した十年近く前に癌《がん》で亡くなった。心労によるストレスが癌を誘発したのかもしれない。少なくとも一人息子の浩《ひろし》はそう信じている。

妙子が亡くなった時浪人だったが、受験は意味がないと東京に行った。私から見れば現在の浩は定職はない、といった状態だった。トラックの運転手、労務者、バーテン、パチンコ屋の店員などを経て、今は雑文を書いているらしかった。会うのは、妙子の命日に帰ってきた時ぐらいだった。

顔を合わせても、私とは殆ど喋らない。勿論、東京からの電話など全くといって良いほどなかった。

今の私は、息子などいない、と自分にいい聞かせていた。

仕事や家族もなく、自由気儘《きまま》に余生を過している私は、金銭を除けば、落魄者もしくはその予備軍とされても仕方がない。この調子で金を遣えば、五千万あまりの貯蓄など十年も持たない。六十代後半で、ホームレスになるかもしれなかった。

その時がくれば、それで良いと考えている。もう管理社会の中で息を詰まらせて生きるのは真っ平《まっぴら》である。

私がホテルに戻ったのは五時だった。部屋でブルゾンを脱いだ途端、電話がかかってこないような気がした。

南本恵の気が変ったとしてもおかしくはない。それでも私はシャワーを浴び、服装を替えた。ベージュ色のジャケットに茶系統のズボンをはき、ミラショーンの無地のネクタイを締めた。

電話のベルが鳴った時、胸が少し昂《たかま》った。腕時計を見ると、六時を少し過ぎたところだった。

南本恵は、私がホテルのレストランに予約を入れたかどうかを訊いた。彼女の声は相変らず掠れていた。電話のせいかセクシーな潤いに湿っている。

「それは良かったです、私が時々行く小さなレストランがあるので御案内しますわ」

南本恵はホテルのロビーにきていた。

南本恵がソファーから立った時、私はすぐには分らなかった。白いブラウスにトルコ絨《じゅう》毯《たん》に似たベスト、スカートは超ミニに近い黒革で、黒いストッキングに黒のブーツをはいていた。それに白い縁の細長いおしゃれ眼鏡をかけ、髪を無造作に後ろでたばねている。

「いや吃驚《びっくり》した、別人になった」

「好きなものを着てみたかったんです」

南本恵は私に寄り添うようにして歩いた。

昼と違って精気が感じられた。私と別れた後に何か良いことがあったのかもしれない。彼女はその店に予約を入れていた。

南本恵が案内したレストランは、ブーローニュの森の近くだった。その辺りは高級住宅地である。

店の内部は古めかしく、十七世紀頃の帆船の精巧な模型や、その頃のものと思われるハンドル、一米《メートル》はありそうな大皿などが飾られていた。模型は象牙《ぞうげ》で作られており、大皿は王朝時代の宮殿で使われたもののようである。

客は老夫婦に中年のカップルが主で、若者は一組だけだった。南本恵はシャブリの白にした。明らかに彼女はこの店の馴染《なじみ》のようだった。初老のギャルソンは、彼女の注文を聴く時、親しみのこもった微笑を浮かべていた。

「こういう愉《たの》しい夜を持てるとは思ってもいませんでした、まず告白しておきますが、今は無職なんです、それとなく今辞めたら得だよ、と匂わされましてね、思い切って自由な世界を選んだ、そのおかげで、こういう夜を持てたんです、自由万歳だな」

「どういう会社ですの？」

「大阪に本社のある薬品会社です、いや、エイズウイルスで有名になった会社ではありません、でもね、薬品会社というのは、ああいう事件を起こしかねない下地があります、多かれ少なかれ、みな同じです」

南本恵は何かいいかけたが瞬《まばた》きをした。医薬品業界を知っているような気がして訊いたが、首を左右に振った。

「私、東京の大学にいたんですけど、急にパリにきたくなって、二年制のフランス語学校に入ったんです、そこは、希望者だけ、もう一年勉強できますの、家からの送金でのんびり暮していします、でも来年卒業したなら、どうなるか分りません、こちらで自立するのも難しいし、帰りたくないけど、帰るようになるでしょうね」

彼女は家族について訊かなかったが、私は話しておいた方が良いと思った。

妻が胃癌で亡くなったことや、親子の縁を切ったと同じ状態でいる息子について話した。

「確かに家族を忘れ、薬の売込みと、その反動の憂さ晴らしに、ネオン街で飲むことだけの日々は悔いても悔い足りないものがあります、だが家内が癌になったことまで、私の責任だと責められても、僕としてはどうしようもない、違うと反駁《はんばく》もできないし、そうだったと認めるわけにもゆかない、確かにストレスと癌は関係があるけど、何故遺伝子に傷がついて癌になるかという問題は、まだ解明されていないからです、祖先から傷ついた遺伝子を受け継ぐ場合もあるし、農薬や排気ガスが空気を汚し、遺伝子を傷つける場合もあるでしょう、ストレスを別に過小評価するわけではないが……いやついぐちになりました」

南本恵は視線をそらし、最初見た時の放心したような眼になった。まずいことをいってしまった、と私は後悔した。息子などどうなってしまっても良い、他人なんだ、とふとした拍子に自分にいい聞かせることがあるが、無理に意識下に封じ込めようとしているからであろう。浩の存在を消すことは不可能である。少し窪《くぼ》んだ眼窩《がんか》のあたりとか、掌を縦に貫く運命線など嫌になるほどそっくりだった。

「悪かった、好い年齢《とし》をして……」

私は頭を下げた。

南本恵はそんな私を見直した。

「まあ、初めて会った若い私に頭を下げるなんて、隅さんてすごく正直な方ねえ、自分に対して」

「そうかなあ、照れますねえ」

「私たちの年代は、その程度のことで頭を下げたりしないわ、かえってじろじろと見て、にやっと笑うか、気に入らないことをいってしまったようだ、なんて白けた口調で呟くぐらい、だから私、同年代の男の子に余り興味が持てないの」

この会話がきっかけで、二人は他人行儀な言葉遣いから、友人のような口調で話し合った。

料理は旨《うま》かった。日本ではこの季節にはない生ガキも、余りくせのない羊の肉も私の舌に合った。若い頃と違って肉料理は減っているが、久しぶりに旨いな、と呟きそうになった。本当は口に出したかったが、正直な方ねえ、と褒《ほ》められたばかりなので抑えてしまった。

レストランでの払いは千二百フランだった。十余年前は一フラン五十円ほどだったが、今は二十円である。シャブリを飲み、二人で二万四千円だから、ミドルクラスのレストランだ。

レストランを出た頃、ワインの酔いが廻ってきた。何となく離れ難い思いで、馴染のバーを訊くとプライベートクラブを知っていた。会員でなければ入れないバーだった。だが彼女は私が泊まっているホテルのバーで飲みたい、といった。私達は自然に手を握り合って歩き、タクシーを拾った。

掌に力を込めると南本恵も握り返してくる。プロパーをしていた頃は、連日のように大阪の北の新地《しんち》に医者を招待し、時には眼をつけた女にゴルフのお供をさせて店を休ませ、ホテルに同行するように話をつけた。女衒《ぜげん》といわれても仕方がない。かりに十人の医者を口説き落そうとすれば、その中の二、三人は必ず女を求めた。大抵は匂わすが、なかには、

「あれは、いけるのかね」

とはっきり口にする厚かましい者もいた。

当時、北でも一流といわれていた店の売れっ女《こ》を何人医者に同行させただろうか。一年で五人としても、十年間で五十人になる。私の口ききで医者と寝た女を抱いたこともある。そんな医者の大半は大学教授だった。

昼では想像できないような、変態的な痴戯にふける教授の性への執着を知り、最初は唖然《あぜん》

としたが、次第にそんなものか、と慣れてしまった。

医者とベッドを共にした女を冗談まじりに誘うと、不思議に乗ってくる。私に仲間意識を感じるのかもしれない。また誘う方も、実に自然に、飯でも食うか、といった調子で誘えるのだ。女を口説くという緊張感は殆どなかった。それが彼女たちの警戒心を解くのかもしれない。

それはともかく当時の私は水商売の女には慣れていた。相手の気持を針の先で軽く突いて、どの程度の効果があるのかを、最新のコンピューターも及ばないほど精密に見抜く力を備えていた。

今、私が手を握り合っている南本恵は、水商売の女ではないかもしれない。だが、女の反応を見抜く過去の能力は悲しいほど生きていた。

その掌の強い力は、南本恵の感情をはっきり伝えていた。

私はブランデーをストレートで注文した。彼女は氷で割った。軽くグラスを合わせた時、彼女はいった。

「ブランデーって、本当はストレートで飲むものなのね」

「昔はね、ゆっくり味わう暇がなかったんだよ、僕も会社にいた時は水割りだった、そういえば、銀座や新地のクラブで、ブランデーを掌で暖めながら飲むなんて、気障《きざ》だし滑稽《こっけい》だな、皆、忙しがっているからねえ」

何処が面白く思えたのか、南本恵は微笑《ほほえ》んだ。私の会話の大半は、サラリーマン時代の自分をののしっていた。

多分、それが南本恵の興味をそそったのかもしれない。私はどのように彼女を誘うかを考えていなかった。新地の安いクラブには時たま顔を出しているが、ここ数年、女を誘っていない。欲望の処理は金で解決していた。

そういう世界での性は驚くほど身近にあった。アダルトショップで、品物を買うのと余り異ならない。問題はその種の店にすっと入れるかどうかだが、少し慣れれば殆ど抵抗はない。この頃は婦人でも何の躊躇《ちゅうちょ》もなく入ってくる。

私は秋岡恭平《あきおかきょうへい》の紹介で、様々なルートを知った。秋岡はかつて私の部下だった。上司と喧嘩《けんか》をし、今は、トンビと呼ばれている一匹狼《いっぴきおおかみ》のブローカーだった。薬品業界の裏社会で生きている男である。

秋岡は、私が停年前に会社を辞めることを予感していた、という。自分と同じタイプだから親愛感を抱くといっているが、私には秋岡のような度胸はないし、薬品業界に対する未練もない。

南本恵が吐息を洩《も》らした。詰まっていたような気持の蓋《ふた》が開いた。

「僕の部屋から、オペラ座の階段が見える、世界各国から集まっているんだなあ、階段に坐っている若者たち」

「そのようね、窓から見たいわ」

私たちはバーを出た。

南本恵は、窓ガラスに額をすりつけて眺めた。離れているとよく見えないので、少しでも近づくために顔を突き出しているように思えた。息で窓ガラスが曇ると手で拭《ふ》いた。その後、二度、三度と額で窓ガラスを叩いた。私は不安な予感に襲われた。今にも窓ガラスを割ってしまいそうな気がした。

「どうしたんだ?」

私は肉の薄い女の肩に手をかけた。彼女はその手が何かを確かめでもするように振り返った。南本恵の眼が潤んでいるのを見て、私は首を横に振り両手を拡《ひろ》げた。彼女は私の視線から自分の顔を隠したいといった風に私の胸に顔を埋めた。

二時間近くたった。

部屋の隅に立った石のスタンドの明りが、大理石まがいのサイドテーブルと南本恵の顔を濡《ぬ》らしていた。何故かテーブルは内側から光が滲《にじ》んでいるようだった。彼女の長い指が私の胸の上に置かれていた。時々、思い出したように肌をつく。彼女は間違いなく男性経験が豊富だった。といって大勢の男を知っているとはいえない。たった一人の相手でも長期間にわたって付き合えば、身体は熟す。

荒れた感じが全くないところから、そう信じたかった。

「隅さんて若いのねえ、お幾つなの?」

「戸籍では五十五になるけど、人間の身体って個人差もあるし、また鍛え方にもよる、会社にいた頃は八十キロ近かった、今は六十五キロに減っている」

「鍛えたって?」

「会社を辞める二、三年前からトレーニングをはじめた、仕事の関係で医療器具の店とは親しい、筋肉トレーニングの専門家も知っている、そうだなあ、身体を鍛えはじめた頃から無意識に辞職を考えていたのかもしれないなあ、そういう意味では、肩叩きは好都合だったともいえる」

「肩叩きって……」

「停年前に退職して欲しい、その代り退職金は規定より多く出す、と肩を撫でられることなんだよ、専務ないし常務の意向を受けた人事部長が、困ったような、憐《あわ》れみを無理に隠したような真面目《まじめ》な顔で匂わす、僕の場合ははっきりした肩叩きではなく、くすぐられるような感じだったけど」

「遠慮しながらいったというわけね」

「そりゃそうだよ、企業秘密や、会社にとっては大事な有力大学の教授の私生活を知っているんだから、強い肩叩きをすれば、何を喋られるか分らないだろう」

「でも、強くても弱くても肩叩きというのは事実でしょう、隅さんの出方次第では、会社にとって危険ねえ、それなのにどうして……」

良い質問だった。南本恵は敏感で頭の回転の速い女性である。

私は南本恵の絹糸を連想させる髪に指を入れて弄《もてあそ》んだ。産毛に似た柔らかい感触に思わず汗ばんだ彼女の髪に唇をつけた。鼻孔を拡げて息を吸うと、枯れ草と少しすえた土が入り混じった匂いがした。萎《な》えていた欲情が眼を開いたほど好もしい匂いだった。

「僕がプロパーをしていた時から十数年たった、あの頃は一番汚臭のひどい時代だったよ、当時に較べたなら、まだ汚れてはいるが、今は天国だ、まず、肩叩きを匂わされた最大の原因は、僕が会社に飽きたのを、幹部連中が嗅ぎ取ったからだと思う、会社に忠実か飽きたかは、すぐ見抜かれる、だが僕がその時点で、会社の重要な秘密、また有力な大学教授のウィークポイントを握っていたなら、会社側は肩叩きはしないだろう、その点、僕はプロパーをやめてから、各地の支店を巡り、本社に戻っても、営業部長代理で、社の新しい機密を知る立場ではなかった、更に重要なことは、ウィークポイントを握っていた教授連中の半分が亡くなり、他は半病人、また地方の病院長で、すでに会社にとっては余りメリットのない存在となっているということだが、彼等の汚点はすでに過去のものだ、私は暴露したりはしないが、かりにばらしたとしても会社には余り傷がつかない、その辺りだろうな、私を放り出しても大丈夫と会社が判断したのは」

私は自分に呟くようにいった。彼等の中でも最も権威と権力を駆使していた小沢《おざわ》教授は五年前に亡くなった。国立大学から、地方の医大に移ったが、病名は心筋梗塞《しんきんこうそく》だった。小沢教授がとくに執着したのは権威と金である。どのプロパーも小沢教授には泣かされた。女に執着してくれる教授の方がまだ楽だという者もいた。

小沢教授は某薬品会社の画期的な新薬発表前に株を買い、かなりの利益を得た。インサイダー取引の疑惑で、その薬品会社が監督官庁から調査され、社長や役員、またインサイダー取引で儲《もう》けた者は起訴されたが、小沢教授の名はなかった。

他人名義で買ったのだが、名義人は小沢教授を裏切らなかったのである。

その事実を私は知っていた。

だが小沢教授が亡くなった今、私が摑《つか》んでいた教授のウィークポイントも意味をなさない。小沢教授の部下は、あちこちの病院にいるが、人望がなかったらしく、余り話題にならない。

ただ、名義人が小沢教授を庇《かば》ったのは、それなりの理由があったのだろう。

「でも隅さんて、知っていても、過去のことを暴くような人ではないわ、恵、そんな気がする」

南本恵は私の心臓の真上に爪を立て突いた。その痛みは心地良かった。

「余り復讐心《ふくしゅうしん》はない方だな、それに僕自身、汚濁の中にどっぷりとつかっていたんだ、あの連中の醜悪さを暴くのは、自分の穢《きたな》さを晒《さら》すのと同じだからな」

南本恵はまた爪を立てた。彼女に褒められているような気がした。空になっている筈の欲情が熱くなってきた。こんなことは十年以上ない。私は狼狽《ろうばい》し、南本恵に気づかれまいと、身体を引こうとした。

南本恵は、長い脚を絡ませ、薄い胸を寄せてきた。

身支度をした南本恵がハンドバッグを取った時、どうしようかと迷っていた私は封筒を差し出した。中には三千フランが入っていた。

「何か買ってプレゼントしたい、だけどその時間がない、明日は十一時にパリを発《た》つ、気を悪くしないで受け取ってくれないか」

私は南本恵に突っ返されるのを恐れた。

偶然にも手にした貴重な光の時が、薄汚れたガラス玉に変ってしまうかもしれない。それにも拘《かかわ》らず私が封筒を渡そうとしたのは、プレゼントとして受け取って欲しかったからだ。

南本恵の顔が一瞬拒否反応で強張《こわば》ったような気がした。彼女は私と封筒を見較べた。

「御心配は良いんです」

「もう二度と会うことはないだろう、この時分でも開いているブティックがあるなら一緒に行こう」

「そんな店、ないわ」

私は何となく俯《うつむ》いて頭を掻《か》いた。好い年齢《とし》をした男が、娘のような若い女の前ですることではなかったかもしれない。

南本恵は僅《わず》かに首を竦《すく》めた。無言で受け取ると背を向けた。

「家に着いたら、電話をくれないか、着いたと、時間が時間だから」

南本恵は振り返って私を不思議そうに見た。自分の言葉に女々しさを感じ、私は自分の口を擲《なぐ》りたくなった。

「そうね、できたなら」

南本恵は部屋を出る前にいった。

すでに一時間近くたっていた。私達が入ったレストランの近くに住んでいるらしかったから、この時間なら二十分で到着する。

南本恵とは初めて会い、まず二度と会えない。どう考えても口にすべきではなかった。完全に幕が下り、俳優が去ったのに、まだ幕の向うにいるかの如《ごと》く錯覚し、口を開けて待っている観客がいたとしたら、ピエロ以外の何者でもない。

電話のベルが鳴った。

ソファーから立った私は、足がもつれ、もう少しで倒れるところだ。受話器を取ると、いった。

「無事戻ったんだね、もうかからないと諦《あきら》めていたんだ、何かあったのかい？」

すぐ返事がないので妙だな、と思った時、ホテルのナイトマネージャーが英語で、私の名前を確認し、警察がきている、と告げた。

「警察？」

何のことかさっぱり分らず、鸚鵡《おうむ》返《がえ》しにいうと、部屋まで参ります、といって電話を切った。

私が海外旅行に出たことを知っているのは、トンビの秋岡だけだった。社を辞めた後も、秋岡とは二、三ヶ月に一度ぐらいは会い、共に飲んでいる。秋岡が私に好感を抱いているのは間違いないし、何処かおむすびに似た秋岡と喋っていると、不思議に私の気持は安まるのである。その秋岡も私がパリにいることを知らない。

私は南本恵が、深夜の警察の来訪と関係あるなど想像もしなかった。ただ何となく不吉な予感がした。

痩《や》せ形《がた》の中年のナイトマネージャーが、チェックインカードを手にし、再度私の名を確認した。警察といったので、制服制帽の警察官を想像していたが、戸口に立っているのは私服の刑事だった。パリジャンというより、イタリア人を思わせる黒髪の太った男だった。笑顔になったなら人の好い列車の車掌がぴったりだが、厳しい顔のせいか、映画に登場するギャングの黒幕を連想させた。無言の威圧感があった。

刑事は英語が話せないのか、ナイトマネージャーが、この部屋にいた女性のことで、警察が訊きたいので、署までの同行を望んでいるといった。

任意の同行なのか、と訊こうとしたが、そんな英語は知らない。強制などという言葉は、私が学んだ英会話のテープにはない。

私の頭に浮かんだのは、無事に帰宅したという電話を待っていた、南本恵がプロで、警察に捕まり私の名を告げた、ということだった。宝石のような時間は無残に打ち砕かれ、ガラス玉の屑《くず》が胸に飛び散った。

ただそんなことなら、この時刻に、何故、警察への同行を要求されるのか、疑念が湧《わ》かないでもなかったが、問いただす気力も起こらなかった。

マネージャーは曖昧《あいまい》な微笑を浮かべていた。その裏には冷たい視線と軽蔑《けいべつ》が込められていた。地方の農民のことは分らないが、パリジャン、パリジェンヌのミドル階級以上は、黄色人種に対し表情には出さない優越感を抱いている。医者の顔色を窺《うかが》って生きてきた私は人の感情を読む嗅覚《きゅうかく》は優れている。

驚いたことに廊下にはもう一人若い刑事がいた。金髪で眼つきが鋭く、刑事であることを誇示していた。睨むように私を見たが表情を変えない。

パスポートを調べられた後、パトカーに乗せられた。警笛を鳴らしながら走る。そういえば、二人の刑事がくる前、パトカーの警笛が鳴っていたが、どうやらこのパトカーのものらしかった。若い刑事が運転し、私は中年の刑事とリアシートに坐っていた。二人の刑事は時時言葉を交したが、何を話しているのかさっぱり分らない。笑うのは中年の方である。若い刑事は、笑えば威厳が落ちると思っているような押し殺した話し方だった。

その警察署はエッフェル塔の近くにあった。改装したらしく比較的新しい建物である。カウンターの内側に中年というよりは初老の制服の警官がいた。時刻が時刻なので署員は少ないが、眼も醒《さ》めるような派手な顔の女が二人、制服の警官相手に喚《わめ》いていた。その太い声の具合から判断するとおかまのようだった。そばにいた背広の中年男が不満気な声を出すと、その倍以上の声で相手を威嚇《いかく》する。ネクタイの結び目がたるみ、痩せた貧相な男は明らかに被害者だった。

私は廊下の奥の部屋に連行された。コンクリートの取り調べ室ではなく、普通のオフィスといった感じである。ただ壁にはロッカーのような書類入れが並んでいた。外に面した窓の前のデスクに向って、私服の刑事がいた。部長刑事といったところだろうか。

若い刑事が去り、ホテルにきた中年の刑事と部長刑事が部屋に残った。

部長刑事はわざとらしく欠伸《あくび》をし、デスクの上の赤い手帳を開いた。

パスポートを要求すると、私の氏名と国籍を確認した。聞えるか聞えないか、といった声で「フィフティ・ファイブ・イヤーズオールド」といい、軽く舌打ちする。

仕事は？　と英語で訊かれた。

不安感と憤りが交錯し、私は唸《うな》るようにいった。

「アイ　ハブ　ビーン　ポリスボックス　ナウ、ホワイ、ホワイ　ユー　マスト　テル　ミー　リーズン」

無茶苦茶な英会話だが、どうやら相手に通じたようだ。彼は動物園のチンパンジーでも見るような眼を向け、開いた手帳を私の前に差し出し、いやに生白く、ふやけたような感じの人差指で問題にしている場所を突いた。太い毛が人差指の第二関節に生えていた。驚いたことに髪に似て金髪だった。

部長刑事は、器用に赤い手帳を一回転させ、私が見易《みやす》いように私の顔の下に置いた。今一人の刑事が、どうだ、といわんばかりに覗《のぞ》き込む。微《かす》かな腋臭《わきが》が私の鼻を刺した。

私は全身の血が止まったような気がした。今日の日付けの欄に、Gホテル、PM8—10、それにルームナンバーと、TSというイニシアルがボールペンではっきり書かれていた。流石《さすが》に金額の記入はない。

「ホワイ？」

と私は呟いたが混乱しているので、次の言葉が出ない。部長刑事は小指を立てた。片一方の手を丸めると、ブーブーと叫びながら小指の方に突進させた。丸めた拳《こぶし》が小指を撥《は》ねた。腋臭の刑事が、得体の知れない夜鳥のような声を放った。部長刑事は小指を宙で舞わせてデスクに落した。勢いが激し過ぎて痛めたのか、チェッチェッと舌打ちして眉をしかめた。腹立たし気に丸めた拳で手帳を叩き、

「ユーシー？」

と怒鳴った。

私は頷《うなず》くようにして俯いた。多分、血の気を失っている顔は蒼白《そうはく》になっているに違いなかった。

南本恵はホテルを出、家に帰る途中、車に撥ねられたのである。警察は彼女のハンドバッ

グから身許を確認できる品を探し手帳を見つけた。

南本恵が何故、私と会ったことを手帳に記したのかは分らない。だが、記入されていたからこそ、私は警察に連行されたのである。任意の事情聴取というやつだろうが、私に対する態度は強制的だった。たんに事情を訊くというより、犯人の連行のようである。どうやら轢《ひ》き逃げだった。

「デッド？」

「メイビー」

部長刑事は手帳を繰るとまた毛の生えた人差指で突いた。先月の二十日、ヒルトンホテルで、ＰＭ9―11とあり、イニシアルも記されている。この三月から南本恵は平均月に二度、ホテルで男と会っていた。

部長刑事はまた欠伸をして腕時計を見た。もう午前二時に近い。

「ここに泊まるか？」

初めて英語を口にした中年の刑事は、私の顔を覗き込み、いたぶるように呟いた。好い年《と》齢《し》をして女など買うから、こんなトラブルに巻き込まれるのだ、とその眼は告げている。日本人の平均寿命より私は二十歳も若い。それに体力も、四十歳代に伍《ご》して負けない。誰にも気を遣うことのない自由な生活と二年間の身体のトレーニングで、もともと頑健な私は、かなり若返っていた。

私は憤りを抑えるべくゆっくり二度深呼吸をした。部長刑事と隣りの刑事が刃物を見たように緊張した。私が空手《からて》か中国拳法《けんぽう》で暴力行為に出る、と警戒したようである。二人とも私をからかい、軽蔑しているのを自覚していた。

「彼女はプロではない、プロならもっと多くの男と寝ている筈だ」

私は話せない部分は、全身で意思表示をした。実際、南本恵には金銭を要求する気配など全くなかった。

二人の刑事は顔を見合わせ、憐れな男だ、と舌を出しそうな顔で頷き合った。

私は別に腹が立たなかった。南本恵が瀕死《ひんし》の重傷を負った事実が重く感じられた。ベッドの上で僅かに瞼を閉じた彼女は、その顔に似ずふっくらとした二重の瞼が和《やわ》らかく、学生時代に一度だけ見たことのある百済観音像《くだらかんのんぞう》を思い起こさせた。

部長刑事がパスポートでデスクを叩いた。

「ジャパニーズコンサルがこなければ、何も分らない、明日の朝九時に、もう一度出頭するように、パスポートはそれまで預っておく」

何の反駁もできなかった。パスポートを渡せと粘れば、留置されかねなかった。昔から国際テロ事件と対決してきたパリ警察は、日本人が想像するほど甘くはない。

パトカーでホテルまで送るといわれたが私は断った。少しでも早く自由の身になりたかった。遠くでパトカーの警笛がした。

タクシーを拾いホテルに戻ったのは午前二時だった。内ポケットにはホテルのルーム鍵《キー》が入っている。刑事に連行される際、ナイトマネージャーやフロントが、鍵を置いてゆくように要求しなかったのは、警察が私を戻すことを知っていたからだろう。初めから留置する意志はなかったのだ。ロビーの絨毯に唾《つば》を吐きたい思いだった。

警察で染み込んだ汚れを取りのぞくように、バスを使って丁寧に身体を洗った。

どの程度の重傷かは分からないが、私に対する刑事たちの態度から、瀕死の状態が考えられる。プロではない、と私は首を横に振った。もしそうならレストランのギャルソンがあのように親しく南本恵を迎えたりはしない。彼女が隠したとしてもギャルソンの嗅覚は鋭い。何故、手帳に記入したのか彼女の心理は分らないが、三ヶ月でたった六人ではないか。それにカフェテラスにいた時、彼女は殆ど私を意識していなかった。刑事は、この馬鹿が、と私を憐れんだが、私は反対に南本恵の淋《さび》しさが肌で感じられた。カフェテラスに近づいた時の彼女は放心状態だった。衝撃を受けるようなトラブルが起こったのか、日々の生活感を失っているように思えた。それだからこそ、私は南本恵に惹《ひ》かれたのである。

明日は領事が通訳し、色々と訊問《じんもん》される。流石《さすが》にそれを思うとひどく鬱陶《うっとう》しかった。

領事は私の職業を訊く。無職と答えた瞬間、人間の感情をすべて削り取ったような能面になるに違いなかった。

領事はパリにきている日本人を保護する仕事を帯びている。ただそれは相手による。

警察がプロと決め込んでいる若い女を買った無職の男。それも五十歳代の半ばである。領事ではなくアルバイトの日本人が通訳になったとしても、軽蔑の苦笑は隠し得ない。

秋岡の顔が浮かんだ。

トンビの秋岡はブローカーだが、岡商事の代表者ということになっている。社員といえば三十代半ばの加納常子《かのうつねこ》一人だった。

陰気な感じのする独身女性だが、十年近く秋岡の事務員をしている。かつて男にひどい目にあい、男には見向きもしない。秋岡に忠実だった。何といってもトンビという仕事柄、法すれすれの橋を渡る時もある。秋岡はウィークポイントを常子に握られているわけだ。常子にはかなりの給料をはずんでいる、と私は睨んでいた。パリは午前三時だから、日本では午前十一時だった。この時刻に秋岡が事務所にいる可能性は薄いが、祈るような気持で電話した。

秋岡はいなかったが、常子がいた。秋岡の携帯電話に連絡して、すぐ電話をくれるように伝えた。パリのホテルとルームナンバーを告げた。大事な問題が起こったことを感じた筈なのに、常子の声に余り変化はなかった。

常子はホテルの電話番号とルームナンバーを復唱した。感情の起伏の乏しい女だが、今の私には気が楽だった。

「まあパリだなんて、羨《うらや》ましいわ」

などといわれればますます苛《いら》立《だ》つ。

「申し訳ないが、秋岡が立ち寄りそうなところにも、電話してみて欲しい」

電話を切った私は、オペラ座を覗いた。あれだけいた若者がいなくなっている。警官に追い払われたのであろう。かつてのパリの寛容さは今はなくなっていた。

ベッドに横たわって電話を待った。少しでも眠りたいが神経が冴《さ》え、それまで聞えなかった他室の声がした。空耳かもしれない。

秋岡からの電話は一時間後にかかってきた。とぼけたような何時《いつ》もの口調に私はほっとした。

「隅さん、秋岡ですわ、どうしはったんです？」

「信じられないような事件に巻き込まれた、要点だけを簡単に話すから聴いて欲しい」

私の話を秋岡は、ほう、へえなどの合いの手を入れながら聴いた。二十分は喋っただろうか。

「明朝、といっても五時間ほど後だが、日本の領事と警察で会う、おそらく職業を訊くだろうし、無職というと警戒されるし、軽蔑される、俺《おれ》へのあしらいも違ってくる、そこで頼みだ、岡商事の社員ということにしてくれないか、領事が君の確認を取ったりはしないだろうが、念のためファックス番号を知りたい」

「隅さん、うちの役員といっておいて下さい……」

「役員だって？」

「トンビに役員がいてもおかしくないでしょう、契約役員でもよろしおますがな」

「おいおい、漫才じゃないんだぞ」

冷えきった身体が暖かい湯につけたように溶けてゆく。

「まあ、パリでも達者な隅さんを知ってほっとしましたわ」

私は秋岡が告げたファックスナンバーをメモし、礼を述べて電話を切った。

私の眼は少し熱くなっていた。私に対して秋岡が抱いている親愛の情を確認したせいもある。それと共に、秋岡のような人間的な男が、薬品業界からトンビといわれているブローカー業で生きなければならない現代に、憤りを感じたことにもよる。勿論それは感情が昂《たかぶ》っている私の感傷といって良い。少なくともトンビは、まともな仕事とは思われていない。

秋岡はかつて私の部下のプロパーだった。身を粉にして働くタイプである。まだ二十代の後半だった秋岡は、教授たちの使い走りに徹した。某教授の愛人だったホステスが自分の店を持った時は、内装業者との交渉から案内状の宛名《あてな》書きまでして手伝った。秋岡と同じ年齢だった教授の愛人はそんな秋岡を誘惑した。秋岡はそれとなく避けたが、愛人は諦めなかった。秋岡が自分に靡《なび》かないので業を煮やした彼女は、自分の要求に応じないのなら、秋岡の方が自分を誘惑した、と教授に告げると脅迫した。彼女は秋岡を、何でも命令に従う召使いと思い込んでいた。秋岡は思い余って私に相談した。

私は何としてでも秋岡を救《たす》けたかった。彼女が教授に作り話を告げたなら、教授は、秋岡の出入り禁止を社の幹部に命令する。社にとって秋岡は一兵卒に過ぎない。会社が真実を調べる筈はなかった。いや、調べても無意味である。会社にとって大事なのは真実ではなく教授の怒りを少しでも鎮めることだった。

私はすぐに教授の愛人が勤めていたクラブのマネージャーを呼び出した。私の会社は、その店の大事な顧客である。私も連夜のように飲んでいた。

私はマネージャーに、当時の金で二十万円渡した。大学出の初任給が三万円前後の頃である。マネージャーは彼女の過去の男関係について知っていることを話した。その中に、暴力団が資金を出している店のサブマネージャーがいた。私は更にその男に三十万出した。総額の五十万円は、プロパーの特権で貯《た》めた金の四分の一にあたる。大変な出費だったが、私は秋岡が好きだったし、私の相棒として組むための投資と考えた。過去の男は、教授の愛人に、折角、店をオープンするのに、将来を台無しにするようなことは止《よ》せ、と忠告した。男の忠告に従わなかったなら、過去の関係が教授に知らされるのを彼女は知っていた。

彼女は秋岡から手を引いた。勿論、教授はそのことを知らない。

秋岡が私を恩人と思うようになったのはそれからである。それにクラブのマネージャーは、女を引き離すために、私がかなりの金を使ったらしい、と仄《ほの》めかした。

秋岡は私に、将来必ず返すから、その金額を知らせて欲しい、と頼んだが、

「馬鹿、金じゃない」

と一喝し、私は話さなかった。

秋岡は社を辞め、現金問屋に勤めたが、欲張った大学教授と揉《も》めトンビになったのは、私が地方の支店次長として本社を離れてからだった。

秋岡は、会社に縛られているよりも自由を選んだのだが、女関係にも自制がなくなり、家庭は崩壊した。二人の子供は別れた妻につき、秋岡はかなりの慰藉料《いしゃりょう》以外にも、毎月、相応な額を払っている。

現在、長女は高校生、長男は中学生だ。

それでも秋岡の場合は、電話で子供と話ができる。私と息子との関係ほど冷え切っていない。

アルコールのせいで、三時間ほど浅い眠りについただろうか。

私は九時前に警察に出頭した。署に泊まったらしいが、部長刑事は綺麗《きれい》に髪を整え、髭《ひげ》を

剃《そ》っていた。このあたりは日本の警察官とかなり異なる。

領事の井植《いうえ》は、如何《いか》にも日本の外交官といった感じである。四十半ばだろうか、無表情というより、何を考えているのか、判断し難い表情だった。私に対する軽蔑、憐れみ、挨拶《あいさつ》さえも曖昧なのである。

井植は事件の内容を部長刑事から電話で聴き、容疑者扱いの私を保護すべくやってきたのだが、相手に余り質問していなかった。保護するのなら、もっと突っ込んで聴く必要がある。初めから期待していなかったが、どっちの味方なのか、はっきりしていない。案の定井植は職業を訊いた。

「薬品業です、岡商事の営業を担当しています」

「ずっと岡商事に？」

「長い間、雲海《うんかい》薬品にいましたよ」

「雲海薬品なら知っています」

領事としては切れる男のようだった。井植は自分の知識内にあるものは、一応は信用するタイプだ。名前を知らない岡商事は彼にとっては泡沫会社である。またそれである程度は当っている。

おそらく井植は、岡商事を雲海薬品の子会社か、何らかの関係のある小会社と睨んだに違いない。井植は、私が何故雲海薬品を辞めたかを訊かなかった。

井植は頷くと、その表情に似合わない底力のある声で、いった。

「Gホテルのカフェテラスで知り合った轢き逃げの被害者とレストランに行き、ホテルの部屋で二時間余り過したのは間違いないですね、三千フランを払ったことも」

「南本さんはどういう状態ですか、生命に危険はないのでしょうか？」

「意識不明の重態です、その先はいえません、隅さん、私の質問に先《ま》ず答えて下さい、良いですね」

今度は力で押えつけようとしている。あなたは好い年齢をして不道徳なことをしたが故《ゆえ》にトラブルに巻き込まれた、私が警察にわざわざ出頭したのも、そのためであることを、あなたは認識すべきだ、と言外に井植の声は告げていた。反駁したいことは多かった。私は三千フランを払ったのではなく素直な気持でプレゼントしたのだ。

だがそんなことをいっても、一笑に付されるだけである。まず法的に通用しない。

私は頷かざるを得なかった。

「警察は、被害者と隅さんとの間の会話を知りたがっています、何故かというと、今回の事件の場合、道にブレーキをかけた跡がない、被害者を殺す積りで撥ねたとも考えられなくはないからです、となると、今は殺人未遂だが、明日になれば殺人事件になりかねません」

「そんな馬鹿な」

「隅さん、パリでは、最近、拳銃で撃つのと同じぐらい、車で撥ねる殺人が多くなっているのです、車で殺すと犯人は事故だったと主張できる、恐くなって逃げたといえる、銃やナイフで殺したなら、事故では済みません、目標が何処に帰るかを摑んでさえいれば、車で殺した方が安全な場合があるのです、それに犯人の挙がらない轢き逃げ事件は増える一方です、日本何処までが偶然の事故なのか、狙《ねら》っての殺人なのか、警察でさえも摑みかねています、では車で獲物を狙う殺し屋は余りいないでしょう、でも、欧米は違います」

見えない冷気が私の脳を切断した。悪寒に身体が固くなった。そんな馬鹿な、と私は呟いたが、今回は呻《うめ》き声にもならなかった。

私は南本恵との会話を思い出そうとしたが、何も記憶に残っていなかった。主に私が一方的に喋り、彼女はただ頷いていた。

部長刑事が領事に何かいった。

「隅さん、あなたは被害者が部屋を出た後、尾行しませんでしたか？」

「馬鹿な、何故そんなことを？」

「彼の質問を伝えたまでです」

領事は曖昧さをかなぐり捨て、厳しい顔になっていた。

第一章　梅雨の季節

私が日本に戻って約一ヶ月たった。梅雨の鬱陶《うっとう》しい季節で、東大阪市にある古いマンションは、雨の降らない日も湿気《しけ》っていた。阪神・淡路大震災の被害が軽度だったのは、激震地から離れていたせいであろう。ただ何処《どこ》かに罅《ひび》が入ったらしく、風の強い日など、建物はそれまでに聞いたこともない奇妙な、きしりに似た音をたてる。

だがそんなことは問題ではない。住居に関しては、ついていたといえる。

一昨年、三十年以上勤めていた雲海薬品を辞《や》めた際、会社が私に出した退職金は約三千五百万円である。自由を得ても、或《あ》る程度の生活は確保せねばならない。地価が下がり続けているのを見越した私は、退社の半年前に短期ローンを払い終えたばかりの西宮《にしのみや》市のマンションを三千万円で売り、昨年現在のを千五百万円で買った。私が売ったマンションは、半年後地震で全壊してしまったのだ。

当時の私には、二千万円以上の貯金があったが、半分は息子の浩名義にしている。贈与税を払っているから完全に浩のものだが、そのことは浩に伝えていない。

もしいったとしても、

「金で俺《おれ》の気持は変らないぜ」

と冷たい眼を向けるに違いなかった。

パリでの事件は、悪夢であって欲しいのだが夢ではなく現実の出来事である。

イタリア旅行をキャンセルした私は、南本恵が入院している病院名を領事の井植に懸命に訊《き》いた。

「関係ないでしょう、何故《なぜ》そんなに知りたいんですか、とにかく今は意識不明だから、見舞っても仕方ないですよ」

最初は、この男は何を考えているんだろうと呆《あき》れ顔だったが、三日目頃からは電話にも出なくなった。

南本恵がGホテルを出た後、私が尾行したのではないか、という警察の疑惑は晴れていた。夜勤のホテルマンは、外出した私の姿を見ていない。警察も本心から私を疑ってはいなかった。ただ南本恵との間にどんな会話が交されたのか、それが知りたかったらしい。

勿論《もちろん》、事件に関するような会話は何もなかった。何故一人でヨーロッパに来たかを私は彼女に懸命に語っていた。彼女は時々質問し、頷《うなず》いた程度である。そういえば彼女は、プライベートな部分は全くといって良いほど話さなかった。

警察も、翌日には、私が嘘《うそ》をついていない、と信じたらしい。警察は、南本恵を、留学を口実にパリに来、生活費というよりも遊び代欲しさに、時々身体《からだ》を売っているセミプロと判断したらしい。どう説明しようと私はその種の女性の鴨《かも》の一人だった。

「三千フランとはねえ」

井植は何度もそういった。

千フランで充分だ、という意味であろう。南本恵がプライベートな生活について何も話さなかったのは、彼女にとって私は、所詮《しょせん》、偶然見つけた客の一人に過ぎないからだ、と警察は判断した。

三日目の夕に、私は夢遊病者のように日本に戻った。

私は事件を忘れたかった。私がパリを離れる時、警察は、彼女を、たんなる轢《ひ》き逃げの被害者と判断しはじめていた。

井植が電話に出ないので、私は帰国前、大使館に行き、面会を求めた。

井植は渋々現われ、警察の捜査方針を告げ、憐《あわ》れむような眼でいった。

「忘れることですよ」

「分っています、ただ、まだ生死の間をさ迷っているのでしょう、せめて病院ぐらい教えても良いでしょう」

「私は忙しいんです、被害者は面会謝絶、隅さんは、彼女にとって行きずりの客でしょう、このまま、日本に帰っていただきたい、何故こだわるんですか？」

井植は外見からでは見えない皺《しわ》を、眉《まゆ》と眉との間に刻んでいた。実際、私は井植が抱く日本人の旅行者観からかなり逸脱していた。大抵の男性なら、厄介をかけて済みません、と頭を下げ、これで無事に解放されたと嬉々《きき》として帰るに違いなかった。

「私にもよく分りません、罪の意識もあるかもしれない、もし私に出会わなかったなら、あんな事故に遭わなかったでしょう」

「好《い》い加減になさい、あなたの年齢を考えていただきたい、あなたにも御家族がおありでしょう、彼女の母親が今日の夕方パリに着くんですよ、隅さんは、彼女の母親に二人の関係をどう説明なさるお積りですか、罪の意識とか、一時代前の学生のようなことを口にしているが、彼女の実生活を知った時、母親が受ける打撃がどんなものか考えられたことがありますか、はっきりいいましょう、隅さんの要求は青臭いエゴですよ」

見えかかった眉間《みけん》の縦皺が、内側から現われた。井植はせわし気に腕時計を見、

「では、私はこれで」

軽く会釈をし、私に背を向けた。背は伸ばしていたが、私の想像が及ばない様々な役職上の仕事がその肩に乗っているのを感じた。井植はそれを支えるために、背を伸ばしているのかもしれない。

私が余り好感を持てなかった井植に、そんな感じを抱いたのは、井植が最後に吐いた言葉にあった。私は南本恵の母親がパリにきて、彼女に会うことをまず最初に考慮せねばならなかった。そこまで思い到《いた》らなかったのは、突然の事故と警察に呼ばれたことで、頭の中が白くなっていたことが主な要因である。ただ私は井植にきめつけられたように、彼女の母親の驚愕《きょうがく》や悲しみに配慮していなかった。考えてみれば、井植に対する私の要求は間違いなくエゴそのものかもしれない。

かつてのプロパー時代、私には人の胸中を思い遣る余裕や感情など全くなかった。

結局、年齢と共に私はそんな自分に嫌気がさし、最終的に会社を辞めたのである。

それ以来、私はいささか人間的になった、と自負していた。だが井植にエゴを指摘され、プロパー時代の残滓《ざんし》が、歯垢《しこう》のように固くなり、体内にこびりついていたのを知らされたのである。

私は項垂《うなだ》れ、日本に戻るより仕方なかったのだ。

プロパーといっても、一般の人々はその本質を理解していない。自社の薬品を病院などに売る営業マンと思われているようだ。

製薬会社は自社の薬品を問屋を通して大学病院をはじめ諸病院、また無数の薬局に売る。顧客との間に必ず問屋が入る。秋岡のようなトンビは、正規のルートからこぼれた薬品を扱うブローカーなので、別格である。

昭和三十年代の高度成長期に入ると、薬品業界も新薬開発の波に乗り、販売を拡大した。当然、製薬会社同士の競争は熾烈《しれつ》になる。

病院と製薬会社の間に立つ問屋は、新薬開発の波に乗り難くなった。たとえば、自分が扱っている製薬会社の新しい抗生物質について、完全に把握し、大学病院に売り込む力が弱まったのである。

製薬会社にしても、新薬は企業秘密であり、厚生省の承認を得るまでが大変なのだ。まず、新薬製造の企画開発を経て、研究所で研究をはじめる。完成段階で大学病院などで効果や副作用について臨床実験を行ない、大丈夫との結果を得て厚生省の承認を得ることになる。

新薬競争の渦中にある製薬会社は、それまでの詳細な経過をいちいち問屋に報告し理解を得るだけの余裕がない。また企業秘密に属する面もあり、外部に洩《も》らしたくない、という問題も生じる。

それに従来の問屋は、新薬を購入してくれる大学教授に取り入り、口説き落すのが得意ではない。古くからの問屋は問屋制度にどうしても胡坐《あぐら》をかきがちである。

製薬会社は昭和三十年代に入ると、自社の新薬の有効性について、自社の社員を使い、大学病院の教授や有力病院の医師たちに宣伝し、問屋を通じての販売がスムーズに行なわれるように働きかけるようにした。

これらの社員たちが、プロパーと呼ばれるようになったのだ。

薬の効果の宣伝だから本来は薬大出だが、それだけでは足らなくなり、一般大学卒も、経済、商学部などを問わずに、プロパーとして、自社の薬品宣伝による販売促進に駆り出された。私は私大の経済だが、仲間の中には英文科もいた。勿論、最初に脱落するのはそういう連中である。

一般大学卒の私たちは、社内で一年程度の専門教育を受けて病院などに出勤するわけだが、一年ぐらいで新薬のすべてが分る筈《はず》はない。

はっきりいって、大学病院や病院の医者を陥《おと》すのは、薬の効果を納得させるよりも、相手に、どう気に入られるかであった。そのためには、相手の嗜好《しこう》が何であるかを見抜き、女性、ゴルフ、飲食、競馬の馬券買いから使い走りまで様々だが、必要なのは、何処《どこ》まで奴隷になれるかどうかであった。

勿論、大学病院を含め、すべての医者がそうだというのではない。なかには媚《こ》びへつらってくるプロパーに嫌悪感を示し、差し出す餌《えさ》を拒否する孤高の医者もいる。

ただそういう医者にも、ウィークポイントがあり、相手を研究し尽した結果、そこを突けば、思いがけずに陥落したりする場合がある。そういう点では、人間とは面白いものだ。

あれは昭和四十年代の末か五十年代の初めだった。国立ＳＫＹＯ大学外科の龍野《たつの》教授は、大抵の男性が食指を動かすものに関心を示さなかった。酒は多少たしなむが、クラブなどで飲むのは嫌いで、女性にも興味を示さない。趣味は全くなく黙々と医者道を歩む人物だった。細君も夫の感化を受けていて派手ではない。私の先輩プロパーは、それまで色々と手を打ったが効果がなかった。大学生だった教授の娘の誕生日に、名前は伏せてブランド物のハンドバッグを贈った。二、三ヶ月たち、話のついでにそれとなく匂《にお》わせる積りだった。だがハンドバッグはすぐ、彼が送った店に返品されていた。大学医学部でも龍野のような教授は珍しい。先輩プロパーは万一のことを考え、店からも架空名で送ったので、送り主が彼であることは分らなかった。

彼は人事異動で、地方の支店長代理になったが、もし自分の名で送っていたなら、間違いなく出入り禁止になっていた、と半ば自棄的な口調で私に告げ、龍野教授にだけはアタックするな、と私に忠告した。

そういわれると、闘争心が湧《わ》いた。どうも私には臍曲《へそまが》りのところがあるようだ。

龍野教授も人間である。ウィークポイントがあるに違いない、と私は教授について調べた。確かに異常な堅物で趣味らしいものがない。大学の講師や助手の談話から私が導き出した結論は、教授が最も執着しているのは、手術であり、自分のメス捌《さば》きだった。

或る意味では、外科医の仕事が趣味なのである。流石《さすが》の私も、龍野を陥落させることを半ば諦《あきら》めた。

そんな一日、私は大学の医局に行った。

今では想像できないが、当時のプロパーは、大挙して大学の医局に出勤し、医局を占領することもあったのである。薬の宣伝と販売促進には情報も必要となる。教授の乾分《こぶん》が、何処の病院に行くか、などは大事な情報だった。教授がA社の新薬を使えば、乾分たちも同じ薬を使う。親分乾分の緊密度は、医学界が最も強かった。或る面では、暴力団に匹敵するものがあった。当時よりも緊密度は薄れたとはいえ、現代でもその悪習は残っている。

プロパーたちが、教授を狙《ねら》うのはそのためである。

ＳＫＹＯ大学の医局は廊下の突き当りが会議室である。手前が教授の個室と助教授の個室だった。入口の近くに、講師、助手、また研究員などがたむろする大部屋があった。プロパーたちが大挙して押しかけるのは、この大部屋である。講師の中には博士号を得、年齢も五十歳近くになった医者もいる。彼等の殆《ほと》んどは、無器用な性格だった。自分の専門分野に固執する余り、柔軟性を失ってしまう。人間関係も得意ではない。自然、出世街道から外れるわけだ。

たとえばエイズ問題で起訴されたI教授も、東大では長い間冷遇されていた。私大に行ってやっと芽が出たのだが、その性格は、自己過信と屈折の塊といって良い。

大学の医局には、そういう連中がごろごろしている。

プロパーたちは、大部屋で、他の医大、女性、また競馬、株などそれぞれの医者たちが好む話題に興じながら、懸命に有利な情報を得るのである。勿論、すぐに情報を得られなくても、親しくなれればそれで良い。何時《いつ》どんな利益が転がりこむかも分らない。

医局の大部屋での雑談は長期投資だった。

その日は龍野教授が困難な心臓手術に挑戦する日だった。私は三日前から今日の手術を聞いていた。手術が何よりも大好きという教授である。当時、その手術は危険視されていた。龍野教授の心境は御前仕合にのぞむ剣士の心境に違いなかった。

教授室に呼ばれていた助手がドアを開けた。

「十分後に出られます」

気迫の籠《こも》った助手の声に、雑談の花を咲かせていた大部屋は静まりかえった。今日の手術に加わる医者たちは別人のような顔で立つ。教授が部屋を出るのは三十分後の筈だった。

私は素早く大部屋を出ると、病院の手術室に向った。私はこの瞬間に賭《か》ける積りだった。間もなく龍野教授を先頭に、従う医者たちが列をなしてやってくる。手術室に通じる入口には白衣姿の助手と婦長が待っていた。

手術の鬼といわれている龍野教授は、いつもは温厚な顔である。娘へのバースデープレゼントを送り返させる頑固な潔癖さは何処にも感じられない。だが手術の前の顔を見ればなるほどと納得できる。まさにメスそのものの顔だった。肉どころか心までをも切断しそうな冷たい鋭さが眼に宿り、顔も信じられないほど削《そ》げて見える。

プロパーは口を開く前に斬《き》られている。

私は龍野教授に頭を下げて挨拶《あいさつ》しながら、傍に寄った。突然の出来事に、皆啞然《あぜん》とし誰もとめられなかった。

「教授、雲海薬品の新薬Sマイシン、心臓手術には最適です、Sマイシンです」

龍野教授は少し唇を突き出し、不思議そうに見たが、何の咎《とが》めもなく行き過ぎた。殿様に仕える近習《きんじゅう》のような医者たちは、私を睨《にら》んだが、教授の足が速いので従うのが精一杯だった。

はっきりいって、私はこの賭けが成功するなど想像もしていなかった。

だが驚いたことに龍野教授は術後の薬の一つにSマイシンを指定したのだ。

多分、その時の教授の念頭にあったのは、手術の成功のみに違いなかった。それ以外に何もない。こういう心理分析が的を射ているかどうかは分らないが、催眠状態に共通するものがあったのではないか。私が囁《ささや》いたSマイシンはそういう教授の心にインプットされた。龍野教授の心理を読むにはそれが一番妥当な気がする。

龍野教授は、何故Sマイシンを採用したかを私に話さなかった。勿論、私は訊いたりしない。相手側が話さない限り、プロパー側から訊くのは禁物である。

龍野教授は、その後二年ほどして地方の病院長になり、今は私立N大学病院の院長らしい。私も間もなく支店勤務となり、社を辞めるまで顔を合わせていない。

確かにこういうケースは例外中の例外だが、プロパーたちは、色々な意味で難物の医者に取り入るのに必死だった。

当然、プロパーたちの中には、プライドを捨て、忠実な召使いとなって奉仕する者も出てくる。

問題は何故、プロパーが、人間の誇りまで捨て、薬の販売促進に夢中になったかだ。最大の要因は、会社での出世よりも、金銭にあったと私は考えている。

たとえば、薬品会社はプロパーに販売促進費用を出す。今、例にあげたようなSマイシンをプロパーが医者に売れれば、売上げの十パーセントもの金が交際費という名目で出るのである。有能なプロパーになると、昭和四十年代で、その額は月数十万円から百万円だ。

こうなるとプロパーは、販売促進者であると同時に能率給的な営業マンの性格を帯びることになる。

ことに、大学や病院に対する各社の販売競争が激しくなると、プロパーが売った分には、添付《てんぷ》というおまけがついた。

最初は十箱に対し二、三箱だったが、添付は増え続け、十箱もつくようになった。しかも添付の薬は、問屋を通さずにプロパーが大学の薬局に売ることができるのである。

勿論、添付の薬は、大学の医師の指名がなければならない。当然、プロパーは医師に礼をすることとなる。

その礼の内容については先に述べたが、貪欲《どんよく》な医者はそ知らぬ顔で現金を受け取る。私が知る限り、流石に現金を受け取る医者は少なかったようだ。

こう述べると問屋の存在価値が低く思えるが、問屋は一般の医院や薬局に対し、大量販売で売ることができる。薬品会社は問屋にもリベートを払った。問屋は安売りの大量販売で自己の利益を確保し、メーカーにも利潤を与えた。

プロパーの場合でも添付品は別として、他は問屋を通す。新興プロパーの活躍は、問屋にも刺戟《しげき》を与えた。

ただ当時のプロパーの行動には、常軌を逸したものがかなりあった。会社に出勤せずに大学の医局に押しかけるなどもその良い例だが、そんなことは常識の範囲内である。プロパーの中には教授や有力助教授の家に張り込み、子供達を車で学校に送ったり、また出勤しようとする教授を摑《つか》まえ、

「今日は何か、お役に立つことはないですか？」

とすり寄ったりした。事件記者の夜討ち朝駆けに似ているが、その行為は召使い的であるだけに、人間の誇りを抹殺せねばならない。そこが事件記者との違いだ。

日本に戻ってからの私は、余り家から出なくなった。室内にあるトレーニング器具を使うことはやめなかったが、それは習慣としてであった。

掃除機を使うのも大儀で、何となくごろごろし、読書をしたりビデオを観《み》たりした。読書の方も根気がなくなり、ビデオが主になった。その内容も、外国映画の暗黒ものが多い。様様な殺し屋のビデオを観た。彼等が殺人の道具とするものは、ライフル銃、マシンガン、拳《けん》銃《じゅう》、ナイフなどで、車による殺しはなかった。これは、車では映画になり難いせいかもしれない。

次第に私も、南本恵のことは、運の悪い事故と思うようになった。

パリの警察は、からかい半分に私を脅したのであろう。

この一ヶ月に、私は週に二度は領事の井植に電話した。大抵、井植のセクレタリーが出て、井植は外出中とか、緊急の用事で電話に出られないなどと告げた。彼女はフランス人で、たどたどしい日本語だが意味は通じた。彼女は、電話の内容を訊かない。どうやら井植は私の電話を煩《わずら》わしく思い、避けているようだった。

ただ先週の末、井植は電話に出、南本恵が、意識不明のまま日本に戻ったことを告げた。家族の意向により、戻った先も、日本での病院名も教えられない旨を伝えた。

井植の口調には決意めいたものがあった。

私としては、諦めざるを得ない。多分、南本恵は植物状態になり、何処かの病院のベッドで、生ける屍《しかばね》となっているのであろう。

確かにこの一ヶ月間、電話をかける時とビデオを観る時以外は腑《ふ》抜けだった。心配した秋岡は、時々私を飲みに誘ったが、私は一度も応じなかった。

秋岡にはすべてを話している。

「隅さん、俺には隅さんの気持は分らん、誰にも分らんだろう、精神科の医者も含めてな」

そんな風にいっていた秋岡が、私がパリへの電話はもうかけない、と告げた時、わざと作ったような妙に明るい声で私にいった。

「隅さんよう、俺なあ、あんたの気持が分らんといってたけど、訂正するわ、男にも女にも一眼惚《ひとめぼ》れというやつがある、まして隅さんの場合、肌を合わせたんや、一夜惚れというやつかなあ、それなら分る、俺だって一夜惚れで何年も続いた、エルのママがそうや、ただ、俺が知ってる隅さんは、女には狂わんかったからなあ、それで、分らん、と突き放しとった、人間も年齢や環境によって変る、きっと一夜惚れやで、隅さんが意識しているかどうかは別としてなあ、すまん」

その謝り方が余りにも唐突だったので、私は思わず笑ってしまった。

私が南本恵のその後の状態を気遣い、病状を知りたい気持は、秋岡のいうような一夜惚れとは違うような気がする。ただ、いわれてみるとそういう要素も芯《しん》の何処かに潜んでいるのかもしれない。

その朝、私は電話のベルで起こされた。昨夜は深夜のテレビでシリアスなギャングものをやっており、眠ったのは午前三時頃だった。クーラーをつけたまま眠るのは嫌いで、ベッドに入るとクーラーを切り、扇風機をかける。部屋は蒸し暑く、私は汗塗《あせまみ》れだった。扇風機は疲れはてたような音と共に、生ぬるい風を欠伸《あくび》の息のように吐き出していた。電話機はダイニングキッチンの棚にあった。

しつこく鳴り響くので私は仕方なくベッドから下りた。

いつになく吠《ほ》えるような秋岡の声がした。

「隅さんよう、今朝の新聞読んだ？」

「今朝の新聞、冗談じゃないよ、まだベッドの中だった」

ダイニングキッチンの掛け時計は、午前六時半である。私は眼をこすった。秋岡は大抵八時頃まで眠っている。

「いや、これは申し訳ない、今マンションに戻って、新聞摑んで部屋に入って見たら驚きの記事、吃驚《びっくり》して霞《かす》んだ眼が覚めましたわ、俺とこY新聞やけど、隅さんとこは？」

「Ａ新聞だけど、どんな記事？」

「ＳＫＹＯ大学の龍野知ってますやろ、若《わこ》うて教授になった、手術の鬼」

「龍野教授がどうした、交通事故？」

「交通事故ならこんな時刻に電話しますかいな、Ｙ新聞は社会面にでかでか載ってますから先に話しますわ」

秋岡の説明に澱《よど》んだような頭が冴《さ》えてしまった。

龍野教授は現在七十歳。愛知県にある私立Ｎ大学病院の院長だった。そんな龍野院長を頼り、大阪府在住の友人が入院した。心臓疾患である。龍野院長は今年になってから自分の年齢を考え、手術はやめていたが、友人の懇願もありメスを持った。ところが手術の最中、急性心不全でメスを持ったまま倒れたが、その際、大動脈を切断し、患者を死亡させた。現在、龍野院長も意識不明だが、前代未聞といってよい事故であり、高齢医師の手術に関して大きな問題を投げかけることになった、というのである。

「これだけの大きな記事や、Ａ新聞にも載ってますやろ」

私のマンションでは、新聞は一階のメールボックスに入れられる。パジャマ姿で取りに行くのも、ズボンにはき替えるのもめんどう臭かった。

秋岡には龍野院長を陥《おと》した経過を告げてあった。だが秋岡と龍野院長との接触は余りない。何故、秋岡がこんなに昂奮《こうふん》して電話をかけてくるのか、私には少し不思議だった。おそらく奴隷的なプロパー時代を思い出したに違いなかった。

一時の秋岡の勢いは大変なものだった。連日のように北新地に入り浸っていた。その資金は添付の薬を多量に売ったからである。それだけ大学教授に取り入ったのだ。自分の誇りを削り取った、ともいえる。

「隅さん、久し振りで飲みに行きましょうや、医者の悪口を肴《さかな》にして、旨《うま》い酒になりますよ」

「そうだな、黴臭《かびくさ》い塒《ねぐら》に籠っていても仕方がない、出るか、それはそうとあんたは龍野院長とは縁が薄かったんじゃないかな」

「近づき難い人でしたわ、ただ俺、ああいう人、苦手ですねん、隅さんには悪いけど」

「別に悪くはないぜ、俺にとっては、好き嫌いの範囲外の人だったからな」

二人は待ち合わせる場所を決めた。

秋岡は夜の九時頃まで、取引相手との商談があるらしかった。秋岡の商売には、法すれすれのケースがある。私は全くタッチしていない。

もう一度ベッドに入ったが眠れそうになかった。仕方なくズボンをはき、新聞を取りに行った。A新聞もかなり大きく扱っていた。遺族の談話もあった。妻は、大阪の病院で手術を受けるようにと望んだが、夫は諾《き》かなかったという。もっと強硬に止めるべきであったと悔んでいた。

だが患者が友人の医師を信頼している以上、家族が幾ら止めても無駄である。最近はかなり違ってきているが、古い時代の医者と患者との関係には、教祖と信者との関係に似たものがあった。

雨はやんでいた。沖縄では梅雨が終ったというから、近畿《きんき》地方にも、あと数日で暑い夏がやってくる。

私は紺のズボンに水色の半袖《はんそで》のシャツ、ヨーロッパで安く買ったコットンのブルゾン、という姿で夜の街に出た。ブルゾンは夏用のもので白だった。

近鉄で難波《なんば》まで出、千日前《せんにちまえ》の大衆食堂で親子丼《どんぶり》を食べた。ヨーロッパへは贅沢《ぜいたく》な一人旅行だが、日本での生活は質素である。会社を辞め厚生年金は国民年金に切り換えたが、貰《もら》えるのは六十歳を過ぎてからだから今は収入はない。

超低金利で五千万を超える貯金も、利子はないにひとしい。ただ、日常生活の費用はそんなにかからなかった。食費が安い。一日、千円から千二百円でやってゆける。中古のおんぼろマンションだが自分のものなので家賃は要らない。趣味のビデオ代や映画、電気、水道代なども含めて、月に十万から十二万といったところである。シャツや下着などは自分で洗濯しアイロンをかけるから、クリーニング代はないにひとしい。

洗濯や部屋の掃除、それに炊事など、自由な生活の代償と思えば何でもなかった。

煙草《タバコ》は滅多に喫わなくなったし、酒もそんなに飲まない。安ウィスキーのボトル二本で一ヶ月は持つ。

北新地のクラブなど、秋岡と月に一、二度飲む時以外は無縁だった。かつて私が秋岡を窮地から救うために出した金額は、今では数百万といったところか。

たまに私が払うというと、その時だけ情が鋭い閃光《せんこう》に変ったような眼で睨むのだ。

「隅さん、俺なあ、隅さんに借りた金をこうして、ちょびちょび返してるんですわ、借りたもんは返す、これは当り前のことでしょう、俺、バブルで踊った不動産業者とは違います、これだけは筋を通させて下さい」

そういわれると反駁《はんばく》のしようがなかった。

かつて学生時代に私がうろついた千日前は、時代と共に大きく変貌《へんぼう》していた。遊戯店とビデオ店が圧倒的に増えた。しかもビデオ店の大半はアダルトビデオ店だった。

親子丼を食べ終った私は、観たいと思っていた洋画を観、地下鉄で北新地に向った。ホテルSの二階のバーでウィスキーの水割り二杯を飲み、秋岡の馴染《なじみ》の店であるラウンジ・エルに向った。

エルは北新地の中心部からは西北の隅に位置するが、国道二号線に面したビルの三階で、そんなに不便な場所でもない。

二号線の反対側には、駅前第一、第二、第三などと呼ばれる高層ビルが並んでいる。

店の広さは十数坪で、数人のホステスは、ママの片腕となっている高川八重《たかがわやえ》を除き、アルバイトだった。少ない時は三人、多くなると六、七人になる。一定していないのは、アルバイト情報誌で素人を募集するからである。

大学生からOL、時には中学生、高校生などが応募してくる。時給は二千円から三千円の間だ。二、三日でやめる者もいるし、一年以上続く者もいた。だが、大抵は半年から一年の間でやめる。

ホステスたちの回転がめまぐるしいので、出勤者数は一定していなかった。

ママの川崎麻美《かわさきまみ》は四十歳で、かつて秋岡が現金問屋にいた頃、男女の仲になった。当時の麻美は細面で、何かを訴えようとする時、眼を見開き、顔を前に出すような仕草に何処か若さ特有の可憐《かれん》さがあった。

そんな麻美も、秋岡との関係で男性観が一変したのかもしれない。よく太り、何かあると大きく笑い、根が生えたような女性に成長していた。

麻美の変身を知ったように秋岡は何年か後にエルに現われ、今は友人のような関係になっている。秋岡の話では、別れた後、麻美には新しい男ができた。薬品問屋の専務だったが、三年足らずで別れたらしい。

「奴《やつ》には俺のような雄《おす》のエネルギーがないんや」

秋岡は、俺を知った女は、最早《もはや》どんな男にも満足しない、と自惚《うぬぼ》れている。

秋岡の自惚れがすべての女性に当てはまるかどうかは疑わしいが、ある種の女性にとって、秋岡が叩《たた》く槌《つち》は、子宮の芯をゆるがすものがあるに違いなかった。

エルは平均して一日二十人前後の客が入るが、約三分の一は薬品関係者だった。現役のプロパーは少なく、もとプロパーで、子会社や問屋に移った者が多い。秋岡のような一匹狼《いっぴきおおかみ》もいる。

現役組は、大学教授や病院長、また有力な医者たちを高級クラブに接待する。それに現役組は何処となく先輩たちを敬遠していた。それも当然である。エルに集まる先輩たちの会話の殆どは、医者への悪口である。酔った勢いで仲間に加わり、悪口をいっていると、何時、どんな拍子に上司の耳に入りかねない。現役組はそれを恐れていた。

たまに接待している医者たちの横柄さに堪えられなくなった現役組が、疲労困憊《ひろうこんぱい》したといった顔で入ってくる場合もあるが数は少ない。

私は、約束の時間より少し前に行ったがエルは満席だった。秋岡がいないようなので出ようとするとママの麻美が客を掻《か》き分けるようにして飛んできた。

「ごめんなさい、秋岡さんから電話があって、三十分遅れるって、丁重にもてなすようにいわれたんだけどこの有様」

麻美は私に両手を合わせた。

「隅さん、奈津子《なつこ》を知ってるでしょう、色の白い大人しい女《こ》」

「クラブ桐の奈津子だろう」

知っているどころではなかった。私は教授を陥した後、やはり国立のMATO大学の細川《ほそかわ》教授に奈津子を抱かせたのだ。その後、酔った勢いで奈津子と一夜を共にした。

「半年ほど前、ナツという小さな店を開いたの、隅さんのことを話したら懐かしがっていたわ、秋岡のボトルもあるの、すぐ近く、私、今から案内するわ」

「おいおい、満員の客だろう、俺一人のために店を出るな、電話番号を頼む」

麻美は店に入ると電話番号を書いたメモ用紙を私に渡した。すみません、と手を合わせる。私よりも秋岡に詫《わ》びていた。麻美はまだ秋岡に未練を持っているのかもしれない。私にいわせると秋岡は褐色のカボチャだ。一体彼の何処に魅力があるのだろう。それは説明されても分らない。秋岡が麻美の雌《めす》の芯を疼《うず》かせる何かを持っているのは間違いなかった。

新地本通りに向って歩くと薄汚れた感じの若い外国人がカード占いをやっていた。へたな日本字で、金、女、病気を占います、と書いたカードを胸にぶらさげている。ジーパンにアロハのようなシャツを着、ネックレスに大きな水晶玉がついている。何となく世界を彷徨《さすら》っているボヘミアンのような気がした。

「ハウ　マッチ？」

「オカネ、ワンハンドレッド、オンナ、ワンハンドレッド、ビョーキ、ワンハンドレッド、ミンナデ、トリーハンドレッドネ」

「オンナだけだ」

「ワンハンドレッドネ」

「ＯＫ」

異国からきた若い占い師は折りたたみ式の脚のついた板の上に古びたカードを置いた。鮮やかな手捌《てさば》きと冴えた音をたててカードをくる。私に一枚抜かせる。その周りに四枚のカードを並べた。中心部にある私が抜いた一枚はスペードのクイーンだった。右横にハートのクイーンがつき、他はカス札である。私は嫌な予感がした。カードには素人だが、スペードのクイーンが、南本恵の死を意味しているように思えた。占い師は真面目《まじめ》な顔でカードを凝視していたが、微笑を浮かべた眼を私に向けた。

「あなた失恋ネ、バット、新しい恋人デキル、ハピーネ、昨日より明日ネ、ユーシー？」

百円玉を置きながら私は、南本恵の死を確信した。

第二章　濁流の中

彷徨《さすらい》の外国人のカード占いに、私の気持は暗くなった。彼が身につけている異国の塵《ちり》が、空気伝染し、胸に詰まったような気もした。彼は通りがかった若い女性に口笛を吹き、手品師のようにカードを飛ばした。左右の手の間隔は約三十糎《センチ》はあった。カードは、マシンから発射されたように宙を飛び、右手から左手におさまった。

ノースリーブのブラウスとロングのスカートという恰好《かっこう》のOLらしい女性は、魅せられたように外国人の前に立った。冴《さ》えないOLだった。肩から剝《む》き出た二の腕も、妙に贅肉《ぜいにく》がつき、間の抜けた容貌《ようぼう》と釣り合っていた。

彼女の姿は何処《どこ》か私自身に共通するものがあった。角の薬局店の前の公衆電話に向って私は蝸牛《かたつむり》のように歩いた。それが災いをしてあと一米《メートル》に迫った時、電話は薬局から跳びだしてきた白い腕に先取りされた。どう見ても十五、六歳の女性だった。彼女は啞然《あぜん》とするほど素早くカードを入れ、指先で電話機を叩《たた》いた。これも速い。

「あのなー、もう二十分も待ってんのよ、コーラにシャーベット、三百円のスポーツドリンク、それに煙草《タバコ》も切れたしさあ、えらい損、今すぐけえへんのやったら、うち一人で面接するよ」

だらしなくだぶついたブラウスにも拘《かかわ》らず、その胸は盛り上がっていた。横顔は、どう見ても高校一年生といったところか。ここはネオン街の北新地である。面接先はスナックあたりだろうか、とぼんやり待ちながら店内を眺めた。大半が漢方薬で、強壮、強健、回春薬だった。何気なくドリンク剤の値段を見て私は眼を見張った。何と四千円のドリンク剤があった。

若鹿《わかじか》の角の袋から採ったというエキス、働き蜂《ばち》が運び、女王蜂のみが食べて巨大化するローヤルゼリーなどの生薬に、様々な薬草エキスを混ぜ、西洋医薬のガンマーオリザノールなどの血管膨張剤を加えたものだった。薬草エキスの中に必ずイカリ草が入っているが、これも血管を膨張させる効果があった。

それにしても、かつてのドリンク剤は殆《ほとん》ど医薬品となり、三千円でも馬鹿馬鹿しいほど高いのに、四千円とは唖然とさせられた。

薬品会社で人生の大半を過しただけに、この上何が加わったのか、と気になる。

身体《からだ》だけ一人前の少女が電話を終えたので、奈津子に電話した。

受話器を耳に当てた時、微《かす》かな緊張感に、握力が強くなった。

怒濤《どとう》のように医者を接待した女の飛沫《しぶき》の中で、僅《わず》かに名前や身体を覚えている一人に奈津子がいた。

予想もしなかった明るい声が耳に響いた。

「奈津子か」

「ママ、夏風邪《なつかぜ》で休んでいるんです、どちら様でしょう？」

「それじゃ」

見知らぬ女に名前を告げる気はしなかった。ついてないな、と苦笑し、アイスボックスのガラス戸越しに四千円の滋養強壮剤の成分表示に眼を向けた。字が小さいので読み取れない。といって四千円ものドリンク剤を買う気はしなかった。

あの様子では、ラウンジ・エルの客はなかなか去りそうになかった。

新地本通りを歩いていると、パリのカフェテラスを模したような店があった。通りとはガラス壁で隔てられているが、店内の客は外を眺めることができる。中央は円形のカウンターで、ガラス壁沿いにテーブル席が並んでいた。時間が中途半端なせいか客は少なかった。ただ客の殆《ほとん》どは若者である。この暑い季節なのに背広にネクタイを締めたサラリーマン風の男性もいた。会社の帰りであろう。

私はビールを注文した。昔に較べると若者が多い。奈津子を知ったのは、昭和五十年代の前半で、添付《てんぷ》なども規制され、薬価基準の強化と共に、医薬品業界もかなり締めつけられていた。だが、現在に較べると、まだまだ当時は好《い》い加減だった。

北新地はクラブ街で、若者は少なかった。

当時の私は四十代になったばかりで、連日のように医者を接待し、高級クラブに出入りしていた。奈津子はクラブ桐のニューフェイスとして私の前に現われた。湯水のように金を使うプロパーは、ママにとっては上客である。奈津子は抜けるような色白の肌で、やや窪《くぼ》み勝ちの眼窩《がんか》に嵌《は》め込まれたような黒い瞳《ひとみ》には、怯《おび》えたような媚《こび》が宿っていた。嵌め込まれた、といった感じがするのは、よく視線を伏せるせいである。とくに下半身の話になると妙に謎《なぞ》めいた微笑をたたえ、眼だけで俯《うつむ》くのだ。人工的な感じの瞼《まぶた》が瞳を覆うと、顔の雰囲気が変り、フランス人形を連想させる。

奈津子は口数が少なく、他のホステスたちにいわせると、カマトト的な女ということになる。

どちらかというと私は、能弁で自己主張の強い女性よりも、控え目な感じのする女性のほうが好みだった。かりに彼女が腹中に一物を持っていたとしてもだ。

高級クラブに勤めているホステスは、客に対して計算している面がある。そうでなければ、水商売には入らない。

私は奈津子に惹《ひ》かれた。それは彼女の容貌以外に、彼女がそれとなく放つ妖《あや》しいムードのせいであろう。伏眼を、これほど効果的に使うホステスは珍しい。

私は三度も一人で桐に飲みに行き、奈津子を指名した。プロパーとして北新地で飲むようになってから、こんなことは初めてだった。殆どの場合、私の傍には医者がいた。

その日、私はＭＡＴＯ大学の細川教授と北新地に飲みに出た。私は細川教授に免疫抑制剤を売り込むのに懸命だった。細川はＳＫＹＯ大学の龍野と同様、メスに生命を懸けている一人だった。ただ、龍野と異なり女性好きだった。銀縁眼鏡の細川の容貌は、知的なメスといった表現がぴったりである。

私は細川が学生に講義をしているところを見たことがある。彼の眼は身体をそらそうと俯こうと、殆ど同じだった。ただ、メスの光の映える場所が多少異なる、といった程度である。細川は、自分が女性好きであることを仄《ほの》めかしていた。教授ともなると殆どがそうだが、酔うと本性が表われ、ホステスの胸に手を伸ばしたりする。ただ女性好きにしては、細川にはそういう乱れが全くなかった。

飲むと意識的に毅然《きぜん》とする。ただ眼つきだけは隠しようがない。手術のメスではなく、欲望で女性を抉《えぐ》るメスに変る。時には無気味に思えることさえあった。男性にしては唇が赧《あか》く、血を含んだように見えたりすることもあった。

私は細川に一人のホステスを紹介していた。このことは誰にも気づかれていない。私が集めた情報では、細川が気を許しているのは私だけのような気がする。

何故《なぜ》、細川が私に気を許したのか、それは私には分らない。

ただ、私は細川が気に入ったと感じたホステスに、二人の間に私が介在していることは、絶対内緒にするように、といった。

「マンションに電話させるんだ、そこまでゆけばあとは君の腕次第だろう」

私は成功したホステスには、当時の金で十万円渡した。また販売拡張費を利用し、彼女に利益を与えた。

二人目のホステスを口説いた後、細川は、女を押しつけているのは君だろう、と冷たい眼を向けた。私はそ知らぬ顔で、どういう意味ですか、ととぼけた。

「君は他のプロパーと一味違うね、馬鹿なプロパーは露骨に女をすすめる、だが君は影に徹して正体を現わさない、面白い男だ、だがね、君のところの免疫抑制剤は採用する気はない、今使用中の田野川《たのがわ》製薬のやつと効果が変らないからね、陥《おと》すのなら龍野教授だな、前、妙な手を使って抗生物質を売り込んだだろう、僕は押しつけられた女とは寝ないよ、前の女にも触れていない、女は自分で選ぶ」

妙な手というのは、手術前の龍野を襲い、売込みに成功した件のことだった。大学が違うのに、何故知っているのかと、ちょっと妙な気がした記憶がある。誰かが喋《しゃべ》ったのかもしれない。あの売込み以来、龍野は私を見ると苦い顔になる。もう龍野に奇手は通用しない。

それにしても紹介したクラブ関《せき》の女に触れていなかったといわれたのは参った。彼女は私から金をただ取りしたわけだ。だが私は笑顔でいった。

「先生、僕は女を扱うのは苦手なんです、勘弁して下さい、それはそうと、サハリシンの件ですが、諦《あきら》めます、市場参加が田野川製薬より遅かったし、もともと駄目を承知でお願いしていたんです、先生には長く可愛《かわい》がっていただかなくっちゃ、今宵《こよい》は初心に戻り飲みます、参りましょう」

その日、私が最初に寄ったのは、高級クラブのミカミだった。プロパーと医者が多く、著名な大学教授や有名病院長の顔も見えた。実際、細川は奇妙な医者で、飲んでいる時も殆ど笑わない。時たま、女性の太腿《ふともも》に手を置いたりしても、患者の患部を診察しているような表情だった。

細川の分だけ私は酔った。奈津子に会いたくなり、三軒目に桐に寄った。細川はプロパーたちが下種《げす》と呼んでいる一部の医者と異なり、自分の方から女性を要求することがなかった。

私は黒衣《くろこ》に徹し、細川はそ知らぬ顔で受け入れる。

十一時前だったが桐は混《こ》んでいた。奈津子の眼の辺りが何時《いつ》もよりも赧いのは酔いのせいに違いなかった。

「有名な細川先生、MATO大学の外科の教授だよ、手術の腕は日本でも指折りだな」

細川は患部の腫瘍《しゆよう》を確かめるような眼を奈津子に向けた。奈津子は、光栄ですわ、と掠《かす》れ勝ちな声が滴《しずく》でつながっているような口調で挨拶《あいさつ》し、いつもの癖で伏眼になった。

瞼にこれまでにない翳《かげ》りがあった。酔いが心臓を掻《か》き廻し、私は得体の知れない不安感に慄《ふる》えた。この瞬間の奈津子には、これまで以上の妖艶《ようえん》さが、嵌められたような瞳の内側に籠《こも》っていた。どんな男性だろうと、心が疼《うず》かない筈《はず》はなかった。

「初めて見る顔だな」

「まだ二ヶ月なんです」

「なるほど、そういえば二ヶ月間、桐にはきていないな」

「そうでしたか、僕も二度目なんですよ」

姐《あね》さん役のホステスが席についた。

「まあ、湿ってる、パッとゆきましょう、パッと」

細川は、うるさい、といわんばかりに彼女を睨《にら》み、奈津子に、何処《どこ》の生まれ？　と訊《き》いた。

不安感は現実になりそうだった。これまで細川が、こんなに優し気な口調で、ホステスに話しかけたことはなかった。奈津子が、福岡ですと答えると、一昨年、博多《はかた》で学会があり、中洲《なかす》で飲んだよ、などとこれまでと別人になっている。

姐さん役のホステスは、取りつく島がない、といった顔で、私に話しかけたが、私は苛立《いらだ》ってママを呼べ、といった。

奈津子は半時間ほどいて他の席に呼ばれた。細川は彼女の後ろ姿を暫《しばら》く追っていたが、熱で潤んだような眼を私に向けた。

「人気あるだろうな、彼女……」

「そうでしょうね、ただ僕は二度目なので」

四度目とはいいかねた。

細川の顔からは、知的さもメスも消えていた。女性の魅力にただ感嘆しているように見えた。呼ばれたタクシーに乗ろうとして、細川は私を凝視《みつ》めた。逡巡《しゅんじゅん》の気配など私に見せたことのない細川が、一瞬の迷いの後、私を見据えた。

「隅君、好い女だ、僕はああいう女に会ったことはない……」

頼むぞ、と声にはならなかったが、私は絞り出すような細川の声をはっきり聞いた。

細川教授を陥せば、効果は大きい。免疫抑制剤だけではなく、新薬の増血剤、抗生物質などを売り込める。これまで薬に関して細川教授は鷹揚《おうよう》だった。助教授たちにまかせる場合が多い。細川が最も信用しているのは自分の執刀力である。だからこそ私は熱心にくらいついたのだ。細川が新しい薬を採用すれば、波及効果は大きい。

流石《さすが》に私は返事ができず、車に乗る細川に向って深々と叩頭《こうとう》した。まさに細川は自分で女を選んだ。この時、私は女衒《ぜげん》に堕している自分の惨めさを痛いほど思い知らされた。

数日、私は迷い悩んだ。細川のために奈津子を口説き落そうという結論に達したが、その理由はたんなる計算からだけではない。勿論《もちろん》、計算も働いたが、妻の妙子の存在が影響している。これまで数え切れないほど女たちと遊んだが家庭を崩壊させるほど一人の女に溺《おぼ》れたことはない。家庭の崩壊は獲物を陥落させるプロパーのリズムを狂わせる。それよりも私は、妙子と憎み合いたくなかったのだろう。

私が自分を捨て、奈津子を諦めたのは、彼女に溺れそうな気がしたからかもしれない。

いったん決心すると、行動は敏速だった。同伴出勤を口実に割烹店《かっぽうてん》で食事した。日常会話が終らないうちに、細川の気持を伝えた。奈津子は客席の時と同じように伏眼になり、暫く眼を上げなかった。

「僕はいっかいのサラリーマンだし、たいしたことはできない、だが、交際費はかなり使える、最低、月に十回は指名できる、裏金も少しは廻せる、指名料も含めて君の懐に入るのは三ヶ月で百万見当だ、これで頼む、勿論、僕が口にした額は最低のものだよ」

昭和五十年代前半の百万である。今では三百万円の値打ちはあるだろう。

余り長く眼を伏せたままなので、私は苛立った。相手は迷っているのである。ひょっとすると私は心の何処かで、即座に拒否されることを望んでいたのかもしれない。

「御専門は？」

「内臓外科だよ、心臓が主だが、循環器系統なら何でも来いだ、また肝臓も上手《うま》い、若くて教授になっただけに手術が上手い、今、脚光を浴びている移植手術など得意だよ、何にでも挑戦したがっている、家族にでも患者が……」

「あの暫く考えさせていただけませんか」

奈津子は落ち着いた口調でゆっくりと答えた。こういう問題で、こんなに慎重で生真面目《きまじめ》な返答をされたのは初めてだった。奈津子の眉《まゆ》が意外に濃く見えた。眼は相変らず嵌め込まれたようだが、妖艶さは消え、空《うつ》ろなガラス玉を思わせた。奈津子の感情が眼から眉に移ったような気がした。そのせいか、私の口は重くなった。強い眉によって私の声が塞《ふさ》がれた。薬を売り込む場合でも、女性を口説く時でも、相手の眼が放つ気持を追い、対応する。眉が相手ではギブアップだ。

「まあ、頼む、この通り」

私は膝《ひざ》に手をつき、頭を下げた。

三日後、桐に行ったが、何時もの彼女に戻っていた。勿論私は、細川の問題には触れなかった。細川のためにこれ以上奈津子を口説く気にはなれない。

細川が免疫抑制剤と増血剤の採用を私に告げたのは、二ヶ月後である。

相変らず知的なメスといった顔の細川を眺めながら、私は阿呆《あほう》のように口を開けかけていた。驚愕《きようがく》で下顎《したあご》の筋肉がゆるんだのであろう。眼の前に宇宙人が現われた瞬間の顔になっていたに違いない。

メスが笑った。

驚いたか、好い女だよ、とメスは勝ち誇っていた。私への感謝など全くなかった。

それにしても、細川も奈津子も二ヶ月の間よく演技し続けたものだ、と私は唸《うな》った。

細川の場合は、まだ考えられないことではない。細川は病院長の地位を狙《ねら》うエリートで、おそらく家を出た途端、知的なメスといった表情を作り、誰に対しても、それを崩さなかった。

プロパー相手に笑う時もある。だが独得の薄嗤《うすわら》いで、メスの威厳を傷つけなかった。彼は女性の問題で、人間的な感情を見せるような医者ではなかった。

私が気づかなかったのは、無理はないかもしれない。ただ女衒となった私としては、内心、「先生よう、人に気づかれない程度に眼尻《めじり》を下げてくれても良いじゃないですか、そりゃ、売込みに懸命になっていた薬を買ってくれたんだ、それが礼だ、といわれればそれまでだが、奈津子の場合は、他の女と違う、心臓の一部を抉り取られた気持だぜ」

と啖呵《たんか》の一つも切ってみたいところだった。

勿論私にそんなことはできない。購入してくれた礼を述べ、またよろしく、と頭を下げたのである。それは侘《わび》しい癖だったが、エレベーターで一階に降りた時、これまで感じたことのない嘔吐感《おうとかん》に襲われた。それまで懸命に幽閉していた人間的な憤りが厚い扉を揺すりはじめたのだ。私は狼狽《ろうばい》した。扉が開かれればその場で叫び出しそうだった。会社での私は消えてしまう。

私はトイレに行った。大きい方の用を足し、鏡に向いながら自分の顔をつくづく凝視した。私は柵《さく》の外に立っていた。だが鏡の中にいるのは柵で囲まれた動物園の猿である。嘔吐感を抑え、プロパー業は本当の私ではない、この阿呆面《あほづら》をした猿がしているんだ、とお経を唱えるようにいい続ける以外になかった。その日はそれでおさまったが、胃から胸にかけて感じた嘔吐感は、それ以後、体内の何処かで蠢《うごめ》いていた。

多分、これが、停年前に会社を辞《や》めることになった遠因であろう。

それにしても、奈津子も奈津子だった。細川に厳命されたのかもしれないが、私への演技は、ただただ見事だと、これも頭を下げざるを得ない。

私が奈津子を誘ったのは、一週間後だった。

突然回想が断ち切られた。酔っているらしく、他人の迷惑など構わない若者たちが騒々しく入ってきた。

腕時計を見ると一時間近くたっている。

エルにきた秋岡は、私が何処に行っただろうと探し廻っているに違いなかった。

私はその店を出ると、念のためエルに電話した。

「秋岡さんたら、迷子にでもなったようにあちこちに電話しているわよ」

ほっとしたような麻美の後、秋岡が電話に出た。秘密を告げるように声を潜めた。

「浜田さんと大川がきているよ、龍野院長の件で、皆、集まったらしい、あれを肴に飲もうというわけや、浜田さんとは？」

「構わない、一緒でも」

浜田と大川はライバル会社のプロパーだった。共に私より数歳下である。浜田と会う度、この男が、本当に薬品業界の荒波を泳いでいるのだろうか、と私は小首をかしげたものだ。プロパーの匂《にお》いを全く感じさせない温厚そうな男だった。大川は浜田とは正反対に、鷹《たか》のような眼で獲物を狙い、手段を選ばなかった。渾名《あだな》はハイエナである。飲むと別人のように陽気になり、人懐《ひとなつ》っこくなる。ただ、どちらかといえば浜田の方が気が楽だった。妙な男で、人間が持つ灰汁《あく》を感じさせないのである。秋岡は浜田や大川と親しい。トンビの秋岡も現金問屋の下請け的なブローカーだけではやってゆけない。秋岡が北新地で飲めるのは、それなりの稼ぎがあるからだ。

ラウンジ・エルは見事なほど客が退《ひ》き、いるのはボックス席に集まっているかつてのプロパー仲間だけである。ホステスは八重と、短大一年生という触れ込みの悠美《ゆみ》だった。入店の際、麻美が学生証と免許証を見ているから間違いない。何処か兎《うさぎ》を感じさせる色白で、客が卑猥《ひわい》な言葉でからかうと、突然現われた獣の正体を探るような顔をするが、嫌悪感を示すことはまずない。

そんな時麻美はからかう客に皮肉な口調でいう。

「そんな古臭い俗語は、現代の若い女には通用しないのよ」

実際、日本人の誰もが知っていると秋岡が思っていた、女性の核を表わす俗語を口にすると、悠美は、何の意味かしら、と問い返しそうな表情で小首をかしげた。

仰天したのは、悠美ではなく秋岡の方だった。秋岡が唾《つば》を飛ばさんばかりの勢いで握り拳《こぶし》の間から亀頭《きとう》に似た親指を出して説明すると、やっと分ったのか、悠美は、兎顔に似合わない大人びた薄嗤いを浮かべた。それは、そんなこと何が面白いの、と揶揄《やゆ》しているように思えた。

秋岡は十八歳の短大生に舐《な》められたような気がした。傍にちょこんと坐《すわ》っているのが、秋岡には理解し難い女性群であることが分っていなかった。秋岡は眼を剝《む》いた。

「援助交際いうたら、分るやろ、何することや？」

悠美は外国の風景だけが映っているカラオケを考え込むように眺めた。

「悠美ね、安売りしないわ、そうね、最初に五十万、その後は会うたびに三十万ぐらいかな」

とぼけたような悠美の口調に秋岡はむきになった。秋岡は飛び込みの仕事用に備えて、内ポケットに入れている五十万円入りの封筒を悠美の膝に叩くように置いた。

悠美は秋岡と封筒を見較べると、「数えても良いの？」といった。秋岡が頷《うなず》くと、悠美は札を封筒から出し、数人の客が見守る中で細っそりした指で一枚ずつ数え、「リッチねえ、五十万ぴったり、ふーん」と溜息《ためいき》を洩《も》らすと、封筒を秋岡に返した。

後日、秋岡はその時のことを話し、「では手つけとしていただいておきます」といわれそうな気がして脂汗をかいた、と憂鬱《ゆううつ》な面持ちで私に語った。それ以後、秋岡は悠美をエルで可愛がっているが、男女の関係はない。

秋岡は、ベッドの上で会話が通じない女を抱くような男ではなかった。

悠美は十一時半までだが、タクシー代は別に一万円出し、一時間残業や、と残すことが多い。だがその夜は、定刻に悠美が席を立っても止めなかった。

もとプロパーたちの話題は、龍野院長だった。龍野は手術の名手と謳《うた》われ、本人も、普通なら死ぬ筈《はず》の大勢の患者の生命を救《たす》けたことを自負していた。

それにプロパーの接待に応じない稀《け》有《う》な医者である。自分たちが接待づけにした医者たちを悪し様にののしっているもとプロパーたちの話題にのぼらない医者でもあった。酒の肴に、潔癖だったなあ、と褒《ほ》めても仕方がない。

だが新聞記事になった事件は、名医の末路としては、余りにも惨めだった。患者を殺しているだけに、メスへの執着だけでは片づかない。

こういう場合、容赦《ようしゃ》なく叩くのは秋岡だった。

医者に対する秋岡の怨念《おんねん》には、私の理解を超えるものがあった。秋岡が現金問屋を辞めざるを得なくなったのは、RANA医大の奥松《おくまつ》教授のせいだった。ただ秋岡が何処まで真相を話しているかは疑問である。時々、何か隠しているな、という気がしないでもない。

「俺思うんだけどなあ、人間って所詮《しょせん》、エゴが優先する、著名な教授になればなるほど、そうやな、権威欲というエゴ、そういう面では官僚とええ勝負や、いいや、医者の方が強烈かもしれんなあ、今回の事件にそれがよう出てるがな、はっきりいわせて貰いましょか、龍野はん、要するにええところを見せたかった、おそらく手を伸ばした時の指先の慄え、二十年前に較べたなら、震度は弱から強になってる、急性心不全で倒れる前の問題や、それぐらいのこと自覚してるでえ、本当に友達のことを思うなら、若手にまかせるべきや、それができんのが医者というやつよ」

秋岡の声の大きさが廊下にまで響いているせいか、客は入ってこない。こういう夜は貸切りになる。

「秋岡さん、龍野先生にその気があったかどうかは別としてですなあ、殺人のトリックとして使えるでしょう、あの手で殺そうと思えば殺せる、私は推理小説を余り読んでないので分りませんけど、この頃の薬の進歩は凄《すご》いですからね」

浜田が眼と口もとに微笑をたたえながら諭《さと》すようにいった。

「えっ、殺人」

流石の秋岡も絶句し口を半開きにしたまま浜田を見た。何か喋ろうとした瞬間、心臓を射貫かれ、自分に何が起きたのか、分らない、といった表情だった。

多分、私も同じ顔になったに違いない。

「今では一時的に心臓の力を弱めさせ、しかも副作用のない薬は多いでしょう、カプセルに入った薬をマスク内に仕込み、いよいよという時に飲み込む、新聞記事では、肥大した心臓を縮める手術、心室を切るとある、薬が効きはじめた瞬間に血管を切り、倒れる、手術室は大混乱でしょう、患者の出血と院長の卒倒ですからね、患者の方は応急の措置が遅れる、院長を診察した時は、心臓は停止に近い、誰も院長を疑う者はいないでしょう、院長には急性心不全で暫く御安静を願う、もし院長に殺意があればですよ、応急措置のほどこし難い場所を切っている」

店内は静まりかえった。

「浜田さん、幾ら何でも、そんな恐ろしい話、止《よ》して頂戴《ちょうだい》」

麻美が悲鳴じみた声をあげた。

秋岡が笑っていった。

「ママ、これは架空の話、現代はそれほど薬が進歩しているということ、ペットショップの経営者が、筋肉弛緩剤《しかんざい》を使用して、人を殺す時代だからなあ」

「それにしても、あの事件、何故もれたかなあ、まず医者同士がお互いの保身のために口を閉じる、看護婦にも強要する、何んかあったなあ、おそらくまあ良心的な看護婦が新聞社にたれこんだというところでしょう、恐いのは内部や」

「浜田さんのいう通りや、あの程度なら何とか理由をつけて隠蔽《いんぺい》する、それにN大には露骨に金を要求する先生もいるそうやし、誰かの密告ですわ」

丸顔で肉づきの良い大川が眼を光らせると、坊さんじみた顔になる。大川は精力剤を中心にした漢方薬局を数軒も持っていた。薬大出身のプロパーだっただけに時流にも乗り彼の転身は大成功だった。

資産を得たという意味では、浜田も同じである。浜田は十年前、四十歳になると同時に社を辞め、プロパー時代に蓄《たくわ》えたと称する資金で、千日前界隈《かいわい》のはずれでピンクサロンをはじめた。小規模の店だったが、他の店と異なり、若い女性を集め、店内での激しいサービスと低価格を売物にして店を繁盛させた。店はスポーツ紙の風俗面などに取り上げられ、入口には客が列を作ったという。警察の注意で二度ほど自粛的に閉店したが、二、三ヶ月後には別な場所で開店するという方法で繁盛させ、三年でかなりの財をなした。その後、警察の取締まりは、ホテル派遣の売春組織や、デートクラブなどの売春に向い、ピンクサロン的な店は放置された。と同時に売春は拡散され、風俗の名のもとにテレホンクラブ、イメクラ、性感マッサージ、SMと異様な花を咲かせ、スポーツ紙も堂々と広告を載せる時代となった。

一部にしろ女子中学生がテレホンクラブを利用し、売春を行なっているのである。電話回線がここまで多様化するとは、警察も予想できなかったに違いない。かりに予想したとしても、現代の日本では確かに取締まりは困難である。

浜田は三年前にピンクサロンをやめ、ミナミに若者向けのファッション・ショップを経営していた。これも予想外の転身だが、浜田と親しい秋岡にいわせると、風俗店のみならずゲイバーにも資金を出していた。だがこれは秋岡の推測で確かではない。

私には、龍野がこれほど憎まれているのが少し意外だった。前にも述べたが、龍野はプロパーにたかったことがない。

「浜田さん、龍野さんにいたぶられたことがあったの？」

私の問いに浜田はゆっくり首を横に振った。

「いやいや、それはありません、珍しいほど堅物で、温厚な感じの医者ですわ、ただしわしにいわせると、そこが何となく気に入らん、金なら愛人の女に持ってゆけ、とか、ゴルフ場に着く前、車の中で自分の女の肩を揉《も》ます医者は確かに最低ですわ、腹も立ちます、だがそういう医者たちには、何処かわしらの掌《てのひら》に乗っているというか、威張り腐った餓鬼大将だけど、悪の仲間やなあ、という感じがする、ところが龍野はんは違う、わしらと医者仲間の関係を知っていて、いや、知っているから、わしらを軽蔑《けいべつ》し、御本人は自分こそ医者の模範といわんばかりに超然としてはる、そのくせ、患者に対しては冷酷、人間愛のかけらもなく、ただただ自分のメス捌《さば》きに酔うてはる、だから今回も友達を殺してしもた、私はねえ、プロパーを召使いのように思てる餓鬼大将も嫌いやけど、聖人ぶってわしらを虫けらのように見てる龍野はんのような医者も好かんのです、これは好き嫌いの問題で、別に龍野はんに恨みはありませんわ」

水割りの氷を鳴らしていた秋岡が身体を乗り出した。

「浜田さんのいうこと、分らんこともない、それは浜田さんの人間観やなあ、隅さん、こういうことですわ」

秋岡は私の方に身体を捻《ねじ》った。

「俺たちを召使いのように扱った医者たちも、もとはといえば、製薬会社が自分の掌に乗せて踊らせてしまったんや、上下関係ができたけど、悪の花園での仲間やないか、というところですわ、その点、龍野院長は、堕《お》ちた連中を軽蔑している、鼻持ちならん、というとこですわ、まあ一理はある、でもなあ浜田さん」

秋岡は再び浜田の方に向きなおった。

「あんた、大事なことを忘れてまっせ、龍野院長が軽蔑したのは俺たちプロパーやで、仲間の医者を俺たちのように軽蔑したとは思えん、飲みに行っても、俺たちを見下していた医者たちに仲間意識を少しでも覚えるのは一寸《ちょっと》感覚がおかしいですなあ、浜田さんは連中と組んで、相当儲《もう》けはったなあ」

秋岡の舌鋒《ぜっぽう》は流石に鋭かった。

浜田は掠《かす》れた笛を交じえたような奇妙な声で笑った。人差指と親指を丸めて輪にすると、変に肉厚な唇を輪に突っ込み、舌を出した。

「秋岡さんも同じやないか」

眼を細め、くぐもった声でいった。

「とんでもない、俺はそんなに儲けてない、だから、しがないトンビ暮しですわ」

「トンビは、餌《えさ》を横取りするのが上手いからなあ」

大川はその場の雰囲気を取りなすように、陽気な声でいった。

「そっちも何や、精力剤ばっかり売りよって、日本中、色気狂いにする積りかいな、今度の四千円のドリンク、女の豆まで立たせて腰ふらすらしいがな、日本は政治も経済も絶望的、その上、中学生から爺《じい》さんまでさかりのついた馬みたいに、ヒンヒンいうて泡吹き出したら、これ、一体どうなるんや、憂国の志士の胸中、痛いほど分るなあ」

秋岡は大仰な表情になり、わざとらしく嘆息を洩らした。そんな秋岡を見て、麻美が太い声で笑うと、一座も釣られたようにそれぞれの思いを託して何処か陰気な笑いを洩らした。

私は大川に、四千円の強壮ドリンクには、何が加わったのか、と訊いた。

大川は肩を竦《すく》めた。

「ガラナ、それにそれぞれの生薬も倍増、隅さん、ためしに試薬品を送りましょうか、悠々自適の日々とやら、羨《うらや》ましい限りですわ、こっちの方もお盛んでしょう」

大川は下卑た恰好で小指を立てた。

私は首を横に振りながら、やはり、と苦笑した。ガラナは南米に多く、その種子にはタンニン、カフェインなどが含まれていて、刺戟《しげき》的な作用で毛細血管を膨張させる効果があった。最近では、女性をも昂奮《こうふん》させるとか宣伝されているが、何処まで効くかは疑問である。やはり女性は魅力的な男性のなんらかのアプローチによって欲望を喚起されるのでないか。少なくとも、私が知る限り、セックスの経験度や既婚未婚による違いはあるが、裏ビデオを観《み》て男性のように昂奮する女性はあまり多くないのではないか。その辺りに、男女の性的欲望の違いがあると私は考えているが、それはもう古いのか。

私は何度か細川の名を口にしようとしたが、最後まで抑えた。細川が話題になると、どうしても奈津子が絡んでくる。勿論、二人の関係を知る者は、私以外にはいない筈だった。細川の要望で奈津子を口説いて宛《あ》てがったことは、秋岡にも話していなかった。

かつてのプロパーたちは、酔っても、口に出せない秘密を、大抵抱いていた。

私は、奈津子以外にも、ホステスを医者に紹介したが、秘密にしているのは奈津子だけだった。

トイレから出た私は、カウンターに寄りかかるようにして煙草を喫《す》っている麻美の傍に寄った。四十半ばのチーフは片づけものをしていた。私は小声で麻美に訊いた。

「奈津子だけど、新地に戻る前は何をしていたんだい？」

「知らないの、先月、新地本通りで偶然会ったのよ、半年前に戻って、スナックのような店をしていることを初めて知ったの、真っ先に隅さんの名前が出たわ」

一瞬、麻美の眼は意味ありげに光ったが、すぐ煙草の煙を追った。

「へえ、何故だろうな、あの頃は彼女の売上げに協力したからなあ、礼でも述べたいんだろう、それにしても職もなく飲み代もないと知れば、眉を顰《ひそ》めるだろうな」

誰にも束縛されない自由な身になったが、日本で住む限り、無職というのは肩身が狭いものだ。たとえスナックのような店でも、北新地などで飲める身ではなかった。

「隅さん、もう一軒どう、浜田さんがゲイバーに案内してくれはるそうや」

秋岡の誘いに、

「いや、今日は酔い過ぎた、これ以上飲むと、明日のジョギングに差し支える」

私は笑顔で答えたが、頬《ほお》の肉片がこわばっているのが、はっきり感じられた。

エルで秋岡や浜田と会ってから二週間たった。真夏だが暑い日もあれば、秋を思わせる日もあった。八月よりも七月下旬の方が暑かったような気がする。

私が小学生だった頃と、地球の気温は間違いなく変っている。私の故郷は三重県名張《なばり》だが、冬になれば必ず雪が降ったし、吐く息は凍りついた。ここ十年間は名張でも余り雪が降らないという。

その代り夏も暑いとは限らない。猛暑でクーラーの売行きが倍増するかと思えば、翌年は冷夏だったりする。今年はやや冷夏だった。

昼過ぎ秋岡から奈津子が会いたがっているので飲みに行こうという電話があったが私は断った。

十数年の歳月は奈津子を変えている筈である。嵌め込んだようなあの瞳が上眼遣いになる時の妖しい艶《つや》は濁っているかもしれない。それが自然である。往年の名画「舞踏会の手帖《てちょう》」ではないが、思い出は映像の一コマとして脳裡《のうり》の小箱におさめておいた方が良い。それと共に、私が断った理由の一つに、私に職がないこともあった。企業内でのストレスからは解放されたが、社会は私を無職と呼ぶ。水商売の世界の女性にとって、無職の男性は、客として価値がなかった。しかも、ビジネスから引退するには、私の年齢は若過ぎる。

私が断ると秋岡は言った。

「パリから戻って以来、少し暗くなりましたなあ、ところで俺の知り合いの奥さんが糖尿で意識不明やったが、到頭、植物状態になりましたわ、市立病院に入院してはりますが、パリから日本に戻ったいう女、もし、意識不明のまま入院しているとすると、関西地域なら、何処の病院か、大体分るんと違いますか、一ヶ月ぐらいかかりますけどな、関東、九州は無理ですわ」

もう良い、未練はない、と私は答えるべきだったかもしれない。だが私は思わず、

「余り無理するなよ」

と答えてしまった。

承諾したのと同じである。突然、秋岡は粘着力のある潜めた声で、

「面白い女いまっせ、二十歳の間違いない女子大生、悠美のような阿呆と違ってベッドでの会話が面白い、鬱《うつ》から解放されるには女が一番や、昼でもＯＫでっせ」

と誘った。

受話器から聞える秋岡の声に、ねばつく唾《つば》が混じっているような気がした。

「今は良いよ、だが俺は鬱ではない」

語気を強めた積りだが、その声に迫力はなかった。

珍しく散歩に行く気にもなれず、部屋での食事もわずらわしかった。私は社を辞めて初めて食事前にウィスキーを飲むことにした。何か生活のリズムが狂った感じで、酔いたかった。

冷蔵庫の冷凍室から掌一杯の氷を摑《つか》み出し、ありふれたグラスに入れ、ウィスキーを半分ほど注いだ。こんな飲み方も久し振りである。流し込むと喉《のど》よりも舌が苦く痺《しび》れ胃が熱くなっ

た。一分もたたないうちに顔が火照《ほて》りはじめた。

部屋を出、ドアの鍵をかけようとした時一回で鍵が入らず酔っているのが分った。私のマンションは近鉄布施《ふせ》駅から歩いて十分の距離にあった。駅の周辺は昔から盛り場で、飲み屋、食物屋、遊戯店などが多く賑《にぎ》やかである。

マンションの近くにも、焼肉店、饂飩屋《うどんや》、スナックなどが人家と並んでいた。

駅の方に歩いていると、秋岡が紹介しようとした女を断ったことが微かに悔まれた。肉饂飩を食べビールを飲み、部屋に戻ったが落ち着かない。

電話機に手が伸び、秋岡にかけようと思ったが、この時間に家にいる筈がない。指は本能的に浩のダイヤルを廻していた。浩の声は留守電だった。自分の声を入れているだけまだしもだと二度も聴いた。三度目を聴こうとして、自分の女々しさに腹が立ち、叩きつけるように受話器をおいた。こちらの声は入れなかった。

浩という子はいない、と絶えず自分にいい聞かせてきたのである。酔いが親子の情の残《のこ》り滓《かす》を増幅させたのであろう。

身を持て余し、一度行ったことのあるスナックに行った。マンションから歩いて数分の距離だった。四十代のマスターと数歳若いママ、それに二十代前半のホステスがいた。マスターとママは明らかに夫婦だった。マスターはよく太り、眉が濃く、鼻が大きい。身長は百七十糎《センチ》ほどだが、がっしりした体格だった。愛想は良いがふとした拍子に眼が無表情になることがある。暗い過去がありそうだが小指は欠けていないし、顔に傷はなかった。ママは細面で、何処か薄倖な翳りを漂わしている。それにも拘らず客相手の応対は上手い。

午後十時半だが三人ほどの客は、カラオケに熱中している。八坪ほどの店なのでボリュームを絞っているが頭が痛くなった。

出ようとした時、

「お客さん」

とマスターが呼んだ。底力のある声で、足に見えない紐《ひも》が巻きついたような気がして振り返った。マスターは心持ち頭を下げ、カウンターの端の席に眼をやった。

席に坐って欲しい、と頼んでいるような気がした。二十代から三十代の三人組は、自分たちだけで店を占領しているようで、私の存在など意に介していない。もし私がカラオケに侵入すれば、一斉に険のある眼を向けそうだった。こういう不愉快な客は何処の店にも時々いる。そのくせ自分が歌わない時は、唇に締まりのない頰の張った若いホステスの手首を摑み、引き寄せたりしていた。前いた女ではない。

坐った私にマスターは、それとなく会釈した。明らかに彼にとって、三人組より私のほうが好ましい客のようだった。

マスターが出したウィスキーのボトルを見て、私は額を叩いて苦笑した。この店でボトルを取ったことさえ、私は忘れていたのだ。そういえば、今日のように酔って入ったのは半年ほど前だった。

「お客さん、歌いませんか」

「いや良いよ」

客の一人が歌っている時、ホステスが喚《わめ》くような悲鳴をあげた。二十代の客が彼女の手首を力まかせに引っ張り、左手で胸を鷲摑《わしづか》みにしている。腹部がカウンターにつかえ、上半身が前にかたむいていた。

「ええがな、見た眼より大きいぜ」

今一人が、歌の邪魔や、といった。

「飲みに来たんやで、歌いに来たんやない」

手首を摑んでいる力が緩んだのか、彼女は客を睨《にら》み手を振りほどいた。

マスターはゆっくりその客の前に立ち、他の客の迷惑になる、と丁重にいった。

「何やと」

かなり酔っているらしく彼は拳を握りマスターを睨みつけた。相変らず愛想は良いが、マスターの眼は無表情になっている。客は数秒睨みつけたが、眼を逸《そ》らし舌打ちした。拳は解けていた。

「もっとええ女のいる店に行こ、俺出るで」

彼は勢い良く席を立ったが、身体を支える脚の力はなかった。よろけてカウンターに手をついた。

歌い終った客が、マスターに手で首を切る真似《まね》をした。どうやら会社を馘《くび》になったらしい。水色のシャツをだらしなく垂らしているところをみると顔よりも若く、勤め先は遊戯店、ビデオ店のたぐいだろう。それにこういうシャツ姿は減りつつあった。

マスターは真中の席をすすめたが、私は動かなかった。端の方が気楽である。客が入って来ても動かないで済むし、両隣りに見知らぬ客というのは煩《わずら》わしい。

ホステスは赧くなった手首を撫で、締まらない顔に戻り、歌を口ずさんでいた。自分が大声で悲鳴をあげたことも忘れているようだ。どうやら彼女の悲鳴は、胸を摑まれたことより、手首の痛さにあったらしい。ママが客のグラスを片づけた。私はマスターにウィスキーをすすめた。

「最初に来たのは半年以上も前だったな」

「そのぐらいになりますか、じゃ、いただきます、まだのんびりされているんですか？」

「えっ、俺、何かいったかな」

「馬鹿らしいので、会社を辞めたと、あの夜はお客さん、かなり飲んではりました」

「そんなことをいったか……」

私は自分の頭を撲《なぐ》りたくなった。あの夜は秋岡と会ってかなり飲んだ。秋岡は大抵タクシーで送ってくれるのだが、その日は秋岡の好意を拒否し、最終電車で帰った。マンションの近くでこのスナックを見つけた。たんに酔っただけではない。悪い酒になっていた。その原因は私が訊かないのに、秋岡が一昨年から昨年にかけて、かなりの金を、どうして摑んだかを話したことが原因だった。

それを話す前、秋岡は突然、私を香港《ホンコン》旅行に誘った。一流ホテルの部屋はデラックスツイン、飛行機はファーストクラスで、香港には素人の美人が旅行妻として待っている、という。マカオを入れて四泊五日だが、最低で七、八十万、女性に払う額によっては百万を超える。

秋岡は例によって、昔の借金を返させて欲しい、といったが、私は、そんな理由はもう通用しない、と断った。北新地での、二、三万の飲み代なら、まあ、仕方がないだろう、と苦笑で済ませるが、百万前後となると、そうはいかなかった。

多分、私の声には秋岡の誘いを撥《は》ね返す力があったに違いない。

秋岡は、肩を竦めると顔を寄せた。

「隅さんも薄々分ってはりますやろ、何やかやと規制の厳しくなったわしらの世界では、トンビは辛《つら》い、自然界と一緒や、獲物の数が少なくなりましたわ、昔と違って、私立病院の薬局長も簡単にはこっちの話に乗らん、となると中国あたりでええもん仕入れて、漢方薬の現金問屋に売るのも生きる道ですわ、あれは何時やったかなあ、一年半ほど前、窮極の肝臓薬というのが中国で人気になりましたやろ、わしはその前からそいつに眼をつけてましてん、必ず日本で売れるようになる、と睨みましたわ、三年ほど前から仕込みはじめた、香港だけでなく中国本土にも行った、隅さんが会社を辞める一年ほど前やったかな、十個入りの箱が千円前後でしたわ、次第に評判になって、マスコミもその効果を宣伝してくれましたがな、案の定、日本でも人気になってきた、上海《シャンハイ》あたりのデパートで一箱、七、八千円になった頃、到頭テレビがやりよった、これの効果は大きい、わっと値段が暴騰しましたがな、一時期の高麗人参《こうらいにんじん》どころの比やない、中国旅行のツアー客が必ず買いよりましたからなあ、何と上海のデパートの値段が、一箱二万五千円になった、偽物《にせもの》も出廻りましたわ、その時の日本の値段……」

秋岡は舌を覗《のぞ》かせ私の顔色を窺《うかが》うように見た。

「何と六、七万ですわ」

「ああ、ヘンシコーというやつだろう、だがあれには麝香《じゃこう》が入っている、動物保護の立場から日本では輸入を禁じられているんじゃないのかなあ」

「隅さんよう、あれ、麻薬類と違って、健康にすごく役立つ、全部とはいわないが肝硬変にも効果がある、病人を治す薬、しかも副作用のない薬を日本に持ち帰って、何故悪いんかなあ、げんに今では、一人二箱ぐらいなら空港でも問題にせえへん、わしは、悪いことをしたという意識はないし、寧《むし》ろ死ぬかもしれない肝臓病の患者を、間違いなく何人かは救った、と神様に対しても胸を張ってますわ、良《え》えことしたんでっせ」

「別に非難しているんじゃないよ、勘違いするな」

私は素直な気持でいった。実際、私は秋岡を非難したのではない。一応、法で禁じられている薬を輸入する場合、秋岡は香港の薬品業界の裏社会の人物たちと接している筈である。中国への旅行者を摑まえ、一人一人に頼んだとしても、手に入れる数はしれていた。私が危《き》惧《ぐ》の念を抱いたのはその点だった。そういう私の心配を秋岡は非難と感じたのではないか。

かりに秋岡が一箱千円で百万円投資し、日本で三万円で業者に売ったとしたなら、利益は三千万円である。色々な仲介業者に一千万円払ったとしても、二千万の儲けになる。ただ悠々自適を自認している私としては、秋岡の具体的な収入や、それを得る手段を知りたくなかった。

私の気持が分ったのか、秋岡はいつもの口調になって、香港旅行中、現地妻となってサービスする女性が、どんなに素晴らしいかを説明した。中国本土から流れてきた難民の中の美女だけを集めた会員組織だという。当然、香港と中国の組織が関係している。私は秋岡を刺戟しないように笑って首を横に振った。風俗業界で身体を売っている今の日本女性は、殆どが自分の意志で自由に行動している。だが香港は違う筈だ。組織が絡んでいるような気がする。

昔から秋岡は、そういう点には無頓着《むとんちゃく》だった。

「隅さんも固《かと》なりましたなあ、昔は達者やったのに」

「年齢《とし》が違うよ、老いたんだよ」

秋岡と別れて帰った夜、私は無性に飲みたくなり、自分の部屋で飲んだが、三分の一ほど残っていたボトルが空になった。そのまま酔いを醒《さ》ますことへの恐怖心に追われるように、さっき見つけた初めてのスナックに飛び込んだのだった。この店である。もう半年もたつのだ。

「呼びましょうか？」

マスターが鼻唄《はなうた》を口ずさんでいるホステスを見た。私は手で断った。神経にさわる客が消えたせいか、酔いがまわってきた。

「マスター、飲まないか」

「いや、どうも」

マスターは私の前に立ち、水割りを作った。ネクタイを締めたサラリーマン風の中年の客が入ってきた。ママが笑顔で迎えたところを見ると馴染《なじみ》のようだった。マスターも軽く会釈したが、私に話しかけた。

「お客さん、太い腕ですね、若い頃、スポーツでも……」

「ああ、学生時代、野球部にいた、四番にはなれなかったが三番打者になったことがある、だけど、今は贅肉がついて駄目だよ」

「そんなことはないですよ、肉が張っている、若いですよ」

薄い水色の半袖のシャツからはみ出た腕には、確かに脂肪のついていない筋肉が肘《ひじ》から手首にかけて皮膚を盛り上げていた。腕立伏せやダンベルのせいかもしれない。マスターは旨そうに水割りを飲んだ。

「あんたも好い身体じゃないか」

「いや、ふやけて駄目です、ほら三十年ほど前、世界チャンピオンになったボクサーのM、よくテレビに出ているけど、今は脂肪の塊でしょう、確かに腕は太いが、筋肉が見えない、私も同じです」

一瞬マスターは遠くを見るように眼を宙に向けた。

「へえ、ボクシングをしていたの、プロだな」

「喰《く》えなかったから、プロとはいえませんよ、まあ、どんな世界でもそうですが、スポーツで喰えるのは、十万人、いや百万人に一人かな、色々な職を転々として、最後に飲み屋の主人になりましたがね、若い頃は思ってもみませんでした、お客さんは、あのままですか？」

「あのままというと、そうか前来た時、会社を辞めて遊んでいるといったらしいな、相変らずだよ、しかし、好いおかみさんと二人でこういう店を持つのも良いじゃないか、俺、この頃、一寸《ちよつと》、時間を持て余すようになったなあ」

「お客さん、さっきのような客、捌《さば》けますか、時々、ちんぴらも来ます、女房と若い女だけじゃどうしようもないので、用心棒代りに出ているんですよ、でも五十までです」

マスターはまた眼を細めた。気のせいか、相手のパンチを浴び、リングの隅で棒立ちになっているボクサーの空ろな眼を一瞬連想させた。鼻唄のホステスが、カウンターの右手のトイレから出てきた。尿意を覚えたので席を立った。私はマスターが困惑の表情を浮かべたのを見逃さなかった。

「トイレ、トイレ」

ママと熱心に話し込んでいる客の後ろを通り、トイレのドアを開けた。噎《む》せそうになり息を止めた。狭い部屋に煙草の煙が籠っている。一本では、こんなに濃くない。小用を足しながら喫ったのか。というより煙草を喫うためにトイレに入ったに違いなかった。私は煙草を殆ど喫わない。禁煙というより週に四、五本といったところか。突然、喫いたくなった時に二本ほど喫うが、何日間かは一本も喫わない。皆不思議がるが、もう一年になる。会社を辞める際禁煙し、辞めてから、どんなことがあっても一日二本と決めて喫った。何故そうしたのか分らないが、自分を何処まで抑えられるかを試したかったのだろう。そのうちに、煙草がそんなに旨くなくなり、一週に四、五本になった。時には、一本も喫わない週もあった。完全な禁煙は不可能ではないが、暫くはこのままで過す積りである。

全くの禁煙ではないから、他人が傍で喫っても平気である。またよくいわれる嫌煙権などは余り好きではない。

だがこのトイレの煙草の煙だけは参った。先客が尿を流さなかったのか、彼女のものか、尿と煙草の煙が混じり合い、えもいわれぬ不快さだった。それに換気扇が止まっている。大急ぎで放尿したいが、若い時ほど速くはない。ドアを開けて放尿するわけにもゆかず、懸命に息を止めながら終えた。

戻るとマスターは溜息《ためいき》をついた。

「すみません、換気扇が壊れていて、煙草の煙が消えない、エッ子のやつ、煙草を二本咥《くわ》えて喫うんです、日に六、七十本は喫うかなあ、あれでもいるといないとでは大違いだし」

「へえ、二本咥えてねえ」

私は煙の濃度に納得した。

エッ子は隅のクローゼットから赤いハンドバッグを取り出していた。

「十一時半です」

マスターは苦笑しながらいった。

それでもエッ子は、マスターに、お先に、と挨拶し、元気よく出て行った。

多分、時給千五百円までで傭《やと》っているに違いなかった。私はマスターに、ボクシングをやっていた時は、どのクラスだったか、と訊《たず》ねた。彼は背を丸めるようにしていった。

「申し訳ない、あの頃を思い出すのは嫌なんですよ」

「男だなあ、俺は酔うとよく、会社時代の辛さや、阿呆らしさを喋る癖がある、俺の方があんたよりずっと女々しい」

「お客さん、冗談じゃない、会社を辞めたと口にしたけど、何故辞めたかは一言も聞いてませんよ」

「ああ、ここではなあ」

パリで会った南本恵には喋りどおしだった。異国の都で会ったせいだろうか。それとも彼女が持つ魅力が私を饒舌《じょうぜつ》にしたのか。

私は更に三十分ほど飲んだ。そろそろボトルが空になりそうだった。

席を立ち四千円足らずの勘定を払い、外に出た時まで足どりは確かだった。歩こうとしてよろけスナックの壁に頭をぶっつけた。

大きな音がしたらしく、驚いたようにマスターが覗き、傍にきた。

「大丈夫だよ、バットを振り過ぎただけだ」

「ここから数分でしょ、送りますよ」

「マスター、俺、惨めに生きたくない、あんたもだろう」

「そりゃそうですが」

「頭のここを打ったんだよ、ほら」

私は拳に力を込めて打った場所を叩いた。泥酔で感覚がない筈なのに鈍痛が走った。それが酔いを少し醒ました。

「心配いらんよ、じゃ、また」

私は足を踏み締め、よろけずに歩いた。それは私の感覚で、他人が見たなら千鳥足だったかもしれない。

百米《メートル》ほど行き、辻《つじ》を左に曲がろうとした時、四人の若者が現われた。夜の明りでも二人は髪を金か茶に染めているのが分った。取り囲まれた感じがしたので私は瞼をこすった。何故、彼等が私の行手を遮り、取り囲んだのか、私にはよく分らなかった。私の前の二人は、背こそ私に近いが、モヤシのような若者だった。布施駅の近くの溜《たま》り場《ば》にこの種の連中がよくたむろしている。

相手は殺気を放っているのかもしれないが、私には全く感じられなかった。高校時代には二、三度喧嘩《けんか》をしたことがあるが大学に入ってからは一度もなかった。

二人が左右から詰め寄ってきた。右に一人と背後に一人いる。左側はビルであり、私との間隔は一米ほどだ。

「おっさん、ジジイ狩りって、知ってるか」

眼の細い額の狭い男がいった。この頃の若者は一見穏やかな感じで、昔でいえば坊っちゃん面《づら》の者が多い。新入社員など、とくにそうだ。だが金髪を額に垂らした若者は、表情こそ乏しいが、罅《ひび》が入ったガラスのような面だった。野暮そのものである。少し状況が分った。

「新聞ではオヤジ狩りと書いてあるぞ、ジジイ狩りは知らないなあ」

「おい、こいつふざけているぜ」

金髪は眼を吊《つ》り上げて茶髪にいった。茶髪は、もやしほど瘦《や》せてはいないが、骨張っていた。色白の茶髪は身体をゆすっていた。

「だからよう、擲り甲斐《がい》があるんや」

突然、茶髪が私の顔面に拳を突き出してきた。頭部への死球だった。三十余年前に戻ったのか、私は本能的に顔をそむけ死球を避けた。深酒でだらしなくなっていたにも拘らず私の方が速かった。拳は頰と鼻先を掠めて空を切った。当然、私の右手は体勢を崩した相手の顔面か脇腹《わきばら》を強打すべきだった。だが私の脚はだらしなくよろけていた。私の右手はやめろといった風に動いただけだった。待っていたように背後にいた一人が私の両脚をかかえこんだ。

私は呆気《あっけ》なく倒れていた。

状況を理解した時は遅かった。脚をかかえた男は私と共に倒れたが、背後から両脚にくらいついて離れない。待っていたように脇腹、頭、胸にスニーカーが喰い込んできた。汚れた泥が胃の中で暴れ、肝を圧迫した。息ができず喉元で止まり、見えないシャベルが腹に入り、泥を掻き出そうとした。

そんな私がなし得た反撃は、蹴《け》ってきた襲撃者の足首を摑んだことだった。私は渾身《こんしん》の力をこめて引っ張った。相手は呆気なく崩れ、舗装した道路で尻を打ち、女性じみた悲鳴をあげた。サンドバッグのように蹴られながら私は倒れた相手の腹部に覆いかぶさった。強い蹴りが脇腹の上に喰い込んできた。出口を求めてのたうち廻っていた胃の液が、蝦蟇《がまがえる》を踏み潰《つぶ》したような嘔吐音と共に飛び出した。金髪か茶髪か、相手は見えなかったが、反吐《へど》を、わめいている奴《やつ》の顔に思い切り浴びせかけた。胃と腸を捻《ね》じ上げるような痙攣《けいれん》が二度、三度と続き、その度に反吐は奴の眼、鼻の孔《あな》、口を襲った。気が遠くなりかけた時、蹴りがやんだ。スナックのマスターに似た男が、三人の若者を相手にしていた。金髪のストレートをダッキングで躱《かわ》すと、腕が弾丸となって伸び、相手の腹部を襲った。金髪は倒れかけた長距離ランナーのように顎を出して腰を折った。それを見届け私は意識を失った。

救急病院に二泊して、翌日私はマンションに戻った。かなり蹴られたが骨や内臓に異常はなかった。気を失ったのは蹴られ続け脳震盪《のうしんとう》を起こしたせいだった。

反吐塗《まみ》れになった時の屈辱感に較べると、蹴られた痣《あざ》など問題ではなかった。救急病院に運ばれた時、看護婦がマスクの上から鼻を押えたのをはっきり覚えている。

マスターが警察に知らせ、私は無愛想な警官に事情聴取された。同行していたマスターが、一ヶ月ほど前にも、店で酔った客が帰途、四人組に襲われ、有り金三万円を取られた、といった。

「あんたの店と関係あるというんか？」

警官はめんど臭そうにいった。

「分りません、だから調べて下さい、といっているんですよ」

マスターの口調は穏やかだったが、その眼は無表情だった。警官は舌打ちしたが、マスターが、客の名を告げると途端に態度が変った。その客は所轄警察の幹部のようだった。

数日後、犯人四人が検挙された。

一人はガソリンスタンド、一人は遊戯店に勤めていたが、金髪と茶髪は無職だった。驚いたことにスナックのエツ子は茶髪の女の一人だった。彼は私の反吐を浴びて飲みこんだ男だが、若いくせに三、四人の情婦がいて、それぞれスナックに勤めさせ、泥酔した中年客がいると、自分に連絡させていたらしい。茶髪は毎月点をつけ、連絡が一番多い女をその月の正規の彼女とし、他の女にはさんづけで呼ばせていた。

「この頃のガキは、やくざ顔負けやな」

事件が落着したにも拘らず、担当した主任は苦渋の面持ちだった。子供たちか、同僚の子の誰かを思い出したのかもしれない。

だが、主任が去ろうとする私にいった言葉は、私の胸を刺した。

「私のようなサラリーマンは、おたくのようには飲めない、朝が早いからなあ、羨ましいですわ」

振り返った主任の眼は、気のせいか、被害者ではなく、加害者を見ているようだった。私の年齢で職を持たない男を、警察はまともな人物とは見ない。

会社を辞めた頃と違って、この頃は、自由の身を、無職とさげすむ日本が、何となく住み難く重苦しくなっている。人間とは、生きている限り、本人の意志如何《いかん》に拘らず、何かを背負っているのかもしれない。

マスターが詫《わ》び料を持って、私のマンションに来た。自分の店の女が犯人の一人だったので、詫び料は当然という。勿論、私は受け取れなかったが、マスターも出したものは戻せない、という。

マスターが真剣なので、気まずい雰囲気になった。私は立川《たちかわ》というマスターの名を初めて口にした。

「なあ立川さん、あんたが救《たす》けてくれなければ、俺、死んでいたよ、間違いない、そういう意味では命の恩人、この通りだ」

私が頭を下げると、マスターは腕を組み、暫く考えていたが、分りました、と承諾した。

週に一度、半年ほどボクシングの基礎練習をしてみないか、という。

「隅さんの身体はまだまだ若いし、大変な力持ちです、ボクシングの基本を知っていたなら、あの程度の四人なら、何とか防げます、私も、時々、サンドバッグを叩いているんです、健康のためだけど、一人より、二人の方が愉《たの》しそうや」

「年寄りの冷や水かどうか、軽い運動の積りでやってみるか」

マスターとは気が合いそうだった。私のような年齢になると、気が合う男は滅多にいないのだ。何といってもマスターは私の内部に踏みこんでこない。会社を辞めた、といったが、その理由や家族のことなど口にしなかった。ああいう事件で私を救け、共に警察に行ったのである。

私を助け起こした時でさえ、

「連絡はどうしましょう？」

と控え目に訊いた。こんな男はまずいない。

私がオヤジ狩りに遭ったことは、夕刊紙の記事になり、名前も出た。流石に全国紙には載らなかったが、その日は、夕刊紙にとってもニュースがなかったのであろう。

秋岡が電話をかけてきて、奈津子が偶然、記事を読んだらしく、見舞に行きたいといっている、と告げた。

私は断ったが、秋岡は唾が混じったような声でいった。

「奈津子のやつ、今が盛りでっせ、どう見ても三十二、三といったところかなあ、昔より太ったけどええ女や、隅さんのことが、どうも懐かしいらしい」

「冗談じゃないよ、かんべんしてくれ、何れ《いず》顔を出す時があるだろう、気持に感謝していた、と伝えて欲しい」

どんな女になっているのだろうと私はベッドに横たわりながら想像した。秋岡がそういう限り、まだまだ色香があるに違いなかった。

　身体の節々が痛む。新聞報道によると全治二週間ということだ。加害者の二人の親が謝りにきて、僅《わず》かだが見舞金をおいていった。二人共、やってきたのは父親だった。一人は中小企業のサラリーマンで、今一人はトラックの運転手だった。後の二人は父親がいず、母親は働いているらしい。

　奈津子には子供がいるのだろうか、とふと思った。あれだけの女である。大勢の男が言い寄ったのは間違いがない。長らく水商売の世界から身を引いていたらしいから、子供を育てていたのかもしれない。奈津子の年齢から判断して、いたとすれば小学生か中学生であろう。私が奈津子と関係したのはただの一度だが、その時の経過は歳月に関係なくはっきり覚えていた。

　細川教授は、奈津子と関係したことを明言はしなかった。だが、あれほど拒んでいた免疫抑制剤を購入した。お互いの間に、奈津子を抱けたなら購入する、という暗黙の了解があった。細川に購入を告げられた時、衝撃で変った醜い顔を見られるのを避けるために私は、

「いやあ、有難うございます」

と深々と顔を下げていた。顔を上げた時は、作り笑いで誤魔化したが、メスのような眼はサディスティックに光っていた。好い女だぜ、とメスは私の嫉妬《しっと》心《しん》を突き刺した。

　間違いなく細川は、奈津子への私の執着を見抜いていた。この時ほどプロパー根性の悲哀を味わったことはなかった。根性などといえるものではない。私は人間の誇りを完全に放棄していたのだ。医者は細川だけではない。細川の要求をきっぱり拒否すれば良かったのだ。

それができなかったのは誇りを捨てていたからである。獲物を眼の前にぶらさげられた飢えた犬は、ただ本能のまま獲物に跳びつく。邪魔するものは何であれ容赦しない。それが惚《ほ》れた雌《めす》の犬であってもだ。

奈津子をそそのかした私はまさしく、獲物に涎《よだれ》を流す飢えた犬だった。

二人の関係を知らされ、数日間、私は毎夜泥酔した。仕事をする気にはなれなかった。クラブ桐にも顔を出さなかった。

そんな私が桐に行ったのは、奈津子への女々しい未練である。かなり酔っていた私は、席についた女を無視し、マネージャーを呼んで奈津子に替らせた。塵が舞う造花の部屋は騒がしく、体内の酔いを掻き廻した。どの顔も皆同じで、騒音に合わせて口を開けたり首を振り蠢《うごめ》いていた。

その中でただ一人、活《い》きている女がいた。彼女だけは深山に咲く百合《ゆり》のように微かに俯《うつむ》き微動だにしなかった。苛立ちながら駈け巡っていた血が、強烈な鎮静剤をうたれたように止まった。それが余りにも急激だったので心臓が痛んだ。百合は静かに立ち私の席にきた。私の口は見えない糸で縫いつけられたように動かなかった。

「お久し振りです、お見えにならないので、心配していましたわ」

私の眼は嫉妬と憤りで濁っていた。憤りは勿論、自分に対するものである。

「どうかなさいました？」

「どうかだって……」

鸚鵡返《おうむがえ》しに呟《つぶや》いたが、それが口の縫い糸を切断した。

「店が終ってから時間がないか、先約がありそうだな、その顔は、ふん」

「済みません、でも付き合いで呼ばれているだけですから、一時間待っていただければ」

信じられない言葉だった。百合が花を開き甘い香りと共に微笑《ほほえ》んでいる。

「本当かい、本当だな、じゃよく歌いに行くベルベで待つ」

私は店の名前と電話番号をメモ用紙に記し、奈津子に渡した。奈津子はゆっくり手に取ると、メモ用紙を畳み、白いレースの襟《えり》の内側に落した。メモ用紙は乳房の辺りまで落ちた気がした。嵌め込まれたような眼の奥に謎めいた青い光がともっていた。

「場所は近い、この通りの御堂筋《みどうすじ》寄り、そうだな、メックの筋向いのSビルの二階」

メックは桐よりも派手な指名制の店で、高額料金で有名だった。

「必ず行きますわ」

それが癖で視線を伏せ気味に見る。

騒然としていた造花の畑が魔法の水を撒《ま》かれたように活き返ってきた。やみくもに口を開き鼻孔を拡《ひろ》げていた客たちも無声映画のスクリーンから抜け出し、現実の男性に戻った。白い灰のようだった女たちの露出した肌に艶が滲《にじ》み出た。

私はこの店では、奈津子に何を話して良いか、分らなかった。奈津子がいった義理の客とはどういう連中だ、細川教授なら義理じゃないな、週に何度会っているのだ、などとんでもないことをいい出しそうだった。

「俺、出る、ベルベで待っている、一時間だな」

「遅くなっても十分か二十分ですわ」

私は顔を歪《ゆが》めかけたが、唇をへの字に結び、大股《おおまた》に出入口に歩いた。見覚えのある医者の一団が入ってきた。他の薬品会社のプロパーの顔も見えた。ピエロ奴《め》、と胸の中で毒づきながら顔を合わさぬように横を向いた。

この時、私はプロパーの世界から足を洗いはじめていたのだ。

奈津子と黒服に送られ、店の階段を下りた時、私は奈津子の姿が見えないのに気づいた。振り返ると奈津子は、階段の上の扉の前で酔った医者に抱きつかれていた。

医者を張り倒したい気持を抑えながら、愛想笑いの黒服に固い背を向けた。


約束時間きっかりに奈津子はベルベに来た。ベルベは、ピアノとカウンター、ボックス席は三つだけの小さな店である。当時はカラオケなどなく、歌の好きな客はピアニストの伴奏で歌った。ピアノではなくギタリストのいる店もあった。

私はよくホステスたちと共にベルベで遅くまで歌った。ママの亜矢子《あやこ》は上流階級の夫人が急に太りはじめ、もう女は諦めたといった感じの女性だった。贅肉はついているが何処かに品があり、万事に鷹揚《おうよう》だった。実家は芦屋《あしや》にあるという噂《うわさ》だったが、真偽のほどは分らない。ただベルベに来ると不思議に気が落ち着いた。

奈津子の姿を見た亜矢子は一瞬眼を見張り、いつになく困惑の微笑で店内の客を見廻した。どの客が奈津子を呼んだのか、すぐ見抜けなかったことに亜矢子は困惑したに違いなかった。

奈津子は亜矢子の微笑に義務的に会釈し、カウンターから振り返った私を見ると、顔を伏せた。俯き加減に歩き、そこに坐ることが決められていたように自然に坐った。

奈津子が本当に来るかどうかに自信がなかった私は、ホテルを予約していなかった。

亜矢子が奈津子に注文を訊いた。それが癖の上眼遣いの視線が私に向けられた。

隅さんにまかせますわ、と彼女の眼は何処か意味あり気だった。二人の関係の濃密さを亜矢子に告げているようでもある。

私はブランデーの水割りを頼んだが、早くベルベを出なければならない、と思った。店のドアを開けて以来、奈津子は亜矢子を無視していた。故意ではなく、亜矢子の存在が眼に入らない、といった感じである。

亜矢子の表情に白い膜がはられた。明らかに亜矢子はプライドを傷つけられていた。

この店から電話をかけてホテルを予約する余裕など、私にはなかった。

私はカウンター内のチーフに、車を頼んだ。奈津子は、壁にかかっているローランサンや、有名な日本画家の薔薇《ばら》の絵に殆ど興味を示さなかった。

何時か客の一人が、本物か、偽物か？　と訊いたことがある。亜矢子は楽しそうにいった。

「女と一緒よ、値打ちは御想像にまかせますわ」

頭の回転の良さと人生経験が見事にマッチした返答である。ひょっとすると本物かもしれないが、野暮な質問はしないこと、と亜矢子はいっていた。それ以来真偽のほどは訊かなかった。

車を頼んだ時、確かに奈津子は伏眼勝ちの眼に微笑を浮かべた。私は奈津子を呼び出したが、その目的は話していない。だが奈津子は私の胸中を見抜いていた。

教授との関係に触れかねない。

チーフが車が来た事を告げた。

「行こう、場所を替える」

奈津子の華奢《きゃしゃ》な手を思い切り握った。

亜矢子は見送りに立たなかった。この店ともう終りだな、と思ったが全く気にならなかった。奈津子とベッドを共にできさえすれば、馴染の店の一軒や二軒を失っても良い。俺は今、この女が欲しいのだ。細川教授とベッドの上で、どんな痴態を繰り拡げたのか、俺には分らない、だがそんなことは関係がない、俺は奈津子が失神するほど貫いてやる、俺が本物の男であることを奈津子に知らせてやるのだ、と私は暗い情炎にあぶられ、吠《ほ》えそうになりながら口中に泡のような生唾をためていた。

タクシーに乗り、運転手に行先を告げた。名神高速道路の豊中《とよなか》に、新しくできたラブホテルだが、ネオンがけばけばしくなく、自分で部屋を選び、誰とも顔を合わせずにゆけるので気に入っていた。

新地のホステスと何度か使っている。

「今日は何の話かしら？」

などと訊かないことでそれを示している。

亜矢子は私達の席に来なかった。

運ばれた水割りを奈津子は旨そうに飲んだ。クラブ桐での飲み方ではない。

奈津子が何も喋らないのが、私には救いだった。酔っているし、会話がこじれると、細川奈津子が窓の外を見、初めて口を開いた。

「何処に行くの？」

「ホテルだよ」

運転手の手前、奈津子の耳に口を寄せて囁《ささや》いた。甘い髪の香りにたまらず白い項《うなじ》に舌を這《は》わせた。奈津子は一寸首を竦めたが、遠い夜空の星座について訊くような口調でいった。

「どんなホテルかしら」

「俺にまかすんだな、気に入るぜ」

今一度舌を這わせたが反応はない。

「ラブホテル、嫌よ」

舌を這わせている柔らかい項が冷たく固い石に変ったような気がし、酔いが醒めた。頭の中が白くなり混乱した。だが奈津子を抱きたいという野望だけは微動だにしない。

私は運転席に身体を乗り出し、上着のポケットから出した二千円を彼の膝に置いた。

「堂島ビルの前に公衆電話がある、そこで止めてくれ」

驚いたことに奈津子は、客席にいるのと同じような微笑で私を眺めていた。

「今から部屋を取る、大阪のホテルになかったなら神戸だ、神戸が満杯だったら京都、何処かあるだろう」

「隅さんはお顔だから安心していますわ」

想像もしていなかったしたたかな面《てごた》を奈津子は見せていた。まさに強敵だった。負けるものか、この方が手応えがある、と私は闘志を薄嗤《うすわら》いに変えた。

今はとっくに消えている堂島ビル前の公衆電話でGホテルに電話した。交換手が出た途端に気が変り、神戸のオリエンタルホテルに電話しなおした。

ひょっとすると最初で、最後になるかもしれない一夜を神戸で過したかった。

私は雲海薬品の社名を告げ、デラックスツインを予約した。

「お二人様でいらっしゃいますか」

確かめるようなフロントマンに、

「ああ二人だ」

私は怒鳴るようにいった。

奈津子との夜に、販売促進費を使う気は毛頭なかった。内ポケットには稼いだ札束が唸《うな》っている。こういう時のために使う金だった。

車に乗り込むと行先を告げた。

「強引ね」

「おいおい、神戸でも良いかと念を押しているぜ、明日は土曜日だろう、一泊できるじゃないか」

私は座席のシートに腕を突っ込むようにして奈津子を抱き寄せた。

奈津子は抵抗しなかったが、顔は窓の方に向けた。キスを避けるために違いなかった。私の指は白いツーピースの上衣《うわぎ》の下に入り、やや汗で湿った吸いつくような柔肌にくいこんでいた。指先に力をこめれば肌を破り薄い皮下脂肪に入りそうだった。人差指から小指までの四本が、肌から離れるのを恐れるように硬直して蠢動《しゅんどう》した。自分の欲情を露《あら》わにさらけ出し隠さなかった。奈津子は顔を外に向けたまま無抵抗である。湿りをおびた柔肌には、えもいわれぬ粘着力があった。まさぐっているうちに花芯に通じる秘部の奥を連想させた。あぶられた情炎が水を撒いたような音を立てて下腹部に集まってゆくのを私ははっきり感じた。私は左手で奈津子の髪を摑み上げ、生え際に唇を這わした。やや酸っぱみをおびた髪と頭の嗅《か》ぎ慣れた匂《にお》いが、奈津子に限って仙女が放つこの世のものではない甘い体臭に感じられた。そうなのだ。女性の匂いはたとえ同じものでも、相手によって生臭くもなれば、仙界の花粉のように甘美なものにも変る。

考え方によれば滑稽《こっけい》だが、その辺りに男女関係の真髄が示されているのかもしれない。男女の一方が、相手に狂うも狂わないも、汗の匂いをどう嗅ぎ取るかにある。

タクシーは深夜の阪神高速道路をぶっ飛ばし、午前二時前に私たちはホテルの部屋にいた。窓は六甲山《ろっこうさん》に向いていて、高台にかけて住宅の灯が細い線となって上っている。

ホテルに入った時から奈津子の態度が変った。背筋を伸ばし、毅然として私の近くに立ち、チェックインの記入をするカウンターの方を凝視《みつ》めた。それとなく奈津子を観察しようとしたフロントマンは、彼女の鋭い視線を浴びたらしく慌てて顔を逸らした。

奈津子は堂々としていて、客に誘われてついてきたホステスといった感じではない。或《あ》る種の誇りの高さを彼女は示していた。少なくとも他人の視線に対しては、闘いをいどんでいるようだった。

初めて見せた勝気さである。

奈津子は部屋に入ってもタクシーに乗っていた時の彼女に戻らなかった。窓際のソファーに坐り脚を組んだが、深く腰を下ろしているので胸が張り隙《すき》がなかった。嵌められたような眼に光が宿り、フロントを凝視めたように私を見た。こういう坐り方もできるのだな、と私は呆気にとられ、予想に反した成行きに狼狽《ろうばい》した。

仕方なく私も向い合って坐った。

「煙草を喫って良いかしら」

「どうぞ」

奈津子は煙草を咥《くわ》えると、テーブルの上のライターで火をつけた。やや顔を伏せたが、眼は煙草の火に注がれていた。

「隅さん、どうして私を誘ったの？」

「分っているだろう、俺は君に惹《ひ》かれていた、理屈はない」

「へえ、自分が魅力を感じた女を、他の男に紹介するの、それで惹かれていた、理屈はない、というのはちょっと軽過ぎはしないかしら」

「プロパーって、そんなものだ、時には地獄の火で、自分を焼くようなこともする、魂というやつをね」

「そうね、隅さんて仕事の鬼ね、でも地獄の火で自分を焼くなんて、譬《たと》えとしても恰好良すぎるわねえ、普通なら、のた打ち廻っている筈なのに、平気で私を誘っている」

「のた打ち廻ったよ、毎晩泥酔した、しかし君だって、彼とベッドを共にしたじゃないか、そう責めるなよ、俺が紹介しても、嫌なものは嫌ではねつける筈だ、ＯＫした以上、ほぼ合意だろう」

「そこまではね、でも隅さんは誘った、ＯＫの中には、今夜のことは含まれていない筈よ、どう弁解しようと売ったのでしょう、違うかしら？」

負けそうだな、と私は冷や汗を滲ませた。奈津子が責めているのは、私の無神経さであった。自分をそんなに軽い女だと視《み》ているのか、と彼女は憤っていた。

私の冷や汗は彼女に斬《き》られたからだけではない。今の今まで私を駆りたてていた悦楽への期待が、幻となり消えそうな予感に襲われたせいだった。

妖しい光を放つ玉をやっとの思いで手にし、つくづく眺めていたら、その玉が握りなおす前に転がり、指の間から落ちてゆく、そんな不安感におののいた。

君も、今夜のことはＯＫしたじゃないか、と私はいいたかった。だがそれを口にする気分はすでにない。

「その通りだよ、君のいう通りだ」

私は両手を膝に乗せ、頭を下げた。奈津子の機嫌をなおさせるには、それ以外ない、と本能的に計算していた。一夜だけで良い。眼の前の玉に逃げられたくない、と欲情が呻《うめ》いている。

「謝ったの？」

「勿論だ」

「それなら、私を口説いた時のことを思い出していただきたいわ」

「覚えている、月に十回は指名する、裏金も含めると、三ヶ月で百万見当の利益を与えられる、といった、はっきり覚えている、俺は好い加減な男だが、口にしたことは実行する」

の唇に微笑の花が開いた。私を追い詰めていた酷薄な唇が色づき、蠢動もしないのに花に変っていた。奈津子

「ええ、信じているわ、私も隅さんには、他のお客にないような魅力を感じていたの、それだけに細川先生と寝て欲しい、そういわれた時はショックだったわ、私が受けた傷は、隅さんには分らないでしょう、でも、もう良いの、すべては終ったことだから、でもね、傷ついたままで引き下がるのは私としては堪えられないわ、私が隅さんと会ったのは、傷を癒《いや》して欲しいからなの、清算したいの」

金のことをいっているのだな、と分ったが、不思議なほど抵抗感がなかった。彼女がどう弁解しようと奈津子は細川と寝た。計算があってのことだ。それにも拘らず、私は奈津子の言葉を素直に受け取っていた。ようするに私は奈津子を抱きたかったのだ。そのためには反《はん》駁《ばく》や言葉の綾《あや》など不必要である。

「俺にできることならするよ」

「私ね、水商売の世界に飽きたの、嘘《うそ》と嘘とのぶつかり合いの世界は奈津子には向いていないわ、それにね、私って、隅さんが思っているより自分に正直だし、また勝気なの、でも好い加減にうんざりした、だからやめます」

「そうか、やめるのか……」

私は鸚鵡返しに答えていた。細川の女になるのか、と喉まで出かかった言葉を私は懸命に抑えた。何もかも身から出た錆《さび》である。

「ええ、だからもう指名要らなくなるの、でも傷の清算だけはして欲しいの」

「幾らだ？」

奈津子は上眼遣いに私を見て、含み笑いを洩らした。嵌められたような目が瞼の奥に消えていた。顔は知っているが、見知らぬ女が眼の前にいるような気がした。冷や汗が再び滲み出てきた。私はとんでもない錯覚をしていたのかもしれない。

奈津子は私の胸中を読み、猫が摑まえた鼠《ねずみ》をいたぶるように弄《もてあそ》んでいた。

「すまない、清算って金だと思った」

「そう思われても仕方がないわ、でも私が一番欲しいのは違う、隅さんなのよ、いったでしょ、私、魅力を感じたって、本当よ」

私は奈津子の真意を読もうとしたが、読み取るだけの気力がなかった。

私は無意識に首を横に振り喘《あえ》ぎそうになった。だが心の何処かが焼けるほど熱い。

「俺も君が欲しい、好きだ」

掠れた声になったのは、奈津子が何をいい出すか、という不安感のせいだった。汗は間違いなく冷たい。

「それじゃ、奈津子、あなたの女になる、ただ約束して欲しいの、一年の間に奥さんと離婚してちょうだい」

奈津子の顔が白い能面になった。それが染まったように私の脳裡が白くなった。私は本当に喘いでいた。鼠を弄んでいた猫は口を開き、爪《つめ》で鼠を押え、舌で旨そうな部分を舐めていた。

私の返答は口にするまでに決まっている。かりに何年か交際し、別れたくない女に迫られたとしても同じだろう。私の心は凍りついた。

掌中の玉は落ちて砕ける。その破片を身に浴び、私は悶々《もんもん》として冷えた空《むな》しい夜を過すのだ。

「それは不可能だよ、できない」

奈津子の瞼が開かれ、一瞬白眼の部分が光った。

奈津子はゆっくり立った。

送ろうか、という言葉も出ず、私はぼんやりと顔を落した。

実際、私は奈津子が部屋を出て行くことを疑わなかった。

だが意外にも奈津子は、バスルームに向った。

ドアの前で奈津子は振り返った。

「あなたって本当に正直ねえ、どうしてプロパー業がつとまるのか、不思議だわ、バス使って良いかしら」

「勿論だよ」

汗が湯気を立てたような勢いで私は立っていた。

「そこにいて、私は一人でお風呂《ふろ》に入るの」

奈津子は内側から鍵をロックした。

バスタオルを胸に巻いた奈津子が現われるのを見、私は浅ましくも消えた筈の情炎の炎を滾《たぎ》らせながらシャワーを浴びた。大急ぎでバスルームを出て見ると、奈津子は、シングルベッドを寄せ合ったヨーロッパ風のデラックスツインベッドの傍にソファーを寄せ、バスタオルを巻いたままの姿で煙草を喫っていた。ルームライトは消され、スタンドとベッドの明りだけになっている。バスタオルとは異なった、生きている肌の色の白さが眩《まぶ》しい。シャワーを浴びていた時から、後は力あるのみ、と自分にいい聞かせていた。

ベッドカバーを毟《むし》り取るように剝《は》いだ私は、敷蒲団《しきぶとん》代りの毛布の中に身を横たえた。奈津子との間は七、八十糎《センチ》、腕を伸ばせば届く距離だった。奈津子が煙草を喫い終えるのを待って、私は奈津子側の毛布を剝いだ。奈津子はベッドに両腕を組むように置くと、組んだ腕に頭を乗せ、挑むように私を見た。さあこれからどうするの、と猫の眼になった奈津子がいっている。奈津子はベッドの上でも、私を屈服させる積りなのか。今は雄《おす》と雌のむさぼり合う闘いがあるのみである。尻尾《しっぽ》を巻くことは許されない。腕を伸ばした私は湿りを帯びた奈津子の腕を摑んだ。

「痛い、力が入り過ぎよ」

演技じみた抗議を無視し腕を引っ張ると、本当に痛いのか、奈津子は組んでいた腕の力を緩めた。奈津子の右手は私の眼の前にまで伸びた。揃《そろ》えた指は中指がとびぬけて長く薬指と人差指がやや短い。私は人差指と中指を咥えて嚙《か》んだ。奈津子の息遣いが初めて聞えた。私が摑んでいた部分が淡紅色に染まっている。羞《はじら》っているようである。傷つき易《やす》い柔肌なのだ。私は二本の指を思い切り吸った。爪先で舌の根を掻いて貰いたかった。どう感じたのか、奈津子は眉を寄せた。眼が潤み、もっと、と訴えている。あの嵌められたような眼は妖しい生物に変っていた。こいつが本物なのだ、と私は声に出さずに唸りながら、片手で奈津子をソファーからベッドに引き上げようとした。人差指が腋窩《わき》の湿った肌を突いた。そこは他の部分と異なり微妙にざらついている。男に見せて良い肌が突然、女の秘部に変ったのを知り、私の心臓の鼓動が昂《たかま》った。情炎の炎は下半身だけではなく、心臓をも焼いていた。私は感動とも驚嘆ともつかぬ唸り声を発していた。汗ではなく明らかに粘液が滲み出ているような気がした。

奈津子の息遣いが荒くなり、あえかな音色が混じった。

口中にあった爪先が反《そ》りかえり巻いていた私の舌を掻いた。私は拡げられるだけ鼻孔を拡げた。腋臭《わきが》ではない。だが微かに刺戟臭がした。同時に、落葉が熟した果実を包んだような甘酸っぱい香りが匂い立ち脳裡をくすぐり、あっという間に体内を駆け巡る。

私は更に腋窩を突いた。

眉と細まった眼を吊り上げた奈津子は、苦痛の混じった甘美な表情になっていた。何処を見ているのかは私にも分らない。

私は両腕で奈津子をベッドに抱え上げた。何の抵抗もない。

ベッドの上の奈津子は眼を閉じ、顔を甘くしかめて喘いでいる。間違いなく奈津子は他の女性と異なった秘所の持主だった。私の体験でも、腋窩自身が、これほど反応を示す女性は初めてだった。

私は奈津子の腕を思い切り伸ばし、血走った眼で、ベッドライトにさらけ出された腋窩を眺めた。ざらついた感じがしたのも無理はなかった。毛穴なのか何なのか見当もつかないが、鶏の毛根にも似た無数の突起物が微かに肌を突き上げていた。微妙な匂いも粘液も、ここから出ているに違いなかった。

舌を拡げ押しつけるようにして這わすと、奈津子は身体を反らせわななかせた。歯を喰い縛って嗚咽《おえつ》を殺した。そうすることで快感の飛散を防ぎ、内に蓄積しているのかもしれない。細川にもこうされたのか、と私も声には出さずに叫びながら、夢中で舌を動かし、塩味が混じった粘液を吸い続けた。

あの端整な奈津子の顔が波打ち、歪んだ。歯軋《はぎし》りをし、片手でベッドを叩き、拷問から逃れるように暴れたが、私に吸われている腋窩だけは動かない。いや、もっと責めて欲しいといわんばかりに押しつけてくる。

後で考えると、よく腕の骨が捻《ねじ》れなかったものだ、と不思議でならない。

どのくらい、時がたったのか、私の燃え滾った男子の部分が、柔らかいが芯のある掌《たなごころ》で包まれた。今度は私が歯を喰い縛ることとなった。

「駄目だ、待ってくれ」

下半身が溶けそうな悦楽感が爆発のため凝縮する一歩手前で、私は腋窩から顔を離し、奈津子の手を押えた。

奈津子は深い溜息を洩らし、私の胸に顔を埋めた。奈津子の肌は次なる快感を先取りするように燃え、私よりも熱していた。

「今夜限りなんだな」

奈津子は私の胸を舌で叩くことで、そうよ、と告げた。

実際、奈津子との関係は、その夜だけだった。その代り、私は夜明けまで奈津子の身体を離さなかった。

神戸の朝は小雨だった。暗い灰色の夜明けと、小雨に煙った六甲の山並の気だるさを、私は今でも覚えている。

ベッドの上で奈津子は身動きもせずに熟睡していた。深い寝息が聞えてきそうだった。不思議な腋窩である。私と共に燃えに燃えた後のそこからは、あの突起物が消えていた。私に吸われた肌が赧《あか》らんでいるだけだった。

ただ私が見たものが幻影ではない証拠のように、今一つの秘部にも感じなかった甘い刺戟臭が微かに残り香となっていた。

百五十万年前から三十万年前まで生息していたというピテカントロプスやシナントロプスと呼ばれる原人たちの雌は、きっとこんな匂いで雄を誘ったのではないか。

あの頃の原人に、顔だけで雄を誘うような美貌《びぼう》の女性がいたとは思えない。

昼前まで眠った奈津子は食事を摂《と》らずにホテルを出た。

奈津子は、遅くても一週間後には、店をやめる、といった。その後については話さなかった。奈津子が細川の女になるかならないかは別として、奈津子への約束は果さねばならない。

販売促進費の裏金と三ヶ月間の指名料として百万の条件を出したのだ。ただ指名料の分を一纏《ひとまと》めにし、キャッシュで払うとなると、一寸痛い。

二日後の昼、奈津子のマンションに電話した私は、状況が変ったのだから、半金の五十万ではどうか、といった。

奈津子が百万を要求したなら無理してでも払う積りだったが、奈津子は、

「良いわよ、隅さんて義理固いのねえ、お店はもう今日で終り、銀行に振り込んで頂戴」

これまでになく明るい声でいった。

金のことなど念頭になかったような感じだった。

口座ナンバーを聞いた後、

「最後の夜なら店に行く」

というと、来ないで欲しい、といわれた。

「どうして？」

「奈津子って、隅さんが想像している以上に固い女なの、今から新世界に飛び立つのよ、もう、情事とはお別れ、分って」

意外な気がしたが心地良かった。

奈津子は私に情を感じたというのか。だらけた顔になった時、

「さようなら、隅さん」

といって奈津子は電話を切った。

実際、それ以来、奈津子には会っていないのだ。

一度だけ情を交した奈津子が私を懐かしく思っているらしい。

会社を辞めるまでの私だったら会いに行ったかもしれない。

社を辞めた後、私は変った。それまで読んだことのない小説なども読んでいる。或る女流作家のエッセイに、長らく会わなかった昔の恋人が、懐かしげに会いに来る場面があるが、それが如何《いか》に野暮ったい行為であるかを、女性の心理を説明しながら書いていた。彼女は作家になる前、銀座で有名なクラブを経営していた。

妙に印象に残るエッセイだった。

ことに現在の私は、奈津子のような女に会える身分ではない。未練はあるが、思い出は、胸に秘めた映画の一シーンとして嚙み締めた方が良さそうである。

少なくとも私は、だらしない男ではない。そのことについては自負心があった。

その点、南本恵に対する思いは、未練とは一寸違っていた。彼女は私と時間を共にした。帰る途中、自宅の傍で轢《ひ》き逃げに遭ったのだ。

もし偶然の事故なら、彼女は私と会ったが故《ゆえ》に、車に撥《は》ねられたことになる。そのことに罪の意識を抱くのはおかしいのか。

秋岡は、神経質過ぎる、そんなことでは生きてゆけない、といっている。確かにその通りかもしれない。だが私のように自分にこだわる人間がいてもおかしくないのではないか。

現代は自分の行為にこだわらない人間が余りにも多過ぎるからだ。またこだわったから、停年前に会社を辞め、職を持たずに生きているのである。

第三章　風俗の荒野

八月の終り、手術中に急性心不全を起こし、倒れ、患者の大動脈を切断して死亡させた龍野院長が亡くなった。

元プロパーの浜田は、トリック殺人になり得る、といったが、現実は殺人ではなく、龍野の老化が原因だった。龍野はその後、自分が院長だった病院で、意識不明のまま日を過し、最後は脳死状態となり、息を引きとったのだ。

手術の名手も、天が定めた老化には勝てないということか。急性心不全というが、健康な心臓が突然悪くなることはない。血管か心臓か、何《いず》れにしろ老化は徐々に進んでいたのである。

龍野が自分の老化を知っていたかどうかは分らない。知っていたとしても、彼は健康をよそおっていたのだ。週刊誌はここぞとばかり、手術の恐ろしさと、医者の無神経さを書きたてた。この種の事故は氷山の一角で大抵は隠蔽《いんぺい》される、ともあった。まさにその通りである。

九月初旬の土曜日、私は秋岡の家に招待された。手料理の夕食らしい。

秋岡のマンションは、生駒《いこま》山系の南端の高台にあった。柏原《かしわら》市の安堂《あんどう》で、西方では大和川《やまとがわ》と石川が合流している。

一度行ったことがあるが、眺望が実に良い。大阪湾に沈む夕陽や街の灯を眺めながら焼肉でも食べようというのであった。

その日、私は法隆寺《ほうりゅうじ》や斑鳩《いかるが》を訪れたく、昼過ぎに近鉄電車に乗った。柏原市の東方の山を越えれば平群《へぐり》で、その東が斑鳩だった。

寺社巡りなども自由の身になってからはじめた。たいした知識はないが、どのような由来で建ったかを知ると結構面白い。

昼という時間帯のせいか、電車は空いていた。

藤井寺《ふじいでら》で数人の女子中学生が乗り込んできた。左右に三人ずつ向い合って坐《すわ》った。鞄《かばん》を持っていないところを見ると特別の行事で登校したのかもしれない。女子中学生でも、如何《いか》にも少女といった感じの生徒もいれば、大人に近い顔の生徒もいて千差万別である。

私の向いに坐った生徒はどうみても十三、四歳である。頰《ほお》が赧《あか》らみ稚《おさな》い顔には小学生時代の面影が残っている。彼女だけがソフトクリームを手にしていた。三人の真中に坐ったのは人気者のせいかもしれない。ルーズソックスだが、そんなにだらけた感じではない。

テレクラを利用して身体《からだ》を売っている女子中学生がいることは、週刊誌などで知っていたが、私は未《いま》だに現実の出来事とは思えなかった。もしいたとしても、クラスで一人か二人で、それが大げさに伝えられている、と思っていた。そう信じたかった。

彼女は手にしたソフトクリームを顔の前でゆっくり振った。私は微笑しかけた。その動作が何となくあどけなく思えたからである。

彼女の真向いで、私の隣りに坐った女生徒が何を感じたのか、含み笑いを洩《も》らした。私の気にさわる違和感のある笑い方だった。そういえば彼女は座席に勢い良く脚を拡《ひろ》げて坐った。ソフトクリームの女生徒が、わざとらしくすぼめた唇から舌を出した時、私は変な予感がした。あどけない顔に似合わない舌に見えた。彼女は舌先をソフトクリームの先端に乗せた。眼を細め旨《うま》そうに舌を這《は》わした。小さな音を立てて吸った。

「おう、やっとる、やっとる」

隣りの女生徒が腰をゆすった。

私は愕然《がくぜん》とした。どうやらソフトクリームの女生徒は、男性の性器を舐《な》めている演技を電車内で披露しているのだ。

間違いなかった。

何故《なぜ》なら隣りの女生徒は、その演技に合わせ、息遣いを変え、腰をくねらしているからである。私は呆然《ぼうぜん》としていたが、見るに見られず、膝《ひざ》の上の週刊誌を拡げた。

この時、私は自分に娘がいなかったことを何となく感謝した。

土曜日のせいもあって、法隆寺内はかなりの人々で、中宮寺《ちゅうぐうじ》から法隆寺に続く道にも学生らしい女性が多かった。何時《いつ》か私は電車内の出来事を忘れていた。

私は教師でも憂国の士でもない。

斑鳩から電話を入れると、秋岡は駅前まで自家用車で迎えにくるという。気が楽になった。

斑鳩の半日を歩き廻ったせいか、私はかなり疲れていた。二粁《キロ》ぐらいまでならなるべくタクシーに乗らないことにしているが、秋岡のマンションは駅から一粁半だが、上り坂が多い。

改札口を出ると秋岡はマークⅡの中で待っていた。運転席から手を出して振った。

私が歩き出す前に、「ここや」と大声を出した。如何《いか》にも秋岡らしい。

私を助手席に乗せ発車させると、

「うちに来て貰《もら》うのは久し振りですなあ、ああ暑い、待っている間、一寸クーラーを切ったら蒸し風呂《ぶろ》や」

秋岡はハンカチで顔や首筋を拭《ふ》くと、エアコンを入れた。何時もの秋岡ではなかった。何処《どこ》かぎこちなかった。

「何かあったのか?」

「いや別に、今日の夕食は常子に手伝《てつど》うて貰《もら》いましたわ、しようがないから、一緒に住むことになった、独りより、何かと便利やし」

秋岡はしきりに汗を拭く。

「おいおい、曲りの坂道や、片手運転は危ないぞ、そろそろ身を固めてもええがな」

私も大阪弁でいった。

「とんでもない」

と秋岡は眼を剝《む》いた。

「女房にする気はありませんがな、女房は美奈江《みなえ》でこりた、もう要らん、自由を束縛されるのは真っ平《まぴら》、常子とは二、三年というとこですがな、後は渡すもん渡して、また独り暮し」

「阿呆《あほ》いうな、女は操り人形やないやろ、そんな勝手なこと考えとったら、えらい目に遭うで」

秋岡が妻の美奈江と正式に離婚したのは、秋岡が社を辞《や》める前だった。当時の秋岡は、私以上にプロパー稼業の泥沼につかっていた。当然、夫婦の間は上手《うま》くいっていない。ただ二人の間には二人の子供がいた筈《はず》だ。私は本社から離れ、地方の支店を転々としていたので、詳しいことは知らない。娘は現在、高校生、弟は中学生であろう。

秋岡は別れた妻子については触れたがらない。私も訊《き》かないことにしていた。

「それはそうと、七月以降に入院した意識不明の若い女性、関西地域で三人いますわ、これは昨日までの情報でっせ、もっと増えるかも分らん、何とうち二人は車の事故らしい、三人共脳死やよって、植物状態ですわ」

秋岡はハンカチを持った手でハンドルを握ると、「おっとっと」といいながら、ガードレールに車を寄せた。おしゃれ眼鏡をかけた若い女性がベンツのブレーキを踏んだ。電柱の傍で停《と》まった。彼女には、電柱の傍からバックさせる気持は毛頭ないようだった。女性のドライバーにはこの種のタイプが多い。車を止めただけで、対向車に譲歩した積りでいるのだ。

秋岡は舌打ちした。ベンツは左運転だから、車体を左側に寄せてバックすれば、秋岡の車はそんなに苦労せずに進める。電柱の分だけ道幅が狭くなっている。私は身体を窓から乗り出して前方を見た。

秋岡の車のバンパーとガードレールの幅は数十糎《センチ》というところか。秋岡は窓を開け、バック、バック、といって手を押すように振ったが、相手は前方を向いたまま、秋岡を無視していた。

「しようがないな、行きまっせ」

十糎の幅が五糎になった。

「何とかなりますやろ」

秋岡はベンツの車体を擦《こす》らないように注意しながら車を進めた。ガードレールとバンパーが触れ合う寸前、通り抜けは成功した。

何とかなりますやろ、という言葉に、秋岡の人生観のようなものが表われていた。秋岡のその呟《つぶや》きにも似た言葉には力強さがあった。駄目な場合、秋岡は首を横に振るからだ。

私は会話を南本恵に戻した。

「そうそう、入院している患者の名前、分るかな」

「残念ながら南本恵さんは一人もおりませんわ、病院に入る場合は、偽名は無理や」

秋岡は何でもないことのようにいった。

当り前だ、といおうとして、私は疑惑を抱いた。秋岡が何故《なぜ》、当り前のことをいったのか、と彼の横顔を見た。鼻先が脂汗で光っている。パリの彼女の名前は、本当に南本ですかいな、と鼻先が疑っているような気がした。何といっても、売春婦ですやろ、といいたそうでもあった。いや、それは私の勝手な想像かもしれない。

私はこれまで南本恵が偽名であるなど、疑ったこともなかった。何故なら、私は南本恵を売春婦とは思っていないからである。パリの刑事は、彼女が月に二度ほど、男性とベッドを共にしたことを、手帳を見ながら告げたが、ピンとこなかった。今でも私にとって南本恵は、パリのカフェテラスで知り合った若い日本女性だった。

私はぼんやり、刑事や日本領事の井植とのやり取りを脳裡《のうり》から引きずり出した。次第に私は眉《まゆ》を寄せていた。確かに私は何度か、南本恵の名前を出している。ただ記憶洩《も》れなのか、刑事と領事の口から、南本恵の名前は一度も出なかったような気がする。刑事は被害者、または彼女で通していた。

井植も、轢《ひ》き逃げ事故の被害者とか彼女と表現した。

日本に戻る前、大使館で井植と会った時、病院を教えて欲しい、という私の要求に、

「被害者は面会謝絶、隅さんは、彼女にとって行きずりの客でしょう」

井植はいった。苛立《いらだ》った井植の突《つ》っ慳貪《けんどん》な返事を奇妙なほどはっきり覚えている。間違いなかった。刑事も井植も、南本という名を口にしていない。ただ、私が、南本恵といった時、もし違っていたのなら、そんな名前ではない、というべきではないか。それとも、行きずりの客であると考えている私に、実名など教える必要がない、と思ったのか。

それはともかく、南本恵なる姓名が、偽名ではない、といい切れる証拠を私は持っていなかった。パスポートや身分証を見ていないのである。

では何故、南本恵が私に偽名を名乗ったのか。売春婦の侘《わび》しい習性、といってしまえばそれまでだが、本名を知られたくない何かがあったのかもしれない。

「隅さん、着きましたぜ」

眼の前に狭いガレージがあった。秋岡にいわれて車から降りると、口笛でも吹いているような顔で車をガレージに入れた。秋岡は、かなりの運転技術の持主だった。

彼は鍵でドアを開けると、

「着いたぞ」

と大声で告げた。油の匂《にお》いがした。右手の方のダイニングルームから、エプロン姿の常子が手を拭きながら現われた。

「いらっしゃいませ」

「いやどうも、お邪魔します」

私はどもりかけた。常子は別人のように太っていた。血色は相変らず良くないが、肌そのものが青白いせいかもしれない。艶《つや》も滲《にじ》んでいて色気も感じられた。ただ陰気な翳《かげ》りが完全に払拭《ふっしょく》されていない。艶と混じり合って妙な色気だった。

「飯、はよ頼むぜ、それとまずビール、大急ぎや」

命令口調でいった秋岡は、私を窓際のソファーに案内した。外は狭いベランダで、丸いテーブルと折り畳みの椅子《いす》が二つ置かれていた。霞《かす》んだ六甲山の方に陽が落ちかけていて雲が紅に染まっている。街の灯はほんの一部がつきはじめたところだった。

「これからが綺麗《きれい》や、ベランダに出ましょか」

灰皿を持った秋岡は北方に向いた椅子に坐った。私の椅子は西に向いているから大阪の夜景が堪能《たんのう》できる。

「いや、どうも、美冴《みさ》のやつ、家を出よって、参りましたわ、もう高校二年生やけど、一体、何を考えてんのかな」

「別れた奥さんから知らせが……」

「ああ、暴走族にも入っていないし、そんなにぐれた様子はなかった、というとったけど、この頃のコギャルは親を騙《だま》すのが上手い、美奈江の亭主も亭主や、義理の娘でも、もう少し愛情を持たな」

私は秋岡の別れた細君が再婚したことは知っていたが、生活の実態については知らなかった。どうやら秋岡は娘の家出を知り、私を家に招待する気になったようだ。胸の一部が空白になり、脳裡にも染まり、物事に集中できなくなっている現在の秋岡の胸中が、痛いほど分る。離婚した際、美奈江は、二人の子供を連れて家を出た。秋岡は淋《さび》しかったに違いないが、ほっとした面もあった。子供への責任感から解放されたからである。秋岡は家族よりも、気の向くままの生活を選んだ。男が宿命的に抱く放浪者的なエゴである。ただ、ほっとした裏には、美奈江が二人の子供をまともに育ててくれる、という勝手な期待感があった。全く虫の良い話だが、子供たちへの愛情が消えたわけではない。いや、五十を過ぎた秋岡の娘への愛情は、美奈江と離婚した時よりも深まっている筈である。年齢《とし》を取るということは、そういうものなのだ。

常子が冷えたビールを運んできた。

グラスを合わせてから、私は、

「何時やったかなあ、離婚したのは？」

と遠廻しに訊《き》いた。

私が大阪の道修町《どしょうまち》にある本社を離れ、地方の支店を転々としている間に、秋岡は離婚し、社を辞め、現金問屋に勤め、更に二年足らずでトンビになったのである。

西方の紅色は含羞《はにか》んでいるような薄い唇の形に変り、あちこちに灯がともりはじめた。もう三十分もすれば闇《やみ》が訪れ、街は華麗な光の原となる。

「十二年ほど前ですなあ、プロパー稼業に愛想をつかし社を辞めましたわ、その頃は、俺《おれ》が余りにも家族をかまわず、放っとくので、女房との間も険悪やった、家にも帰らず北新地の女と寝て、そのまま大学病院ですやろ、女房が堪忍袋の緒を切らすのも当然ですわ、それにあの頃は、不愉快な教授が多かった、東本《ひがしもと》を知ってますか、ほら細川教授の受けが良くて、細川の後、教授に抜擢《ばってき》された東本、そうそう、隅さんは本社から離れていたから余り知りませんやろ」

「知らんことはない、俺が顔を出していた頃は新任の助教授やった」

私は秋岡に釣られるように大阪弁で喋《しゃべ》った。今日のような場合、秋岡も話し易《やす》い、と思った。

「えげつない、というよりも嫌な人間や、あの時、先輩の助教授二人いたけど、細川の受けが良く真っ先に教授になりよった、今は府下のS市立病院の院長」

「今は何歳や?」

「六十代に入ってますやろ」

「教授をやめたん早いな」

「細川もMATO大学病院に残れませんがな、人間の器が狭い、それにしても、東本には本当に召使いのようにこき使われましたわ」

「現金問屋の方は、どうして辞めた?」

「あそこ、RANA医大の近くにありますやろ、最初に親しなった内科の奥松教授、これは金に穢《きたな》い男でねえ、ほら、貰いもんの薬、じゃんじゃん押しつけてきよる、こっちは伝票の操作で大変や、そのくせ、たっぷり懐に入ってるのに、飲み代はこっち持ち、まあ、大学の医師には、そんな連中多いけど」

秋岡がいっている意味はすぐ理解できた。奥松教授は、製薬会社が新薬を発売すると、

「新しいの出ただろう、試したるぞ」

と無料の薬を要求する。俗にいう試薬品なら慣習だが、奥松の場合、五、六十万円分ぐらいを持参しなければ納得しない。プロパーが持参すると、奥松はすぐ現金問屋に売る。七掛けとしても、三、四十万円の金が懐に入る。現金問屋は定価の一割引きで大学病院の薬局に売ることになる。薬局長は奥松とつるんでいるので、何もかも承知だ。

損をするのは主に製薬会社だが、将来のために我慢する。現金問屋の儲《もう》けは、薬局長が鞘《さや》を取るが、一割ぐらいはある。ただ秋岡としては伝票操作が煩《わずら》わしい。

このような奥松の態度は、薬を貰うというより、金を貰うのは当然だ、といわんばかりである。

その上、飲みに誘われ、飲み代まで持たされるのだから、秋岡が憤るのは当然である。現金問屋では、薬品会社のように、販売促進費などない。秋岡としては自腹を切るわけである。

「ようするに見境がない、結局、そんなことで、大学教授や大病院の医者に嫌気がさし、現金問屋も辞めましたんや」

常子が焼肉の道具と肉、野菜などを運んできた。

「よしよし、飯いうたら飯や、それとビール、呼ぶまで、顔出さんでええ」

常子に対する秋岡の態度は傲慢《ごうまん》だった。鬱憤《うっぷん》を常子に吐き出しているのかもしれない。

常子は不快な顔もせず、了承するが、眼が濡《ぬ》れて光るような気がした。常子の顔は私の好みではないだけに、余計に、生臭く感じられた。ひょっとすると秋岡は、常子の欲望を満足させることで、彼女を召使いとして扱っているのではないか。

その想像は、余り気持の良いものではなかった。二人の関係が破綻《はたん》した際、トラブルが起こりそうな気がした。

闇《やみ》の中に煌《きら》めく妖精《ようせい》のような街の灯は、想像以上に夢幻的な美しさがあった。梅田界隈《うめだかいわい》の高層ビルの明りは朧《おぼろ》だが、周辺の灯の群れがビルの明りを盛り上げていた。

秋岡は、現金問屋を辞めた理由を説明したが、その程度なら誰でも味わう悲哀だし、秋岡からそのことは聞いていた。私は秋岡と奥松の間には、もっと深い何かがありそうに思えてならないのだ。

何れそのことについては、秋岡も話すに違いない。

室内の明りに照らされた秋岡の眼の辺りに翳《かげ》りがあった。

半日、歩き廻った身に、ビールの酔いは早かったが、今夜はその酔いに身をまかせられない。

「再婚された奥さんの相手は、どんな仕事なんや？」

「中古車のセールスマン、俺よりも少し若いかなあ、俺と似たりよったりというとこですやろ、美奈江は二人の子持ちやけど、別れた時は三十代後半で、俺がいうのも変やけど……」

秋岡はあおるようにビールを飲んだ。

「いや、魅力あるよ、離婚の話を聞いて惜しいな、と思った」

「二人も子供を産むと女房は女房、へちゃでも新しい方が良い」

「馬鹿をいうな」

常子の耳に入らないか、と目配せしたが、秋岡は鼻で嗤《わら》った。自分に対する嗤いのようでもあった。

「それはそうと、捜索願いは出されたんかな」

「出したようだけど、遊び歩いて、家に戻らん高校生って実に多いらしいな、ほんまの家出かと心配していると、一月後に、ふらっと戻ってくるというケース、多いらしいわ、流石《さすが》に美奈江も蒼《あお》なって、パートをやめて盛り場をうろついているらしい、遊び仲間は分ってるし、ここ一ヶ月が勝負ですな、俺も調べたいんやけど、来週からアメリカですわ、勿論《もちろん》、仕事と関係あるし、キャンセルできません」

「へえ、アメリカまでなあ」

「向うでは、コンビニでも売ってる若返りの薬、日本ではまだ製造許可がおりん、どの程度の効果があるのか、徹底的に調べようと思てますねん、その他個人輸入の代行業も将来のために知っておかな」

「日本って、おかしな国だな、エイズのように命にかかわるものには抜けてるくせに、新しい薬というと、まだ信用できん、と製造にそっぽを向く、これは厚生省だけではないな、日本人の気質にそういうところがある」

「政、官、企業の癒着も、日本人の気質ですなあ」

「それはそうと、娘さんを捜す件やけど、手伝ってもええか」

「冗談やない、隅さんにそんなこと頼めますかいな」

秋岡の顔から汗が吹き出たような感じがした。私は勢い良くビールのグラスをテーブルに置いた。

「俺はなあ、何も仕事をしていない、自由な身になって二年、この頃分ったんだが、日本ではなあ、この年齢では、悠々自適の身にはなかなか成り難いということだよ、外国に行った時は、自由な身で良かったと思うが、日本では何となく社会が息苦しい、俺はな、働いている人達にとっては、爺《じい》さんではなく、無職ということになる、爺さんなら、隠居も許して貰える、だが、俺はまだ爺さんになっていない、この間のオヤジ狩りで、警察に訴えただろう、警察がまず疑うのは、俺がどうして会社を辞め、仕事もせずにぶらぶらしているか、ということなんだよ、肩叩《かたたた》きにあって、腹が立って辞めたといえば、いや、ええ御身分ですなあ、それから遊んでいるんですか？　と疑惑、皮肉の入り混じった眼になる、ガキの被害者の俺にだよ、といって、今は、働く気にはなれないが、何となく息苦しいんだよ、時間はたっぷりある、だから力になりたい」

秋岡の眼が潤んだ。今にも腕で瞼《まぶた》を拭きそうだった。

「隅さん、この通りですわ」

秋岡は両手を膝《ひざ》につくと深々と頭を下げた。鼻をすする音がした。秋岡は腕ではなく指先で鼻孔を拭いた。

「おいおい、そう簡単に頭を下げるな」

秋岡の叩頭《こうとう》は余りにもオーバーだった。私はそれに、プロパー、現金問屋、トンビと渡り歩いてきた秋岡の垢《あか》を見た気がした。私に対する秋岡の感謝の念はよく分る。だが、それにしても、大げさである。

「隅さんにはまだ借りがある、これ以上、甘えられませんわ」

「なあ秋岡よ、俺はよく君に御馳走《ごちそう》になる、だがそれも俺の甘えだよ、君と飲む度に、ただ酒か、と自分に呟《つぶや》いている、一瞬だがな」

「隅さんよう」

秋岡は眼を剝《む》いて私を睨《にら》んだ。演技ではなく秋岡は怒った。私は嬉《うれ》しかった。

「まあ待て、今、俺は君の娘さん捜しの手伝いをする、これから暫《しばら》くの間、君に御馳走になっても、俺が払った気持になれる、そうならせてくれ、俺だって胸を張りたい」

「隅さんは変ってないなあ、昔と、分った、お願いしますわ、ただ、娘の件は浜田さんにも頼んでますねん、家を出る前、ミナミでうろうろしていたらしい、浜田さんはミナミで顔がきくよって」

秋岡が口ごもったのは、私が浜田に余り好意を抱いていないことを知っているからだった。

「浜田に頼むのは当然や」

と私は頷《うなず》いた。

浜田はミナミでピンクサロンや怪し気な店を経営して成功し、今は洋服のショップを経営している。浜田の粘着力には私も一目おいていた。浜田とは社が違うが、プロパー時代も一度相手に喰《く》いつくと、胴を切られても相手を放さない根性があった。渾名《あだな》はスッポンである。抗癌剤《こうがんざい》の売込みでは、浜田に負けた。浜田の武器は誇りを捨ててかかるところにある。浜田に勝ったのは、龍野教授の場合だけだった。

粘着力という点では浜田の敵ではないが、人間の性格を視《み》る眼は私は負けない自信があった。

ただ、そんな浜田が何故、社を辞めたのかは私は知らない。

秋岡は私の返答に安心したようだった。梅田界隈の灯の群れはますます鮮やかになっていた。灯の瞬《また》きは妖精が戯れているように見える。

「隅さんよう、植物人間状態の入院患者の件も、浜田さんに頼みましてん、実際、彼は妙に顔の利く男で、あちこちの病院の事務長や、副院長あたりと親しい、そうそう、政財界にフィクサーといわれている奴《やつ》がおりますやろ、浜田さんは医薬品業界の小物フィクサーというところですやろ、薬剤師の資格のある大川が今度北新地に出す大きな薬局、あれも浜田さんの資金ですなあ、そう睨んでます」

「なるほどなあ、薬品会社辞めたのも、自分の商才に自信があったからか」

「商才と共に人脈ですなあ、俺にいうとったけど、プロパーで得たものは、人脈づくりや、これだけは金で買われんと」

「人脈づくりか、その点では俺は駄目やな、それはそうと、パリの女のことやけど、俺が寝たことも話したのか？」

「とんでもない、誰に頼まれたなど、馬鹿なことは絶対いうてません、俺はそんなに口は軽うない」

それは心外だ、と秋岡は口をとがらす。

「いや、話しても構わないんだ、今の俺には、その程度のことで気になる者はいない、その点だけは強みだなあ、両親も兄弟姉妹もいない、女房もいず、息子は家を捨てている、恋人もいないとなると、恐いものはない、浜田には会った時、俺から本当のことを話すよ、多分、一度寝ただけといっても、信用しないだろうが」

「隅さんよう、実際、俺も不思議や」

「当然だ、俺自身もよく分らない」

私は自分に呟くようにいった。


私はまず浜田に会うことにした。秋岡によると、美奈江は浜田を訪れ、美冴の交遊関係その他を詳細に述べていた。美冴が道頓堀《どうとんぼり》界隈でうろついていたことも、美奈江は美冴の友人から知ったらしい。友人の話では、美冴を二、三度テレクラに誘ったが、電話の相手と会ったことはないという。流行の援助交際にも走っていないらしかった。ただ家を出てすでに二週間近くたつ。何処に泊まっているのかしらないが、それなりの金は要る。友人たちとも消息をたっているのだから、友人の言葉も当てにならない。幸い浜田はかなりのテレクラ、またイメクラ、ファッション、性感などの風俗業者を知っていた。

秋岡が浜田を頼りにしたのも無理はなかった。ただ浜田には金儲けという本業があり、そのために動き廻らねばならない。何かの繋《つな》がりがあって秋岡と親しいようだが、美冴を捜すために、そんなに時間はさけない筈だった。

浜田は心斎橋筋や道頓堀など、ミナミの中心部から少し東寄りの、日本橋《にっぽんばし》の小さなビルに事務所を持っていた。

秋岡が連絡を取り、三時頃、事務所を訪れた。残暑がぶり返したような蒸し暑い日だった。

十五坪ほどの部屋だが、私の眼を引いたのは、薔薇《ばら》と胡蝶蘭《こちょうらん》をメインにした鮮やかな花が、入口の傍と、窓と向い合った壁際に置かれていたことだった。この程度の事務所に、高価な花は不似合である。明らかに浜田の趣味によるものだが、彼の資力をも示していた。

右手正面には書類入れのロッカーが二つあった。その前の浜田のデスク以外に、社員のデスクは三つあった。やや暗い感じがする四十代半ばの男性と、二十代半ばのロングヘアーの女性がいた。色白で細面の彼女は電話で話し中だったが、

「今、いらっしゃいました」

といって受話器を置いた。話し相手は浜田のようだった。小柄で身長は百五十糎《センチ》台の前半である。

彼女は私の名前を確かめ、浜田がいる部屋に案内した。そこは廊下の突き当りで、応接室も兼用しているようだった。三点セットのソファーと大理石様の丸テーブルがあった。

新聞とノートを拡《ひろ》げていた浜田は笑顔で立った。親しい友人を迎えるような表情だった。

「久し振りですなあ、さあどうぞ」

浜田は赤い縦縞《たてじま》のシャツと、おしゃれ用の網目のベストを着ていた。縦縞のジャケットが

壁にかかっている。

私は向い合ってソファーに坐った。

「秋岡さんが羨《うらや》ましいですわ、隅さんのような誠実な親友を持ってはるんですからねえ、この年齢《とし》になると、なかなか親友は持てません、秋岡さんの人徳ですなあ」

その表情と同じように、親し気で穏やかな話し方だった。私も微笑で頷き返した。

「美冴さんの件、色々なルートを通じて捜してますが、まだ手掛りが得られません、これを見て下さい」

浜田は夕刊紙、スポーツ紙、ノートを拡げた。両紙とも風俗店の広告で埋まっていた。ノートにも、店の名前と電話番号がびっしり書き込まれている。

「新聞のは堂々と商売やってるやつです、ノートは隠れ売春、裏風俗ともいいます、まあ、やくざが絡んでいます、それにテレクラ、全部合わすと、ミナミだけで二百軒は超えるでしょう、勿論《もちろん》、美冴さんは十六歳ですから、新聞に広告している風俗店は警察の眼を恐れて、簡単には採りません、ただ、美冴さんは身長百六十三糎、奥さんの話では発育充分です、こっちが騙《だま》された、というて採る業者もいるでしょう、ほら、これを見て下さい」

人差指を、線引した欄に当てた。

新鮮なコギャル満杯、ぞくぞく入店中、とあった。

このような場合のコギャルは、十八、十九歳が建前だが、十八歳未満もかなり潜り込んでいる、という。

「ミナミ以外にも、梅田、上六《うえろく》、天王寺《てんのうじ》界隈、そりゃ、数えられません、私は、十八歳未満も、大阪府下だけで数百人以上はいる、と睨んでます」

浜田は、隠れ売春と呼んだノートを人差指で叩《たた》いた。まるでピアノでも叩くような感じだった。そういえば、新聞紙を私の方に向けて置いた時の器用さは、手品に近かった。全く一瞬の間である。

「美冴君が風俗店に入っているとは限らないでしょう」

「テレクラの援助交際ですか、私は美冴さんの友達に会って、色々な角度から訊きましたよ、勿論、それなりの金も渡しました、失踪《しっそう》するまで美冴さんは、その種の交際はしてない、失踪後は分りませんがね、ただ、そういう場合は、私には捜索のしようがありません、勿論、親しい刑事にも頼んでいますがね、とにかく、美冴さんを捜し出すのが、かなり困難で、長引くことは、秋岡さんにもいってあります」

浜田はノートを叩いた人差指で、年齢の衰えを感じさせない顎《あご》の辺りを掻《か》いた。何となくその指は私に、あなた一人で捜すなど、絶対無理だ、といっているような気がした。

「分っています、それに僕は一人で捜そうなどと考えていませんよ、この件に関しては、浜田さんの指示に従って動きます、年齢だけど、身体はまだ大丈夫、遠慮せずにこき使って下さい」

「へえ、隅さんが、私の指示に……ほう」

浜田は不思議そうな眼を向けたが、視線が合うと微笑した。よく顔は笑っているが、眼は冷たい、といわれる人物がいる。本来の冷たさが、眼に表われ、隠すことができない、というものである。

だが浜田は、感情を殺し、眼も演技で微笑しそうだった。身長百六十糎足らずの浜田は、秋岡にいわすと、二十億以上の資産を所有していた。人脈も並大抵ではない。ストレートな性格では無理である。

「美冴君をなんとかして見つけたい」

「隅さん、私も同じです、そういう時はお願いします」

浜田は神妙な顔になると会釈をした。

「隅さんは、風俗店には？」

「殆《ほとん》ど縁がありません」

実際、私はその種の店に足を踏み入れたことがなかった。たまに秋岡の世話で、プロらしい女を抱くことがあるが、店ではなくシティーホテルの一室だった。

浜田は電話をかけた。

「やあ、浜田です、今、どうですか？」

浜田は電話を切ると、

「一寸、案内したいところがあります、ミナミがどういうところか、知っておいた方が良いですよ」

ベストを脱いだ浜田は、壁のジャケットを着た。私は浜田が事務所に寄った間、エレベーターを降り、外を眺めた。その辺りは古びたビルやマンションが多かった。一階は、喫茶店、食べ物店、スナックなど並んでいる。出勤途中の水商売風の女性も眼についた。

「お待たせしました」

浜田は筋向いのマンションに入った。右手は喫茶店である。正面のエレベーターに向うと、唇をどぎつい色で染めた二十歳前後の女性が現われた。口紅は俗語で、ドドメ色といわれるやつだ。腐った肉を蛍光灯で見た色と解釈されている。顔の化粧は薄い。彼女と突き当りそうになり、慌てて避けた。ぞろっとしたロングのワンピースも品がなかった。私の胸中を読んだように浜田がいった。

「あれ、風俗の女じゃありません、あの唇の色、死人化粧というようですよ」

「死人化粧？」

「お棺に入った若い女の化粧です、結構人気があります、店によって違いますがね、風俗の女は余り化粧はしません」

私たちがエレベーターに乗ると、黒いリュックを背負った短パンの若い女が乗り込んできた。一見、十七、八歳で、私は何となく美冴を連想し、どきっとした。

「景気良いかな」

浜田は優し気に訊く。

「今日、まだ一人よ、社長さん、呼んで」

「そのうちな」

浜田は胸のポケットから三千円を出して手渡した。

「有難う、こういうお金って嬉しいんや」

女は三階で降りる時、浜田にVサインを見せた。白い素脚が眩《まぶ》しい。浜田は五階で降りた。

「彼女、性感です、女子大生らしい」

「へえ、あれがねえ」

「一見無駄金のようですけど、あれで結構情報が入るんですよ、呼んだ者の中には、タクシー代をけちる者もいますからねえ」

「重なれば、捜索料も大変ですね」

「秋岡さんは友達ですから、美冴さんが見つかれば、いうことはありません」

「秋岡君も好《い》い友達を持っている」

「秋岡さんの魅力ですよ、本当に今時にない情のある人ですなあ」

「その通りです」

浜田は目的の部屋の前に立つとブザーを押し、更に三度ドアをノックした。

浜田が名を告げるとドアが開いた。背は低いがよく太った四十歳前後の女性が愛想笑いを浮かべた。これまでの崩れた生活がはっきり顔に表われていた。

残暑の西陽でむれた女たちの体臭と、化粧の匂いが入り混じり、空気に脂が滲《にじ》んでいるような気がした。

安物のカーペットにそれぞれの恰好《かっこう》で、五人の女が、寝転んだり坐ったりしていた。煙草《タバコ》を喫《す》っている者もいれば、腹這《はらば》いになり漫画本を読んでいる者もいる。クーラーが余り効かず、全員が半裸だった。若い女性はブラジャーとパンティー、体型の崩れた熟女は黒や赤のスリップを纏《まと》っていた。大根のような脚と、恰好が良く光沢のある脚が並んでいる。太い方は薄い腋毛《わきげ》を生やしたままで無気力に団扇《うちわ》を使っていた。贅肉《ぜいにく》がだらけたヒップの割れ目に、汗が脂滓《あぶらかす》のように不潔な感じで浮いていた。

若い方は、海岸で横たわるように仰向けになり、ファッション雑誌を拡げている。片脚を軽く立てているが、白い電話機の把手《とって》にも似た美しい曲線だった。壁には、パリやニューヨークの風景写真と共に、ロックシンガーの写真が飾られている。壁際には、オイルやローションの入った器、更にかつての蠅叩《はえたた》きに獣の尾をつけたような奇妙なＳＭ道具が雑然と置かれていた。

女たちは、それぞれの視線を挨拶《あいさつ》代りに浜田に向けたが、私には無関心だった。浜田は一人一人の視線に、親し気に頷く。そんな浜田は、まるで風俗の人間のようだった。ドアを開けたのはママらしいが、彼女だけが、ロングのワンピースを纏っていた。

この部屋の雰囲気を一言では口にできない。

淫猥《いんわい》というより、無秩序に崩れていた。

ママが私に身体をすり寄せ、乾いた眼でいった。

「社長さん、団扇の女、サービス、テクニック満点でっせ、一分の間に三百回以上、舌を出し入れしますわ、若い女なんか、頑張ってもせいぜい百五十回、それに最初は勢いが良いけど、すぐ疲れてしもて、アップ、アップですわ、まあ、その分、肌はぴちぴちやし、身体ははずんでますけどなあ」

一分間に、三百回以上も舌を使われた時の感度がどんなものか、私には想像もつかなかった。四十代だったなら、その想像だけで股間《こかん》が熱くなったかもしれない。

「隅さん、気晴らしにどうですか、テクニック満点の熟女は、部屋を暗くしてサービスさせるんですよ、妙なムードが出ます、若い女はできるだけ明るい部屋が良い」

私は返事ができなかった。いや、と首を横に振るのはた易《やす》いが、そんなことで、捜せますか、と反駁《はんばく》されそうな気がした。

私たちは外に出た。何時の間にか薄暗く、ネオンのともった道に、秋を思わす微風が吹いていた。

私は憂鬱《ゆううつ》になっていた。風俗の荒野に逃亡した一人の少女、いや若い女性を、捜し出すなど、到底できそうになかった。

それが分っておればこそ、浜田を頼ったのだ。だが浜田も、力にはなるがまず無理です、と暗にいっている。

浜田の話では、あのマンションだけで、数店の風俗業者が入り、女たちが客に奉仕する部屋もかなりあるという。

「部屋の場合は、ワンルームを、カーテンで仕切ってるだけですからね、声がまる聞え、風俗いうても、チップ次第で売春につながります」

「新聞に堂々と広告出してますね」

「一応、そういう店は、本番をせず、やくざが絡んでいない、ということになってます、組織売春と、そうでない売春との違いですね」

浜田は淡々とした口調で話し、私を道頓堀に面した喫茶店兼食堂に案内した。饂飩《うどん》、丼物《どんぶりもの》、洋食まで何でも食べられる。

七百円から千数百円までで、手頃な値段だった。

「コーヒーだけでも注文できますよ」

道頓堀川の水はここ十年、かなり綺麗になっている。食欲が余りないのは、あの風俗店の光景のせいかもしれない。ここは浜田にまかせるより仕方がない、と判断した。

「それと、今一つ、秋岡君が浜田さんに頼んでいたことですが」

「ほう、どんなことでしょう」

「植物状態になった若い女性の件です」

「やはり隅さんでしたか、友人が外国で知り合った女性、といわれた時、何となく隅さんではないか、と思いましたよ、会社を辞めた隅さんが、悠々と海外旅行を愉《たの》しんでおられることは、秋岡さんから聞いて知っていましたから」

「詳細を話します」

私は南本恵との関係と彼女の事故、パリの警察に呼ばれたことなどを隠さず話した。

浜田はゆっくりコーヒーを飲み、初めて煙草を喫った。一度なのに何故そんなに執着するのか、など浜田は訊かなかった。

川面《かわも》に映えていたネオンが瞬き合っている。風で細波《さざなみ》がたっているのかもしれない。

「南本恵が偽名という可能性もあります、僕は本名だと信じていますが」

浜田は眼を見開き、煙草の先から昇る煙を眺めていた。妙に無表情で浜田らしくない冷たい顔だった。私の視線に気づいたのか、眼を細め、微笑を浮かべた。

「分りました、調べてみましょう」

と浜田はきっぱり承諾した。

「そうしましょう」

浜田と会って私は、美冴を捜し出すことが如何《いか》に困難であるかを悟った。ナンパ橋と呼ばれている戎橋《えびすばし》界隈をはじめ、若い男女がそれぞれの相手を求めて集まる場所は、ミナミだけではない。キタと呼ばれている梅田界隈にもあった。そういう場所に行き、数枚の美冴の写真を手掛りに彼女を捜すのは、思うほど簡単なことではなかった。

だが数え切れない風俗店、またテレクラから男を尾行し、捜すのはまず不可能だった。刑事であっても、かなりの人数が動かなければ駄目である。いや、売春の現場をおさえるのはさほど困難ではないかもしれないが、美冴という若い女を見つけるとなると、警察でも無理なような気がした。

秋岡に泣きつかれて承諾したものの、浜田も半ば諦《あきら》めていた。一応、彼なりに網を張っているが、海は広過ぎる。浜田としては、偶然の幸運を待っているだけである。

それに、美冴がうろついていたミナミには、ラウンジやスナックが多い。身体を売る風俗ではなく、そういう店に働いているかもしれないのだ。

やはり、母親の美奈江に会い、何か思い当る点がないかどうか、徹底的に訊かねばならない。プロではないから、私なりに人間関係から洗い出す以外、手はなさそうであった。

美奈江の再婚した相手は中口《なかぐち》といい、新大阪駅の北方にある中古車販売店に勤めていた。四十代の半ばで店次長である。まだ会ったことはないが、中古車業界では、顔が売れているようだった。忙しい時は、店の近くに借りている1DKの部屋に泊まるという。

私にいわせると、家族のもとに戻らない夜、何をしているか、分らないということになる。

今の美奈江の再婚生活は余り幸せではなさそうだった。勿論、先入観は排さねばならない。

美奈江の住んでいるマンションは、新大阪駅の西南、西中島にあった。浜田にいわせると風俗業者の多い地域である。そのことは、私も知っていた。

美奈江は、美冴が家を出て以来、パートで勤めていた薬局を辞めている。店主は落ち着いたなら、また勤めて欲しい、といっているから、有能なのだろう。

私は喫茶店あたりで会う積りだったが、美奈江は自宅で会いたがった。美冴の弟の敬一《けいいち》にも会わせたいらしい。その方が私も好都合だった。

私は地下鉄を利用し西中島に行った。新御堂筋沿いには、ビルやビジネスホテル、商店が雑然と並んでいた。西方に折れるとマンションが多くなる。住人を客にしているスナック、小料理店、焼肉店などがあちこちにあった。秋岡が書いた地図を見ながら二粁《キロ》近く歩いた。そんなに新しくはないが、煉瓦造《れんがづく》り風のマンションだった。

美奈江の部屋は五階である。

秋岡と美奈江の結婚式に出ているし、離婚するまで美奈江とは何度か会っているが、約二十年近い昔である。いささか緊張しながらブザーを押した。

昔の話は忘れることだ、と自分にいい聞かせてきたが、顔を合わせて胸を撫《な》で下ろした。流石《さすが》に長い歳月は美奈江の顔に年齢を刻み込んでいたが、予想したほど変っていなかった。眼尻《めじり》の皺《しわ》やソバカス、肌の疲れは眼についたが、昔の面影は充分残っていた。太っていないせいであろう。偶然道で会ったとしても、ひょっとしたら、と凝視《みつ》めるに違いなかった。

私の安堵《あんど》の思いは緊張感を解き、美奈江に伝わったようである。

「お久し振りですわ」

美奈江の眼が微《かす》かに潤んだのは、気のせいではなかった。現在の美奈江の胸中を思い、私の胸も少し熱くなった。

突き当りはリビング兼用の客間だった。

道に面した窓の外は狭いベランダである。

「隅さん、お変りになりませんわねえ」

美奈江は、昔と同じように睫毛《まつげ》の長く見える眼を、やや伏眼勝ちに落した。支店から本社に戻り、離婚の話を秋岡から聞いた時、「勿体《もったい》ないなあ」と呟いたのを記憶している。

「本当に申し訳ありません」

唇を嚙《か》みそうになった美奈江に、私は、時間が余っているんですよ、と顔を横に振った。

美奈江はインスタントのコーヒーを出した。臙脂色《えんじいろ》のスカートの下の脚も、昔と余り変っていなかった。

私はふと、奈津子も美奈江と同じような年齢の取り方をしているのではないか、と想像し、何のためにここにきたのだ、と自分を叱咤《しった》した。

女子高校生は、家族よりも友人関係を重視する。それでも、美冴は、三、四ヶ月前までは、比較的真面目《まじめ》な方だった。そんな美冴の帰宅が遅くなりはじめたのは、梅雨のはじまる前頃からだった。

美奈江が叱《しか》ると、友達と一緒だった、と彼女たちの名をあげた。高校生なので、門限は午後十時にしていたが、午前零時頃になった。

「理由は分らないんです、浜田さんにもそれは申し上げましたが」

「どういっていました？」

「よくあることです、盛り場に出ているんでしょう、と笑われました、実際、本人も、友達と出ることはある、と申してましたが」

「はっきりした原因は分らないんですね」

「ええ、弟の敬一に訊いても、知らない、といいますし」

「で、中口さんは、叱られましたか？」

「余りやかましくいうな、若い女は、口うるさい親を一番嫌う、それに、遊びに飽きたら戻る、と放任主義なんです、何といっても義理の父親ですし」

美奈江は口ごもった。話したくない何かがありそうだった。常識的な判断をすれば、中口に他の女ができ、家庭を顧みなくなった、という疑問が湧《わ》く。美冴はそういう家庭状況に反《はん》撥《ぱつ》したのではないか。

ただ現代は、両親の間にそんなに亀裂《きれつ》がなくても、金銭欲に駆られて売春に走る女子中学生、高校生が多い、という。家庭に重点を置くのは危険だった。

私は美奈江に、最近美冴がブランドものなど、高価なバッグや装身具を持つようになったのではないか、と遠廻しに訊いた。

「私もそれを心配し、部屋を調べたり、敬一に問い質《ただ》しました、私が見逃したとしても、敬一は感づく筈です、でも敬一は、姉さんは、そんな穢《きたな》いことをしていない、と私を睨むだけです、あの眼は嘘をついていません、私の眼を誤魔化せたとしても、敬一には隠せないでしょう、一緒に生活していたんですから、敬一も感受性が強い子ですし」

美奈江はテレクラなどによる援助交際を、きっぱりと否定した。彼女の声には、私の質問に向けられた刃物があった。

となると家庭事情か。少なくとも、母親が離婚し、見知らぬ男と再婚した。それ以来、美冴は、大人には分らない傷を受けたのは間違いない。現代が幾ら腐敗しようと、美冴が自然の成行きとして受け入れたとは私にも思えなかった。敬一は一歳か二歳なので両親の離婚は覚えていない。

私は気づかれないように吐息をつき、腕を組んだ。久しぶりに煙草を突然喫いたくなった。二人の視線が合った。ひょっとすると私の眼にも見えない刃物が宿ったのかもしれない。美奈江は折り気味の人差指を、瞼《まぶた》の傍にあるソバカスに当てた。

「再婚したことに関しては弁解しません、二人の子を抱え、途方に暮れていました、頼りになる人が欲しかった」

「分っています、秋岡君にも罪がありますよ、今では考えられないような、人間喪失の渦に僕たちは巻き込まれていたのです」

一人息子の浩が私と絶縁したのも、そのせいである。

美冴の傷が外見上は癒《い》えたように見えても、内側は壊れ易いに違いなかった。ただ、家出は尋常なことではない。そうせざるを得ない何かが美冴の身に起こったと考えても、そんなに的外れではないであろう。

ドアの開く音がした。

「敬一、帰ったの？」

美奈江の声に返事はなかった。

敬一は左手にある自分の部屋に入ったようだ。

美奈江は敬一を呼びに行った。今日の私の来訪を敬一は知らされていた。敬一は私に会うのを嫌がっていた。ただ、定時刻に戻ってきたのは、母親を捨てていないからであろう。私は生ぬるくなったカップのコーヒーを飲んだ。戻った美奈江は申し訳なさそうにいった。

「服を着替えてくるといっています、扱い難くて……」

「当然ですよ、それはそうと中口さんは戻られますか？」

「戻ったり戻らなかったり、この頃、忙しそうにしています」

「僕の来訪と、僕が秋岡君の友人であることは承知されていますか」

「はい、それは申しました、変に隠すよりも、その方が良いと思って」

「結構ですよ、ただ、余り好い感じは抱かれなかったでしょうね」

「でも、そんなに不機嫌ではありません、美冴が戻る方が大事だ、といってましたから」

余り気が進まないが、中口にも会わなければならない、と私は頷いた。

三十分ほどたち、美奈江が敬一を連れてきた。中学二年生だが、身長は百六十糎ぐらいあった。ジーパンにTシャツ姿で、腕は陽に灼《や》けている。顔は間違いなく秋岡の血を引いていた。眉が濃く窪《くぼ》んだ眼窩《がんか》の眼は大きい。

敬一の顔を見た途端、私なりの親近感を覚えた。自然に私は笑顔になった。敬一がそれをどう感じたかは分らない。上眼遣いに私を見ると、美奈江と同じ長椅子に坐った。

美奈江の話では、訪れた浜田と会った敬一は、殆《ほとん》ど口を閉じていたらしい。

私はもう少しで、秋岡君に似ているね、といいそうになった。そんなことをいえば、敬一は席を立つかもしれない。

敬一にどう質問して良いか、私はとまどった。

美奈江が、救《たす》け舟《ぶね》を出した。

私が美冴の身を案じ、懸命に捜してくれているので、知ってることは話しなさい、といった。敬一は、何も知らない、と首を横に振る。

「ママに話したでしょう」

「隠していることなんか、何もない、バイトもしてなかったし、お金なんか、持っていなかった、持ってたら、僕にくれるだろう、知ってることは、ママに話した」

敬一は横を向いた。かたくなな表情だった。母親に話したのに、何故、もう一度訊くのか、とその横顔は告げていた。私は言葉を選びながらいった。

「でも、お姉さん、五月頃から盛り場をぶらつくようになった、友達と一緒だったというから、時にはお金が要るんじゃないかな、何時も友達に出して貰うというわけにはゆかないだろう」

「知らない、姉の友達に訊いたら」

「そうするよ、でも、同じ家に住んでいるんだから、何か感じたことないかな」

「部屋も違うし、そんなに話さない」

「それはそうだ、朝御飯は一緒だろう」

「姉は姉、そんなに話すことなんかないよ」

「そうだな、くだらない質問だな」

返事はなかった。敬一は唇をとがらせ、壁にかかった時計を眺めた。

私は電話番号を記したメモ用紙を敬一に渡した。

「姉さんから電話があるか、何か思い出したことがあったら、ここに電話くれないか……」

アメリカ映画の刑事物に似ていると思い、私は慌てて頭を下げた。

「頼む、この通りだ」

刑事は私のように頭を下げたりはしない。心なしか、敬一のかたくなな顔が少し綻《ほころ》んだように見えた。

敬一は、美奈江に、もう良いだろう、と席を立った。最後に私は、美冴の友達の名前を訊いた。

高塚康子《たかつかやすこ》と、羽田由紀《はたゆき》で、同じK高校の同級生だった。

美奈江の話では二人共、盛り場をうろつくようなタイプではない、という。礼儀正しく、はっきり話す。学校の成績もそんなに悪くないらしい。ただそれは、美奈江から見た高校生である。場所や話す相手によって別人のように変るのだ。それぐらいのことは私も知っていた。

「二人に会えませんか？」

「私が呼べば来てくれます、美冴を捜すためには協力する、といってましたから」

私はほっとして自宅に戻った。酷《ひど》く疲れた感じだった。ボクシングを教わっているマスターのスナックに飲みに出ようとした時、美奈江から電話があった。二人は明日にでも会うという。

場所は新大阪駅の近くにある喫茶兼軽食の店だった。

私は美奈江と待ち合わせ、その店に行った。見た感じでは、康子も由紀も普通の女子高生だった。紺の制服でルーズソックスだが、髪も染めていないし、化粧気もない。勿論、二人が私服に着替えた後が問題である。

二人は美奈江がいったように礼儀正しく、コーヒーを飲みながら喋っていたようだが、私たちを見ると立ち、頭を下げた。美奈江が感心するのも無理はなかった。

康子は身長百六十糎、色白で眼が細い。由紀は四、五糎低く、小麦色の肌で、二重がはっきりしていた。

二人共、それぞれの魅力があった。この二人が深夜まで盛り場をうろついているとは到底思えなかった。人間の心理を見抜く眼は浜田に負けない、と自負していたが、二人を前にし、自信を失った。

二人はまだ何も食べていない。

「何でも好きなものを」

というと待っていたようにパフェを注文した。私は二人が半分ほど食べるのを待った。

美奈江がいるせいか、二人共、はきはきした口調で話すが、内容は美奈江から聞いていたのと同じだった。盛り場をうろつくが、テレクラに電話したのは二、三度で、それも相手をからかうのが面白くてかけた、という。

「そうかもしれないけど、君たちがいない時、電話したということも考えられるんじゃないかな」

私は康子と由紀を見較べながらいった。二人を平等に扱わなければならないので気疲れがしそうだ。

「ミサは隠したりしません、私たち、何でも話し合っているんです、だって親友だから」

由紀が私の眼を見て答えた。約束でもしていたように康子が頷く。由紀が真っ向から凝視《みつ》めてくるのが気になった。正直そうだが、何となく自然ではなさそうにも思える。四十歳も下だから孫に近い年齢だった。

「テレクラに電話したことも話してます、えーと、三度かなあ」

康子がおっとりした口調でいった。

この時、私は二人に対してとまどっている理由が分った。かつて、この年代の少女たちが身につけていた羞恥心《しゅうちしん》が全くないのだ。電車の中で、男性の性器を弄《もてあそ》ぶようにソフトクリームを舐めていた少女の顔が浮かんだ。コギャルか、と私は胸の中で呟いた。

「しかしだね、君たちにも話せない特別なことが起きたのかもしれないだろう」

康子と由紀は顔を見合わせた。私には分らないように二人は微笑《ほほえ》んだようだ。

私はからかわれている気がした。

「話せないことなんか、ないです」

と由紀は私の眼を見た。

「どうして、そういえるのかなあ、たとえばだな、美冴君が遅く帰るようになったのは、夏休みの前あたりからだろう、それまではそんなに遅くなかった、では、何故、その頃から遅くなったのかなあ、何か理由がある筈だよ」

康子と由紀は顔を見合った。

由紀が二重の眼を見開くようにしていった。

「私たちも遅くなかったんです、ただ、何となく面白くなくなって、街に出ようという気持になったんです」

「美冴君も面白くなくなったわけか」

「ええ、三人一緒です」

二人は声を揃《そろ》えていった。

負けた、と私は呻《うめ》きたくなった。虚脱感に冷や汗が滲《にじ》み出た。

二人が自然体なのか、また演技をしているのか、それさえも見抜けなかった。

「分った、また何か知りたいことが出たなら、会って欲しい、どうかなあ」

「二人共、ミサがどうしているか、気になっているんです」

美奈江が微かな吐息を洩《も》らし、

「どうも有難う、またお願いするわね」

と無理に笑っていった。

「はい、御馳走さまでした」

と由紀が挨拶し、二人は出て行った。

九月二十三日、私は名張《なばり》の寺に行った。先祖代々からの墓がある。亡妻、妙子は隅家の墓に眠っていた。今年のお盆の際は、体調が悪くて行けなかったので、彼岸には行こうと思っていた。

名張は、室生寺《むろうじ》で有名な室生の東北にある盆地だった。三百米《メートル》から五百米前後の山に囲まれている。江戸時代に、西方から伊勢《いせ》神宮に参るには名張を通る。昔は宿場街で、遊廓《ゆうかく》などもあった。

今の名張にはかつての面影は薄く、バブル時代に建った新興住宅が目立つ。ところどころの丘を埋めている。大阪のベッドタウンとまではゆかないが、近鉄電車を利用するサラリーマンも多くなっていた。

隅家の一族が眠る寺は、盆地の中央部近くにあった。かなり古い寺で、墓石の数も多い。彼岸なので花屋が出張し、墓に供える花を売っていた。

私は花を左手に、右手に水の入った手桶《ておけ》を持って父が造った墓に参った。父は小学校の教諭で、最後は校長になり、やめた後、郷土史などを研究していた。うんざりするほど真面目《まじめ》な男だった。私がプロパーの世界に入った頃、脳卒中で亡くなった。母は私の高校時代に乳癌《にゅうがん》で死亡している。

私には溺死《できし》した弟がいる。私は高校時代から野球をはじめたので、余り両親を泣かせていない。

寺にはかなりの墓参客がいた。

妙子が亡くなり隅家の墓に埋葬した時、浪人だった浩は、何で親父の墓に入るんだ、と喰《く》ってかかった。

浩は、自分が私の子供であることに嫌悪感を抱いていた。妙子が亡くなって以来、浩は大学への進学を捨てた。

今になってみると、妙子に対しては、幾ら悔んでも悔み切れないものがある。亡くなった後に、悪かった、済まなかった、と頭を下げても遅いのだ。妙子には届かない。

ただ、私は家庭を顧みなかったが、愛人をつくり、女の家に泊まったりはしていない。情事の相手とホテルで一夜を明かし、そのまま会社に出勤したり、泥酔して私を送ってきた女と家の前でキスをしたりはしたが、私なりに家庭を傷つけまい、という気持はあった。

勿論、それはオナニーめいたもので、妙子や浩には関係ないだろう。妙子とは、私が雲海薬品に入社して間もなく知り合った。彼女は関係企業の女子社員だった。肉体関係ができ、二年ほど付き合って結婚した。無口な方で何処かおっとりしていて、気の安まる女性だった。

そんな妙子も、プロパー時代の私をよくなじり、実家に戻ったことがある。諦めの境地で私についてきたのか。

幸い浩が妙子の味方だったので、離婚に到《いた》らず済んだのかもしれない。

入院してから、本人も癌であることに気づいたのではないか。

あれは亡くなる二週間ほど前だった。その頃の妙子は見るに堪えられないほど痩《や》せていた。窓越しに西陽が射《さ》し、いつになく血色が良く見えた。私は額に手を当てた。見舞の際、そうすることが癖になっていた。熱があろうとなかろうと癌には関係ないのだ。多分私は、それ以外に気持を伝える方法を持っていなかったに違いない。

「重いわ、あなたの手が」

「そうかな、軽く当てているだけなんだけど」

私が慌てて手を離そうとすると妙子は、眼で、そのままで良いの、と訴えた。

「あなたの手って大きいのね」

「そりゃ、野球をしていたからな、手の大きいのは知っているだろう」

「ええ、結婚する前、何度もいったわ」

その声は私の胸を打った。確かに付き合っていた頃、妙子は口癖のようにいっていた。妙子がそれをいわなくなってから久しい。

私は返事ができずぼんやりしていた。気がつくと妙子は眠っていた。妙に穏やかな顔だった。

その夜、私はホテルで会う女との約束を破った。

私は墓石に水をかけながら、その日の妙子の顔を思い出していた。墓石に向って手を合わせ、苦労をかけたなあ、悪かった、と呟き、今一度、墓を眺めた時、左手の方の人影が立ち止まった。

何気なく見た私は驚いていった。

「浩じゃないか、来たのか」

ベージュ色のブルゾンに、派手な模様のシャツを着た浩は、戻ろうか、進もうか迷っているように思えた。長髪で薄い色のサングラスをかけている。もう三十歳に近いが、仕事についているのか、無職なのか分らない、といった感じだった。

浩も手桶と花を持っていた。

「俺はもう済んだ、君が来たので、母さん喜んでいるよ、俺よりも君に会いたがっているだろう」

自然に出た言葉だった。浩は昂然《こうぜん》と顔をあげた。当然といわんばかりに墓石の間を進んできたが、睨《にら》みつけるようにいった。

「そこ、どいてくれないかなあ、一人で向い合いたいんだよ」

私はさからわなかった。私は寺の墓地の出入口の傍で浩を待つことにした。浩は私を無視するかもしれない。それでも良かった。私は、何をいわれても仕方がない。黙って聴き、少しでも浩の気持を引きつける以外なかった。フリーライターといっているが、私には浩がどんな日を過しているか分らない。ただ、浩が男として大人になってくれることを願っていた。もしそうなったなら当時の私の生活を、少しは理解してくれそうな気がした。

二十分ほど待っただろうか。浩は空になった手桶を提げて現われた。私は浩に並ぶ恰好で花屋に向った。

手桶を返した浩は私に背を向け、足を速めて歩きはじめた。右手は青山《あおやま》高原に続く山々だった。浩のスニーカーが力強く舗装道路を踏む。手にしているのはカメラだけだった。私は浩の後に続いた。

寺を出、駅に向う浩の後に続いていると浩の背中が固くなった。太腿《ふともも》からヒップにかけて肉が盛り上がったような気がした。ボクシングの練習の際、真剣なパンチを繰り出す時、スナックのマスターは上半身よりもヒップに力が入る。私は思わず足を止めた。その気配を感じたのか、浩は舌打ちして振り返った。眼が鋭い。

「一人にしてくれよ」

「気持は分る、だけど少しぐらい話し合っても良いじゃないか、墓の前で会ったんだし、妙子がそうさせたのかもしれない」

「おふくろの名前など出すなよ、相変らず身勝手で図々《ずうずう》しいな」

「本音だよ」

反駁の言葉にしろ、浩がここまで私と言葉を交したのは家を出て以来初めてだった。

少し大人になったな、と私は思った。年齢からいって恋人がいてもおかしくない。浩が漂わせている何処か頽廃的《たいはいてき》な雰囲気は、浩の女性関係を匂わせていた。

浩は肩をいからせて喫茶店に入った。丁度昼飯の時間である。浩と向い合った私は焼飯を注文した。浩はビーフカレーだった。

私は日々の生活を話した。浩が何をしているかについては触れなかった。

浩は頷きもせず黙々とカレーを食べている。話の継穂《つぎほ》に困った私は、この頃の若い女性は何を考えているのか分らない、と吐息をつき、美冴の失踪について話した。浩は紙ナプキンで口を拭いた。

「秋岡君のこと覚えていないだろうな、酔ってよく家にきた」

「いや、覚えている、御機嫌取りだろう、流行《はやり》の玩具《おもちゃ》をよく買ってくれた、この頃の若い女は、あんたにとっては異星人だよ」

浩が私の会話にまともに喋ってくれたのは初めてだった。柄になく胸が熱くなった。

「そうなんだよ、俺はぶらぶらしているし、放っておけず、彼女を捜すことにした」

「へえ、あんたがねえ」

浩は私を見て肩を竦《すく》めた。気のせいか憐《あわ》れみの情が宿ったように思えた。

「あの当時の仲間で、風俗業界に詳しい男がいてね、話し合ったんだけど、海に落ちた小石を探すようなものだ、といわれたよ、一昨日も、彼女の友達に会った、全然知らないというう」

私は二人の顔を思い出し溜息《ためいき》を洩《も》らした。浩は返事をせずカレーの残りを食べた。五十年輩の店主らしい女性にコーヒーを注文した。

「知っていても、知らないというよ」

「えっ」

演技でなく自然に出た驚きだった。

「美冴といったかな、彼女が誰に訊かれても知らないといってくれと頼んだなら、誓いを守るよ、それが仲間の連帯感なんだよ」

浩はキャスターを出し、ライターで火をつけ、旨《うま》そうに煙を吐いた。

「よく知っているね」

「俺、週刊誌や雑誌に現代の風俗について、色々書いている、時にはコギャルにも会う、だから彼女たちのことは一応知っている」

「へえ、週刊誌にねえ」

「たいした週刊誌じゃない、だけど俺は現代の最先端を走っている、自分の仕事を卑下していない、あんたのように、業界の召使いじゃないからな」

「遅かったけど、それに嫌気がさして辞めたんだ、分ってくれ」

「おふくろが死んでからじゃ遅いよ、俺、もう行くよ、カレーの分は俺が払うからな」

「浩、人間には馬鹿気た時代がある、誰でも」

「それはそうだ、だけど度を超していたよ、あんたは」

そういわれると一言もなかった。

「妙子は癌で亡くなったんだ、君はストレスが原因といっているけど、遺伝子が傷ついているケースが多い、それも俺が原因だといわれれば仕方がないが」

浩はすぐ反撥せず一瞬黙り込んだ。私はそこに浩の成長を感じた。いや、そう願ったのかもしれない。

「百パーセントそうだとはいっていない」

「君が大阪にいたなら、秋岡君の娘を捜す手伝いをして貰うんだがなあ」

「厚かましいな、当分、あんたとは関《かかわ》りたくないんだよ」

「勿論、それなりの報酬は出すよ、だけど東京じゃ無理だな」

「へえ、報酬を出すって、幾らだい？」

浩は薄嗤《うすわら》いを浮かべた。ビジネスの話なら別だぜ、と浩は告げていた。

「大阪によく来るのか？」

「月のうち十日ぐらいな、今日も千日前のシティーホテルに泊まっている、もう四、五日はいる積りだ、手伝うなら取材費と、成功した際の謝礼、百五十万は貰いたいね」

余りの額に驚いた私は懸命に抑えた。

「百万にはならないかい？」

「無職だったんだなあ、じゃ、取材費は別に百万に負けよう、二、三ヶ月はかかる、駄目だと思ったら、取材費だけを請求する、心配するなよ、俺はプロのライターだ、誤魔化したりはしない」

これが親子の会話だろうか、と悲しみとも憤りともつかぬ思いに、私は味のなくなった最後の焼飯を口に入れた。

浩は美奈江の電話番号を聴き、手帳に記入した。

「あんたは依頼主だ、俺の分も払っておいてくれ、俺、一人で出る」

浩はカメラを肩にかけると、会釈もせずに店を出た。だが私は胸の中に長い間居坐《いすわ》っていた石のような痼《しこ》りが溶けはじめたのを感じた。それがビジネスであるにせよ、私を心から憎んでいたなら、浩は美冴捜しを引き受けたりはしないだろう。

浩は私と違って身長は百七十糎足らずである。妙子は百五十糎代だから、母親の血を引いているのだろう。男性にしては小さな顔は妙子に似ていた。

浜田は予想以上の情報を私に伝えてくれた。大阪府下のS市立病院に入院している高村圭《たかむらけい》子《こ》は、日ヨーロッパの交通事故で植物状態になり二ヶ月前から入院している、というのだった。院長はMATO大学の教授だった東本孝之《ひがしもとたかゆき》だった。

高村圭子が南本恵と同一人物かどうかは、見舞に行って顔を見なければ分らない。偶然に違いないが、南本と東本は似ていないこともない。私は何となく南本恵は、東本院長の縁戚《えんせき》ではないか、と思った。かりに違ったとしても、東本院長と何か関係があるのではないか。

浜田は病院の事務局長の大田から聴き出したらしい。

浜田は、私が美冴のために動いていることを知っていた。S市立病院まで車で送る、といったが私は断った。

私は南海電車でS市にある病院に行った。事務局長の大田とは午後一時前に会うことになっていた。

かなり大きな病院で、玄関を入った左手の受付カウンターは、相当な長さだった。

大田はすぐ現われた。年齢は五十代の後半だろうか。前頭部が薄くなっているが、赧《あか》ら顔で血色が良い。私を見ると大股《おおまた》で歩いてきた。ソフトな笑顔は、浜田との関係の親密さを表わしていた。

「隅さんですか、浜田さんから電話をいただいた大田です、右手のエレベーターで五階に行って下さい、脳神経外科のナース詰所があります、婦長に伝えてありますから」

「家族の方は……」

「週に一日ほどお母さんが来られますが、見舞の方は殆《ほとん》どないようです、こちらは完全看護だし、御本人は脳死ですから、お気の毒です、ナース詰所には私から電話をしておきます、病室まで案内させますよ」

「そこまでして戴《いただ》いては」

「とんでもない、じゃ、私はこれで」

なかなか遣り手だった。

私はエレベーターで五階に行った。ナースの詰所はすぐ見つかった。

「高村圭子さんを見舞に来た隅ですが」

「隅さんですか、どうぞこちらへ」

私を案内したのは二十代後半の看護婦だった。よく太り眼鏡をかけている。時間のせいか看護婦の姿が見えるだけで、廊下に人影はなかった。

「治る見込みは全くないんですか」

「どうでしょうか、何といってもパリの病院での手術が上手くゆかなかったようですし、脳神経外科は、日本の方が優れているんですよ、事故に遭った直後、脳を低温にして手術すると、脳神経が死なないんです、勿論、損傷の程度にもよりますがね、高村さんの場合は、相当な重傷だったようです」

看護婦が口を閉じたのは、これ以上の説明は医者の分野を侵す、と気づいたせいかもしれない。

「お母さんが、看病に来られるとか」

「大体、土曜日です」

何かいいかけて看護婦は口を結んだ。

「大部屋ですか、個室ですか？」

「この階は個室ばかりです」

私は白い無菌衣を着せられ、マスクをした。

廊下は長かった。胸が痛みをともなって締めつけられた。

病室のルームナンバーには何故か名前がなかった。

第四章　ロマンの花

ドアを開け病室に入った瞬間、私は息苦しくなった。突然、モンブランの山頂に立たされたように空気が稀薄《きはく》になり頭が宙に浮いたような気がした。

酸素を送る人工呼吸器は、プロパーだった頃よりもずっと大きくなっていた。看護婦の気配はなかった。病院の事務局長の紹介者なので気を許したのだろう。

私は棒立ちになっていた。筋肉が硬直し、身体《からだ》の自由がきかない。

太い管につながった若い女性の顔は、呼吸器の付属品になっていた。恰好《かっこう》の良かった鼻孔には、二本の管が入っている。

私は、パリで南本恵と名乗った高村圭子に会いに来たことを悔いながら、硬直した身体のまま歩いていた。

瞼《まぶた》は閉じられている。額と頰《ほお》の傷痕《きずあと》が痛々しかった。車で撥《は》ねられ、路上に叩《たた》きつけられたのだろう。肌の色はそんなに変っていない。強いていえば心持ち白くなっていた。

私は彼女の顔から逃げるように壁に視線を移した。壁の色は薄黄色だった。途端にまた息苦しくなった。何故《なぜ》もっと明るい色にしないのか、と壁を睨《にら》んだ。壁の中に得体の知れない生物が棲《す》んでいて、私を監視し、薄嗤《うすわら》いを浮かべていた。

私は鳥肌が立つのを覚えた。そいつはどうやら年齢甲斐《としがい》もない私の感傷が生んだ醜悪な生物だった。ざまみろ、と薄汚れた黄色い歯を剝《む》いていた。歯は壁の色と同じである。

俺《おれ》はお前の反吐《へど》だぜ、よく見ろよ、とそいつはうそぶいている。

私は自分の瞼が裂けそうな程、瞼を見開いた。

「そうさ、お前は俺の反吐だ、だがな、俺の心の傷が吐いたんだ、膿《うみ》だよ、彼女に関する限り、俺は嘲笑《ちょうしょう》されても仕方がない、ただな、これだけはいっておくぜ、俺の感傷の傷からは血が流れているんだ、たとえ膿となったとしても、血は傷から出る、感傷からだけでは出たりはしない」

自分の言葉に勇気を得たように、私は再び高村圭子に視線を向け、その顔を懸命に凝視《みつ》めた。

今、人工呼吸器を止められても、高村圭子の表情は変らないのだ。眉《まゆ》一つ動かさず呼吸が止まる。脳死は認識できる。だが、私の感情はまた別だ。

どう表現したら良いのだろうか。高村圭子の顔は死んでもいないが、生きてもいなかった。私も死んだ人の顔はかなり見てきている。生前と余り違わなくても、どの顔も魂の去った無機質な物に変っている。亡くなった人に対する思い入れが強ければ強いほど、別れを告げた人々は、それを感じる筈《はず》である。よく、眠ったような安らかな死に顔だった、という人がいる。それはそれで反駁《はんばく》する積りはないが、眠った顔と遺体の顔には、根本的に違うものがある。呼吸をしているのと、していないとの違いだ。遺体は血液が体内を巡っていない。人工のものであっても、呼吸は止まっていない。

高村圭子は、魂がないにも拘《かかわ》らず呼吸をしている。そこが遺体の顔との違いだった。

ただ、高村圭子の顔は、明らかに南本恵の顔とは違っていた。生きた人間の表情が殆《ほとん》ど感じられない。気のせいではなく、彼女の顔には空気が硬直して貼《は》りついていた。眼の下の窪《くぼ》みが黝《くろ》ずんでいるとか、たるんでいる、などといっているのではない。

人間の魂が含有するあらゆる感情が消えていた。

その衝撃で、私はベッドの上の女性を、本名の高村圭子として眺めることができた。圭子の身体は羽蒲団《はねぶとん》らしい掛蒲団に覆われていた。

長くいるべきではない、と私は自分に呟《つぶや》いた。病室は殺風景で花もなかった。私も見舞の花は持参していない。

たとえ、肉体は生きていても、魂の抜けた彼女に花は不必要だった。今の彼女にとって花は白々し過ぎる。

パリでの彼女には色香らしいものが殆どなかった。ただ、下唇だけが桜桃のようで、そこだけが熟した感じだった。その下唇にも艶《つや》がなく、気のせいかしぼんで見える。

居たたまれなくなり去ろうとした私は、掛蒲団から僅《わず》かに覗《のぞ》いている一本の指先を見た。

突然、私の胸が熱くなった。その指先だけが何故か生きているような気がした。私を呼んでいる。

せめて握手ぐらいしなければならない。指先がそれを要求している、と私は勝手に思った。多分私は自制心がなくなっていたに違いない。掛蒲団を少しめくり上向いた掌《てのひら》を握ろうとした。

私の眼は、蒼《あお》ざめた肌を抉《えぐ》ったような白い傷痕に釘《くぎ》づけになった。細いのと太いのと二本あるが、上の方の一本は幅も広く、縫い跡がついていた。肌を抉った刃物を見た思いだった。

細い傷がためらい傷なのか、別な時期のものなのかは私には分らない。

明らかなのは、高村圭子が、手首の動脈を切断して死のうとしたことである。

そういえばパリで会った時、高村圭子は、赤い革バンドの腕時計をしていた。バスルームに入る時は外した筈だが、何時《いっ》の間にかつけたに違いない。ベッドで腕時計をはずさない女性は、これまでも何人かいたので、気にならなかったのだろう。

今はどうか知らないが、かつての私の知識では、手首の動脈を切断して自殺を図る者は、男性よりも女性に多いという。

それにしても、手首の傷痕は、ベッドの上の高村圭子の姿の表われだった。

生きている間、高村圭子は悩み苦しんだに違いない。

その原因が何であれ、パリのGホテルのカフェテラスの前を、高村圭子は意志のない人形のように歩いていた。あの歩き方なら、昼の広い道でも車に撥ねられる危険性があった。

「何をなさっているんですか？」

私をとがめる看護婦の声が戸口でした。

身体を折るようにして、手を眺めている私に不審感を抱いたのであろう。

私は不思議なほど落ち着いていた。まるで、その看護婦が彼女の手首に傷をつけたのではないか、といわんばかりに睨《にら》み返した。

私の眼光に怯《おび》えたように看護婦は立っていた。マスクをつけたままでいった。

「手首にある傷痕を見ていたんですよ、これは自殺未遂の傷痕ですね」

看護婦はどう答えて良いか迷ったようだが、勝手に顎《あご》が頷《うなず》いていた。

私が手首を指差すと、看護婦は釣られたように傍に来た。

「さあ、何ともいえませんわ、でも……」

「僕は薬品業界にいたんですがね、抗精神剤もかなり扱ったんですよ、今でなら、軽い鬱《うつ》病《びょう》ぐらいなら、薬で治ります、仕事の関係で、心の病んでいる人たちに関心を持つようになったんですよ」

私の返答に看護婦は納得したらしい。

胸のネームカードに、免田《めんだ》と記されている。

「お気の毒に、悩んでいたんですわ」

「そうだと思う、掌に近い方の切り傷はまだ新しい、四、五ヶ月前というところかな」

免田看護婦の表情を窺《うかが》った。彼女の眼は、何故か生臭さをおび、圭子の傷痕に注がれた。

高村圭子について、何か知っているのではないか、と私は感じた。

「お詳しいんですね」

免田看護婦の返答は、私の推測を肯定していた。彼女は私に背を向け、圭子の顔を眺め、人工呼吸器を形式的に見た。白衣のヒップが意外に大きい。やや太めの脚だったが、不恰好というほどではない。身体の張り具合が妙に肉感的である。

「免田さん、高村圭子君について、色々と訊《き》きたいことがあるんだけど、休みの日に会ってくれないかなあ、秘密は守る」

「そんなことはできません」

背中が固くなった。

「御馳走《ごちそう》するよ、好きなものは何でも」

語尾に力を込めた。

少しの間彼女は無言だった。迷いが生じたらしかった。

コギャルと呼ばれている女子中高生が身体を売るのは、金銭のためである。職務上の守秘義務に対する責任感も、金銭の前では薄れる。それが現代というものだ。

薬品業界にいた関係で、白衣を脱いだ看護婦たちの奔放《ほんぽう》さをよく知っていた。勿論《もちろん》すべてではない。責任感を貫き通す看護婦たちも多い。私としては免田看護婦が、そうでないことを願うのみだった。

免田看護婦は、好奇心を押し殺した表情で、私と向き合った。

「隅さんとおっしゃいましたわね、ベッドの患者さんと、どういう御関係ですの？」

「二年前にパリのプライベートクラブで知り合ったんです、それ以来、パリに行く度に会っていた、オペラを観《み》たり、御飯を食べたり、年齢は離れているが、パリでのフレンドです、
彼女はパリのフランス語学校に通っていたけど、日本でのことは全然喋《しゃべ》らない、何かあるな、と疑問に思っていたけど……ただ、詮索《せんさく》するのは嫌いなので、彼女が喋るまで放ってお

いた、この六月、大事な話があるというので、会う約束をしてパリに行った、会う前日、車に撥ねられて脳死状態になったんです、映画のような話だけど事実です、何か憐《あわ》れで、日本でどういう生活をしていたか、調べてみたくなったというわけ、僕は今も薬品関係の仕事をしているけど、雲海薬品の方は辞《や》めたので、比較的、自由な時間を持っている、私立探偵などじゃない」

作り話を混じえた私の説明は、彼女にパリでの出逢《であ》いとパリだけでの交際というロマンの香りを与えたようである。免田看護婦は人形のように横たわっている高村圭子を見直した。彼女の眼は現実から遊離しかかっていた。好機を逃しては駄目だ。

龍野教授を陥《おと》したのも一瞬の盲点をついたからである。

「今夜どう？」

「今夜は駄目です」

「明日は？」

「土曜日の夜なら、でも、何も知りませんわ、この患者さんのこと」

「何でも良いんです、時々、見舞に来られるお母さんのことでも」

「好《い》いお母さんですわ」

「お気の毒にね」

「ええ、本当に」

「じゃ土曜日の夜、何処《どこ》が良いかなあ、難波のSホテルのロビー、それともNホテル？」

「でも、約束はできませんわ」

「絶対秘密は守る、あなたの生活を壊したりはしない、僕は大人です」

「もし行けない場合は電話します」

私は手帳にはさんであるメモ用紙に、自宅の電話番号を書いて渡した。場所はNホテル、時間は七時に決めた。

病室を出る前に、来られない場合は、土曜日の二時頃までに電話をくれるように、と念を押した。

蠟人形《ろうにんぎょう》のようになり、身体だけが生きている高村圭子の髪が胸に灼《や》きついた。生きているのは髪だけのような気がした。南海電車のS駅に向って歩きながら、私は折れそうに細い手首の傷痕を思い浮かべた。

そういえば、高村圭子は放心したような眼で歩いていた。目的に向って歩くというより、脚があるから仕方なく歩いている、といった感じだった。

悩み抜いて空白になっていたに違いない。脚は勝手にカフェテラスの空席に向い、疲れを休めるように坐《すわ》った。そこで高村圭子は、少しばかり精気を取り戻したのだ。

おそらく私と会う一ヶ月か二ヶ月前、彼女は本気で死のうと思った。

多分、日本にいることに堪えられずにパリに逃げたが、遠い異国の街も、彼女の心の傷を癒《いや》すことはできなかったに違いない。それでも、日本に戻らずパリにいた。

私は高村圭子の傷痕の原因を知りたかった。手首の傷痕を見た瞬間、私は理解した。彼女は殺されたのではない。もう私のことなど忘れ、放心状態で歩いていたに違いなかった。

車が近づいた時も、放心状態だった。多分、彼女はライトの明りでよろけ、車の前に跳び出す恰好になり撥ねられたのではないか。

酔っていたに違いないドライバーは、恐怖心にかられ、停止せずに逃げ去った。

それは推測に過ぎないが、的外れではなさそうに思えた。

パリの刑事も夜が明けてから再度手首の傷痕を見たに違いない。

おそらく私と同じ推測で、車による事故と決定したのであろう。

深い溜息《ためいき》が出た。私はS駅の傍に立っていた。


その夕はミナミの繁華街でカツ丼《どん》を食べた。最近は何故か丼物《どんぶりもの》が口に合っている。食物にもリズムがあるのだろう。こういう大衆食堂には、意外に中年が多い。ファミリーレストランとの違いである。

ミナミには驚くほどビデオ店が多い。それも夜店の叩き売りのように、アダルトビデオが売られている。どんなビデオかしらないが、十本で一万円というものもあった。

風俗店と同じく、余りの洪水に警察も手がつけられないのだろう。

浩からは何の連絡もなかったが、浩は美冴の友達に会っていた。美奈江がそのことを私に告げていた。たとえ、金銭が目的にしろ、浩が私に協力してくれたことは嬉《うれ》しい。私を心から憎んでいるのなら手伝ったりはしないような気がする。彼岸の日に、妙子が私と浩を再び結びつけてくれたのかもしれない。そういう考えは甘いのか。

ミナミの繁華街に新しくできたシティーホテルの前を通り、難波に出た。

サラリーマンたちはどの顔も疲れていた。その点、私はまだ増しだ。実利のない目的のために動き廻ろうとしているが、充実感めいたものがある。ただ名刺がないのは、時には不便だった。

好い加減な名刺にしろ作っておく必要がある。免田看護婦に渡せたなら、もっと信用されたに違いない。

秋岡の事務所に電話してみると、秋岡はいた。

「名刺を作りたい、隅薬品とかなんとか、肩書はやはり社長かな」

照れを隠すため早口に喋った。

「隅さん、前からそう思っていたんや、もし、何か注文があれば、俺の方に廻したらええ、すぐ納入しまっせ」

秋岡はおどけた口調でいい、今夜の予定を訊いた。

「予定はない、ただ、奈津子の店に顔を出してやろう、と思っている」

「じゃ、飯を食いましょう」

「済んだよ」

「早い、健康優良児ですなあ、そうやなあ、奈津子の店は、隅さん一人の方がええ、じゃ、七時半に新地のSホテルのバー」

腕時計を見ると六時半だった。

「君、夕飯まだなんだろう」

「俺も近くで焼飯でも食べて飛んで行きますわ」

気遣いのある男だった。

秋岡とは、彼がアメリカに行って以来会っていなかった。話すことは山ほどある。

私は地下鉄で梅田に出、大きな書店を覗いた後、Sホテルに行った。

私は、相変らずデンマークで買った革のブルゾンと縞《しま》のスポーツシャツ、紺のズボン姿である。革のブルゾンは裏生地がついていない。私は二万円出したが、日本では十万円はする。

サントリーモルツを注文し飲んでいると、七時半きっかりに秋岡が現われた。大きな金色のボタンが四個ついている紺サージのダブルにグレーのズボンである。上着は、昔、流行したことがあるが、生地が新しいところを見ると、最近のオーダーものらしい。結構、しゃれた感じがした。秋岡によく似合っている。

私が懐かし気に眺めると、秋岡はテーブルに両手をついた。

「隅さん、この通りですわ、親子で捜してくれるなんて、またまた借りができた」

「おいおい、止《よ》せよ」

早い時間のせいか、客は私一人だった。

秋岡はウィスキーの水割りを注文した。

「東京だし、何処まで力になれるか、それにフリーライターとかいっているが、何をしているのか、全然知らない、根無し草だなあ」

「つまり、何か書いてはるんでしょう」

「書いたものは見たことがない、多分、父親には見せられない雑誌だろう」

「よろしおますがな、ペン一本で食べてる、それ以上いうことがない」

「ペン一本か……」

風俗誌のライターではないか、という思いが強くなった。大きな書店にも、その種の雑誌が氾濫《はんらん》していた。そこに働く若い女性たちの紹介記事に溢《あふ》れている。勿論、ヘアー丸出しの女も多い。ただ、全員が明るく写っていた。

本番と呼ばれているセックス行為がない場合でも、若い女は全裸になって客の欲望を処理するのだから、売春に違いない。

何故、媚態《びたい》と共に明るくカメラのレンズに向っているのか、私には分らなかった。ひとつだけいえるのは、彼女たちは全員、この写真を見るかもしれない両親のことなど、全く念頭にはない、ということである。

ひとしきり風俗の世界について話した。

「浜田さんもいうとりますわ、あの世界に入った女《こ》を捜し出すのは難しい、と、ただ、美冴が友達とつながっているかどうかが大事です、浩君が美冴の友達と会ってくれたことは有難い」

「おいおい、俺も会ったんだぜ」

「いやいや、忘れてません、感謝してます」

秋岡が珍しく狼狽《ろうばい》したのは、私の捜査を当てにしていなかったからであろう。

実際、私の前で旨《うま》そうにパフェを頬張った女子高校生は、知っていても美冴の行方を私に話しそうになかった。その点、浩なら上手《うま》く仲間意識を感じさせるかもしれない。

私としても、浩に望みを託すのみ、といった状態だった。ただ、美奈江の現在の夫には会わねばならない。気が重いが避けるわけにはゆかない。浩にとって中口は荷が重そうだ。

「それはそうと、パリの女、高村圭子に会ってきたよ、南本恵は偽名だった」

「浜田さんから聞いてましたわ」

秋岡は顎を撫《な》で、ウィスキーのグラスを持ちなおした。

私は手首の傷について話した。ベッドの上の彼女の状態は口にしたくなかった。

「悩んでいたのか、心が病んでいたのか、どういう環境にあったかを調べることにした、名刺を作ることにしたのもそのためなんだ、日本では名刺がないと相手が信用しないからなあ」

土曜日に看護婦と会う約束をした、と告げると、秋岡は口に運びかけたグラスを宙で止め、本気ですか、と私の顔を見直した。

「看護婦が来るかどうかは分らないが、美冴さん捜しと並行して調べる」

「はあ、驚きましたなあ」

秋岡は気がついたようにグラスを口に運んだ。何故そうまでするのか、と秋岡は訊いていた。

「前にいっただろう、俺が誘わなかったなら、多分、彼女は事故に遭わなかった、そのことへのこだわり、いやそれだけではない、君は嗤うと思うがね、俺にとって彼女は娘でもあり、恋人でもあるんだ、気恥ずかしいから、自分でも打ち消してきたが、それが今日はっきりした、俺は病室に入りベッドの上の彼女を見た時、のこのこと来たのを悔いたよ、それほどの衝撃だった、今は衝撃の原因がはっきりしている、彼女の存在は、俺が考えていた以上に大事だったんだ」

秋岡は口を開けなかった。気がおかしくなったのではないか、と私を見、ウィスキーをあおった。世界の何処かから、連れてこられた類人猿を眺めるような眼になっている。

私は額をつまみ、どう説明したなら、少しは理解してくれるだろうか、と懸命になった。テーブルを指で叩いているうちに言葉が出た。

「これは商売の話ではない、夢の世界のことと思ってくれ、つまり俺はこの年齢になって夢を見た、もともと俺にはそういう素質があったんだなあ、だから停年前に社を辞めた」

「それは夢ではありませんがな」

「勿論だよ、ただ何処かで夢を見たかった、たとえば汚れた街の片隅に咲いている可憐《かれん》な花を見たい、という夢だ、これはもう夢だよな、汚れた舗装道路に花など咲かない」

「それは夢ですなあ、ロマンチック過ぎる」

「そこだよ、彼女は俺にはロマンの世界での花なんだ、だから、娘でも恋人でも良いんだよ、とにかく、俺のロマンの花は消えてしまった、何故消えたかを調べたい」

「車の事故ですがな」

「彼女を放心状態で歩かせた何かをだ、あれは事故ではない、視点を変えれば自殺だよ」

「調べるのは夢やない」

「その通りだ、現実の行動を取らせるほど、夢の花は貴重だったということだよ、多分、理解されないだろう、それはそれで仕方がない」

「いやいや、俺にも、少しは分りますがな、はっきりいって、誰にもできんことをする辺りに隅さんの魅力がある、俺なあ、これでも隅さんを尊敬してますねん、これは本音でっせ」

「尊敬はやめてくれ、それほどの人間じゃないよ」

秋岡が私に寄せている好意は、たんなる情だけではないことを、私は薄々感じていた。秋岡だって、実利の世界で生きている自分自身に嫌気を覚える面があるのだ。それが感じられるから、私は安心して秋岡と付き合えるのである。


私と秋岡は九時頃、ラウンジ・エルに行った。

客はカウンターの一組だけで、ママの麻美が席についた。

「おいおい、悠美も呼べ、今日は休みか」

秋岡は短大生の悠美を店の中で可愛《かわい》がっていた。麻美は肩を竦《すく》めた。

「残念ね、昨日辞めたわ」

「えっ、誰かとできたんかいな」

「さあね、ただ、理由は、勤めていたら勉強ができないから、というわけ」

「嘘《うそ》つけ、そんなこと初めから分っているがな」

秋岡は残念そうに舌打ちした。ひょっとしたら、誘う積りだったのかもしれない。

麻美は、ノリ子という新しい女を呼んだ。二十代半ばでよく太っていた。

「太っとるな」

「秋岡さん、嫌われるわよ、最近の女は殆《ほとん》ど痩《や》せたがってるから」

「俺は太い方がええで、こっちへ来い」

秋岡はノリ子を二人の間に坐らせた。ホテルで喋り過ぎたせいか、私は無口になっていた。その反面、やたらにウィスキーの水割りを飲んだ。

麻美が心配そうに私を見た。

「今日の隅さんて、近寄り難いわ」

「ママ、放っとけ、誰にでも考え込む日があるがな」

ノリ子の肩に腕を廻していた秋岡が、いつになく低いが力強い声でいった。私への思い遣りである。

私は奈津子の店に電話することにした。自分でも意外なほど落ち着いていたのは、病室で見た高村圭子のせいであろう。ショックで、奈津子への懐旧の情が薄れたのかもしれない。電話に出た奈津子の声は昔とそんなに変っていなかった。やや声がハスキーになっていた。

「隅だよ」

「まあ隅さん、嬉しいわ、今何処なの？」

「ラウンジ・エルだよ、余り歓迎されそうにない客だけど、まずくなかったら行くよ」

「ママに、隅さんと会いたい、と伝えたわ、聞いたでしょう」

「ああ、でも君は僕の現在を知らない」

「そうね、でも隅さんの性格なら、何となく見当がつくわ」

「ほう、どういう風に」

「そうね、上司と衝突して、会社を辞めたとか……」

「驚いたな、ただ、衝突した、というほどでもないが、辞めたことは間違いない」

奈津子は含み笑いに似た声を洩《も》らした。昔、店に勤めていた頃よりも、気持を表わすようになっている。神戸のホテルで私の行為を批判した口調の鋭さはまだ忘れていない。多分、あれが奈津子の本性なのだろう。

奈津子は私に、十一時を過ぎてからの方が良い、と伝えた。その方が落ち着くし、ゆっくり話ができるという。ひょっとすると奈津子は、私に伝えたいことがあるのかもしれなかった。

私が奈津子の店に行ったのは十一時半を廻っていた。御堂筋寄りで、中心部から外れている。ナツは中古のビルの五階だった。

ドアを押す時は少し緊張したが、カウンターの中で私を迎えた奈津子の笑顔にリラックスした。白い襟《えり》のついた紺色の上衣《うわぎ》が似合っている。

美奈江と会った時、ふと想像したように奈津子はそんなに太っていなかった。確かに十五、六年の歳月はそれなりの年齢を加えているが、昔と余り変っていない。相変らず色白で肌の艶が良い。目尻《めじり》の皺《しわ》は隠せないが、どう見ても三十代の半ばといったところである。それにかつては、嵌《は》め込まれたような感じだった眼が、やや膨《ふくら》みを帯びた瞼のせいか、違和感がなく顔におさまっている。その分だけ表情が和《やわ》らかかった。

店はラウンジ・エルの半分ぐらいで、カウンターには、三十歳前後の女性が一人いた。突き当りは四、五人が坐れるボックス席である。サラリーマンらしい客が三人いた。明らかに昔の客ではなかった。

私は、心の何処かで奈津子は、太っていない代りに、きつい顔になっているのではないか、と危惧《きぐ》の念を抱いていた。もし奈津子が厳しい生活を送っていたなら、当然、それが顔に出る筈だった。私も奈津子に笑顔を返しながら、どんな日々だったのだろうか、と好奇心を抱いた。ただ、この狭い店を見ても、そんなに裕福とは思えない。

「色々と詮索しているのね」

奈津子は私の胸中を読みながら、飲み物を訊いた。客がキープしているボトルには、日本のコニャックやウィスキーが半分以上あった。私も、そんなに値段の張らない大衆的なウィスキーにした。

私は率直に、危惧の念が外れたことを喜んでいる旨を告げた。

「そうね、あの頃は凄《すさ》まじかったわね、毎日、気持を張りつめて、周囲のすべてと闘っていたような気がするわ、二十四歳まで水商売の世界を泳いだもの、六年間以上、多分、垢《あか》だらけ、無茶もしたし」

「えっ、二十四だったのか」

「そうよ、二十七、八に見えた?」

「そんなことはないが、そういえば年齢不詳だったなあ」

三人の客が席を立った。奈津子はカウンターの女に私を紹介し、今日は一緒に帰っても良いのよ、といった。

珍しくこの店にはカラオケがなかった。奈津子はそんなに稼ぐ積りはないようだ。どうやら生活には困っていないのかもしれない。今、新しい客が入ってくれば、奈津子と話し合う時間がなくなる。過去を取り戻したいとは思わないが、このまま別れたくなかった。だが私は新地内で、ゆっくり話し合えるような場所を知らない。焦った。奈津子を攫《さら》うように神戸のホテルに車を飛ばした頃が一瞬だが懐かしく思えた。

多分、飯でも喰《く》う約束をして、今夜は家に戻った方が良いかもしれない、と諦《あきら》めた時、電話が鳴った。

「まあ、秋岡さん、声が太くなったわねえ、ええ暇、隅さん一人よ、はい、替りますから」

奈津子から渡された受話器を耳に当てると、閉店後の約束はできたのか、と訊いた。

「おいおい、何をいっているんだ……」

「それじゃ、三十分ぐらいしたら行きますわ、それまでに、約束しといた方がええ」

秋岡が来る、と告げ、私は苦笑を口許《くちもと》に隠して受話器を置いた。

奈津子はカウンターの外に出ると、私と並んで坐った。白い手首を私に示した。かつては、絹地に似た肌の内側に隠れていた青い静脈が、はっきりと肌に密着していた。

「年齢は誤魔化せないわねえ、この青い管、どのぐらいまで盛り上がるのかしら、肌は告げる、小説の題になりそうね」

「まだまだ若いよ、今度一度飯でも食べないか、ある意味で懐かしい濁流時代だった」

「ええ、私も、色々と話したいことがあるの、一寸《ちよつと》待ってね、電話番号を書くから」

奈津子は店の名刺に自宅の電話番号を書いた。私もメモ用紙に書いて渡した。免田看護婦に渡した時と違って気にならなかった。

奈津子が水割りを作り、私たちは乾杯した。二人の再会を祝して、客が去ったように思えた。私は結構酔っていた。

「本当をいうと、私ね、高校も二年までなの、家を出て、喫茶店に勤め、ミナミのスナックからバー、クラブ、二十一の年齢《とし》にキタのクラブにスカウトされたの」

「あっ、そうか、それで二十四歳で、もともとの美貌《びぼう》に妖《あや》しい艶が滲《にじ》み出た……納得だな」

満更でもない科白《せりふ》だった。十代で水商売に入った女性は、崩れるか、磨きがかかるかだ。

勿論、後者の方が少ない。

奈津子は、肘《ひじ》で私の腕を軽く打った。

秋岡が来るまでの間、何故、家出をしたかについて話した。話す相手にやっと巡り会えたといった感じだった。

奈津子の故郷は福岡だった。父は一族が経営する工務店に勤めていた。母は奈津子が小学生時代に病で亡くなった。高校生だった姉は卒業間近に家出した。

父はよく酒を飲み、女を家に連れて帰った。奈津子は少女の頃から、よく獣じみた男女の営みの声を耳にしている。

奈津子が高校一年生の時、父は小料理屋の仲居と深い関係になり再婚した。

継母は高校生の奈津子にも女の色香を感じさせた。

色香という点については、奈津子は継母から学ぶものがあった。無意識のうちに上手に男を扱う方法も身につけた。

高校二年を終えた奈津子は、大阪で水商売をしている姉を頼って家を出た。

姉は、水商売の世界に入りたい、といった奈津子に忠告した。

「三十までは結婚を諦めるのよ、それと男に溺《おぼ》れちゃ駄目、男は利用するものよ、その姉も今はいないけど……」

「病気？」

「姉については今は話したくない、それと細川先生のことも、何時か話したい、と思う日がくるかもしれないけど……」

奈津子は嫌なことを思い出したように、微《かす》かに眉を寄せた。

それだけでも奈津子と再会した価値があった。少なくとも奈津子は、細川との関係を懐かしがってはいなかった。

「私ね、男とのトラブルは殆どなかったわ、男に溺れることと、トラブルだけは絶えず自戒していたの、その点、地位やお金のある会長さんは、長く続いても別れ際にトラブルにはならないわ、私ね、隅さんと知り合った頃、某社の会長さんと付き合っていたの、水商売を絵にしたような話でしょ、呆《あき》れた？」

「いや、なるほどなあ、と納得したよ、誰かいるに違いないとは思っていたから」

「会長さん、三年前に亡くなったの、お葬式に出たかったけれど、出なかった、大勢の人と一緒に冥福《めいふく》を祈るより、一人で手を合わせる方が私にぴったり、私には案外、引っ込み思案のところがあるのよ、そうね、水商売に入った時から、私、この世界で生きる積りはなかった、この店は半分遊びねえ、ママなのに、月水金しか出てこないんだから、店はさっきの真《ま》奈加《なか》にまかせているし、ここに関しては比較的呑気《のんき》なの」

奈津子は二杯目の水割りを作った。

「他にも何かしているんだね」

「まあね、でも生きて行くことって、そんなに呑気でもないし」

「昔の君の眼、嵌め込まれたようだった、それが結構魅力的だった、いや、今だって色気はあるよ」

「無理しなくて良いのよ、継母の真似《まね》をしているうち、ああなったの、滑稽《こっけい》ね」

「しかし、穏やかになったよ」

「娘がいるの、小学校の二年生、でも私の私有物じゃない、と思っている、だから、こうして週に三日、店に出て来ているのよ、余りかまい過ぎないように」

「御主人のこと訊いて良いかな」

私は水割りのグラスに眼を落した。氷の中に琥珀色《こはくいろ》の液体が揺れていた。

「主人、五年前に車を運転していて亡くなった、若い女を乗せていた、トラックが居眠り運転で突っ込んできたんだから、どうしようもないわね、でも、その事故を知って、不思議なほど緊張感が薄らいだわ、やはりあの人も、新地時代に私の周りに寄ってきたお客と同じだったんだと知った時、何かほっとしたの、もう緊張せずに済むとね、おかしいかしら」

奈津子の言葉は私の胸を衝《つ》いた。それがどの程度かは分らないが、彼女が男というものに対し、或《あ》る種の悟りめいたものを得たような気がしたからである。

奈津子と再会した夜は、何時か食事を共にするという約束をして別れた。

私は秋岡にも奈津子との関係は話していない。鋭い嗅覚《きゆうかく》の持主である秋岡は、何かを感じている筈だが、何も訊かなかった。それが、大人というものだ。

会社を辞め、のんびりしていたが、パリに行ってから、急に色々なことが起こった。

人間というのは、私ぐらいの年齢になれば、どんな環境にあっても、そう長くのんびりしてはおれない。すべての人間関係を捨て去ることはできないからだ。

奈津子の過去を知り、僅か二十四歳で、群がる男たちを捌《さば》いた手腕が、たんなる計算、演技では生まれないのを私は感じた。彼女は彼女なりに懸命に生きていたのである。

奈津子が細川教授との関係について話さなかったのは、時間がなかったせいであろう。彼女が私に会うことを望んだ以上、彼について黙っているわけにはゆかない。

私が頼んだのである。寝て欲しいと。

私の身辺は急に慌ただしくなったが、浩と話す機会を得たことは、何よりもの収穫だった。

浩からは電話一つかかってこない。旨くいかずに東京に戻ったのか、まだ大阪にいるのかも分らない。

ただ美奈江の話では、浩は美冴の友達に会っている。何《いず》れ連絡があるだろう。焦らないことだ。私としては、そう期待することで納得する以外になかった。

免田看護婦と会う予定の土曜日がきた。だが彼女は、午前中に電話をかけてきた。急用で行けなくなった、というのである。

来られない場合は、必ず電話して欲しい、と彼女に念を押していた。その件に関しては約束を守ってくれたのだが、会えないのは残念だった。悪い予感の方が当った。

「日曜日はどうかなあ、君の空いている日で良いんだ」

「お約束できませんわ」

「そこを何とか、君の電話番号を教えてくれないかなあ」

「それは駄目です」

「携帯電話の方は？」

「携帯は持っていません、失礼します」

彼女は電話を切った。

何故気持が変ったのか。あの時、免田看護婦は確かに迷っていた。いや、六分通りは私と会うことに傾いていた。誰からか忠告され、気持が変ったのか。いや、彼女が他人に話したとは思えない。患者の秘密を喋ってはならないという看護婦の義務感が、私と会うことを諦めさせたに違いない。

これ以上、免田看護婦を追っても、無駄なような気がする。今一度、浜田に頼み、高村圭子について知っている人物を紹介して貰う以外にないかもしれない。

だが人当りが良くて世話好きの浜田も、私が高村圭子の家族関係まで調べようとしているのを知ったなら、紹介するのを躊躇《ちゅうちょ》するに違いなかった。それが普通の社会人である。

もし私が浜田の立場に立ったなら、当然断る。気持は重かったが、秋岡を通じて浜田に頼み込む以外に方法はなかった。

私立探偵のことも考えたが、日本の私立探偵が、どの程度の能力を持っているのか、私には分らない。それよりも、高村圭子を調べるのに、私立探偵の手を借りたくなかった。秋岡に話す前に、私としてはするべきことがあった。

私は土曜日の午後、美奈江に電話し、中口の意見を聴きたい、と伝えた。

私に何かの武器があるとすれば、人間を洞察する眼力だった。眼力などといえばいささかおこがましいが、少なくとも誰もが手を焼いた龍野教授を陥したのは、私が彼という人間を観察し得たからである。

やはり眼力といって良いだろう。

美冴の失踪《しっそう》を、中口がどのように感じているか、ぐらいは一時間も話をすれば見抜ける自信があった。希望的な観測だが、そこに手掛りが摑《つか》めるかもしれない。

日曜日の朝、美奈江が電話してきた。

中口は月曜日に、店の方で会いたい、といっていた。

家よりも勤め先だな、と私は睨んでいた。私の勘は当った。幸先《さいさき》が良い。

月曜日の午後五時頃、私は新大阪駅からそんなに遠くない中古車販売店を訪れた。

かなり広く百台近い中古車が置かれていた。到《いた》るところに各国の旗が飾られている。

その旗が示すように三分の一は中古の外車だった。ベンツ、ジャガー、ポルシェ、BMWなどの欧州系の外車もあった。

ガソリンスタンドに似た事務所に入ると、五十前後の小柄な男が席を立った。仕事用の紺のブルゾンを着、薄い色の入った銀縁の眼鏡をかけている。髪はこの年齢の男性にしては長い。その容貌《ようぼう》はセールスマンらしく明るいが、何処か引っ掛かるものがあった。眼鏡のせいかもしれない。小ずるさに通じる感じがした。だがこれは私の先入観を完全に払拭《ふっしょく》しきれないせいもある。

　店の近くに、自分用のマンションを借りていると知った時から、好感を持てなかった。どういう理屈をつけても、中口が家族よりも、自分のエゴを優先させているのは間違いなかった。

　中口は私に名刺を出した。肩書は店次長である。私の名刺は、まだ手許《てもと》に届いていない。

「申し訳ありません、名刺を持っていませんので……」

「いやいや、構いませんよ、家内から聞いています、脱サラというのは、並の意志力では実行できませんよ、御立派です」

「我儘《わがまま》なんです」

　中口に揶揄《やゆ》されているようで、余り気持良くなかった。

「まあ、車を見て下さい、中古車というと、何処かに疵《きず》があるのではないか、また事故車ではないか、と用心されますが、うちは、そういう車は扱いません、疵物は、はっきり明示してバーゲンにします、そういう点で、うちは顧客の信用を得ているんです、こういう業界は信用が第一です、さあ、まいりましょう」

　私は中古車を購入に来たのではない。そんな私を中口は客のように応対した。中口が私を案内したのは、高級欧州車だった。

「どうです、これはベンツのスポーツクーペですよ、十年ほど前のものですが、中古車市場には滅多に出廻りません、アベック用の贅沢品《ぜいたくひん》です、新車なら千数百万しますよ、こういう車は十年たとうが二十年たとうが、古さがない、そんなに大きくないけど、これを運転すると、自然に他車を睥睨《へいげい》してしまいますなあ、乗っていることで、ドライバーが光って見える、これがたったの七百八十万ですよ、一千万でもおかしくはない、良い車だ」

実際中口は、シルバーグレーのメタリックの車に陶酔しているようだった。

私は車の免許は持っていない。ただ、そろそろ取っても良いなという気持はあった。

「このベンツは余り見ませんね」

「大阪では少ない、東京の方が多い、まあベンツといっても、ピンからキリまでありますからね。

次は、このジャガーダイムラーです、六気筒を二つ、十二気筒のエンジンを積んでいるのでダブルシックス、ともいわれています、名門ダイムラー社のエンジンです、第二次大戦の終り、もう日本の零戦《ゼロ》は役に立たず、日本は戦闘機にここのエンジンを使いたくて、ドイツから設計図を取得したけど、当時の日本の技術では、製造できなかった、これは本当の話ですよ、設計図があっても造れない、凄《すご》いエンジンです、御覧なさい、この曲線美、すーっと誘い込まれるようでしょう、一昨年、一寸したモデルチェンジがありましたが、殆ど変りません、これは一九九二年もので、四百九十万、こいつも、普通は店頭に並びません、気品があるせいか、暴力団が殆ど乗らない、私も、こういう車に乗ってみたいものです」

こういうのを立板に水というのであろう。次から次へと車への賛辞が続き、やみそうになかった。

一時間ぐらい喋られたと思ったが、実際は半時間だった。客から電話があり、いったん中口は、事務所に戻った。

このまま喋られてはたまらないので、私は出て来た中口に、用件を告げた。

「家内から聞いています、余り時間がないですが、お茶でも飲みましょうか」

「どうも済みません」

「御承知のように家内の連れ子ですが、実の父親の気持ですよ、心配しています」

仕事用のブルゾンをチェックの上衣に着替えた中口は、せかせかと歩きはじめた。向うから歩いて来た色白で太った男を見ると舌打ちした。私ほどはないが、百七十五糎《センチ》ほどあった。小柄な中口は胸を反《そ》らせて声をかけた。

「どうしたんや、遅いがな、客から文句があったぞ、修理後の納入予定は昨日やろ」

「昨日は、新しいお客が二人もありましたがな、明日の朝持って行きます」

「ちゃんと電話を入れな、わしが怒鳴られたがな」

「電話したんですが、留守だったんですよ」

相手は私の前で叱責《しっせき》されることへの不快さと憤りを隠そうとしなかった。気持を薄嗤いに変えて会釈した。私は丁寧に頭を下げた。彼の後ろ姿を振り返り中口にいった。

「彼は確か松本君じゃなかったかな」

「いや、須藤といいます、よく尻を拭《ふ》くのを忘れる、中古車業界で最も大事なのは、ちゃんと拭くことです、似ているんですか」

「よく似ています、これだけ人間が多いんだから」

私が笑うと中口も苦笑した。

私が咄嗟《とっさ》に相手の名前を訊き出したのは、須藤が中口に好意を抱いていないことを感じたからだった。中口が美冴の失踪に関係があるとは思えないが、場合によっては、中口の生活を知っておく必要があった。そういう場合、最も訊き出し易《やす》いのは、須藤のような男だった。

プロパー時代も、教授の私生活を知悉《ちしつ》するため、私は教授を憎み恨んでいる疎外された講師などから色々と訊き出したものだ。自分の将来にまだ希望を持っている医者連中は口が固い。全く希望を持てず、半ば自棄《やけ》になっている者は、酒を飲ませ酔わせるとよく喋った。驚くほどの秘密を知っていた。

医者の世界でも私情はなかなか抑えられない。中古車業の営業マンには一匹狼的《いっぴきおおかみてき》なところがある。腕さえあれば、どの会社に入ろうと喰ってゆける。

中古車店の店次長という地位など、部下の営業マンには、たいしたものではない。車を一台でも余計に売る方が大事なのだ。

げんに須藤は、中口への嫌悪感を私に隠さなかった。彼は中口について知っていることを間違いなく喋る。プロパー時代に養ったハイエナのような本能が囁《ささや》くのを私は感じた。

中口が入ったのは通りに面したかなり大きな店だった。喫茶店というよりもレストランに近い。店には女性客が多かった。女子高校生や、買物帰りらしい中年の主婦層が大きな声で喋り笑っていた。男性客は仕事中の営業マンらしい中年層が主である。

窓際の席は詰まっていて、二人は壁際の席に腰を下ろした。私は紅茶にした。中口はコーヒーを注文すると待ち切れなかったようにセブンスターを口に咥《くわ》えた。

私が煙草《タバコ》を喫《す》うかどうかなど、全く気にしていなかった。胸深く煙を吸い込み、旨そうに吐き出す。

窺うように私を見た。

「家内とは古くからのお知り合いですか？」

「いいえ、美冴さんの件については、私の方から、何か手伝うことはないか、と秋岡君に申し出たのです、というのは、中口さんも御承知のように、会社を辞め、時間を持て余している身ですので、少しでも力になれたら、と思ったわけでして、勿論、探偵の真似など、素人の私がしても、役には立てないのは分っていますが、秋岡君の胸中を察し、じっとしておれなかったのです、中口さんに貴重な時間を割いていただいたのも、そういうやむにやまれない気持からです、御理解いただければ嬉しいですが……」

私は中口に頭を下げた。

中口は手を横に振って、

「私は美冴の父です、済みません、とお礼をいわねばならない立場です、そんな、頭を下げたりなさるのは止して下さい」

煙草の煙が燻《くすぶ》り、私はむせそうになった。脚を組みなおした中口は、時々、小首をかしげながら、美冴について話しはじめた。車を絶賛した時と異なり、慎重に言葉を選んでいた。

中口の二面性がよく表われている。

美奈江の連れ子を中口が可愛《かわい》がったせいか、美冴は小学生から中学校一年頃までは比較的中口になついた。

中口は前妻との間に子供がなかったせいか、美冴と弟の敬一が自分の子供のように思えた。

ただ、現代の子供は、両親よりも友人関係を大事にする傾向がある。美冴も同じで、中学校の二年生になると、友人が大事になった。学業が優れ、一流大学を目指す生徒は、友人関係と同時に勉学に重点をおくようになるが、美冴の成績は余り良くなかったし、本人も短大に入ることを望んだ。

私立の短大なら、そんなに勉強しなくても入れる学校がいくらでもあった。

それでも、美冴の友人に較べると、彼女は中口になついていた。中口の運転で、車で旅行することも年に二、三度はあった。

そんな美冴が変ったのは高校二年生になってからである。衣服も何となく派手になり、中口を避けるようになった。

「やばいなあ、と思いましたけど、どの親でも同じですわ、どうすることもできません、ただ、私の場合は義理の父親という負い目もあります、親娘《おやこ》の話し合いも必要だと思い、時々、学校まで迎えに行ったりしましたわ、精一杯やった積りです、でも、あきませんでした、家出の原因はさっぱり分りませんわ」

中口は肩をすくめ、アメリカ人のように腕を拡《ひろ》げた。万事休す、といった表現である。

そんな身振りが軽薄に見え、私は不快だった。もっと真剣になれよ、といいたかった。同時に、実の父親ではないな、という気が強くした。私は重い口を開いた。

「そうですか、奥さんにも心当りがなさそうだし、参りました、偉そうに、捜索に力を貸す、などといった手前、一寸引っ込みがつきませんなあ、ただ、僕の場合は時間があるし、動けます、といって、どう動けば良いか……」

私は溜息《ためいき》をつきながら、中口の喋った内容を反芻《はんすう》していた。少し引っ掛かったのは、学校に迎えに行ったことがある、というところだ。美冴がそれにどう反応したかは分らないが、アメリカ映画ではあるまいし、少しやり過ぎではないか、という気がしないでもない。ボーイフレンド気取りではないか、という気がしないでもない。

私の溜息をどう受け取ったのか、中口は車の売買に失敗したような顔で、煙草の火を揉《も》み消した。

「こういうことをいうと、秋岡さんに悪いかもしれないが、両親が離婚した場合、幼少でも子供は屈折しますよ、私の場合は、親父《おやじ》が女をつくり離婚したんですわ、大学へ進学する気がなくなりましたわ、おふくろに学費を出させるのも悪いしねえ」

斜めに灰皿を眺めた中口に、私は彼が漸《ようや》く本音を洩らしたような気がした。同時に、浩についていわれた思いで、私はすぐには口を開けなかった。

私たち夫婦は離婚したのではない。ただあの当時の生活を振り返ると、妙子が逃げ出しても仕方ない生活だった。酔ったあげくホステスに金を渡して送らせ、車から降りて玄関に入る間に門に縋《すが》りついたこともある。そんな私をホステスが介抱しているところを何度か妙子や浩に見られている。

浩が妙子が罹《かか》った癌《がん》を、私の行動が原因だ、と思い込んだのも無理はなかった。

今の私は、よくああいう日々を過したな、と恥じ入るばかりである。幾ら泥酔したにせよ酒場の女に家まで送らせるのは、家族持ちの男がすることではない。ただ泥棒にも三分の理があるといわれるように、当時の私は、そうせざるを得ないほど気持が荒れていた。

泥酔するにはそれなりの理由があった。医者に、召使いのように扱《こ》き使われ、人間としての誇りをずたずたに引き裂かれた日など、泥酔せずにはおれなかった。そんな夜飲みにゆくのは、遊びではなかった。泥酔して心の傷を麻痺《まひ》させずにはおれなかったのだ。普通なら、深夜まで付き合ったホステスをマンションまで送る。だが、それが面倒臭い。家に帰るよりも一人でホテルに泊まり、ベッドに転がりたい。だがそれもできずに塒《ねぐら》に戻る。よれよれのワイシャツも着替えたい。その場合、家族も道具となる。勿論ホステスも道具だった。

浩が私を憎むべき父親と思い込むようになったのも無理はないかもしれない。

妙子が入院した頃、家族との会話は殆どなかった。

そういえば、秋岡をはじめ離婚したプロパーは多かった。詳しいことは知らないが、浜田も離婚している。

中口と別れたが、彼が何処まで美冴の失踪について心配しているのか摑めなかった。どうも本心が分らないのだ。そこが気に入らなかった。私は美奈江に電話し、彼との会話の内容を伝えた。

「確かに車で迎えに行ったこともあります、でも、友達の手前もあるし、それはやめるように、といいました、何といっても実の父親ではないので、無理に好い父親らしいところを示そうとしたのでしょう」

美奈江の声が心なしか沈んだ。

美奈江も秋岡と別れたことを悔いているのかもしれない。詳しくは喋っていないが、二人の離婚の原因は秋岡の女性関係にあった。

秋岡の場合は私と異なり、女のマンションに泊まり込むようになっていたらしい。エルのママの麻美の場合などもそうである。

美奈江が離婚したのも無理はなかった。

その夜、再び美奈江から電話が掛かってきた。

私が電話して間もなく、浩から電話があったというのだ。

「東京から電話を下さったのです、まだ美冴とは会っていないけど、手掛りが摑めたとおっしゃっていました、とにかく無事で、生きているようなので……」

美奈江の声が涙で途切れた。そこまで心配していたのか、と私も胸を衝かれた。美冴は母親がどんな思いで毎日を過しているかなど、考えたこともないだろう。

それにしても浩も浩だ。そこまで調べたのなら電話の一つぐらいはくれても良いではないか。だが、今はそういう親子が多いようだ。それに、失踪した娘が殺されたのではないか、と夜も安眠できないでいる美奈江に較べると、まだまだ私の方が楽である。

殆ど連絡を取り合ったことのない息子だが、そこまでの不安感は抱いたことはなかった。

浩に電話しようかどうか迷った末、好い年齢《とし》をして、息子に腹を立て、張り合っても仕方がないと自嘲《じちよう》しながら電話した。

珍しく浩が出た。無愛想な声である。

「俺だよ、美奈江さんに電話したらしいな、驚いたな、美冴君の消息が分ったんだって？」

「まだそこまで行ってないよ」

不機嫌そうな声に、電話をするのではなかった、と悔いた。

「手掛りを摑んだというじゃないか、たいしたものだ」

自分ながらお世辞めいた言葉に舌打ちしたくなった。案の定、浩は不快そうに黙り込んだ。

「今度は何時大阪に来るんだ？」

「次の仕事次第だよ」

今にも電話を切りそうな気配だった。

「今日、中口に会った、美冴君の義父だ、中古車のセールスマンだけど、口八丁手八丁といった感じで、不愉快だった、本人は実の父のように心配している、といっていたが、何処までが本音か分らない」

「人間次第だよ、実の父、義父なんて関係がない」

「そうだろうか」

反駁しようとして自分を抑えたので、私の声は濁った。

「今、執筆中だよ、じゃ」

浩は電話を切った。

何を書いているのか、私にはさっぱり分らないが、執筆中という言葉に、浩の生きている姿を感じ、電話を切られたことが、そんなに苦にならなかった。

浩が家を出て以来、初めて安心感に似た思いを味わった。

十月中旬の誕生日は、中秋の冷気と共に訪れた。

私は五十六歳になった。特別変ったことは何もない。花も贈られてこなければ、電報もない。そういえば、プロパー時代はクラブのママやホステスたちから花が贈られたものだ。

顔を洗うと、私は久し振りに掃除機を持った。雑巾《ぞうきん》でテーブルやテレビの縁についている塵《ちり》を拭いた。こんなマンションにも、蟋蟀《こおろぎ》がいるらしく秋の声を伝えている。

テレビの上に、ポルトガルの古い皿が飾られていた。妙子との新婚旅行で買ったものだ。葡萄《ぶどう》を採っている女性の絵が描かれている。農家の主婦であろう。妙子にねだられ、財布に残っていた金を殆ど出した。確か五万円か六万円した。雲海薬品に入社して二年目だった。希望に燃えていた。懸命に働き、上役に認められ、出世し、妙子を幸せにしようと誓っていた。

狭い庭でも良いから、花を咲かせたいと妙子はいっていた。

プロパーになり、非人間的な濁流の中を泳ぎ続ける身になるとは想像もしていなかった。企業が社員に対して、あれほど冷酷になり得るなど、その社に一生を託そうとしている新入社員にどうして分るだろうか。

競争が競争を生み、人よりも勝つことだけが目的となった人生。

妙子が亡くなって以来、マカオで買った装飾皿は、何時もテレビの上にあった。

それにしても、この年齢になると誕生日は重い。

私はパンを焼き、目玉焼二つと、コーヒーで朝食を済ませた。その日は、ボクシングの練習日でもあった。

スナックのマスターに電話し、ＯＫの返事を取ると、彼のマンションの稽古場《けいこば》に行った。

古いが3LDKの部屋なので、夫婦二人の住居としては余裕がある。

マスターは一部屋を稽古場にしていた。ボクシング用のグローブをつけ、吊《つ》り下がったサンドバッグを叩く。

マスターにいわせると、練習をはじめた頃より破壊力は一倍半、同じ力でサンドバッグを叩ける持久力は二倍になったという。身のこなしも、かなり速くなったらしい。

社を辞めて以来、ジョギングで脚腰を鍛えているのが役に立っているようだった。

マスターの名は立川実《みのる》、約二十年前はミドル級で全日本の三位までなった。

二十七歳の時、二十歳の若い選手にノックアウトされて引退した。その選手は松草進《まつくさすすむ》で、KO率七割を誇り、世界チャンピオンにも挑戦した。惜しくも判定で敗れ、そのうちボクシング界から消えたが、数年前、恐喝罪で逮捕され新聞にも載った。

「ボクサーほど命が短く後のないプロはないですよ、野球選手は、三十半ばまでやれる、落合、大野のように四十歳を過ぎても高給を取り、しかも最有力選手として活躍できる、そこまで行けば、コーチ、監督として喰えます、スポーツ界だけではなく名士扱いです、だがプロボクサーは二十代半ばが限度、なかには三十前後まで活躍する者もいるが、殆ど外国人で、スタミナのない日本人では無理です、それに日本では、プロボクシングの土壌がない、とくに今のような飽満の時代では、ハングリー精神など生まれませんよ、少しでも将来が保証されているのなら、ボクサーになりたいという者も出てくるでしょう、今のままでは無理です、私がこうしてサンドバッグを叩いているのは、ボクシングへの未練からじゃない、気分がすっきりし、一日が快適だからです」

実際、タオルで汗を拭きながら微笑《ほほえ》むマスターの顔は爽《さわ》やかだった。

「今ならオヤジ狩りに遭っても大丈夫かな」

「普通の若者なら三、四人ぐらいは相手にできるでしょう、ただし、勝つという意味ではありません、無事に逃げられるといっているんです、この間みたいに動けなくなるほどやられることはまずない」

「何だ、勝てないのか……」

「隅さん、今の道はどこでも舗装しているでしょう、田舎に行かない限り」

「そうだな」

「これが恐い、私なら、相手が仰向けに倒れないようにパンチを出せる、だが、隅さんには無理です、擲《なぐ》り合いで恐いのは、倒れた相手が舗装道路で頭を打つことです、はずみで死ぬことがあります、あの当時、私は西の新人王になりましたが、東の新人王だった藤田《ふじた》がそうです、酒場でちんぴらに絡まれ、表で擲り合った、酔っていたんでしょう、相手は三人だったけど、一人がアスファルトで後頭部を打ち、死にました、結局、藤田はボクシングをやめ、暴力団に入った、それ以後のことは知りませんがね」

「驚いたなあ、じゃ、この間もマスターはそこまで計算して……」

「計算といっても、本能的なものです、殆ど、前に倒れますからね、リングの場合は別ですよ、パンチを喰って、普通なら倒れる筈なのに棒立ちになっていたりする、そこにストレートをくらうと、仰向けに倒れます、棒立ちというのは、喧嘩《けんか》の場合、滅多にない、そうなるまでに倒れるか、逃げますからね」

「じゃ、リングの方が凄《すさ》まじいわけか」

「凄まじいのは、短刀《ドス》を持ったやくざの喧嘩ですよ、ただ、その場合は動き廻る、棒立ちはまずない、隅さん、私の顔にストレートパンチを浴びせて下さい」

「どういう意味かな」

「パンチが当ったなら、御馳走しますよ、掠《かす》る程度じゃ駄目ですよ」

マスターは軽くステップバックして腕を構えた。私が釣られて構えるとだらんと腕を下ろした。見た感じでは、ただ立っているだけだが、全身がリズムに乗っているような気がした。ただ何といっても素面である。躊躇《ちゅうちょ》していると、マスターは自分の顔を指差した。

「さあ、ここですよ、隅さんのパンチなら大丈夫です」

「本当に構わないのか」

「当らないから平気ですよ」

明らかにマスターは私を挑発していた。親しい仲だがそこまでいわれるとむっとする。私は無言で彼の顔面にストレートを繰り出した。全力ではないが、サンドバッグを叩いているのでかなり速い。それより速くマスターの上半身が動いた。私のパンチは見事に空を突いていた。

「流石《さすが》だな、プロとアマの違いかな」

「遠慮しましたね、ただ、私が隅さんのパンチを避けることができたのは、パンチを繰り出す一瞬が分るからです、こうして向い合っていますからね、そういう意味で不意を突かれちゃ駄目ですよ、世界チャンピオンだって避けられないでしょう」

「そんなものかなあ、しかし、昔の武術の達人は、不意の場合でも気を読むというじゃないか」

「もしそれが本当なら、昔の剣士は一人でいる時も、絶えず敵と向い合っているように気を集中させていたんでしょう、親や兄弟でも気を許せない、そんなことを続けていれば、間違いなく心だけではなく身体がやられる、私には信じられませんよ」

「そうだなあ、俺も前から疑問に思っていた」

私も持参したタオルで汗を拭いた。

マスターの細君が氷を浮かべたレモン水を運んでくれた。喉《のど》を鳴らしながら飲んだ。

戸口まで送ってきたマスターがいった。

「隅さん、今日活《い》き活《い》きしてますよ」

「そうかなあ、身体の調子が良いんだろう」

と私は答えたが、理由ははっきりしていた。動かなければならないことが一杯あるのだ。それに、全く他人になっていた浩との間に、見えない糸が繋《つな》がったような気がする。それが顔に表われたのかもしれない。

マンションに戻った私は浜田の事務所に電話した。微かに湿りを帯びた声は、ロングヘアーの女性のように思えた。

浜田は東京に行っていて、戻るのは明日の夕方だった。

私は電話したことを伝えて欲しい、と依頼した。浜田が手配してくれた以上、結果を報告せねばならない。

秋岡に電話したが事務所にいなかった。常子が秋岡の代りに応対した。

秋岡から電話が掛かってきたのは夕刻である。

「隅さん、中口と会ってくれたらしいな、どうでした？」

「余り成果はなかった、最初に高級外車について喋りまくられ、煙に巻かれた、口で生きている男だなあ」

「俺と一緒だなあ」

「いや、香具師《やし》のように喋るんだ、プロパーの売込みとは一寸違うなあ、あんな風にやられたなら、プライドの高い教授達は怒るよ、ただ、これは勘のようなものだけど、美冴さんの失踪から眼を逸《そ》らしているような気がしないでもない、わしは知らんで、というところかな」

「要するに逃げてるんや、隅さんの勘は鋭いからなあ、当りですわ、実の父親じゃないし、それも仕方ありませんわ」

「中口さんについては、もう少し調べてみることにした」

「えっ、どうして？　何を調べはるんですか」

「そういわれると困るが、何か気になる、ひょっとすると俺を警戒しているのかもしれない」

「どうして？　別に私生活を調べに行ったんと違いますがな」

「そうだよ、となると警戒する理由などないなあ、勘違いか……」

私は苦笑し、高村圭子についてもっと調べたいというと、秋岡は黙り込んでしまった。

第五章　親と子

十月も終ろうとしていた。梅田から難波に通じる御堂筋の銀杏《いちょう》の実を採る日も近い。浜田には礼をかねて報告する必要がある。

浜田は私が想像していた以上に忙しい男だった。

大抵留守で、電話も秘書とのやりとりが精一杯である。秘書は戻って来る日を伝えるが、その日に電話すると外出している。翌日電話すると、福岡に行っていたりする。

大阪のミナミだけではなく、あちこちに事務所を持っているようだった。

ひょっとすると会うのを避けているのかもしれない、と私は疑った。浜田がミナミに持っている若者向きの衣料店はたんなる看板で、色々な事業に投資しているようだ。薬局もその一つだが、風俗の店も持っているような気がする。かつてのプロパー仲間の大川は薬局チェーンのオーナーだが、間違いなく浜田の資金が入っていた。その件については秋岡も認めている。

「浜田さんが何をしているか、詳しいことは知らん、また知りとうないですわ、しがないトンビの俺《おれ》が大資産家と付き合いできるのも、そういう俺を知ってるからや、それに医学界に顔が広い、ただなあ隅さん、あの手の男は、自分のビジネスで行動しよるから、それを邪魔せん限りそんなに危険はない、隅さんが会いたがっていることは知ってる筈《はず》や、時間ができたら、俺に電話をかけてきますやろ」

浜田に会えない、と秋岡に電話した時、彼はそれとなく、余りしつこく電話をしない方が良い、と私に忠告した。

浜田を大資産家と表現したことは、私にはこたえた。余生を送る貯金しかない無職の自分自身を痛感させられた。そんなに話し合いたくない男である。パリで南本恵と私に名乗った高村圭子の身辺を調べさえしなければ、また探偵欲さえ捨てれば、関《かか》わりを持つ必要はないのである。

私は免田看護婦に二度ほど電話したが、二度共、勤務中で電話は取りつげない、と断られた。

浜田に頼めないとすると、高村圭子の身辺を探るには、私立探偵に頼むより方法はないかもしれない。

浜田に何度も電話をしたことで、礼を述べたいという私の気持は伝わっている。

十一月の初め、ジョギングから戻ってくると、秋岡から電話があった。

大川と二人で近々中国に行く、という。

慢性肝炎、また肝硬変の窮極の漢方薬といわれたヘンシコーが、来年あたり中国でも生産が不可能になる恐れが生じてきた。ヘンシコーが秘薬たる所以《ゆえん》は、中国雲南《うんなん》省に多い、「麝《じゃ》香鹿《こうじか》」から取ったジャコウが急・慢性肝炎に効果がある、とされていたせいだが、ジャコウ鹿は、ワシントン条約の保護動物に指定されている。これまでヘンシコーを作るためにその鹿が激減し、中国政府も危機感を抱きはじめた。おそらく、ここ二、三年の間に、ヘンシコーの生産は禁止される。

秋岡はヘンシコーがテレビで紹介される前に安値で買い込み、かなりの利益を得た。

そんな秋岡の耳に、ヘンシコーに代る漢方薬が登場したという情報が入った。

多くの生薬を混じて作られた漢方薬で、ヘンシコーに劣らない効果がある、とされている。B型、C型などの慢性肝炎などに有効で、その効果は医学界の一部でも認められている、というのだった。

「前から情報は入っていたんやけど、そういう情報には、ガセネタが多い、どうも今度のは本物らしいので、行って仕入れてみますわ、厚生省が認めていないので個人輸入になるけど、安いうちに仕入れたら、結構、儲《もう》かります、ところで隅さん、浜田さんが一度会いたいというてきました、あちこち飛び廻っていたので、失礼した、と詫《わ》びてましたわ」

秋岡は、明日か明後日の夕方ではどうか？　と訊《き》いた。私の方に予定はなかった。

「場所だけど、俺が世話になった、当然、こっちで一席もうけるよ」

「いやいや、相手は大資産家、そんなことを気にする必要はありませんわ、隅さんが悠々自適の日々を過してはるのは、相手もとっくに御承知、日については今日の午後にでも、秘書に電話して欲しい、といってます、それと、頼まれた名刺、昨日送りました」

秋岡が最後に取って付けたようにいった言葉は私の胸を衝《つ》いた。浜田を招待する身でないことを私は名刺の件で思い知らされた。

午後に宅配便で名刺が送られてきた。

二種類あった。一つは岡商事営業部長、今一つは、隅商事の代表者の肩書で、住所電話番号とも、私の自宅になっている。

岡商事はいうまでもなく秋岡の会社名である。秋岡は、一緒に住むようになった常子を秘書兼事務員としているだけで、他に社員はいない。私に営業部長の肩書の名刺を与えても、不都合はなかった。勿論《もちろん》、私が秋岡に迷惑をかけないことを承知しているから、こういう名刺を作ったのだが、眺めていると、過ぎ去った歳月が走馬灯のように脳裡《のうり》をよぎるのだった。

大学教授の愛人だったホステスが秋岡を遊びの相手にしようとして迫った時、秋岡の危機を救ったのは、二十年近くも昔のことである。確かユキエという源氏名《げんじな》だった。教授の援助で、十五坪ばかりのクラブ有月《ゆうづき》を開店したが、今、どうなっているのか知らない。秋岡もユキエのその後については触れなかった。

私はあの時、一方的にユキエを憎んだが、この頃ふと、二人の間には肉体関係があったのではないか、と一抹の疑惑を抱くようになっていた。

ユキエは間違いなく秋岡に雄《おす》の匂《にお》いを嗅《か》いだのだ。ホステスが念願の店を持つことになった時、若い男とトラブルを起こし、執着したりするだろうか。場合によっては開店も不可能となる。その危険を承知で、秋岡に纏《まと》わりついたのは、惹《ひ》かれた雄のエキスを体内に受け入れてしまったからではないか。

ただ、二人が何処《どこ》までの仲であったかは、私には関係がない。私が秋岡の危機を救ったことによって、彼は私を慕い、現在の関係が続いているのである。

午後、私は浜田の事務所に電話した。

浜田は留守だった。

「はい、社長は、明後日の六時、ミナミのNホテルのロビーで待ち合わせたいと申しています、隅様の御予定は如何《いかが》でしょうか」

「結構です、六時に参ります」

声は湿っているが、なかなか切れそうな秘書だった。常子とは電話の応対が違う。彼女と一緒に住んで、トラブルは起こらないだろうか、と私は愚にもつかないことを考えた。


その日は小雨が一日中降り続いた。私は折り畳み式の傘を持ち、地下鉄で難波に出た。難波のTデパートからNホテルまで歩いて約十分である。まだ五時前だった。私は小雨の御堂筋を北に向って歩いた。その辺りの両側は小料理店、喫茶店、遊戯店、スナック、飲み屋、ラウンジなどが隙間《すきま》もなく詰まっている。

歌に歌われる御堂筋といった感じではない。

私の気持はその夜の湿った空気と同じように澱《よど》んでいた。

大体、今日、浜田と会うのが重苦しい。私は昨日、美冴の義父、中口が勤めている中古自動車販売店の須藤を、先日、見たBMWに関心がある、といって近くの喫茶兼レストランに呼び出したのだ。その時の不快な思いが残っていた。

昨日は中口がいない時を確かめた上での誘いだった。須藤が中口を嫌っていると感じたあの日の嗅覚《きゅうかく》が忘れられなかった。

私は須藤から詳しく説明を聞き出そうとした。私は単刀直入に、あのBMWは事故車ではないか？　と切り出した。プロパー時代の私の口はまだ生きていた。

「以前に、中口さんを通して買った客を知っている、上手《うま》く修理はしているが事故車だった、となると売値より百万以上も高く買わされたことになる、そうでしょう」

須藤は、先日、展示場にあったBMWは、事故車ではない、と断言した。その代り、中口がかつて事故車のポルシェを売り、問題を起こしたことがある、と眼を細め、声を潜めた。

案の定、須藤は中口を嫌っていた。

私は中口について色々と訊きたいので、十三《じゅうそう》あたりで夕飯を共にしないか？　といった。流石《さすが》に須藤は、口を閉じ、疑い深そうな眼になった。

私は隅商事代表者の名刺を渡し、今日、都合が悪ければ明日でも良い、といった。

「中口さんの家庭について、何か聞かなかったかなあ」

須藤は、穴の開くほど私の名刺を眺めていたが、私の質問で警戒心を解いたようだ。

「車のことじゃないでしょう、娘さんの家出の件じゃないかな」

「知っていたんか、その通り、でもどうして知ったんです？」

「本人が喋《しゃべ》りましたが、この頃のコギャルは何を考えているのかさっぱり分らん、とぐちってましたわ、娘さんについては何も知らんけど、中口さんのことなら或《あ》る程度……」

須藤は今度は卑しい表情になった。眼が計算するように奥に引っ込み、やや厚い唇が、ただでは喋らんぞ、といわんばかりに結ばれた。

その計算が余りにも露骨に表われたので、私は苦笑しそうになった。年齢は四十前後だが、貰《もら》った名刺は店部長だった。車の営業マンは四、五人であろう。先は知れている。中古車セールスマンの見えない垢《あか》が身に染みていた。

「御礼はする」

「中口さんは何というても店次長ですから、あの店は、比較的上客がついているし、次長と揉《も》めるのは……」

かんべんして欲しい、と手で首を掻《か》いた。

「お互いに秘密は厳守、だから名刺を渡したんだよ、掛け値はなし、十万でどうかな」

須藤はゆっくり首から手を離して頷《うなず》いた。喜びを気づかれないため声を殺したのだ。

須藤は、このまま早退する、といって、私が拾ったタクシーで十三駅に行った。十三には大阪のミナミを縮小したような歓楽街がある。ラブホテルも多い。

私たちは駅の近くにある小料理店に入った。小座敷が空いていたので靴を脱いだ。封筒に入った十万円を、須藤は食卓の下で勘定し、確かに、といって車を売った時の笑顔になった。

須藤が話した内容は次のようなものだった。

中口は三年前に、ポルシェの事故車を、店を通さずに客に売った。勿論相手は、店の客ではない。買ったのは業界では名を知られた悪質な不動産屋の息子だった。カーマニアだった息子は、車の調子が悪くなった時、売り手を探し出し、事故車なのを知った。

親父《おやじ》が乗り込んできて、結局、中口は百数十万円を払わされた。そのことが本社に知れ店長から次長に格下げとなった。

中口が店の近くに今のマンションを借りたのは、その事件の後だった。

中口はそこにエロビデオを集めた。また一昨年からパソコンに熱中しはじめた。

「私は知りませんけどな、若い者が呼ばれて観《み》たんですわ、プロバイダーを通じてインターネットに接続しているやつですわ、この頃、よう問題になってますがな、凄《すご》いエロを観せられた、というてましたわ」

須藤は喉《のど》を鳴らしてビールを飲んだ。

「へえ、裏ビデオのような……」

「それに似てますけど、インターネットの場合は、計画的というか、客の好みに合わせて作ってるんですよ、たとえば、裏ビデオのマニアは、普通の画では満足しなくなりますがな、なかには変態的なものばかり観たがる者もいますわ、変態いうても鞭叩《むちたた》きとか、そんな軽いものは入らん、インターネットで変態といえば獣姦《じゅうかん》ですがな、犬は昔から日本の八ミリでもありましたけど、流石に肉食人種は違いまっせ、豚、猿、驚いたことに虎《とら》までやりおる」

「えっ、虎……」

「吃驚《びっくり》しますやろ、相手に嚙《か》み殺されんよう虎の四肢は鎖で縛ってるらしい、それでも凄い暴れようで、刺戟《しげき》度満点、いうことですわ、勿論、話だけで私は観てません、そやけど中口さんはうちの若い者に得意そうに話してる」

私の顔色を窺《うかが》いながら須藤は舌で唇を舐《な》めた。

パソコンとは縁の遠い私は唖然《あぜん》とした。そんなものを自宅で観るなど、私には想像できなかった。世界の情報を一瞬にして把握する、という宣伝文句は知っていたが、獣姦など情報ではない。

「どうして、警察が許しているのかな、何故《なぜ》野放しにしているんだろう」

「それなんや、ところがそんなものを流している相手が誰か、分らんらしい、広い世界の誰かですわ、アメリカが多いということやけど、これでは日本の警察も、どうしようもありませんがな、それよりも、獣姦よりも恐いのは……」

須藤は講釈師のように食卓を叩いた。手垢のついた営業マンの演技である、私が黙っていると間を置いて顔を突き出した。

「レイプの番組ですわ」

「番組？」

「そう、色々なレイプが詰まっている、これはうちの若い者が中口さんに観せられました、つまり、目次が出てくる、それが凄いんですわ、あなたの好みはどれですか、目次の中から選んで下さいというわけです、手許《てもと》のマウスを操作して、通り魔レイプを選ぶと、ただちにその写真が現われる、目次の中にはロリコンレイプ、親が娘、兄が妹を犯すやつがある、それが生々しく現われるんですから、たまりませんわ、中口さんは、そういうのが好きらしい、どうやらマンションを借りたのも、エログロを観るために違いない」

蛇の舌が体内を舐め廻すような嫌悪感に、私の顔は歪《ゆが》んでいた。

「家を出た娘さん、中口さんのインターネットを見せられたんと違いますかなあ」

須藤は囁《ささや》くようにいい、旨《うま》そうに酒を飲み、ひらめの刺身を丁寧に口に運ぶ。

「美冴君が、中口さんのマンションに入ったのを見た人は？」

「いや、そこまで調べたことはありませんけど、高校生ならパソコンのインターネットを観ないか、と誘われたなら、喜んでついて行きますやろ」

ますます私は不愉快になった。蛇の舌が上下するような口調が私に纏わりつく。

ロリコンレイプ、親娘レイプなどを観ていた中口が、美冴に醜悪な欲望の牙《きば》を剝《む》いたとしても不思議ではない。

スナックのマスターにボクシングの稽古《けいこ》を受けて以来初めて、私は人を擲《なぐ》り倒したくなった。

不快感は須藤と別れた後も消えず今日になった。

中口が美冴を犯したという証拠はない。ただ須藤が示唆《しさ》したように、インターネットの悪質なポルノを見せた可能性は強い。その後のことは想像したくなかった。だが不快な粘液は消えてないのだ。

私は足を速め、約束の時間の半時間前にNホテルに着いた。今日の私は、会社時代の紺の背広に水色のカッターシャツ、地味なネクタイというサラリーマンの制服といって良い姿だった。レインコートも大人しい紺色である。

時間が余っているので、地下一階のブティック街を歩いた。

顧客層の中心はＯＬであろう。ブランドの高級店は少なく、流行の服の値段も、二、三万から十万までだった。

平日の五時半という時間帯のせいか客は少なかった。

驚いたことに浜田の横顔が眼に入った。浜田はハーフコートを着、端にあるショーウィンドーを喰《く》い入るように眺めていた。離れていたので、ショーウィンドーの中は分らなかった。同じホテルで待ち合わせているのである。浜田と会ってもおかしくはない。気づかれていないようなので私は踵《きびす》を返した。


浜田が約束のロビーに現われたのは六時きっかりだった。私はコートを脱いでいたが、浜田も脱ぎ、腕にかけていた。浜田はチェックのジャケットに、白い水玉の入った臙脂《えんじ》のスカーフを首に巻き、薄いベージュ色のシルクのシャツを着ていた。スカーフはボタンを外したシャツの襟《えり》から恰好《かっこう》良く覗《のぞ》いていた。

余り気障《きざ》に見えないのは、着慣れているせいかもしれない。

「どうも、先日はお世話になりました」

「とんでもありません、何度も電話をいただいて、忙し過ぎるのも良くないですよ、行きましょうか、近くに馴染《なじみ》の店があるので、今日は、あの時代の懐古談で盛り上げましょう」

浜田は眼を細めて笑った。

ロビーを出ると浜田はハーフコートを着、傘を差した。背は低いが今日の浜田には、貫禄《かんろく》のようなものが漂っている。芸能プロダクションの社長といった感じだった。

浜田が案内したのは、ホテルから二、三百歩南にある割烹店《かっぽうてん》だった。季節料理ハマナスという店名である。

その辺りはスナックや遊戯店もなく比較的閑静だった。

入った右手は新しい感じのするカウンターで、左手の大きな水槽には海の魚が泳いでいた。カウンターには二組の客がいた。二人共、中小企業のオーナーといった感じで、連れは和服と洋服の女性で、ホステスらしい。

同伴出勤というところだろうか。

中年の仲居が愛想良く浜田を迎え、突き当りの六畳の間に案内した。食卓の下は掘炬燵《ほりごたつ》式になっているので脚が楽だ。

飲み物を問われ、ビールの後は、燗酒《かんざけ》にした。浜田に勧められるままに上着を脱いだ。

高村圭子との関係は、前に一通りのことは告げていた。その時浜田は深く詮索《せんさく》せず、高村圭子の入院先を探し、事務局長を通じて、特別に見舞の許可を得てくれた。

「本当にお世話になりました。本来なら、僕の方が一席設けねばならないのですが……」

「とんでもない、今日はそんなことではなく、あの時代のことを語り合おうと、楽しみにしてたんですよ、隅さんは、私や秋岡君よりも一時代先輩ですな」

「五十六になりました」

「四年先輩か、私は五十二です、ということは、SKYO大学では、龍野、大西先生、MATO大学では、香西《かさい》、細川教授などが肩で風を切っていた頃や」

浜田は大阪弁を混じえると私を覗き込むように見て微笑した。

「えー、その時代ですよ、田村、神畑《かみはた》など酒豪の教授もいましたなあ」

「第一外科の神畑教授か、豪傑やったけど、ああいうタイプは扱い方次第では楽なのと違いますか、欲しいものは欲しい、とはっきり口に出しますから、その点うちの社の先輩の大久保はあかん、知ってはるでしょう、これも呑《の》み助《すけ》」

「二、三度飲んだことがあります、大久保さん遣り手でしたなあ、身体《からだ》で負けました」

「いや、幾ら頑丈でも、身体は岩と違う、本来なら役員になる男やけど、部長時代に身体を壊して沈没しました、その大久保ですが、身体を壊した原因は神畑教授にある、と睨《にら》んでます、余り深入りし過ぎたというか、気が合ったのか、防禦幕《ぼうぎょまく》を忘れた、神畑先生何を血迷ったのか、競馬馬を持ちたい、と要求しよったんです、大久保も今更断れませんわ、社にも話して、確か三百万ぐらいのを買ったようです、名義人は大久保の妻の親戚《しんせき》、その馬が全然走らんのですな、その心労が祟《たた》って、本人は肝臓をやられ、神畑先生の方も脳卒中、本当に馬鹿みたいな実話です」

「酷《ひど》い話ですな」

「ああいう先生は舵《かじ》の取り方一つです、共に溺《おぼ》れたら駄目ですわ」

「浜田さんがいわれる通りです、プロパーが教授のいうことに溺れたら終りです、しかし酷い」

「細君は神畑先生を恨んだようですよ、深いことは知らないけど、社も弱ったようです、その点今は楽ですわ、新薬を採用するのに、医者先生がテーブルを囲んで議論して決める病院も出てきている、これだと、取り損ねても、会社にいい訳《わけ》が立つ、自分は精一杯やりましたけど、病院の会議で蹴《け》られましたとね、悪いのはプロパーの腕ではなく、会社の品物ということになる、そりゃ私立病院の医者を風俗に連れて行くとか、その手のことはまだまだありますけど、我々の時代とは変りましたわ、その代り余得がない、どっちが良いか、となると、これはもう本人次第ですな、欲の問題になりますからねえ」

浜田の話に私はあの濁流の時代を生々しく思い出した。

次々と運ばれる季節の料理は、十三の小料理店に較べると格段に味が良かった。

今日の浜田はよく喋った。

「それはそうと、隅さんが教授や医者先生を招待したのは、醍醐《だいご》、桐、関が主でしたね」

「そうですね、うちの場合は桐、醍醐、関という順で、後は小さい店でした」

「三店ともバブルの崩壊後、代が替っている、しかし考えてみれば面白いじゃありませんか、醍醐、桐、関に群がった医学界、薬品業界の連中は、何処かで繋《つな》がっている、隅さんが医者に抱かせたホステスを、私が他の医者に抱かせているかもしれない、またうちのプロパーが抱いている可能性がないでもない、そう考えると実に面白い、あの時代、醍醐、桐、関で活躍した連中は、同じ村の者同士というわけですわ、わしゃ知らんわ、では通りませんな」

浜田に奈津子のことをいわれたような気がし、私はぎょっとした。

「いや、その通りですよ」

強く相槌《あいづち》を打ったのも、狼狽《ろうばい》を隠すためだった。

襖《ふすま》が静かに開き、藤色《ふじいろ》の地に白い花をぼかした和服姿のおかみが現われ、浜田に向けた笑顔を私に移し深々と頭を下げた。美人というほどではないが、白いおかめ顔に見覚えがあった。

「隅さん、お久し振りです」

「失礼、何処かで会った、だが何処でだか思い出せないなあ、北新地かな」

「隅さんはもててはりましたから、醍醐でお世話になったすみれです」

「えっ、ああ思い出した、一度、店が終ってからゲイバーに行ったことがあったかなあ、嫌がる医者を連れて、誰だったかなあ」

「MATO大学の平本先生です」

私は思わず落語家のように額を叩いた。当時の平本教授はまだ助教授で、肝臓病の分野では気鋭の学者だった。

「今は第二内科の教授ですよ」

浜田が補足するような口調でいった。

私の頭はめまぐるしく回転した。酔った勢いですみれを口説いたことがあったかどうかだ。それはない、と私の記憶が断言した。

桐に較べると醍醐は半ば敵地だった。他社のプロパーの数が桐よりも圧倒的に多かった。それに醍醐の場合は、殆《ほとん》ど医者と一緒だった。そういう店だから口説いたホステスは三、四人である。すみれはこの中に入っていない。

私は安堵《あんど》の息をついた。

「平本先生には、まだ可愛《かわい》がっていただいているんです」

すみれは甘えた口調で自慢気にいった。

「いや驚きました、浜田さんがいわれたように北新地は本当に村ですわ」

「その通りです」

すみれが眼許《めもと》の微笑を消さずにいった。

「村も少なくなりましたわ、私の父方は徳島県の美郷村《みさとそん》出身ですけど、周りは殆ど町です、昔はみな村だったけど」

すみれの言葉に、私は村の狭さをはっきり感じた。

すみれが出て行った後、ふと空白の時が訪れた。私は初ものの松茸《まつたけ》の土瓶蒸しの汁をすった。良い香りで、この店の格を示していた。浜田も土瓶をおちょこに傾け、舌鼓を打つ。

「良い店ですね、それにしても驚いた」

「おかみは醍醐出身、バックは大物でしょう、これも縁ですな」

意味あり気な眴《めくばせ》と共に、浜田は首を竦《すく》めた。

「それはそうと、私は隅さんを恨みましたよ、いやいや、それは冗談、凄い腕だな、と尊敬の念を抱いていましたわ」

「何ですか？」

「これは秋岡さんにも話してないですが、実は私も細川教授を陥《おと》そうと狙《ねら》っていたんですわ、若輩の身であることも忘れて、でも、あっさり隅さんにやられました」

体内の何処かに冷たい空気が入り、汗が滲《にじ》み出そうになった。ひょっとすると、私と奈津子との関係を知っているのではないか、と再び私の頭が回転する。その可能性がないとはいえない。ただ遠い昔のことだ。かりに知っていたとしても懐古談ですむ。

「どうも申し訳ない、細川教授には大勢のライバルがいましたから、懸命でしたよ、しかし、他のものでやられましたよ」

「いや、とんでもない、微々たるものです、私は雲海薬品の営業部長は隅さんだ、とそれ以来睨《にら》んでましたがね、辞《や》められたのを知って驚きましたわ、雲海も眼がない」

「そうじゃない、私がプロパーに向いていなかったんです」

「それは私も同じです、教授先生が吐き出す汚物を犬のように尾を振って舐《な》める、そんな日々が堪えられなかった、何時《いつ》か、教授先生に頭を下げさせよう、と何度も思いましたわ」

秋岡は浜田のことを、小粒だが、医学界のフィクサーと評した。もし浜田の言が真実なら、医学界に対する彼の顔の広さには怨念《おんねん》も含まれている。

「浜田さん、それは私も同じです、くそ、くそと何度も叫びましたよ、しかし、人間にとって憤りは一瞬のものでしょう、結局、私は負け犬です」

「雲海の隅さんともあろう方が、負け犬やなんて、それはない、負け犬は信じられませんなあ、それはそうと一寸訊きたいんですが、病院の事務局長の電話によると、脳死の患者に、えらい興味を持ってはるんですなあ」

「ええ、前にお話ししたと思いますが……」

今度は脂汗が滲み出そうになった。免田看護婦は、私に口説かれたことを婦長に告げたに違いなかった。私の誘いに危険を感じたのであろう。私が彼女を誘ったのは、高村圭子の私生活を知るためだった。たんなるデートの誘いだったら、看護婦仲間に話したかもしれないが、事務局長の耳には入らない。私の焦り過ぎが原因だった。

私は今更のように浜田の顔を潰《つぶ》してしまった重い責任に愕然《がくぜん》とした。

私は箸《はし》を食卓に置くと、正坐して頭を下げた。

「好い年齢《とし》をして、本当に申し訳ありません、あなたにどんなにののしられても仕方がない、浜田さんの折角の御好意に泥を塗ったことになる、お詫びのしようがない」

その言葉に嘘《うそ》はなかった。浜田に足蹴《あしげ》にされても文句のいえないことをしてしまった。

浜田がどんな顔で私を睨んでいるのか、見たくなかった。紹介者である秋岡をも傷つけたことになる。あの時、免田看護婦が私のことを婦長に告げるなど念頭になかった。私は完全に呆《ぼ》けていた。

浜田の返事があるまで私は顔を上げなかった。一分か二分か、私には長い時だった。

「隅さん、昨夜、秋岡さんに電話したんですよ、隅さんは彼に話していた、それで少しは不快感がおさまりましたがね、秋岡さんもこの件に関しては頭を抱えている、彼も知った時点で私に話し、詫びるべきだった、と悔いていましたよ」

「本当に申し訳ない」

「隅さんは秋岡さんの娘さんの行方を調べておられる、秋岡さんが、あなたを傷つけたくなくて、黙っていた気持も分りますよ、だから、水臭いぞ、といっただけです、ただ分らないのはあなたの真意です、隅さん、頭を上げて下さいよ」

浜田は手を叩《たた》いて仲居を呼んだ。私は顔を上げた。浜田の顔には不快感や憤りは感じられなかった。ただ、自分の感情を意志で抑えた、見えない強張《こわば》りが、まだ解けていないような気がした。

浜田は現われた仲居に、呼ぶまで食物は運ばないように命じた。

教授たちの理不尽な言動を、浜田はこのような顔で堪えたに違いない。いや、媚《こ》びた笑顔までつくって。

実際、私は恥ずかしさで、浜田の顔をまともに見られなかった。

「お詫びのしようがないです」

「分っていますよ、あの看護婦が告げ口するなど、夢にも思わなかった、そういうことでしょう、隅さん、あなた本当に真面目《まじめ》な方や、水商売以外の女性と付き合ったこと、おありですかな？」

「いや、ないです」

浜田が黙り込んだのは、苦笑を抑えたせいかもしれない。浜田は頰《ほお》をゆるめた。

「だと思います。ただ、私にはどうも分らない、確かにパリで買った日本人の女が忘れられなくて、行方を探した、その辺りまでは理解できます、それからが分らない、相手は脳死だった、何も喋れない、それなのに何故、以前の私生活や、家族のことまで知ろうとされたんですか、私には分りません、ただ一つ考えられるのは欲得ですな、それなら理解できますわ」

「欲得といいますと……」

「隅さん、含み益ですがな、あなたは彼女から何かを聴いた、金になる秘密です」

「そんな馬鹿な、それはないですよ」

私は冷えていた頰が赧《あか》らむのを感じた。眼が怒りの牙を剝いたのを感じ、視線を伏せた。金に執着して生きている浜田らしい疑いだ。

いや浜田だけではない。口にこそしないが秋岡も、そんな疑惑を抱いたかもしれない。それが商売人の常識である。

「じゃ、少しでも私に伝わるように、隅さんの気持を話してくれませんか、それならお力になれるかもしれない」

「南本恵、いや、高村圭子さんの御家族について調べて下さる、というわけですか」

「御満足いただけるかどうかは別として、少しぐらいならね」

全く思いがけない言葉だった。浜田の度量に眼が熱くなった。

私は懸命に話した。秋岡は、執着ですなあ、といったが、結論はそれ以外になかった。ただ幾ら執着といっても、数時間を共にしただけである。私と会わなかったなら、車に撥《は》ねられずに済んだかもしれない、という自責に類する念など浜田に通じる筈がなかった。

私としては、利害関係でないことだけは、何とか理解して貰いたかった。

秋岡もそこまでは疑ったりはしない。彼は私という人間を知っている。だが浜田は殆ど知らないのだ。

浜田は余り表情を変えなかった。時々小首をかしげ、彼流にいわすと、彼女に惚《ほ》れた理由を訊き出そうとした。だが、浜田が納得するような説明は無理である。相手が浜田でなくても同じだ。

説明し終った後、私は脱力感に身体《からだ》が溶けてゆきそうな気がした。

と同時に、私は自分の行動が異常といわれる精神分野に入るのではないか、と感じた。初めての思いだった。それは私を打ちのめした。

「隅さん、ひょっとすると、毎日の時間が余り過ぎなのと違いますか」

といって浜田は手を叩いて、仲居を呼んだ。


数日後、秋岡と大川は中国に発《た》った。

浜田と会った翌日以来、私は殆ど家から出なかった。

高村圭子の身辺を探ろうと、免田看護婦を誘ったことへの慚愧《ざんき》の念に私は打ちのめされた。

もし私が二、三十代で免田看護婦が好意を抱くような男だったなら、彼女は私の誘いに乗っていたに違いない。彼女の心は揺れていたのだ。

多少若くは見えるが、私は五十六歳なのである。彼女からいわせるとオジンである。

金で性を売るコギャルの情報を私は過大視し過ぎていたのかもしれない。結局、私は免田看護婦に振られたのである。それも恥ずかしかった。

より大事なのは、病院の事務局長と浜田の関係がどういうものか知らないが、事務局長に対する浜田の顔が完全に潰れたことだ。

高村圭子の病室には名札がなかった。見舞客もない、という。

高村圭子の家族は、見舞客の禁止を、病院側に要求しているのかもしれない。もしそうだとすると、彼女は病院にとって特別な患者、また訳ありの患者ということになる。

事務局長は当然、それを知っている。だが、浜田の顔を立てて、私の面会を極秘に許したのだ。浜田にいわれなくても、そのことぐらい気づくべきだった。

浜田には、どんな弁解も通用しない。

恥を知れ、と私は自分にいい続けた。夜はスナックに行き、これまでの日々と、全く別な飲み方をした。

ただ、浜田の度量の広さには驚いた。

不快の念を口にはしたが、私をののしらなかった。何か計算があるかもしれないが、今の私はただ浜田に頭を下げるのみである。

浜田は最後にいった。

「一眼惚れとか一夜で惚れた、そういうことは信じられない、それが当り前でしょう、秋岡さんも、隅さんの執着には小首をかしげている、一寸おかしいと……何か秘密を握りはったんと違いますか、それなら私も納得しますわ、誰にも話しません、打ち明けて貰えませんかなあ、私の面子《メンツ》が潰れたことなど、気にしませんわ、私は私なりに納得したいんです」

浜田の気持もよく理解できた。

商売人である浜田としては当然の言葉だった。ただ、彼には私の真の気持は分らない。はっきりいえば、私にも自分が分らない。私の脳や、心のすべてを、私自身、把握できないでいた。

近くの商店の主人や従業員が、カラオケで歌っている。演歌ばかりで歌に酔っていた。いつもなら眉《まゆ》をひそめてスナックを出るが、ここ数日は余り気にならなかった。

人間は生きてゆく上で悩みを持っている。歌で発散するぐらいは可愛いことではないか。

こんな夜は、思いきり抱いて欲しい、と画面の女が訴えている。五十年輩の太った客はその歌詞に声を慄《ふる》わせている。そんな女が彼の周囲にいる筈はなかった。だからこそ彼は手に入れられない夢を求めて陶酔しているのである。その客は、新しくスナックに入った三十前後のホステスの手を握り締めていた。

間もなく客が帰った。

ホステスが私の傍に来た。

「お客さんも一曲歌いはったら、アルコールが内にこもってはる」

「チエ、隅さんは良い」

マスターが私の前に立った。

太い眉が私を慰めている。彼は、私の飲み方がおかしいのを知っているが、一言もいわない。それが私には救いだった。

私は苦いだけの水割りを飲んだ。カウンターに置いたグラスが倒れそうになった。

マスターが、小首をかしげた。

「酔ってるよ」

「はい、今夜、オヤジ狩りに遭ったら、逃げられませんなあ」

穏やかな声だった。それが妙に嬉《うれ》しかった。今の時代には、こういう思い遣りのある言葉が少ない。

「済まない、自分で自分が分らない」

「ボクサーは、倒れる前は自分が何をしているのか、分りませんよ、頭の中が白くなって、溺れている時のようにもがいている」

「ほう、しかし、相手を倒すためにパンチを繰り出しているのは分るだろう」

「その意識も濁ってますわ、ただ機械的に力のないパンチが出る、私も二度経験がある、そういう時は、電池の切れかけたロボットです」

「惨めだな」

「後でビデオを観て、鳥肌が立ちますよ、もう完全に伸びているのに、カウントがナインになると、立つ、何故立ったんか、自分でも訳が分らない、テンまで横になっていたなら、あんな無様な姿を晒《さら》さんでも済んだのに、と自分の阿呆《あほ》さ加減に唾《つば》を吐きたくなる、でも次のリングの仕合では……」

「また同じことをする」

「そうです、プロのボクサーである限り」

「俺はプロの探偵じゃない」

「えっ、探偵？」

「いや、こっちのことだよ、マスター、良いことを聴いたよ、あんたは時々名言を吐く、名言は人の胸を打つから名言なんだ」

「何をいっているんですか隅さん、しっかりして下さい、私は柄にないことをいわれるのは好きじゃない」

　マスターの強い声が、私の酔いを少し醒《さ》ました。

　私はカウンターに手をついて立ち、マスターに手を差し出した。彼は躊躇《ちゅうちょ》することなく握った。力をこめたらしく手が砕けそうに痛かった。

私の酔いは殆ど醒めた。

「いや、心のこもった握手だな、おかげでふっきれたよ」

「何かしらないけど、私は何も知りませんよ」

私はスナックを出た。

千鳥足だったが、周囲に眼を配った。幸いオヤジ狩りには遭わなかった。

ベッドに入ると数日振りに熟睡した。私が高村圭子の身辺調査をやめる決心をしたのは、マスターの話からだった。

私は浜田が疑惑を抱き、秋岡も首をかしげたという高村圭子に対する執念を初めて自分に見せつけられた思いがした。

間違いなく私は、倒れる寸前に、やみくもに手を動かしているロボットじみた男だった。プロのボクサーなら、完全にマットに沈むまで闘わねばならない。どんなに醜い姿でもだ。それがプロ魂である。

だが私はプロの探偵ではない。植物状態になっている高村圭子の身辺を、これ以上調査しなければならない、という理由は、私が幾ら説明しても、誰をも納得させられない。

あの秋岡さえ、私の行動に不審感を抱いているのだ。こだわるのも良いが、私の高村圭子への執着は、少し異常かもしれなかった。今流行のストーカーに似ている、といわれても余り反駁《はんばく》できない。

スナックのマスターのエピソードに、私は映像上の姿を見た。

私は醜くあがいていた。

何事にも潮時というものがある、もう良い、調査はやめよう、と私は心に決めた。心の何処かで高村圭子に詫びたからだ。

私は数日休んでいたジョギングをはじめた。身体が酷《ひど》く重く、途中で汗塗《あせまみ》れになり、息が荒くなった。それでも何とかマンションに戻った。

今頃、秋岡は上海にでも行っているのだろうか。中国での商売はまず上海、と秋岡はいっていた。

部屋に上がる階段がいつになく急傾斜に思え、マンションの古さを再認識させられた。シャツが汗でべとつき、シャワーを浴びた後は生き返った思いがした。

鏡で自分の顔をつくづくと眺めた。長年つき合ってきた顔だが、気のせいかこの頃白いものが増えた髪が額に貼《は》りつき、老いがはっきり現われていた。

髪をタオルで拭いていると、電話のベルが鳴った。素っ裸だが一人暮しなので遠慮は要らない。

受話器を取ると掠《かす》れた女性の声がした。

いつもと声が違っていたので、名を告げられて驚いた。

「隅さん、中口に擲《なぐ》られたんです、余計なことをあなたに喋ったといって」

「えっ、何時ですか？」

「昨夜です」

声にすすり泣きが混じっているような気がした。

「それは酷い、今、家ですか？」

「布施駅の傍の公衆電話からです、私、悔しくって……」

「布施駅？　分りました、今行きます、改札口の傍で待っていてくれませんか、進行方向に対し左手の改札口です」

「私、顔が脹《は》れていて、人前では……」

「脹れるほど擲られたって？　医者には？」

「夫に擲られたなど、恰好悪くていえませんわ」

「そうだな」

といって迷った。

一人暮しの部屋に、美奈江を迎え入れることに一瞬、躊躇した。だがすぐ、そんな自分に嫌悪感を覚え、

「タクシーを呼び、すぐ迎えに行きます、そこで待っていて欲しい」

と励ますようにいった。

ショルダーバッグを腕にかけた美奈江は、両掌で左右の頬を覆っていた。サングラスをかけている。ベージュ色のパンツに、薄茶のブラウス、濃茶の上衣《うわぎ》姿だった。

傍でタクシーを止めると、

「済みません」

両頬を押えたまま深々と頭を下げた。

「何も謝らなくても良い、さあ早く乗りなさい」

タクシーの運転手は好奇の眼で眺めている。明らかに私たちを深い仲と視《み》ている。

美奈江が傍に坐った。甘い香りにどぎまぎした。運転手への口調が自然に強くなる。

「さっきのマンション」

心なしか車の出足が速かった。

「大丈夫ですか？」

「はい、申し訳ありません」

「良いんですよ」

相変らず美奈江は、両頬を覆ったまま石の階段を上がった。エレベーターの中でも頬から手を離さなかった。私がドアを開けると、

「でも……」

「顔の脹れを見られるのが嫌なんですか？」

「はい、でも、こんなことで隅さんに御迷惑をかけて、私、相談できる人がいないんです」

「僕に話しなさい、どこまで力になれるか分らないけど、さあ」

「本当に済みません」

リビングの椅子《いす》に坐ると、美奈江はやっと頬から手を取った。

左の眼尻《めじり》のあたりから頬が脹れていた。サングラスで隠しているが、瞼《まぶた》も痣《あざ》ができているのではないか。

右の方は、頬が赧《あか》くなっているが、左ほどではなかった。

私は救急箱から、傷薬と皮膚の炎症に効く軟膏《なんこう》を取り出した。

「洗面所に鏡があります、いや、手鏡もないので」

「バンドエイド……」

「ありますよ、洗面所は、ドアの左側です」

「済みません、本当に御迷惑をおかけして」

美奈江は私が渡した薬を持って洗面所に入った。

鍵をかけた音がしない。擲られて頭が混乱しているのだろう。それにしても甘い香料の香りが気になる。女性のたしなみは、本能的なものなのかもしれない。

十分はたったろうか。美奈江は、左瞼にバンドエイドを貼り、薬を頬に塗って戻った。サングラスは外していない。

痛々しいが、意外にサングラスが似合っていた。

そういえば、美奈江は眉が下がり気味で、愛嬌《あいきよう》のある顔だが、眼窩《がんか》がやや窪《くぼ》んでいる。

今日までは余り気がつかなかったが、鼻筋も高く通っている。多分、鼻頭が丸みをおび、鼻翼が張っているせいで、鼻筋が目立たなかったのであろう。

膝《ひざ》に置いた指も、主婦にしては美しかった。

私は美奈江と向き合って坐った。

美奈江は重い口を開いた。

私は美奈江の話を聴き、衝撃を受けた。

須藤は仲間と飲みに行った酒の席で、私が中口について、色々と訊いたことを喋ったのだ。

聞いた一人が、友達に喋った。その彼が中口に告げ口したのである。

私が美奈江に頭を下げる番だった。

あの須藤という男は中口を嫌っている。それに口止め料といって良い十万円を受け取った。須藤が中口に喋ることはまずない、と私は安心していた。

だがもう少し考えれば、須藤が仲間のセールスマンに喋らない筈がない。

須藤にすれば、中口の悪口を肴《さかな》にして酒を飲むのは、楽しいことだった。須藤の得意気に喋っている顔が浮かんだ。

「その男はな、インターネットで、えげつないエロばかり観てる中口はんと、義理の娘の失《しっ》踪《そう》が、何か関係あるんじゃないか、と疑ってるように感じられたなあ」

「案外ピンポンやで、部屋に連れ込んで、エロものを観ながら、ねちねちというとこやな」

「それやったら、娘も逃げたりせんやろ、相手も十六、一人前の女や、女子中学生が身体を売ってる時代や、もし娘の失踪と関係あるとすると、娘が嫌がるのを無理に……」

「へえ、強姦《ごうかん》かいな、いやいや、須藤さんのいうように、中口さんならやりかねん、そりゃ、娘が失踪するのも当然ということになる」

「阿呆、娘も抵抗はするがな、何もやりとげたというてへん、わしも一度、中口はんの車に乗ってるのを見たけど、ええ身体、大人や、暴れるがな、わしはな、おいしいことを仕損なった、と睨んどる、未遂やがな、それ以来、娘は中口はんの顔を見るのも嫌になった、家出、ということになるがな、そんなこと、母親には喋られへん」

野卑な顔をした連中の下卑た会話が耳に響くようだ。

そんな会話の内容を知った男が、須藤を嫌っていたとしたなら、当然中口に告げ口する。頭に血が昇った中口が、私の顔を思い浮かべたとしてもおかしくはない。

家に戻った中口は、

「あの男に、一体何を頼んだ、俺が美冴に淫《みだ》らなことをしたので、証拠を摑《つか》んで欲しい、とでもいったのか」

美奈江が否定すればするほど擲り、美奈江は意識を失いそうになったのだ。

話し終ると美奈江はハンカチを取り、サングラスの下の涙を拭いた。

私はテーブルに手をつき、深々と頭を下げた。

詫びて済むものではないが、私にできることは、詫びるしかなかった。

「隅さん、そんなに頭を下げないで下さい」

「そうはいかない、やっと気がついた、僕には探偵の真似《まね》などできない、素人の僕が、かりにも御主人を疑ったりして……」

「いいえ、中口は疑われても仕方がない男です、幾ら忙しいからといっても、自分勝手に寝泊りするマンションなど借りて、何をしているか分りません」

美奈江が唇を嚙《か》んだ。膝の手がハンカチを強く握り締めている。

そう思ったから中口のことを須藤に訊いたのだ。だが、美奈江に、中口への疑惑を話せない。かりにも美奈江の夫である。

「何かあったのですか？」

私は穏やかに訊いた。

「はい、ホステス風の女性を泊まらせました」

「えっ、どうしてそれを？」

美奈江はまたハンカチで瞼を拭いた。白い絆創膏《ばんそうこう》が痛々しい。

マンションを借りるようになってから、中口は週に二、三度しか家に帰らなくなった。中口がマンションを借りたのは、仕事が忙しく不規則だというのが主な理由だったが、当初から中口は、裏ビデオやインターネットのエロ画面に興味を抱いていた。

「家には子供もいるし、中口は私がパートの仕事に出た後、こそっと観ていたようです、午前中は子供は学校ですし、中口一人です、でも、突然、美冴や敬一が戻ることがあるので……」

美奈江は声を詰まらせた。

「なるほど、自由に観られない、それでマンションを借りられたのですね」

「そうだと思います、この春、敬一が四十度近い熱を出して、入院させようか、どうしようか、と迷ったんです、マンションの方に電話をかけても通じないし、不安で夜の十一時頃、行ったんです、部屋に明りがついていないし、三十分ほどエレベーターの傍で待っていました」

「部屋の鍵は？」

「私に渡さないんです、この部屋にいる時は、邪魔されたくない、といって」

普通なら離婚ものだな、と不快だった。プロパー時代の私よりもずっと酷い。

「タクシーが停《と》まったので一階のドアの陰に隠れたんです、中口は連れの女性と手をつないでいました」

「それで奥さんは？」

「私、敬一が死にかけている、と叫んで外に跳び出しました、そんな女の前で、中口といい争うのは嫌でしたから」

「中口さんは家に戻ったんですね」

「はい、一時間ぐらいして戻りました、子供たちに聞えないように別室でなじったんです、送って貰っただけなんだ、というんです、タクシーを帰しているのに」

かつての私は、へべれけに酔い、ホステスに送らせ、タクシーを待たせ門の傍で抱き合ったりした。勿論タクシー代は女に渡している。何度かあったから、妙子が知らない筈はない。だが、何故か妙子は詰問しなかった。ただ、そんな妙子でも、私が女と手をつないでマンションに入るところを見たなら黙っていないだろう。

「一寸勝手すぎますねえ、しかし、中口さんが、これ以上奥さんに乱暴するなら、僕は彼に会って謝りますよ、謝る時は謝った方が良い、奥さんには関係ないことなんですから」

「隅さん、それは止《よ》して下さい、中口はかっとする方で、これまで二度ほど問題を起こしているんです、中口は、隅さんと私との仲を疑っているんです」

美奈江は視線を伏せた。

「えっ……」

といったものの、私は二の句が継げなかった。

私は視線のやり場に困り、空を見た。隣りの古びたビルが視界を遮っている。何時の間にか雨が降り出している。

窓枠に二糎《センチ》ほどの虫が這《は》っていた。黄金虫《こがねむし》に似ているが、全体に黝《くろ》ずんでいる。冬を前にして動く気力もないのかもしれない。

気詰りな感じで私は仕方なく視線を戻した。美奈江の胸の膨《ふくら》みが今更のように意識された。何時もより目立ったのは、美奈江の言葉で、彼女に女を意識したせいだろうか。いや違う、確かに大きい。上着が少し盛り上がっている。勘ぐるとブラジャーで上げているのかもしれない。

そんな馬鹿な、と私は見えない手で頭を擲った。顔を膨らせて家を跳び出したのだ。わざわざブラジャーで乳房を持ち上げたりする筈はない。本当にどうかしている。二人の間を怪しむ中口も中口だ。自分の非が暴かれそうになったので、妻に難癖をつける。次元の低い男がよくやることだ。

私は何ともいえない気詰りを打開すべく、くそ、くそと胸中で喚《わめ》き続けた。そうしなければ間が持たない。

美奈江は俯《うつむ》いている。何度もずれそうになるサングラスに手をかける。彼女の顔を見られないが、私の視線は彼女の顎《あご》から胸のあたりをさ迷っていた。

四十歳を過ぎているが贅肉《ぜいにく》がない。二人の子持ちとは到底思えない。

「不届きだ、ご主人に会おう」

「御免なさい」

美奈江は勢い良く立った。安ソファーが微《かす》かに呻《うめ》き、力をこめたテーブルがきしんだ。

何故か香料と共に美奈江の体臭らしい匂いがした。問われても理由などない。

「えっ……」

私はきょとんと顔を上げた。判断力が麻痺《まひ》している男の顔ほど阿呆面《あほづら》はない。

美奈江はショルダーバッグを手にすると、玄関の方に歩きはじめた。

「奥さん、まだ良いじゃないですか、この近くに医院がありますよ」

阿呆面が馬鹿なことをいっていた。美奈江が求めているのはそんな義務的なものではない筈だ。私にも何となく分りはじめていた。

「良いんです、帰ります」

「しかし、もう昼だし、いや、雨が降っています、弁当なら近くで買えますよ」

「私……」

美奈江はショルダーバッグを腕にかけたまま、壁に向って立った。

案の定、号泣がはじまった。

こうなると、どうして良いか分らない。小柄なせいか、若い女性が泣いているように見えた。左足のスリッパが半分ずれている。

動けない私がこの時願ったのは、電話よ鳴ってくれ、ということだった。ベルの音を口実に離れられる。だが鳴らない。

「奥さん、大丈夫です、御主人を納得させる自信がある」

「やめて、疑い出すと、駄目なんです」

泣きながらだが、声ははっきりしていた。今にも、顔を壁に押しつけそうだった。

見えない空気に縛られる、というのはこういうことだろう。だが木偶《でく》の坊のように立っているわけにはゆかない。

「僕がついている、責任は僕が取る、安心しなさい」

まるで私の言葉を合図のように泣き声がやんだ。私が息を呑んだのと、美奈江が振り返ったのと同時だった。こんなに素早い身動きができるとは予想もしていなかった。

涙だらけの美奈江の顔が私の胸にぶつかった。彼女は私に縋《すが》りつき顔を押しつけて再び泣きはじめた。声よりも熱い息が胸に吹きつけられた。私の胸を押しているのは額と鼻である。流石に唇はシャツについていないようだった。

慌てているうちに信じられないことが起こった。私の股間《こかん》が勃起《ぼっき》しはじめたのである。あっという間もなかった。私は驚いて腰を引いた。

突進するように下腹部を押しつけてきた。そんなに太ってはいないが中年女性の溜《た》まった脂肪の肌が私の下腹部に密着する。

何時の間にか美奈江は泣きやんでいる。喘《あえ》いでもいない。声一つ出さず、信じられないほどの力で私に抱きついていた。

美奈江の身長は百五十糎《センチ》台の半ばなので、彼女の頭部は私の唇あたりだ。汗の匂いに香料が混じり、よくいう甘酸っぱい体臭を放っている。

乳房も子供のある身にしては盛り上がっていて、私の身体に密着した。

何と私の意志に反して、私の鼻孔は彼女の雌の匂いを嗅ぎ、肌は美奈江の身体を味わっていた。

美奈江が押しつけてくるので味わわざるを得ない。

かつては秋岡の妻なのだ、私は自分にいい聞かせた。今は中口が夫だが、彼のことなど念頭になかった。

「隅さん、それだけは止せよ」

秋岡の声がしたような気がした。

私は我に返った。

「奥さん、しっかりしなさい」

両手を美奈江の腋窩《わき》に入れると、ゆっくり持ち上げるようにして彼女の身体を離した。小柄な女性だが、かなりの力を込めねばならなかった。

「嫌！」

と美奈江は悲鳴に似た叫び声を放った。まるで、私が乱暴したかのようである。

「奥さん、車を呼びましょう」

「私、帰ります」

美奈江は私の両腕を払いのけた。手でサングラスの上から絆創膏の眼を覆った。そのまま三和土《たたき》の傍に行った。

止める間もなかった。靴をはくと、傘立てにあったビニールの置き傘を手にした。

「駅まで送りますよ」

美奈江は睨むように私を見た。

「これ以上、恥をかかせないで下さい」

私を見損なった、といわんばかりである。今の今まで泣きながら、私の胸に顔を押しつけていた美奈江ではない。

「済まない」

謝る必要はなかったのだが自然に言葉が出た。

エレベーターの方に走って行く靴音が耳に痛かった。廊下を覗くと、美奈江はエレベーターのボタンを何度も押していた。

「気をつけて下さいよ」

美奈江は振り返りもせずエレベーターに乗った。

不必要な言葉だったかもしれない。美奈江を更に傷つけることになりはしないか。

自分自身にやり切れない嫌悪感を抱きながら私はベッドに横たわった。

ウィスキーの水割りを飲み、ベッドに横たわったがなかなか眠れない。車の警笛や、トラックが走る音が何時もより騒々しかった。

美奈江については反芻《はんすう》するのも億劫《おっくう》だった。

今は誰かと話したかった。

秋岡は中国に行っていていない。再会した奈津子の顔が浮かぶ。奈津子なら何もかも話せそうだった。

あれから何度か奈津子に電話しようとしたが、できなかった。それは多分、自尊心というやつかもしれない。自分で仕事を放棄したのだが、無職という身が引け目になっていた。

そういえば、会社に辞表を提出し、悠々自適の身になった時、私は恋も結婚も放棄していたのかもしれない。女性のことなど余り考えなかった。

だが奈津子と再会し、彼女が或る程度の資産を持っていそうなのを感じた時、私は何となく電話をかけ難くなった。

奈津子との食事代を気にしているのではない。そんな性格ならツアーに入らず、一人でヨーロッパ旅行に出かけたりはしない。

問題は奈津子側にあった。奈津子が、私が払う食事代を気にするに違いない、ということだ。彼女は私が幾らの金を持っているか、知らない。ひょっとすると、

「私に御馳走《ごちそう》させて」

というかもしれない。

私は現金だけで五千万近い金を銀行に預金している。一寸した商売なら充分はじめられる金額だった。

私は強張《こわば》った苦笑と共に重い首を横に振った。

人間関係が嫌になり社を辞めたのだ。

今更、人に頭を下げる商売などできそうになかった。好きな女性が現われたとしてもだ。

雨はまだ降っていた。

ふと思い出して手帳を繰った。ラウンジ・エルのママ、麻美の電話番号を捜した。私の勘は当った。自宅の電話番号が記されていた。

秋岡と一緒に飲みに行った時、酔っていた秋岡がいった。

「おいママ、新しいマンション手に入れたんだろう、彼がいないのなら、電話番号、教えておいてくれ」

「いるはずないじゃないの、新しいマンションなんて人聞きが悪いわ、バブル時代は億ションに近かったのよ、それが五分の一になって、相手が買ってくれ、と泣きついてきたので、買ったのよ、でも広いわ、大声出せるし、踊れるわ」

「ベッドでか？」

「それしか頭にないのね、彼はいないのよ」

秋岡は麻美に、私にも教えておくように、といった。麻美の自宅の電話番号を聞いても、別に掛けるようなことは起こらない、と思いながら、私は手帳に書いていた。

麻美は醍醐出身だった。

同じ村出身か、と私は浜田が口にした言葉を呟《つぶや》きながら、麻美に電話した。

午後二時過ぎで幸い麻美はいた。

「どうしたの、吃驚《びっくり》したわ、何かあったん？」

麻美は本当に驚いたようだった。

「いや、どうにもやり切れなくてねえ、そんな時もあるだろう、今、電話いいかなあ」

「今はいいわ、どうしたの、女？」

「まあな、色恋沙汰《ざた》じゃないんだけど……」

流石に美奈江の名は出せなかった。

私は話を作り替えた。

大学時代の友人に恋人ができ、その細君が突然訪れてきて泣かれ、最後には抱きつかれた、と話した。

「目的ははっきりしているわ、彼女、隅さんが好きだったのよ、夫への復讐《ふくしゅう》もあって、情事で、涙を洗い流そうとしただけ、そういう人妻って多いわ」

「冗談じゃないよ、二、三度しか会っていない」

「何度会っても、綺麗《きれい》に忘れている男もいるし、一度で身体がうずく場合もあるのよ、そうそう、隅さん、パリで初めて会った若い女の子のこと、なかなか忘れられなかったんでしょう、秋岡さんも考えられんわと、首を振ってはったわ、ごめんなさい、気を悪くした？」

「いや、別に秘め事ではないからな、そうだな、だが、俺、彼女にそんな気配を感じたことなかった、それに友人の細君だし」

「女も時によっては子宮で行動する、そんな衝動を覚えると、家庭のことなど消えてなくなるの、勿論、後腐れがないことをちゃんと計算した上でね」

「そういうもんかな」

「昔、目茶苦茶に遊んだでしょ、その間、女について何を勉強していたの？」

「そうだな、ただ相手はホステスばかりだったし……」

「いうてくれはりましたねえ、ホステス、人妻、ＯＬ、事業家、皆、子宮のある女よ、そりゃ、時にはそんなに好きでない男と寝たこともあるけど、求めているのは好きな男よ、この頃、不倫なんて恰好の良い言葉が流行しているけど、情事を求めている奥さん方、ゲップが出るほど多いんじゃないの、お友達の奥さんも、そういう一人よ、それだけの話」

「そうかなあ、女は皆女か……」

「当り前じゃないの、奈津子さんに何故電話せえへんの、彼女ね、隅さんに特別の関心を抱いているわ」

「冗談じゃないよ、そんな関係じゃない」

「その慌てよう、まるで子供みたいね、まあ、そこが隅さんの魅力かもしれないけど、私も最近知ったんだけど、彼女、水商売の世界に戻ってくる気持はなかったようよ、醍醐にいた弥生《やよい》を助けるためにあの店買ったらしいわ……」

「へえ、彼女がねえ」

「店ってねえ、赤字続きで閉店しても、家主に家賃だけは払わねばならないの、知ってるでしょう」

「知らんなあ、自分の店だろう？」

「本当に何も知らないのね、驚いた、奈津子さんに電話して訊いてごらんなさい、あっ大変、遅れそう、じゃ私行くわ」

「済まなかった」

電話を切った後、私は苦笑した。あれだけ遊んでいたのに、店の権利や家賃のことなど何も知らなかった。私は女に店を持たせたことがない。

第六章　落日の炎

翌日は台風が大阪を直撃した。

古びたマンションが崩壊するのではないか、と危惧《きぐ》の念を抱いたほど凄《すさ》まじい風だった。

テレビは、台風の被害を受けた四国や、堺《さかい》の港の高波の模様を伝えた。

無数の牙《きば》を剝《む》いた大波が防波堤に襲いかかり、碇泊《ていはく》している船をゆする光景は無気味だった。

私は倉庫の壁にへばりつくようにして海を眺めている男の姿が気になった。彼は雨合羽を着ているから港の警戒に当っているのかもしれない。

ただカメラが彼を捉《とら》えると、壁で身体《からだ》を支えるようにして消えた。好奇の念で港の様子を見にきたのだろう。

そう思うと私は何となく納得した。

一人ぐらい変り者がいてもおかしくない。

一夜明けると台風は日本海に抜けていた。今年最後の台風かもしれない。十度ぐらい温度が下がったらしく、涼しいというより寒かった。

風速三十米《メートル》の暴風は、あちこちの街路樹を倒し、テレビは駐車中の車に寄りかかっている街路樹の姿を放映していた。

奈津子に電話して、被害の有無を訊《き》いてもおかしくはない。

奈津子と彼女の店で会った時、自宅の電話番号は聴いていた。

私は手帳を開いた。局番は宝塚《たからづか》である。緊張感を覚えながらプッシュボタンを押した。

電話に出た中年女性の声は奈津子ではなかった。

記憶は朧《おぼろ》だが、奈津子の姓はカミダだったような気がする。

そういえば、ホステス時代の奈津子の姓を覚えていない。

何処《どこ》かで、本当の姓は教えないだろうし、知っても仕方がない、という思い込みがあった。

奈津子は奈津子で良かった。

あの当時の私にとってホステスは、仕事上の潤滑油だった。ベッドを共にした女も変りはない。

奈津子の場合は少し違っていた。だが奈津子は細川教授に宛《あ》てがった女である。未練は傷を深くするだけだ。

多分当時も姓名を知りたかったが、抑えたに違いなかった。

私は自分の名を告げ、カミダナツコさんをお願いします、と相手に告げた。

「奥様はただ今お出掛けですが……」

「何時頃お帰りでしょうか？」

「六時過ぎだと思いますが、失礼ですが、隅さん、ですね」

「そうです」

「お伝えします」

連絡できるものならして欲しい、といいたかったが、自分を抑えた。電話がなかったなら、新地のナツの方に電話することにした。電話をかけられても迷惑ではないから、彼女は自宅の電話番号を私に教えた。ただ、奥様というお手伝いさんらしい女の声が耳に残った。六時まではすることがない。この時間では道が混《こ》んでいてジョギングもままならなかった。私は読む積りで買った新刊書を書棚から出し、ベッドに横たわった。

脱サラの成功と失敗を纏《まと》めたノンフィクションものだった。

新しい仕事になどつく気がなく会社を辞《や》めたのだが、パリから戻り調査めいたことをはじめると、何となく無職であることを意識させられる。正直いって肩身のせまい思いがする。秋岡に名刺を作らせたのもそのせいだが、心の何処かで、自分に適した新しい仕事を求めはじめていた。自覚する前に、不届き者め、と押し潰《つぶ》してはいたが。

脱サラといっても、居酒屋、レストラン、お国料理のたぐいは初めから興味がなかった。ペンションやそれに類した民宿の場合は、余り拒否反応はおこらないが、これには糟糠《そうこう》の妻といった細君の協力が必要だろう。

プロパー仲間で、全国でも有名な避暑地に土地を買った者がいた。どういう資金なのかは想像がつくが、彼は十余年前にペンションに利用できる別荘を建てた。

プロパー稼業に嫌気がさした彼は、ペンションをはじめた。

だがあっという間にバブルの崩壊がきて、周囲の別荘は次々と売りに出されたり、彼の商売を真似《まね》て、ペンションになった。

途端に客の数が激減し、冬季の場合は、月に一、二組あれば良い、という惨状である。そうなると、土地もペンションも売れない。

ペンションで女主人として華やかさを売物にしていた細君は、地元の商売人と深い仲になり、男の細君に刺されるという事件を起こした。

結局、彼は別荘地にいられなくなり、一家離散という破局を迎えた。

彼については、その後のことは知らないが、今更、好きな土地を求め、ペンションをはじめるのも煩《わずら》わしかった。

脱サラといっても、商才と生活力がなければ旨《うま》くゆかないのは明らかである。

プロパー時代のことを思えば、商才はある方かもしれないが、商才で、自分をすり減らすのが嫌で会社を辞めたのだ。

私には、この本に書かれているような商売はやはり無理だった。

私は本をサイドテーブルに置き、何時《いつ》かテレビで観《み》た停年退職後の夫婦の生活を思い出した。

その映像では、二人は種子島《たねがしま》で暮していた。妻がそこの出身で二人は海辺に小さな家を建てた。物価が安く厚生年金で生計が立つ。釣りの好きな夫は手漕《てこ》ぎの舟を購入し、晴れた日は漁師並に釣りをする。

二人は都会で暮すのは真っ平《まぴら》だ、といっていた。

何時頃の番組だったか忘れたが、私は羨望《せんぼう》の念を抱きながら観た記憶があった。ただ、観た時の私には妙子はすでにいなかった。

一人で見知らぬ土地で過せるかどうかは自信がない。

何時か私は眠っていた。

電話のベルで眼が覚めた。

奈津子からの電話だと跳び起きた。時間の感覚がなくなっていた。

「隅さん、俺《おれ》です、昨夜遅く戻りましたわ」

秋岡の声に美奈江の顔がダブった。

「無事で何より」

「何をいうてはるんです、美奈江がお邪魔したそうですな」

「その件なら会って話をする、今日、時間あるかな」

「えらい急ですな」

「じゃ、明日は？」

「今夜でもよろしいでっせ、十時過ぎなら」

「じゃ、キタのSホテルのバーにしよう、十時半、俺は十時から待っている」

電話を終えて、まだ昼の一時になっていないのを知った。

部屋にいる気がせずマンションを出た。

美奈江はあの時の状況をどう説明したのだろうか。間違いなく美奈江の態度はおかしかった。自己防衛のために私に誘われたとか、いたずらされた、といっているかもしれない。

それを思うと冷や汗が滲《にじ》み出てくる。

私としては中口に顔が脹《は》れるほど擲《なぐ》られた美奈江が、一種の錯乱状態になっていて、彼女は、自分がどういう行動を取ったか、覚えていない、と話す以外になかった。

美奈江を傷つけないし、自然である。

六時きっかりに奈津子に電話すると、戻っていた。

「今日、秋岡と新地に出るんだけど……」

「残念、今日は休みなの、でも、もしよろしければお迎えに行きますわ」

奈津子の声は意外に爽《さわ》やかだった。

「迎えに」

「ええ、私の運転で、何なら関空までドライブしましょうか、湾岸高速からの夜景が素晴らしいわ」

「そりゃ良いなあ、ただ十一時半ぐらいになるけど」

「秋岡さんと一緒なら当然でしょう」

「愉《たの》しみだなあ、近日中に飯でも食べようと思って電話したんだけど、思いがけないプレゼントがついたよ、君の気持が変らないうちに礼をいっておく」

奈津子は昔を思い出させる含み笑いを洩《も》らした。

「十一時半に何処で待ちましょうか」

「新地の周辺だと駐車するのが大変だろう、何処が良いかなあ」

「Sホテルの南側に堂島川《どうじまがわ》が流れているでしょう、ホテル側から石の橋がかかっているの」

「ああ、渡ったことはないが知っている」

「石の橋の上、中央部にしましょう」

「橋の上か、良いねえ、今夜は雨が降らないかなあ、それが心配だねえ」

「明日の夕方まで晴れていそう、今夜は間違いなく大丈夫よ」

「じゃ十一時半」

電話を終えた私の顔はゆるんでいたに違いない。

このところ歪《ゆが》みっ放しだったから、多少ゆるまないと人相が変る。

十時から私はバーで秋岡を待った。客は少なく二組だった。

私は茶系統のジャケットに茶のベルベットのシャツ、それに紺のズボンをはいた。シャツも上衣《うわぎ》もアメリカ旅行で買ったのだ。サラリーマン感覚では着られない。実際、会社を辞めて以来、脱サラ的な衣服を買いまくった。

海外旅行の特典の一つは好きな衣服を安く買えることだった。

たとえばベニスの古着店で買ったスエードのブルゾンは一万円だった。日本で新品を買えば十万以上はする。ベニスに古着店があるのを知っている観光客はまずいない。

だが、それは古着を買うという感覚がないからに過ぎない。

秋岡は数分後に姿を現わした。

「やあ、すみません」

かなり入っているらしくアルコールの匂《にお》いがした。久し振りで友に会った懐かしさが溢《あふ》れていた。

私の体内に張り詰められていた見えない気は、春の陽炎《かげろう》が消えるように溶けていった。

秋岡は間違いなく美奈江から詳しいことは聞いていなかった。

「元気で戻って来て何よりだな」

「飛行機でひと飛びですがな、ヨーロッパやアメリカは、時間的にも異国という感じやけど、中国はフィリッピンやタイと一緒で、大阪、東京間の延長ですわ、国内も日本と余り変りません、少々高いけど、上海には、女の子のついたカラオケバーもようけありますわ、そうそう、美奈江がご迷惑をかけたそうで、中口に擲られたショックで頭がおかしくなって、隅さんのところで、大声で泣いたりしたらしいけど、あいつ、はっきり覚えていないようですわ、隅さんに謝って欲しい、と泣いとりました、わしも含めて、男運の悪い女ですわ」

肩を竦《すく》め、笑おうとした顔が少し歪んだ。

「そうか、美奈江さん、何も覚えていない、と……」

ひょっとすると、それが真実かもしれない、と私は感じた。

「えらい擲られ、顔が脹《は》れて熱も出とったらしいですな、俺、怒りました、隅さんが中口のことを調べたのは、怪しい奴《やつ》だ、と睨《にら》んだからや、擲られたからといって、何も隅さんに泣きつく必要はないやろ、と……」

「いや、美奈江さんにしては当然だろう、怒るのは酷だ、美奈江さん、何処にも行くところがなかったんだよ、何も僕を責めに来たんじゃない、娘さんの失踪《しっそう》もあるし、自分でも、どうして良いか分らなくなったんだ、気持分るよ」

「何か失礼なことを口にしたんと違いますか？」

「それはない、ただ、俺が素人探偵の真似をしたのがまずかった、美奈江さんに迷惑をかけてしまった、それにしても、中口さんは嫌な男だなあ」

「店の近くにマンション借りて、何してますねん、女を連れ込んでるに違いない」

インターネットで、レイプなどの映像を観ていることは話さなかった。秋岡に傷を負わせるだけである。プロパー時代の放埓《ほうらつ》な私生活が離婚の原因になったのだ。非の大半は秋岡にある。

「まあそういうところだな、ただ美冴さんの失踪と関係があるかどうか、僕には分らない」

「俺も偉そうなこといわれへんけど、ぶん擲ってやりたいわ、俺、美奈江にいいましたわ、美冴が戻ったなら別れた方が良い、と、その代り、養育費を増やすと」

「そうか」

としか私はいえなかった。

秋岡は常子と同棲《どうせい》している。美奈江と復縁するというのなら良いが、別れろ、といえる立場ではない。

私としては、美奈江が何もいっていないのを知って救われた思いがした。

「それと、君の留守中、浜田さんに会った、勝手な真似をして君にも迷惑をかけたよ、詫《わ》びておいた」

「とんでもない、俺に迷惑をかけたなんて思わないで下さいよ、実は昨夜、浜田さんと会ったんです、パリで事故に遭った若い女に興味を持ったようですわ、隅さんがあれほど執着した以上、何かあるに違いないと、それでもし分ったことがあったら、知らせる、といってました」

私は内心驚いた。浜田は確かに、私が何故《なぜ》、高村圭子の日常生活や家族を調べようとしたのか、興味を抱いた。ただそれは、彼女がパリで私に何かを、つまり金儲《かねもう》けにつながることを話したが故《ゆえ》に、私が動いている、と邪推したのだ。

色々な事業に投資し、利益を得ることを人生の目的としている浜田らしい。

浜田には、私の気持は到底理解できない。その点に関しては、秋岡も同じである。

いやいや、と私は首を振った。

「浜田さんは考え過ぎだよ、利益につながるようなことは何もない、変人のロマンだと思ってくれ」

「俺はそう思ってます、金のために動くような人なら、ああいう形で会社を辞め、ぶらぶらしたりはしませんわ、俺が納得するなら一夜惚《ぼ》れですな、惚れたら、とことん執着しますがな、浜田さんにはその辺りは分らん、あの人には女性関係の噂《うわさ》が余りない、これ一筋」

秋岡は指で金《ゼニ》の輪をつくって見せた。

人間というのは、その生き方によって様々な視点が生まれる。それを痛感した。

腕時計を見ると十一時前だった。

「一、二軒行きましょうか」

秋岡が腰を浮かせた。

「すまない、今夜は帰るよ、明日が早いんだ」

「へえ、明日が……」

秋岡は珍しく瞬《まばた》きをした。

「ジョギング大会みたいなやつだ」

「それで酒が入ってないんですな、俺だけ酔って申し訳ない、また日を改めて」

「君の顔を見ると飲みたくなるなあ」

「俺もそうですがな」

秋岡はそれ以上は誘わなかった。

ホテルの前で秋岡と別れ、堂島川の方に歩いた。大きなベンツが正面玄関に停《と》まり、坊主頭が制服姿のドアボーイを大声で怒鳴っている。窓ガラスが黒いので中は見えない。駐車場は満車だ。坊主頭は、車を置くところを作れ、といっている。暴対法ができても、こういう件に関しては無法がまかり通っていた。

進路を邪魔されているにも拘《かかわ》らず、警笛を鳴らす車はなかった。ドアボーイはいったん中に入ったが、ベンツを満車の駐車場に案内した。

ベンツが消えると待っていたように警笛が鳴った。

タクシー乗り場には十一時で店を終えたホステスが集まりはじめていた。

堂島川沿いの道に出ると、左右は客待ちのタクシーと違法駐車で、自由に車が通れる幅は狭い。約束の時間まで二十分以上ある。

私は散策がてらに新大ビルに沿って東に歩き、御堂筋に出た。

堂島川にかかっている橋は大江橋である。鉄柵《てっさく》が広い車道と狭い歩道を分けている。橋を渡り日銀に沿って西に歩く。

私は総《すべ》てを忘れていた。バーで飲んだ一杯のウィスキーが体内を心地よく巡っている。

この通りにも駐車している車はあるが、運転席に人がいた。皆、仕事を終えて戻ってくる女を待っているのである。彼等は女の夫であり同棲相手でもあった。なかには初老の男もいる。ホステスの父親であろう。娘の稼ぎで食べているのだ。

勿論《もちろん》、一夜の約束を得たばかりの客もいた。多分、まだ来ないか、と絶えず腕時計を眺めどおしであろう。

私も腕時計を見た。

十一時二十分だった。

老人にも上り易《やす》いように、階段の段差は低かった。橋の幅は想像していた以上に広い。それに人通りが殆《ほとん》どない。

初めて橋の上を眺めた私は、信じられないように眼を見開いた。車と人で混み合った北新地の傍とは思えない広い空間が川の上に浮いている。

南から眺めた北側の正面は、二十四階もある高層のSホテルだった。

橋欄はパイプに似た鉄柵だが、間隔をおいて、明りをともした四角い石柱が、鉄柵を支えるように立っていた。

Ｓホテルの左側は大きなビルだが、明りのついている窓が多い。人影がないところを見ると終夜灯のようである。

一人なのが不思議だった。

私は西側の鉄柵にもたれるように立った。眼下の堂島川は西方で中之島《なかのしま》をはさむ南の土佐《とさ》堀川《ぼりがわ》と合流し、安治川《あじがわ》となって大阪湾に注ぐ。

暗い川面《かわも》は都会の明りに中央部が映え、白い小魚が群れをなして泳いでいるように見える。私を圧倒したのは、巨大な高速道路の支柱だった。支柱は三本の円柱で、川を抉《えぐ》っていた。阪神高速道路神戸線が川の上を走っている。

更に、中之島西インターから神戸線に合流する道路が、Ｕ字型に川の上で曲がっている。

宙に浮いた空間に立ち、橋から眺める夜景に抱いた私の期待は、瞬時にして打ち砕かれた。闇《やみ》に消える筈《はず》の夜の川を遮ったのは高速道路だった。

それは当然かもしれない。現代の物資輸送は高速道路によって成り立っているのである。

この空間を得ただけでも幸運と思わねばならない。しかももう五分もすれば奈津子が現われるのだ。橋の中央には、何人もの裸像が絡み合い、踊っているような抽象的な工芸品が飾られていた。

人間の躍動感を表わしているのであろう。

十一時半近くなると夜景を観賞する余裕がなくなった。もうすぐ奈津子が橋の南側から現われる。交通渋滞か何かで遅れても五分か十分だ。それ以上、遅れることはない。

私は中央部から南の方に移動した。

北から一人の女性が現われた。眼を凝らしたが奈津子ではなかった。帰りを急ぐホステスだった。彼女たちは北側から石橋を渡る。少し心臓の鼓動が高くなった。

どうかしているぞ、と私は深呼吸をし、サンドバッグにストレートを放つように身構えた。再会した奈津子に私は惹《ひ》かれていた。その奈津子に深夜のドライブを誘われたのだ。何が何でも口説くという心境ではないが、会話の内容、雰囲気ではどうなるかも分らない。ただかつて、あのような状態での関係があっただけにかえって誘い難い。細川との間を取り持ち、その嫉妬《しっと》と未練の妖《あや》しい炎にあぶられ、誇りや理性を忘れて奈津子を強引に誘った。

あの時の熱病に罹《かか》ったような炎は今はない。現代は年齢《とし》が若くなったといっても、五十六歳は、中年の終りというより初老であろう。炎は静かである。

十一時半ジャストにゆっくり南側の石段を上がってくる足音がした。自分の足音を確かめるというより、足音に身体が乗っているといった何処か軽《かろ》やかな響きである。もし奈津子なら彼女の気持が表われているような気がした。

数米《メートル》先の明りに奈津子の顔が現われた。奈津子は私を見て笑った。

多分、私も同じような笑顔になっていたに違いない。

ハイネックのセーターにややロングのスカート、それにハーフコート姿の奈津子は、私を凝視《みつ》めたままいった。

「いや、十分ほどだ、こんな素晴らしい空間が新地の傍にあるなんて想像もしていなかったよ、それに、こういうところで君を待つなんて映画的だな」

「そうでしょう、良い場所でしょう、夕方は退社のサラリーマンやＯＬで混雑するけど、この時刻になると、本当に人が通らなくなる、明りが無数にあるから良いけど、明りがなかったなら恐いわ」

奈津子は西側の橋欄の方に歩いた。

「大江橋よ、あの橋」

「ああ、大江橋だ」

私は奈津子の視線を追った。気のせいか、彼女の視線は橋の袂《たもと》にあるかつての堂島ビルの方に注がれていた。

私は胸が騒ぐのを覚えた。

かつて私はあそこでタクシーを停め、公衆電話で、神戸のオリエンタルホテルにかけて部屋を予約した。タクシーの中で、奈津子は何を考えて待っていたのだろうか。

嵐《あらし》に似た情熱だった。

私の視線に気づいたのか奈津子は振り返った。

「私ね、この橋、好きなのよ、日曜日、時々一人で来ることがあるの、本当に誰もいない、こんな素敵な場所なのにね、不思議ね、今の人たちは、橋って渡るためにある、としか思っていないのね、隅さんがいったように大都会の空間、私の憩いの場所」

「お待ちになった？」

「へえ、日曜日に……」

「ええ、大抵一人、子供を連れて来ても喜ばないし、それに、かつての戦場の傍だし」

「確かに戦場だったな」

私は身を躱《かわ》されたような気がした。

今の奈津子は、あの夜のことを話題にしたくないのだろう。

「行きましょうか、すぐ傍に車をおいているの」

奈津子はゆっくり踵《きびす》を返した。

二人は並んで歩き広い道を横切った。

初老の男が車から出て煙草《タバコ》を喫《す》っている。舐《な》めるような視線が不快だった。

奈津子は数台先の黒塗りの車のドアを開けた。ハーフコートを脱ぐとリアシートに無造作においた。夜なので黒く見えるが紺色に違いなかった。

車への知識は殆《ほとん》どない。右ハンドルなので日本車だろうと単純に思った。

シートベルトを締めて、いった。

「会社を辞めてから車の免許を取っておけば良かった、と後悔したよ」

「便利よ、車のない生活、一寸考えられないわ」

「そうだろうな、何という車？」

「オペル、安いけどドイツの車だからがっしりしているわ」

「へえ外車か……」

「隅さん、今時、外車なんていう表現おかしいですわ、クラウンより安い外車、幾らでもあるのよ、これだって、そんなに高くないわ」

「それはそうだな、いや、先日あることで中古車店に行った、吃驚《びっくり》するほど高い中古の外車を宣伝されたので……」

「マニア向きでしょう、ベンツのクーペとか」

「よく知っているなあ、その通り」

「私が若かった頃、ジャガーEタイプというのがあったわ、私、乗りたくて仕方なかった……」

車が静かに走り出した。

「波除《なみよけ》インターから湾岸線に入るわ」

「ジャガーEタイプの話の続き」

「ええ、余り好《い》い話じゃないけど、あの当時は色々なお客が集まったわねえ」

「君はもてたからなあ」

「隅さん、もう話さない」

奈津子はすねたような口調でいった。

「おいおい、謝るよ」

「俗にいう脂ぎったお方、何処か傲慢《ごうまん》でねえ、余り好きじゃなかった……」

「分った、ジャガーEタイプを持っていて、プレゼントしようといったんじゃないか」

「バブル時代じゃないし、そこまではゆかないわ、その車で旅行しようと誘われたの、私、吃驚しました、だって、スマートなEタイプとその方とは全く似合わなかったから、私ね、車が可哀想《かわいそう》だと思ったの、同時に、Eタイプへの興味がなくなりました」

「ふうん、君の感性って鋭くてもろいんだな」

「そうね、顔は演技していたけど、もろいところもあったの、それに執念深いところもね、自分でも嫌になるくらい、何か絶えず呪縛《じゅばく》の中にいるようで」

「そんな風には見えないけどなあ」

「隅さんと会っているせいかもしれないわ、このオペルね……」

奈津子は急ブレーキを踏んだ。歩行者が赤信号を無視して道を渡っていた。

「御免なさい」

「無茶をするなあ、あの男」

「でもね、こちらは車なんだから、前方不注意だわ」

「このオペルどうしたって？」

「この話、止《よ》しましょう、折角のドライブなのに」

「分った、話したい時がきたら話して欲しい、僕も大抵のことは咀嚼《そしゃく》して、胸の中で溶かせる、そういう男になったよ」

「ええ、分ってるわ」

ハンドルを握っている奈津子の身体が、私の方に傾いたような気がした。

昔ならこの一瞬を逃す筈はない。だが今の私は残念ながら腕が伸びない。

奈津子は落ち着いてアクセルを踏んだ。

車は波除のインターから湾岸線に入った。

神戸から泉佐野《いずみさの》まで海岸沿いに走り関西国際空港に到《いた》る高速道路は、大阪湾沿いに走っているので、湾岸線と呼ばれている。

この時刻なら大阪の波除から空港まで、時速八十粁《キロ》の制限速度で走っても、四十分たらずで到着する。だが大抵は百粁以上で走っていた。

海沿いなので湾岸の夜景が美しい。ことに海に面した工場の明りは、それが工場の灯群れであることを忘れさせるほど幻想的である。近代化された工場の建物が、時としてお伽《とぎ》の国の城を連想させるせいかもしれない。

私は湾岸線ができて以来、走るのは初めてだった。

パリから関空に戻った時も電車で大阪に出た。

巨大な吊《つ》り橋にも圧倒された。

「驚いた、評判以上だな、日本のような感じがしない」

「外国へはよく行ったんでしょう?」

「そうだね、会社を辞めてからの方が多いな、退職金の五分の一は旅行に使ったよ」

五分の一ははったりである。

「まあ……」

感嘆にも聞えるその声には、奈津子の複雑な気持が含まれているような気がした。

「相変らず浪費家なのね、そんな余裕あるの、じゃ、かなり貯《た》めたのね、いや、ちょっと考え過ぎかもしれない」

「勤めている間にできないことを、してみたかった」

「贅沢《ぜいたく》ねえ、あんなに遊んだのに……」

「待ってくれ、遊んだと思われても仕方がないが、僕には遊んだという感覚が余りない、どういったら良いかな、多分、余裕がなかった、人間の誇りを捨てて医者の機嫌を取り薬を売る、オーバーな表現かもしれないが奴隷に近い、主に金のためだけど、仲間に負けたくない、という競争心もある、はっきりいって自分を潰す毎日だった、だから酒を飲み女を抱く、それで潰れた部分を糊塗する、確かに遊んでいるように見えたかもしれないが、遊びじゃない、僕としてはああいう日々を過すより仕方なかった、げんに潰れた奴はかなりいる、行方不明になった者もね、秋岡君のように転職した者の大半は離婚しているよ」

「そうね、何だか分るような気がしないでもない」

「君には詫びる、教授に女を斡旋《あっせん》するなんて、ポン引と一緒だ、ずっと後悔していた」

奈津子は制限時速を少しオーバーする程度で車を走らせていた。

奈津子は視線を前方に向けたまま微笑した。自分の言葉を確認するように唇を閉じてから少し掠《かす》れた声でいった。

「隅さん、私ね、ロボットじゃないわ、私は私なりの気持で細川先生と関係を持ったの、あの当時の私でも、男と寝るには考えるし、それなりの覚悟が要るわ、私の行動は私の意志、それにあの頃は若かったし、色々な門の扉を開けられるでしょ、さあ、入っていらっしゃいって、でも、入るか入らないかは私が決めるの、だから気にすることはないのよ、隅さん」

「そりゃそうだな、ただ、今の僕には考えられないよ、ああいう馬鹿げたことは」

「自分を責めないで下さい、だって、私も責められているような気がする」

「そうだな、自分にだけ甘ったれているのかもしれないな、分った、二度と口にしない」

私は奈津子の太腿《ふともも》に手を置いた。相変らず柔らかい肌触りだった。話題が神戸の一夜に移りかけた。

奈津子の太腿が注射針を刺されたように硬直し、彼女はアクセルを踏み込んだ。

加速で背中がシートの背に押しつけられそうになった。私は汗ばみかけた掌《てのひら》を太腿からはなした。

どのぐらいたったろうか。

奈津子は十数台の車を追い抜いた。

私は耳にしたかった。あの夜、オリエンタルホテルに行ったのは、自分が欲したからだ、という奈津子の言葉を……。

ただ、欲したといっても複雑な感情が含まれ凝縮している。

二人は餓鬼ではなかった。

埋立地に造られた石油コンビナートを過ぎ、浜寺《はまでら》水路を横切ると泉大津《いずみおおつ》だった。

「隅さん、煙草は喫わないんでしょう」

「少しは喫うよ」

高速道路には、ところどころ待避所がつくられている。

「何だか、煙草を喫いたくなった」

奈津子はスピードを落すと、待避所で車を停めた。

窓を開け、シガーライターで煙草に火をつけた。大型トラックが猛スピードで通り抜けると、道路が揺れる感じがする。

あの時以来、話題がとぎれている。

何となく話すきっかけが摑《つか》めない。

私達の前に一台の車が停まった。若い男女らしく、運転席と助手席の男女は、待っていたように頰《ほお》を合わせた。

この時私は、奈津子が何故、夜のドライブに誘ったのだろうと思った。

先夜、ナツで会った時、奈津子はかつての私と違うことを知った筈だ。奈津子も変っていた。伏眼勝ちを捨てていた。

夜のドライブを共にしても、穏やかな大人同士として、昔を懐かしめる、と奈津子が考えたとしてもおかしくはない。

期待感がない、というと噓《うそ》になるが、私は自然な気持で応じた。

だが、こうして走ってみると、二人が外界と遮断されていることを私は痛感した。

私と奈津子は車から降りた。

コンクリートの擁護壁は、意外に高く胸の近くまであった。上半身を乗り出すようにして下を眺めた。家やら小さなビルが並んでいる。狭い道を街灯が照らし、数匹の野良犬が群れていた。

ライトに照らされても逃げない。一匹が何を思ったのか私を見上げた。眼が無気味に光って消えた。ボスらしい。

晴れた夜で生駒連山の明りがまたたいている。

奈津子が傍に寄った。

「もっと低いかと思っていた、真下が見えないわ、こういう時は背の高い人が得ねえ」

「下にいるのは野良犬だけだよ」

「野良犬だって、見たいわ」

「抱き上げようか、下が見えるよ」

「恐い」

吃驚《びっくり》したように奈津子は足を引いた。微笑《ほほえ》んだ眼で私を見ると両腕を擁護壁に置き、顎《あご》を乗せた。動作が自然だったし、作ったところが全くない。

私は腕を組むような気持で奈津子の肩に手をかけた。奈津子は動かない。

車のライトが二人の姿を闇に浮かび上がらせる。眩《まぶ》しい明りを無視するほど私は若くはなかった。

奈津子はライターで煙草の火をつけた。

話題は限りなくある筈だった。奈津子の現在の生活も殆ど知らない。新地のラウンジだけでは、到底食べてゆけない。

ただ、奈津子が私生活について触れられるのをどう感じるか、だ。

「私だけ煙草を喫って……」

「良いんだよ、じゃ、僕も一本喫おうか」

「えっ、煙草はやめているんでしょう」

「週に四、五本というところかな、喫わない日は一本も喫わない、なあに、今、一本喫ったからといって、そのまま喫い続けたりはしない、多分、明日は喫わないだろう、大丈夫」

奈津子は頷《うなず》き、煙草を一本抜いた。細長いハッカ入りの煙草である。ハッカの煙は何処か頼りない。ニコチンの含有量も少ないのだろう。

「軽いでしょう」

「そうだな、しかし煙草なんだな」

何故、こんなものを喫っているのか、とは訊けなかった。そんな私の胸中を読んだように奈津子はいった。

「時々煙草を喫いたくなるの、一時はやめていたんだけど」

「それは僕も同じだよ、当てようか、何時から喫い出したかを」

「そうね、隅さんなら当てるわ」

「どうかな、交通事故で、御主人が亡くなってからじゃないかなあ」

「そういうところね」

奈津子はクラブ・ナッを知人にまかせ、夜の仕事をやめる積りだ、といった。

「ラウンジ・エルのママがいっていたよ、友達の窮地を救うため、売れない店を買ったと」

「まあ、麻美ママらしいわ、本当に他人の悪口をいわない人ねえ、弥生はねえ、麻美ママと一緒に醍醐にいたの、でも一寸したことで、色々と力になって貰《もら》ったわ、一年ほど前かしら、麻美ママと梅田で会ってお茶を飲んだの、弥生の店が売れなくて困っている、という話を聞いたわけ、弥生ママ、本当に人の好い女なんだけど、男運がないのね」

「駄目な男に夢中になる、というわけ？」

「人が好い分、男に対して計算がないの、麻美ママもいってたけど、あれは駄目だから止しなさい、と忠告しても、溺れてしまうって」

「ほう、駄目な男というと、たとえば……」

「今度は宝石ブローカー、偽物《にせもの》を担保に千五百万円も貸して、結局、逃げられた、この頃のダイヤは、本物と偽物の区別がつかないけど、ちゃんとした鑑定士は見分けるでしょ、ただ、弥生は、偽物と分っていたんだと思うわ、だから鑑定させなかったんでしょうね、騙《だま》されているのを知っていても離れられなかった、水商売には弥生のような女、今でもかなりいるのよ」

「そうだろうな、ただ一寸驚いた、やはり村だな、桐にいた君が醍醐の女を助けるなんて、浜田氏のいう通りだ」

「浜田さんとよく会うの？」

奈津子はさり気なく訊いたが、それまでの口調と何処か違った。酔いが醒めたような声になった。

「秋岡の仲間なんだ、一寸、ある事で、浜田氏の力を借りた、でも、秋岡や大川のような付き合いではない、浜田氏は大資産家らしいし、僕には別世界の人だ」

「そうね、遣り手ねえ、そう、浜田さんが村といったの？」

「ああ、あの当時のプロパーと、出入りしていた桐、醍醐、関あたりの店の女は、狭い村出身のようなものだ、といったけど当っているなあ、げんに僕が案内された季節料理ハマナスのおかみは、醍醐出身のすみれだったよ、驚いたよ全く、昔、MATO大学の平本助教授と一緒にゲイバーに行ったことがある、平本、今は教授だけど、時々ハマナスを使っているらしい、浜田さんは、すみれのパトロンは大物だといってたけど」

奈津子はすぐには返事をしなかった。

「どうかしら、すみれさんの名前は聞いていたけど、詳しいことは知らないわ、水商売という城で生きた方だし、麻美ママのように親しくなかったから、でも、村って言葉、恐いわねえ」

これまでと明らかにムードが変った。

弥生の窮地を救い、再び店から離れようとしている奈津子は、彼女がいった水商売の城内では生き続けられない方の女性だった。

私は奈津子が余り思い出したくない過去を話題にしたのかもしれない。

前に停まった車から若い男が降りた。男の防禦《ぼうぎょ》本能が頭を持ち上げる。奈津子を庇《かば》うように男の方を見ると、私たちに背を向け勢いよく放尿をはじめた。今の今まで接吻《せっぷん》していたし、車には女がいるのだ。

彼はその勢いで、若さを誇示していた。飛沫《しぶき》が明りに光る。擁護壁に叩《たた》きつけられる尿の音に唖然《あぜん》として奈津子を見た。

「さあ、行きましょう」

奈津子は足早に歩いて車に乗った。

車の中で暫《しばら》く無言が続いた。

私の脳裡《のうり》にかつての一夜の光景が、映画の一場面のように浮かびあがった。

私はプロパー仲間の同僚と二人のホステスを自宅に送っていた。二人とも新大阪駅近くのマンションに住んでいた。皆、酔っていた。

一人のホステスは晶子《あきこ》といい、酔うと猫が甘えるような声を出すので人気があった。桐ではなく関のホステスだった。

「ねえ、晶子、オシッコしたくなった」

涎《よだれ》が垂れるような溜息《ためいき》を洩らした。

「おいおい、我慢できないのか」

「できない、できない」

晶子は腰を動かした。

無言の運転手の肩が強張《こわば》っている。

「晶子、もう少しでしょ」

今一人のホステスが咎《とが》めるようにいった。途端に晶子は運転席の背もたれを叩きはじめた。

「運転手さん、すまん、停めてくれ」

私は怒鳴るようにいった。

運転手は左側に寄ると急ブレーキを踏んだ。身体がつんのめる。

「済みませんねえ、酔い過ぎるとああなの、でも、可愛《かわい》いでしょう」

ホステスが庇ったが、誰も返事をしなかった。

晶子は電柱の傍でしゃがんだようだ。流石《さすが》に音は聞えなかった。用を足した晶子はタクシーに戻ってくると、大きな欠伸《あくび》をした。

「スッとしたら、眠くなったわ」

薄暗いルームライトの中で、晶子がどんな顔をしていたか覚えていないが、甘えたような晶子の声だけは、今でも記憶に残っていた。

晶子がその後どうなったかは知らない。

だが、私達の傍で放尿した若者と晶子の行為は違う。晶子は泥酔していた。それに晶子の場合には何処か可愛らしさがあった。若者は酔っていないし鼻唄《はなうた》でも歌いそうな様子だった。無神経そのものである。

それが現代なのだ。

関空に近づくに従って風が強くなった。

「凄《すご》い風だな」

「ええ、こんなに強いとは思っていなかったわ」

「まあ、行ってみようよ、余り強かったなら戻れば良い」

「そうね」

夜の海上を空港に走る橋は、装飾品のような明りに飾られていた。

夜眼にも白波は荒々しかった。広い駐車場に車を停め、正面玄関の左側を歩いた。風も海も唸《うな》っていた。海に面した柵の傍に人影はなかった。空港ビルのおかげで、多少、風はゆるんでいるが、柵の傍は強風に違いない。唸り声のように聞えた。

それに寒い。もう間もなく十二月である。風は、奈津子の髪を搔《か》き廻した。

奈津子はハーフコートの襟《えり》を立てたが、

「戻ろう、この風じゃ駄目だ、風邪《かぜ》引くぞ」

「そうね、雨は降らなかったのに……」

奈津子は残念そうにいった。

雨については同じ思いだったな、と私は奈津子が今宵《こよい》のドライブを愉しみにしていたのを知った。柵を乗り越えてきた突風が奈津子のスカートを乱した。

「さあ戻ろう、日を改めれば良い」

私が無意識に差し出した手を奈津子は待っていたように摑んだ。力がこもっていた。

「そうね、日を改めましょう」

「関空でなくても良いじゃないか」

「隅さんのいう通り……」

何かいったが風の音で聞えなかった。

「何といった？　大きな声で」

奈津子は風にあおられながら眼を細めた。傍にいる男を確かめるように見た。

私は右手を耳朶《じだ》にあてて顔を寄せ、奈津子の手を引っ張った。奈津子の唇が頰の傍にきた。

「今度は早くから会いましょう」

「当然だよ、夜の十一時半は中途半端だ」

打ち寄せる波の音と風の咆哮《ほうこう》が響き合った。ずしんと胸に響くほど雄々《おお》しく、私を萎縮《いしゅく》させていた年齢という膜が破れた。自然の雄叫《おたけ》びに力を得た私は、そのまま奈津子の唇に自分の唇を重ねた。

舌と舌とが絡み合い、私の唇は力強く奈津子の両唇をめくりあげて蠢《うごめ》いた。両腕を女の背中に廻し力を込めた。ボクシングのトレーニングをはじめて以来、腕力が昔に戻りかけていた。大学の野球部にいた頃ほどではないにせよ、それに近い力が蓄《たくわ》えられている。

奈津子の胸の膨《ふく》らみは私の厚い胸で押し潰され、まだまだ弾力の残っている下半身が私の腹部に密着した。

奈津子は眉《まゆ》を寄せ苦し気に甘い呻《うめ》きを洩らした。奈津子は、私の腕から逃れるように身をよじった。それが更に奈津子の血を滾《たぎ》らせていた。

私も同じである。股間《こかん》は熱く充実していた。

足音に私は顔を離した。

若い男女が腕を絡ませ、笑い合いながら柵の方に行く。波が打ち寄せると大声をあげて喜んでいる。二人は頭を下げ風に向って突進するように進んだ。

さっきの放尿の若者かもしれない。

私たちも若者を真似て腕を絡ませた。

奈津子は冷風になぶられ首を竦めた。

「あなたって防波堤みたい」

「そんなにでかいかい？」

「だって離れた途端に風が強くなったわ」

その言葉には意味がありそうだった。

「僕だって同じだよ……」

身体の大きさには関係ない、といいたかったが、口には出さなかった。奈津子の腕を締めながら時計を見ると、午前一時少し前である。

ビル内に入っても、腕を絡ませたままで車の傍までいった。車に乗る奈津子の眼が心なしか熱っぽい。

再び海の上を走り臨海線に入った。私は何となく奈津子の太腿に手を置いていた。

風が窓ガラスを押すように叩いているが、もう気にならない。奈津子の太腿は柔らかく心なしか暖かかった。

堺の工場地帯に戻った時、奈津子は、あの煙、といわんばかりに窓ガラスを指さした。来る時は噴水のように噴き上げていた煙突の煙が、上部で湾曲して散り、夜空に消えていた。風のせいであろう。

この辺りは大気汚染が酷《ひど》い地域だが、深夜も休まず煙を吐いているとは想像していなかった。

「隅さん、私、昼、何をしていると思う?」

「そうだなあ、考えないではなかったけど、さっぱり見当がつかない、訊きたかったが、立ち入り過ぎると思って」

「隅さんらしいわ、実は私、占いをしているの、昔から好きだったんだけど、真剣に勉強しはじめてから三、四年になるわ、先生に独立したら、といわれてはじめたんだけど、意外にお客がついて、生活に困らないだけの収入があるの、亡くなった主人、外で遊んでいたくせに生命保険をかけていてくれたから、娘の将来も、そんなに心配しなくて良いし、だから弥生を救《たす》ける気になったわけ、それが妙なのよ」

奈津子は昔を懐かしむような謎《なぞ》めいた笑みを浮かべた。

「どういうところが？」

「十年以上も前から、私の先生が当てていたの、結婚はそれなりに旨くゆくけど、私の星が強過ぎるので独りになる危険があるって、でも、一生生活には困らないといわれたのよ、それで結婚にふみきったんだけど、案の定一人になりました」

「しかし、偶然あたるということもあるだろうし、何という占い？」

「四柱推命、生まれた生年月日、時間によって占うのよ、それは複雑、私の先生は有名だけど女性なの、それでも財界の人たちも占って貰いに来るわ、隅さんは余り信じない方でしょう」

「ああ、信じないな、占いで自分の人生を支配されるなんて好きじゃない、社を辞めて遊んでいる身だから大きなことはいえないがね、それでも、自分の意志で選んだ人生だし、悔いはないよ、時々、まずかったかなあ、と思わないでもないけど、前の会社にいる僕なんて想像できない、今で良いんだ」

奈津子が占いの話をしはじめた時から、彼女の太腿にあった手が離れていた。

「心配しないで、私、占いに頼る男性って余り好きじゃないの、偉い肩書のある方もお客様、勿論、懸命に占ってあげるけど」

「しかし驚いたなあ、君が占い師とはねえ」

「そういうところがあるの、私、家庭の幸せを知らないし、雑草やクマ笹《ざさ》の生い繁《しげ》った野を歩かされたでしょう、自分の力で生きてきた積りだけど、ふと、頼るものが欲しくなるわ、そんなに強くないのよ、昔から芯《しん》が強いとよくいわれたけど、根を膠《にかわ》で固めているだけ、でも安心して頂戴《ちょうだい》、お客様のことは占うけど、今は自分のことは占いません」

奈津子は離れた私の手を軽く叩いた。自惚《うぬぼ》れかもしれないが、逃げないで頂戴、といわれているような気がした。

私は手を奈津子の太腿に戻しながら少年時代を思い浮かべた。

父は三重県の名張市で、小学校教諭をしていた。謹厳実直を絵に描いたような男だった。煙草は喫わず酒も晩酌程度である。鼻の下にちょび髭《ひげ》を生やし、家に戻っても余り人間らしい顔にはならなかった。母は大人しい女性で、小学生時代の私は父が鬱陶《うっとう》しく、中学生時代は傲慢《ごうまん》な男だと反撥心《はんぱつしん》を抱いた。私は両親を眺めていて、一家の主人とは、こういうものだ、と諦《あきら》めたところがあった。私は両親を眺めていて、この二人の間に男女の愛は存在したのだろうか、と何時も不思議だった。

少年時代の私は、勉強しながらも、不良じみたクラスメートと結構付き合った。彼等に、父にない人間味を求めたのかもしれない。

下宿している仲間の部屋に集まるとビールを飲みながら猥談《わいだん》の花を咲かせた。「ひとつでたほいのよさほいの……」という替え歌を愉しく歌った。今の中高校生は、こういう味のある替え歌を知らない。常識的な俗語も余り知らない。すべてがオープンだから、セックスに卑猥感《ひわいかん》がないのであろう。

私たちの少年時代は、セックスには羞恥心《しゅうちしん》や緊張感がともなうが故《ゆえ》に昂奮《こうふん》したのだ。

私が歌う時は、何時も父を肴《さかな》にした。

「うちの親父《おやじ》がする時にゃ、ホイ、マスクはずさずせにゃならぬ、ホイ」

これはおおいに受けた。

私の父は冬になるとよくマスクをした。

衛生観念が優れているというより、臆病《おくびょう》なのであろう。父の渾名《あだな》はマスクだった。

弟が一人いた。私が中学生時代、遊泳が禁じられている池で泳ぎ溺死《できし》した。

警察は弟の遺体を引き揚げ、池畔に横たえ、水を吐かせ懸命に人工呼吸をしたが、甦《よみがえ》らなかったのである。

母は遺体の傍にしゃがんで泣いたが、父は眼を赧《あか》くしたが泣かなかった。私は溢《あふ》れ出る涙を抑えられず、腕と拳《こぶし》で顔を拭《ふ》きまくった。泣き声はたてなかったが鼻水が止まらず、嗚咽《おえつ》が洩れた。

毅然《きぜん》と立っている父には、それなりの葛藤《かっとう》があったに違いない。だが、弟が、禁止されている池で泳いだことが、教師の涙を抑えたとしたなら、好きにはなれないと思った。

高校時代は、恰好《かっこう》をつけたんだ、田舎芝居をしやがって、と距離をおいて苦笑するようになったが、その頃から私は、家を出たい、と切実に願うようになった。

それでも私の場合は、奈津子などに較べると、人並の家庭ということになるかもしれない。

浩が私を憎み出したのは、中学生頃からであろう。これも因果応報というやつか。ただ浩もそろそろ三十になる。もう少し大人の眼で私を眺めて欲しい、という気がする。それは勝手な願いだろうか。

「私が占いをしているのが、そんなに変？」

私が自分の世界に入ったのを、奈津子は占いの話のせいだ、と勘違いしたようだった。私は首を横に振った。

「全然、少年時代を思い出していたんだよ、妙な親父だった、でも、昔はああいうタイプが多かったんだな、弱さを見せるのを屈辱と信じ込んでいる男が、おふくろも苦労はしたろうが、生活面では困ることがなかったし、まあ良しとするか」

「隅さんは幸せな少年時代を過したんだわ、多分」

「どうかな、ただ選ばれた幸運児以外は、それなりに悩み、反撥して大人になる、昔は昔だ、まあ僕が最も惨めだったのはプロパー時代だよ、君と知り合った頃かな、毎日がやり切れなかった」

思わず溜息が出た。

「今夜は隅さんの自宅まで送るわ」

「ややこしいんだ、上六までで良い、それより、さっき約束したように、次はゆっくり会おう」

この時刻なら、阿波座《あわざ》から高井田《たかいだ》まで約十分である。阪神高速の高井田を降りたなら、私のマンションまで数百米《メートル》で、道もそんなに複雑ではない。私が断ったのは、おんぼろの中古のマンションを、見られたくなかったせいであろう。

「そうね、押し売りはしませんわ」

私は奈津子の太腿に置いていた手に力を込めた。指先が柔らかい肌に喰《く》いこんだが、奈津子が、

「運転中よ」

といったのは指先を奥の方へ這《は》わした時だった。間違いなく奈津子は私を受け入れていた。上六と呼ばれている上本町《うえほんまち》六丁目付近にはラブホテルが多い。余りにも露骨なネオンの輝きは、メイン道路にまで欲情の色を垂れ流していた。空車が歩道に沿って並んでいる。

私はネオンが届かない谷町線で車から降りることにした。別に恰好をつけたわけではないが、軽く接吻して車から降りた。


秋岡と美奈江の娘、美冴が見つかったのは十二月に入ってからだった。

電話をかけてきたのは、美奈江ではなく秋岡だった。話している間、秋岡は嗚咽で、何度も声を詰まらせた。

私の胸も熱くなった。半ば期待していたことだが、美冴を秋岡に会わせたのはやはり浩だった。

私が喫茶兼レストランで会った美冴の友達は、浩に心を許し、美冴との仲介役となった。浩は絶えず美冴に電話し、凍りついていた美冴の心を溶かした。

だが美冴は実家に戻るのを拒否し、秋岡となら会っても良い、と折れた。

昨夜美冴は難波で秋岡に会い、そのまま彼の家で一夜を明かしたという。

「とにかく良かった、もう大丈夫だ、中口と会うのが嫌で、家に戻らないんだろう」

「その辺りのことは、はっきりせえへん、ただ無事な顔を見て安心しましたわ、俺も勝手な父親や」

「それは俺も一緒だ、で、浩、まだ大阪にいるのかな」

「難波のOホテルの七〇三号室、ええ息子さんや、隅さんの子だけある、俺、浩君に何度も頭を下げましたわ、親父からバイト料貰うから、そんなに頭を下げないで下さい、といわれました、隅さん、このことは一生忘れませんで、必ず何らかの形でお返しします」

秋岡は嗚咽を抑え、掠れた声だが、自分に誓うようにいった。

「良いんだよ、そんなこと、しかし浩のやつ、全然連絡なしなんだ」

「すぐ電話して下さい、じゃ詳細は後日」

私はOホテルに電話した。

浩は眠っていたらしく、取りつく島もない、といった声が返ってきた。

「僕だ、よくやってくれた、約束の金を払うよ、百万だったたな、今から銀行に行っておろしてくる、えーと、今九時だから、十時半にはそちらに着く」

「待ってくれよ、寝たのは朝の五時なんだ、起きたら電話入れるから」

浩は電話を切った。

生活のリズムが違うんだな、と私は苦笑した。不思議に腹が立たなかった。

浩から電話がかかってきたのは十二時頃だった。相変らず無愛想だが、多少声が生きていた。

意外なことに浩は、ホテル代、タクシー代など、実費だけで良い、といった。

「心配するな、君が思っているよりもある」

「心配はしていない、あんたに借りをつくるのが嫌なんだ」

躍りかけた胸に冷水を浴びたように声が出なかった。

「分った、幾らなんだ？」

「四十万で良い」

「それで良いのならそうする、俺としては、色々知りたい、美冴君の今後のこともあるし」

「良いよ」

あっさりした返事に私はとまどった。冷水を浴びせられる心の準備を整えながら夕食を共にしないか、と誘った。

「そうだな、シャブシャブを食べたいな、旨いやつを」

信じられない返事だった。

私は六時にSホテルのロビーで待ち合わせる約束をした。松阪肉を使っている北新地のK店が浮かんだ。プロパー時代、よく利用した店である。現在も続いていた。

部屋の予約が取れるかどうか、一〇四番で電話番号を訊いてかけた。電話に出た女性は、当然のことのように会社名を訊く。秋岡の名前を使うのがためらわれ、綾《あや》という仲居の名を告げた。婆《ばあ》さん声に変っていたが、綾は私の名を覚えていて、部屋を予約してくれた。

かなり寒い日だったが、私は革のブルゾンにハイネックのセーター姿で、出掛けた。

革のバッグには、五十万円ずつ百万入っていた。浩の態度如何《いかん》では百万渡す積りだった。私にはどうも浩の気持が読みとれない。といい放ったのに自分の方から、シャブシャブが良い、あんたに借りをつくりたくない、などという。

私達の時代に較べると、今の若者には感情の起伏が少ない。確かに同じような穏やかな感じの若者が増えている。その反面、俗ないい方をすれば、身の毛もよだつ残虐な犯行を重ねる若者も、顔だけは穏やかだったりする。昔は、残虐な若者は、それらしい顔をしていた。

浩も暗い翳《かげ》りはあるが、整った方の顔で、何処か気の弱そうなところがあった。

ひょっとすると、私への憎悪は、気弱さの裏返しかもしれない。たくましく前向きなら、こんなに父を憎んだりはしないだろう。これは勝手な解釈だろうか。

六時十五分前にSホテルのロビーに着いた。同伴出勤のホステスたちの姿が見られた。

浩は濃茶のポロシャツに、茶のズボン、薄茶のジャケット姿で、なかなか様になっていた。勿論、スニーカーではなく革靴だった。大きな黒いショルダーバッグを提げていた。

私がソファーから立つと、視線を合わせるのを避けるかのように踵を返した。妙子の墓参で会った時よりも、収入が良くなったのかもしれない。

「こっちだ」

正面玄関を出、肩を並べると左手の方に顎をしゃくった。ホテルからシャブシャブの店まで二百米ほどである。

通行人の半分以上はコートを着ていた。

黙々と歩く浩に私はいった。

「礼をいうよ、本当に救われた気持だ」

「風俗にいた女《こ》にしては、あの女《こ》純だよ」

「そうか、やはり風俗にいたのか……」

「風俗には、家庭は普通なのに、金に憑《つ》かれて働いている女《こ》が多いんだ、そういう面では、両親に反撥して風俗に入るのは純な方だよ、稚《おさな》さが残っている、俺、動いた甲斐《かい》があった」

面白い視方《みかた》だった。浩は私の想像以上に成長していた。

「そうか、それは良かった、義父に反撥したんだな」

「その辺りは甘いな、義父よりもむしろ母親だよ、主な原因は……」

「えっ、あの美奈江さんに」

浩は心なしか、肩を聳《そび》やかした。

シャブシャブの店は眼の前だった。浩はショーウィンドーの料理を吟味するように眺めた。

綾は予想していた以上に老いていた。顎も頬もたるんでいた。それに背が少し曲がって見えた。もう六十歳は超えているが、歳月の残酷さを見せつけられた思いがした。

二階の部屋に顔を出した綾は、懐かし気に私の顔を見た。

「隅さんは、ほんまに昔と変ってはりません、お若いですわ」

声も間延びがして、語尾が明瞭《めいりょう》でない。

「そんなことはないよ」

私は白いものが目立つ頭に手をやった。部屋は昔のままだった。掘炬燵《ほりごたつ》式で脚を入れられる。ケースに入った市松《いちまつ》人形も相変らず棚に飾られていた。ビールと料理を運んできたのは綾ではなく四十代の仲居だった。

「こっちでやるから」

と私は仲居を下がらせた。

浩のグラスにビールを注ぎ、自分で注ごうとすると、浩がビール瓶に手を伸ばした。

「俺、注ぐよ」

嬉《うれ》しかった。

「やー、すまん」

断絶していた親子の間が、細いが絹糸でつながったような気がした。

グラスを上げるだけで乾杯し、一息で半分飲んだ。胸が旨い、と呟《つぶや》いた。

だが調子に乗ると、ばさっと斬《き》られそうだった。

「しかし、どうして美奈江さんに反撥したのかなあ」

「これは彼女の友達から聞いたんだ、彼女のお母さん不倫しているらしい、彼女は偶然それを見た、ショックを受けて義父に縋《すが》ろうとした、とんでもない義父だよ、マンションに連れ込んでセックスしようとしたらしい、一番好かんオヤジだ、これじゃ家を出たのも当然だな……」

浩は吐き出すようにいって、ビールを飲んだ。私は呻くように唸り、

「驚いた」

と呟いた。

そういえば、私の部屋に来てからの美奈江の行動は、発情した雌《めす》だった。中口に擲《なぐ》られ錯乱状態にあったにせよ、私を求めたのは間違いない。

不倫と聞いても、やはりなあ、と妙に納得した。彼女なら不自然ではない。

料理が運ばれ、何となく会話がとぎれた。

松阪肉だけあってなかなか旨い。

「料理は大阪だな」

浩は如何《いか》にも旨そうにいった。私は嬉しかった。暫《しばら》く食べるのに夢中だった。

「それはそうと、彼女何処に住んでいたんだろう、家出の間」

「豊中《とよなか》の近くの安いアパート、勿論、風呂《ふろ》もない、だから保証人なしなんだ、彼女、純だけど現代っ子だよ、十日前に風俗におさらばしてスナックに鞍替《くらが》えした、それでも、結構、貯めてる、今のところは、復学する気はないらしいよ、望みは、保証人ありの1DKのマンションに移ること」

「そうか、復学の意志はないのか……」

「そんなこと、どうでも良いだろう、戻ったんだから」

「そうだな、彼女、すべてを秋岡に話すかな……」

「あんたが話せば良いじゃないか、今の女《こ》は、自分の苦労話を、親にはしない、だけど、彼女は好いよ、悩んだんだからな、あっけらかんとヌードになって、フェラチオしているのが殆どだよ、この店旨いよ、もう一人前追加だな」

私は勢いよく手を叩いて仲居を呼んだ。

食事が終った後、私は封筒に入れた五十万を渡した。

「実費だけで良いんだな」

「良いよ、だけど、彼女の母親に較べると、俺のおふくろって古い女だったなあ、忍の一字だ」

可哀想に、といわんばかりの口調だった。私は伏せかけた視線を上げた。

「どっちが良い？」

考えてもいなかった言葉が口から出ていた。浩は一瞬、驚いたように眼を見張った。

「そんな返事をさせるなよ、だけどあんたのしたことに納得したわけじゃないぜ、俺なあ、付き合っている女いるけど、結婚はしない、結婚して、相手を幸せにする自信がないんだ、それまでは独りでいる」

俺のせいというわけか、と私は胸の中で呟いた。

浩がどんなに私を攻撃しようと、彼は初めて心を開いた。もう数年もすれば、もっと心を開いてくれるかもしれない。虫の良い期待だろうか。

「時間があるのなら、小さい店にでも行ってみないか？」

浩は腕時計を見た。

「今夜中に東京に戻る、いやあ、御馳走《ごちそう》になった、あんたにおごられるなんて、想像もしていなかったよ」

浩は急に無表情になり、納得がゆかないように首を横に振った。

美冴のために、年内にもワンルームのマンションを借りる、という約束のもとに、美冴は安アパートに戻った。復学の意志はないらしいが、秋岡は気長に説得する積りらしかった。

その日、私は秋岡と夜を明かした。

私は秋岡に、美冴が何故《なぜ》、家を出たかを話した。浩がいった通り、美冴は秋岡に真相を告げていなかった。その辺りの美冴の心情は、私たちの年齢の者にはよく分らない。

秋岡が美冴を美奈江のもとに戻さず、マンションを借りる約束をしたのも、家出の真相を知ったからである。

「隅さん、俺はなあ、隅さんに借りっぱなしやけど、それじゃ死に切れん、何か返したい、頼む」

ラウンジ・エルで、酔った秋岡は私に頭を下げた。

「そんなに頭を下げるなよ、浩の手柄だ」

「勿論《もちろん》分ってます、そやけど俺は隅さんに頭を下げ続ける、お返しをしたいんですわ」

「もし、そういう時が来たらして貰うよ、来るか来ないかは俺にも分らない」

多分来ないだろう、と私は思った。

一寸したことは頼むかもしれないが、秋岡に負担をかけるようなことはしたくなかった。それが分っているから、二人の友情はこれまで続いているのである。

美冴が戻った話を聞いたママの麻美がシャンパンを抜いた。

秋岡は相好を崩して喜んだ。それほど子を思う秋岡が、どうして美奈江と別れたのだろうか、と不思議だった。

シャンパンで乾杯しながら、ひょっとすると美奈江に男ができていたのではないか、と疑った。私の生活が目茶苦茶だったのと同じように、秋岡も酷《ひど》かった。いや、秋岡は私以上だったのかもしれない。欲求不満の美奈江が男をつくったとしてもおかしくはなかった。

こういう時の秋岡の嗅覚《きゅうかく》は鋭い。私の胸中をコンピューターで読んだように秋岡はいった。

「もう恥をさらしてもよろしいやろ、離婚の原因は、美奈江が今流行《はやり》の言葉でいえば不倫しよったからですわ、当時の美奈江は車に熱をあげとった、俺だって日曜は家にいます、妙やなと勘が働く、美奈江に訊くと、自分のことは棚に上げて何をいうの、と喰ってかかる、ますますおかしい、と思いますがな、医者連中の趣味を調べさせてる興信所に頼んで、美奈江の素行を調べさせました、見つかりました、外車の営業マンやった中口でしたわ、恰好つけて黙ってましたけど、もう隅さんに隠す必要はない」

「一事が万事というけど、人間って同じことを繰り返すんだな」

「隅さん、成長のない人間ほどそうですわ」

「秋岡さん、お祝いの乾杯でしょ、済んだ話はなし、前向きに祝いましょう」

麻美が場を盛りあげるようにいった。

「そうや、これで終り、俺なあ、テレビのニュースを見る度に恐かった、女子高校生が殺される、そんなニュースが出ないかと思てなあ、それがなくなったんや、万歳や」

秋岡は大声をあげた。

車を呼び、ラウンジ・エルを出たのは午前零時を過ぎていた。布施にある私のマンションは、秋岡と同方向なので、こういう夜は秋岡が送ってくれる。車は馴染《なじみ》の個人タクシーである。

外まで見送りに出た麻美が囁《ささや》くようにいった。

「奈津子さん、お店を譲ったのかしら、この頃、顔を出してないらしいわ」

「ああ、電話で、もう新地には出ない、といっていた」

占いのことは黙っていた。

「電話あったのね」

麻美は軽く私の背中を叩いた。

麻美の言葉を耳にしているにも拘《かかわ》らず、秋岡は奈津子との関係を訊かなかった。私が話さない限り訊かないだろう、そういう節度を持っている男だ。

秋岡は、教授たちの私生活を調べるのに、興信所を使ったらしい。だが、それは、私が本社を去る前に厳禁となった。

雲海薬品も含め、プロパーたちは、教授や医者の趣味を調べようとする。売込みが激しくなると、興信所に調べさせる者が現われた。私立探偵の場合もある。雲海薬品にはなかったが、両刃の剣となる。相手のウィークポイントを摑むことにもなるからだ。雲海薬品にはなかったが、田野川製薬のプロパーが、SKYO大学の高平《たかひら》教授の私生活を調べ、半ば脅して薬を売りつけた。公《おおやけ》にされなかったので、正確なことは分らないが、高平にロリコンの趣味があり、患者の少女を口説いたというのである。高平は田野川製薬の首脳部に脅迫されたと厳重に抗議すると共に、厚生省にも、田野川製薬は薬の売込みに、やくざまがいの手を使っている、と報告した。当時の厚生省の薬事担当課長代理は、SKYO大学出身で、高平教授が講師だった頃に教えを受けている。新聞沙汰《ざた》にはならなかったが、製薬業界を震撼《しんかん》させた事件だった。薬に対する締めつけが一段と厳しくなったのは、それも一因ではないか、といわれたくらいである。

各製薬会社は、プロパーたちに、興信所などを使い、教授や医師の私生活を調査することを厳禁した。もし使ったなら、馘《くび》である。

その後間もなく私は本社を離れたが、それ以来、興信所を使う者はいなくなったようだ。現在、高平教授は名誉教授になっている。息子は大学に残らずクリニックの院長らしい。

ただ私は、その件について秋岡に質問しないことにした。

汚濁の世界での出来事である。それに遠い過去だ。

十二月は占い師にとっては忙しい季節らしい。奈津子の時間が空いたのは中旬だった。

奈津子は意外にも、古寺を巡りたい、と望んだ。仏像を観たいというのである。

かつての奈津子からは仏像など想像もできなかった。それだけ奈津子も変ったのだ。

そういえば奈津子は、再会して以来、伏眼勝ちな眼を捨てていた。話す時は真正面から私の眼を見る。

奈津子が仏像を観たがったのは、社を辞めた私が、古寺を巡っていることを話したことも影響していた。

その日は冷え込みの強い日だったが、よく晴れていた。

奈津子は法隆寺の釈迦三尊像《しゃかさんぞんぞう》も、飛鳥大仏《あすかだいぶつ》も知らなかった。

奈津子が車を運転し、午前中に飛鳥寺を訪れた。平日なので阪神高速も第二名阪もスムーズに走り、一時間半ほどで飛鳥寺に着いた。駐車場も混んでいない。

黒いスーツに、臙脂《えんじ》のプリント地のシャツ、赤い模様の入った白いスカーフを首に巻いた奈津子は年齢よりも数歳若く見えた。

私は飛鳥寺や仏像について初歩的な知識をやや得意気に披露した。

飛鳥寺は蘇我馬子《そがのうまこ》が建立した日本でも最古の寺だが、焼失し、大仏と建物の一部が強運にも火災をまぬがれた。

「だから飛鳥大仏は最古のものだよ」

「法隆寺よりも古いのね」

「そういうことになる、仏像にしては雄々しい顔だろう」

「他の仏像は知らないけど、そんなに柔和じゃないわね、でも勇気が湧《わ》いてきそう」

「中国の北魏《ほくぎ》の影響を受けている、といわれている、北魏というのは、よくテレビでやっている馬に乗った遊牧の民、つまり騎馬民族が樹立した国なんだよ」

「だから仏様も勇ましいのね」

「そうだろうな」

それ以上質問されると返事に困る。

初めてにしては、奈津子は懸命に眺めた。

「占いも精神力が必要なの、勉強だけでは一人前になれないわ」

飛鳥寺を出、三輪山麓《みわさんろく》にある和風の構えのレストランで昼食を摂《と》った。奈津子はざるそば、私は天ぷらそばにした。

「こんなにのんびりした気分って、何年ぶりかしら、私ね、煙草をやめることにしたの、隅さんも滅多に喫わないでしょう」

「時々喫う」

「でも週に四、五本でしょう、また煙草を増やしちゃ悪いもの」

「僕なら良いんだぜ」

「いいえ、隅さんがいつかいったように、人間って時には革命が必要でしょう、煙草をやめるのに革命っておおげさかしら……」

奈津子の眼が熱っぽく光った。

「やはり革命だろうな、僕は社を辞めようと決心した時、これは革命だと自分にいい聞かせたよ」

ひょっとしたら奈津子は、私との再会を機に煙草をやめる決心をしたのかもしれない。もしそうなら奈津子は私にかなりの好意を抱いていることになる。私の胸ははずんだ。

だが自惚れてはならない。私は奈津子を細川に斡旋したのだ。濁流の中で自分を見失っていたとはいえ人間として最低である。奈津子がそのことを忘れている筈はない。

奈津子と神戸のホテルで一夜を共にした際、私は奈津子に、「誘ったのはたんなる衝動じゃない、抑えていた気持が爆発したんだ」といった。それに対して奈津子の返事はなかった。当然である。客を斡旋した以上、何をいっても空々しい。

それなのに、奈津子は何故私を許したのだろうか。歳月が深い傷を癒《いや》したのか。それは甘過ぎるような気がする。

真相は奈津子の胸中にのみあった。

もし彼女が語る時があるとすれば、ベッドの上ということになるかもしれない。本気で肌を合わせると、閉じていた幕が開くケースが多い。

私は奈津子に気づかれないようにゆっくり深呼吸をした。

「今夜は何時頃に戻れば……」

「時間のこと、考えていないわ、折角の日ですもの、もう私は自由なのよ」

奈津子は視線を逸《そ》らさず、きっぱりといった。

「そうか、突然、青春が戻ったような気分だなあ」

私も力強くいって情を込めた眼を彼女に送った。

法隆寺に行き大阪に戻ったのは六時前だった。帰りは第二名阪が混み時間がかかった。初冬のこの季節は日が暮れるのが早い。私は秋岡の紹介でミナミのフグ店を紹介して貰っていた。貯金を抱いて死んでも意味がない。何時《いつ》もは質素だが、こういう時に使うための貯金でもある。幸い浩は、私の貯金など全くあてにしていない。そういう面では浩の潔癖さは失われていなかった。

フグの店を予約しているというと、奈津子は驚いたように口を開いた。

「でも……」

「心配しなくても良い、結構貯めているんだ、会社を辞める時、それぐらいは計算している」

貯金を含めた動産だけでまだ五千万はあった。それに今住んでいる中古マンションも、千二百万なら買い手があるだろう。超低金利時代だから利子はないものと諦めても、日本が破滅しない限り、私一人なら将来の心配は余りない。あと九年もすれば、月々厚生年金も入る。勿論家族持ちならこんな呑気《のんき》なことをいっておれないが、私の場合、独りと同じだった。ホームレスは性に合わないので、いよいよ駄目となれば、アラスカの山にでも行き、雪の中に横たわれば良い。その覚悟は持っていた。

浩が私を頼ってくることなどまずない。

実際、社を辞めた時の覚悟は今でも揺らいでいない。

私に頼らない浩が突然、すごく頼もしい男に思えてきた。憎まれるぐらいは何でもない。当然のことだ。良い息子を持ったものだ、と私はにやりとした。

口辺に浮かんだに違いない、私の微笑をどうとったのか、奈津子は不審気に訊いた。

「サイドビジネスをなさっているの？」

「おいおい、本職がないのにサイドビジネスなんてあるわけないじゃないか」

「それはそうだけど」

奈津子は安心したようにいった。

私はウール地の赤いコートの背に腕を廻し、抱き寄せ気味にして歩いた。

奈津子は顔を私の肩に乗せる真似《まね》をして含み笑いを洩らした。

「変なの、隅さんとこうして歩くなんて」

「自然じゃないかなあ」

「そうね、運命が自然だとしたなら」

「おいおい、四柱推命とやらで、どんな恋人が現われるか？　なんて占ったんじゃないだろうな」

「私、自分のことは占いません、恐いもの、占いで食べているのよ、自分が信じないのにお金取ったなら詐欺でしょう」

「詐欺とはおおげさだな」

奈津子の今の人生観がよく表われていた。

「それに近いわ」

秋岡が紹介したフグ店はSデパートの近くにあった。天然ものである。カウンターも結構賑《にぎ》わっていた。私たちは二階に案内された。小座敷ではないが、隣りの席とは衝立《ついたて》で遮られている。

てっさは身がこりこりしていて結構旨《うま》かった。間仕切りの部屋から推測すると、一人一万数千円というところだろうか。

私はヒレ酒で好い気持になった。奈津子の白い肌が淡紅色に染まっている。

食事の話題は、私のプロパー時代の知人の話になった。

プロパー出身者で社の重役になった者は意外に少ない。私が知る限り雲海薬品ではいなかった。社は使うだけ使うと、支店勤務にし、停年で退職させた。会社はプロパーが身につけた垢《あか》を嫌ったのだろう。それに時代の流れが、かつてのような金塗《かねまみ》れの癒着を許さなくなっている。プロパー出身者は、垢だらけになり過ぎていて、社には邪魔者というわけである。彼らがつけた垢には、社や教授たちの公表されたくない、秘密の害虫が蠢《うごめ》いている。

奈津子は早く水商売から足を洗ったので、当時の仲間たちのその後は余り詳しくはなかった。

「あの時ね、二度と水商売には戻るまいと決めたのよ、大体、貯めるものは貯めたから」

奈津子はてっちりのフグをタレにつけながらいった。

あの時というのは、細川の愛人になった時だろう。といっても二人の関係が何時《いつ》まで続いたのか、私は知らない。細川の愛人になった時だろう。といっても二人の関係が何時まで続いたのか、私は知らない。奈津子は見事に消息を絶った。ただ、長期間なら噂《うわさ》にのぼるだろう。それもなかった。もし奈津子が短期間で細川と別れたとしたなら、愛人とはいえない。だが細川がそう簡単に奈津子を手放すとは考えられなかった。

奈津子に向けられたあの粘つくような眼は、細川の執着の度合を示していた。何処《どこ》か変質者じみた眼だった。

私はこの席で細川を話題にしたくなかった。奈津子もそうらしく、すぐ姐《あね》さん株だった幸枝《ゆきえ》について話した。

「あれだけの方でしょう、当然、一寸した店のママになっていると思っていたの、お客も大勢持っていたし、女の子にも人気があったでしょ」

「そういえば秋岡も知らないようだな、君、知っているのかい？」

「ええ、遊び半分でナツの店を出した時、幸枝さんの乾分《こぶん》だったリカに聴いたの、今、札幌《さっぽろ》で、ホステス一人だけの小さな店をやっているらしいわ、でも、場所はいわなかった、新地とは縁を切ったらしいわ」

「どうして札幌に？」

「幸枝さん、東京でマンションを経営しているお客と恋仲になって、彼が全面的にめんどうをみるというので東京に行ったの、子供も生まれたんだけど、彼はバブル崩壊で倒産、暴力団に追いかけられるような酷い倒産だったらしいわ、結局、幸枝さん、裸になって子供と一緒に札幌に逃げたのよ、故郷が青森だったから、北海道を選んだのね、今は子供のために懸命に働いているって」

「うーん、想像外だったな、だけど、大きな店のママよりも、案外、今の方が彼女らしいんじゃないかなあ、とにかく、桐でも働き者だっただろう」

「ええ、人それぞれね、私、その話を聞いても、落ちぶれたという感じはしなかったわ、不思議ね」

　また奈津子は、ナンバーワンだったマキが癌《がん》で死んだ話もした。彼女の場合は神戸で割烹《かっぽう》店《てん》を経営していた。

　最後のおじやになった時、どういう方法で奈津子を誘おうか、と考えはじめていた。

　私の部屋は駄目である。余りにもおんぼろ過ぎる。あのマンションを見た途端、私の資産を疑われかねない。

男性に較べると女性は現実的だ。奈津子が承諾したならホテルの部屋を取ろう、と決めた。

十数年前、私は奈津子をタクシーに待たせて神戸のホテルを予約したのだ。突風にあおられたような情熱だった。

デザートが出、仲居が退《さが》った時、私は奈津子の手を握った。ヒレ酒の酔いが萎《な》えかけている気持に勇気を与えた。

関空に行った夜、二人は唇を合わせている。大人の接吻である。それぞれ残された人生の灯が如何《いか》に貴重なものなのかを知っていた。

その代り、彼女が期待したような男でないと感じたなら、彼女は躊躇《ちゅうちょ》せずに背を向けるだろう。彼女にしつこく纏《まと》わりついたり、借金を申し込んだりした場合だ。勿論そんなことは、私の身がずたずたになってもあり得ない。私の誇りが許さない。奈津子もそんな私を見抜いている。大勢の男を相手にし、したたかな世界の中で傷つかず、また溺《おぼ》れず、滋養分だけ吸い取って生き抜いてきた女である。だてに水商売にいたのではない。

「今夜は二人きりになりたい気分だなあ」

奈津子は私の手を握り返した。

「ええ、その積りよ、今夜ねえ、私の仕事部屋を見て貰いたい、と思っていたの、今日は休みだから、誰もいないわ」

「へえ、何処？」

「吹田《すいた》、千里《せんり》ニュータウンの近くなの」

「僕のような男が神聖な部屋に入っても穢《けが》れないかな」

「ううん、かえって活《い》き活《い》きするわ」

気に入った返事だった。私は今一度手に力を込めた。

奈津子は四つ橋ランプから阪神高速に入り吹田に向った。時間は九時前で車は少なかった。酒が入っているのを意識しているせいか、スピードを出さなかった。先夜、湾岸線を走った時よりも運転は慎重だった。奈津子に注意され、シートベルトを締めた私はこの年齢にしては長い脚を持て余すようにして坐《すわ》った。

伊丹《いたみ》空港の傍を通り池田線から中国自動車道に入り、しばらく走って千里ニュータウンに出、ニュータウンを通り過ぎ、しゃれた感じのマンションの駐車場に車を停めた。

暗証番号でガラス戸を開けた奈津子は、郵便受けから二通の封筒を取り出した。

「お客からなの、色々と細かい質問が書かれているわ、電話での質問はいっさい受けつけないから……」

奈津子は手紙をハンドバッグにしまった。

三和土《たたき》から玄関の板の間に上がると甘い香りがした。奈津子は明りをつけ、右手の厚いカーテンを開けた。六畳ほどの洋間で、テーブルとソファーが威厳を示していた。

「ここで、お客の悩みを聴くのよ」

客といわれるとクラブの客が連想される。そんな発音だった。左側はバス・トイレに洗面所である。正面の広い洋間はリビングルームだった。

「順番待ちの部屋、右手にダイニングキッチン、左手の奥はベッドルーム、余り泊まらないけど、疲れたり、一人になりたい時はここで寝るのよ」

奈津子はカーテンを開けた。マンションと家々の明りが、残された木立や小丘で黝々《くろぐろ》と切れながら蜿《えん》々と続いていた。その間を這うようにして車のライトが往来する。夜空は雲に覆われ割れ目が月光に白んでいる。

自分の部屋と較べ、高級マンションであることが実感された。部屋が暖かいのは、暖房を入れているからである。奈津子は、今夜はここに戻ってくる積りだったのだ。それを感じ、私は一層リラックスした。

「一寸待ってね」

奈津子は着替えるためにベッドルームに入った。

私はソファーに坐った。薔薇《ばら》の香りが思い出したように漂ってくる。その甘さに刺戟《しげき》されたのか、神戸のホテルでの一夜が甦《よみがえ》った。ベッドに入る前、向い合った二人が、牙《きば》でも剝《む》くように睨《にら》み合い、抉《えぐ》り合うような言葉を投げ交したあの夜が、眼が覚める前の夢のように鮮やかに思い出された。

奈津子は、細川を紹介しておいて私を誘うなんてどういう積りなの、と嚙《か》みついてきた。

「俺は君に惹《ひ》かれていた、理屈じゃない」

と反駁《はんばく》し、プロパー稼業の日々が地獄であることを話した。話したといっても、相手に分るように説明したのではない。鬱憤《うっぷん》を晴らすように吠《ほ》えたてた。

細川と奈津子が寝ることに、どんなに嫉妬したかを的確に伝えただろうか。その辺りは自信がなかった。

だが間違いなく私は嫉妬していた。二人の関係を思い、私の胸は突然、錐《きり》で刺されたように痛くなった。

私は無意識のうちにソファーから立ち、冷えたガラス戸に、岩壁に登るように両掌の指をたてていた。長い歳月が一挙に消えた。拳《こぶし》で思い切り叩きガラス戸を砕きたかった。

それが嫉妬の炎であおられていたにせよ、私は燃えていた。この瞬間の熱は、関空に行った時の比ではない。

「お湯を入れるわ」

私は振り返った。

奈津子はノースリーブの部屋着に着替えていた。肩から剝き出た白い腕が眩《まぶ》しかった。確かに昔に較べると贅肉《ぜいにく》がついているが、そんなことは問題ではない。私の胸の肉も腹部もたるんでいる。ジョギングや短期間のボクシングのトレーニングぐらいで若さは戻らない。

「ここに坐らないか……」

昔なら、来いよ、といっている筈だ。

奈津子は何もいわず、私を凝視《みつ》め傍に来た。私は立ったまま抱いた。右手の指を濡《ぬ》れた腋《わ》窩《き》に入れようとした。奈津子は脇下《わきした》を締めて防ごうとしたが、指は汗の湿りに助けられるように腋窩に入った。奈津子は溜めていた息を荒々しく吐き出し身を捩《ねじ》った。私は本能的にかつて味わった腋窩の微粒子をまさぐろうとした。だが私の指先は濡れた肌に貼りついた綿毛の感触に驚いて止まった。絹糸の群れは、私の指先から逃れるように柔肌に埋もれようとしていた。

「駄目よ」

奈津子は左肩を引いた。指先だけに力を込めていた私の手はあっさり抜けた。

「お湯をいれなくっちゃ、いたずらだけは相変らずね」

奈津子は淡く光る眼で睨むと瞳《ひとみ》に浮いた虹《にじ》を隠すように横を向き、バスルームに向った。力が失《う》せた私は腰を落すようにしてソファーに坐った。まるで子供のように塩の味がする指先を口に咥《くわ》えた。

奈津子は脇の下を剃《そ》っていなかった。殆《ほとん》どあるかないかの感触だが、それは今の彼女が水商売とは縁のない世界にいることを表わしているような気がした。

「またそんなことをして、来年の春になったならちゃんと手入れします」

バスルームのドアから、半分笑った顔を出した奈津子は私と視線が合うとまた素速く顔を引っ込めた。春といったのは半袖《はんそで》のブラウスを着る季節になったなら、という意味だろう。閉めたドアごしに勢いの良い湯の音が聞えてきた。

奈津子には男がいない、長らくいない、と自分に確認するように呟いた。腋窩を手入れしていないことと男とどういう関係があるのか、私にもよく分らない。それは理屈外のもので、嗅覚《きゅうかく》といって良いだろう。

バスルームには新しいバスタオルが二枚あった。水色とピンクのやつだ。私は暖房のよく効いたダブルのベッドルームに横になって奈津子を待った。明りは回転式のツマミで調節できる。まるで高級ホテルなみだ。

ツマミは間違いなく彼女の生活の豊かさを示していた。サイドテーブルには大理石のスタンドもあった。石が本物かどうか私には分らない。何時か観た外国映画のシーンが脳裡《のうり》に浮かんだ。十年ぶりに再会した恋人をベッドで待つ男のシーンだ。彼女が現われるまで男はやたらに煙草を喫う。かつてベッドを共にした際の彼女を思い浮かべる。美の結晶ともいえるギリシャ彫刻の女神のようだ。間もなく彼女は自分の身体を誇示するように、全裸で胸を張り、男を凝視《みつ》めながらベッドに近寄る。過去を思い出す男は恍惚《こうこつ》とした顔で煙草の煙を追う。

バスルームから現実の女が現われた。胸にバスタオルを巻いている。彼女はルームライトを暗くする。

「良いじゃないか、今更……」

「十年よ、私の身体は変ったわ」

「僕の気持は変らない、待っていただけに昔以上だ、バスタオルなんか、取れよ」

男の手を女は押える。

「多分、吃驚《びっくり》するわ」

「そんなに昔と変っていないよ、腕も脚も、少しは肉がついて当り前だ、さあ」

男は強引にバスタオルを毟《むし》り取った。男の眼が驚愕《きょうがく》に凍りつく。乳房の下から腹部まで、ファスナーを縫いつけたような切り傷が続いていたのだ。

「変ったでしょ、手術の痕《あと》なの」

「知らなかった、もっと早くいってくれれば」

女にとっては残酷な言葉である。男は俯《うつむ》き、枕《まくら》に顔を押しつける。女は冷たくいい放つ。

「気にすることはないのよ、ここは私が一人で寝る部屋、私、今夜もゆっくり眠りたいわ」

間もなく男はしおしおと部屋を出るのだ。

奈津子がベッドルームに現われた。バスタオルを胸に巻いていた。私は自分にいい聞かせた。彼女の身体がどんなになっていようと驚かない、彼女を傷つけないと……。

彼女はバスタオルを身体に巻いたままベッドに入ってきた。手を伸ばし明りを暗くした。かなり暗い。

「これで構わない？」

「明りなど気にしていない」

「隅さん変ったわ、おおらかになった」

「不愉快な奴に頭を下げなくても良い、それだけでもおおらかになるよ」

私は少し湿った奈津子のバスタオルを取った。確かに贅肉はついている。だが白い肌には傷痕も染みもなかった。

今更、奈津子の身体のどの部分がどうなっているかなど分析したり、反芻《はんすう》したりする必要はない。私が奈津子に求めたのは、肉欲以上に、自分が生きていることへの確認だったのかもしれない。もし肉欲が主体だったなら、金銭で買える若い女を求めていただろう。パリから戻って以来、私は女の肌に触れていなかった。時には衝動的になることがあったが、実行にまでは到っていない。

「隅さん、まだ現役ですやろ、何も自分を老けこまさんでもよろしいがな、女は男のエネルギー源、ほんまに遠慮せんとじゃんじゃんいうて下さいよ」

ふと秋岡の誘いに乗りそうな時もあったが、いざとなると身体よりも気持が萎えた。

女性にロマンを求めているわけではないが、私が欲しかったのは心の繋《つな》がりだった。この年齢で、愛などという気障《きざ》な言葉は口にしたくはない。だが寄り添ってくれる女性は欲しかった。私が南本恵と名乗った高村圭子に惹かれたのも、肉の悦《よろこ》びからだけではない。私だけの感性のフイルムに、一瞬だが花を咲かせてくれたからだ。

今、奈津子は間違いなく私を花で包んでくれた。私は花の香りに酔いしれ、快い気だるさにひたっていた。

そういえば長い間私は独りだった。この瞬間は二人である。男にとって狭いベッドで肌と肌を触れ合わせ、悦び合えるのは女性しかいない。

薔薇の花の香りが締め切ったベッドルームにまで漂ってきた。何かの錯覚だろう、と私は鼻孔を拡《ひろ》げた。私の太腿に脚を絡ませていた奈津子が舌先を耳の下に這わせた。ざらっとした熱い感触に私は思わず首を縮めた。

「妙だな、薔薇の花の匂いがする」

「二輪だけベッドの下に置いてあるの、その匂いよ、きっと花も昂奮《こうふん》したんだわ」

「えっ、ベッドの下だって」

「見ない方が良いわ、だって、花も見られたくない時があるでしょう」

「驚いたなあ、君にそんな面があるなんて」

「だって、隅さんは、私のこと何も知らないでしょ、何もよ、桐での私は、本当の私じゃないわ、計算づくしという面をつけていたから」

「そうだな、何も知らない」

「計算を捨てたのは一度だけ」

奈津子は舌を耳朶に這わせた。

「こいつ」

奈津子の腕を持ち上げると唇を押しつけた。腋毛《わきげ》は柔らかく薄かった。それに昔のつぶつぶが殆ど消えている。奈津子は悲鳴をあげ足首をそらせてくすぐったがった。それが悦びの花火に火をつける。エクスタシーの閃光《せんこう》に下半身から脳裡を貫かれる前の昂《たかま》りは、心と肉が一体化しようと凝縮し、無我の境地に運ぼうとする。無我が爆発を呼ぶ。

「かんにん」

奈津子は大阪弁で断末魔に近い声を洩らす。唇がへの字のようになり、眉間《みけん》に皺《しわ》を寄せ、唇が半開きになり歯が覗《のぞ》いていた。

息が詰まりそうないとしさに私は奔流《ほんりゅう》となった。

暫く私は喘《あえ》ぎながら汗塗《あせまみ》れになった女の翳《かげ》りに手を置いていた。

「喉《のど》が渇いた」

「私も、ジュースにする？」

「水が良いなあ」

奈津子は氷水と熱いお絞りを持ってきた。

丁寧に私の身体を拭く。

奈津子が潜り込むようにしてベッドに入った時、私はいった。

「なあ、僕が会社を辞め、何もせずにぶらぶらしていたことは知っていたんだろう、君のような女が、そんな僕にどうして好意を抱いた？　それが不思議でならない」

「普通ならそうでしょうね、でも、私はあの頃から殺気だっていたあなたに惹かれていたの、そうね、あの頃の、プロパーの中で、飲みに来ても、戦場にいるような顔をしていたのはあなただけだったわ、遊び半分にナッツを開いた時、あなたに会えるかもしれない、という期待感を抱いていたわ、だから麻美ママにだけ電話したの、彼女は、あなたが会社に辞表を叩きつけて、悠々と海外旅行を愉《たの》しんでいる、と話してくれたわ、私感じたの、あなたは前向きに生きているって、私、あなたらしいと思った、ぶらぶらしている人、という感じを受けなかった、職業柄、私は自分の勘を信じることにしているの」

納得はしたが、賭《か》けだな、という気もした。霞《かすみ》の中にいた奈津子の人間像が次第にはっきりしてきた。彼女は自分の人間観にゆるぎない自信を持っている。

「僕に関しては当っているな、大事なことを訊いて良いかい？」

「細川先生のことでしょう」

「多少は好きだったのかな、それとも計算ずくかな？」

「まだ話したくないの、いずれ話すわ、それまで待って、ただ、あなたの口から、先生と付き合わないか、といわれたのはショックだったわ、そうでしょう、桐のお客で、何か気になった人はあなた一人だもの……」

「ええっ、そんな、信じられない」

「あなたは戦場で刀を振り廻していたから気づかなかっただけよ、ね、今なら分るでしょ、私、桐でもかなりの成績をあげていた、ナンバーワンじゃなかったけど、もう二、三年でナンバーワンになれたわ、自信があったの、そんな私が惹かれていたあなたに娼婦《しょうふ》のように軽い女とみられたのよ、あの時のショックを話しても、あなたには分らないわ、打ちのめされたわ、その中で私、決心したの、私ね、細川先生の彼女として堂々と桐に遊びに行く、その場にあなたを呼ぶ、あなたを皆の前で侮辱する、心臓が灼《や》けるような復讐心《ふくしゅうしん》だったわ、だから、私、立ち上がれたのよ」

「うーん、参ったな、全然気づかなかった」

私は今更のように、自分の拳で頭を叩き割りたかった。

「でも、冷静に考えると、あなたに軽い女と思われても仕方がないわね、色々なことがあった、でも、もう過去のことは過去、今はあなたとフィフティーフィフティー、あなたが会社を辞めたのも、私と同じように、自分の垢が嫌になったからでしょう」

「ああ、その通りだよ、フィフティーフィフティーか、よく僕にそれだけ寛大になれたな、無条件で頭を下げるよ」

「だって、そのおかげで、水商売から足を洗えたのよ、前向きに考えなくっちゃ」

「確かにこだわるのは良いけど、引っ張られるのは損だな、馬鹿馬鹿しい」

「細川先生とは、本当の意味での男女の関係はなかったわ、これはあなただから話すのよ、初めて口にすること、先生にはゲイの趣味があるのよ」

「えっ、しかし妻子がいた」

「だから、俗にいう両刀使いよ、でも女性への興味はあまりないんじゃないかしら、私にもよく分らない」

「まだ信じられない、どうして分った?」

私の脳裡に、蛇が獲物を見るように奈津子を見た細川の異様な眼が浮かんだ。


奈津子と月に二度ほど会うようになってからあっという間に四ヶ月が過ぎた。年は新しくなり、冬も過ぎ春の季節を迎えようとしている。

今年の十月がくれば私は五十七歳になる。日本人男性の平均寿命は七十七歳と昨年発表されたが、平均寿命まで二十年となる。

昨年までは、そう気にしなかったが、あと二十年となると、死への距離がひどく縮まったように思える。

〝光陰矢の如し《ごと》〟〝歳月人を待たず〟という箴言《しんげん》があるが、後者の方に実感の重みを覚える。それは歳月に人格を感じるからだ。共に歩いていた相手が気がつくと先にいる。慌てて、待ってくれ、と叫ぶが、止まるどころかますます速く進む。その影が霧の中に消えかけているのだ。それだけではない。影は蜘蛛《くも》の糸のように私に絡み、引っ張っている。霧の中に黝《くろ》ずんだ木立が見える。墓石群である。糸は今にも切れそうだが切れない。それに切った瞬間、私は平均寿命も待たず人生とおさらばということになるだろう。

二十年がどんなに短いかを私は嫌というほど知っている。二十年前、私は連日、大学の医局に押しかけ、夜は医者たちと新地で飲み歩いていたのだ。まるで昨日の出来事のように思い出せる。

私にとって、一日の重みは昨年の比ではない。無駄な日など一日もない筈だ。そのくせ、奈津子と会うまでの一日一日がどんなに長いことか。待ち焦《こが》れてやっと会う。落日の炎に身を灼く時間がまた速い。半月も待っていた時が一瞬のうちに終る。

別れた後、その一瞬の短さに私は二人を結びつけた神の嘲笑《ちょうしょう》を感じる。嘲笑というよりも、先に進む歳月が振り返った時の、嫉妬の薄嗤《うすわら》いといって良いかもしれない。

ただ私には、自分の方から奈津子と会う回数を増やす積りはなかった。奈津子には娘がいて自分の力で生きている。彼女の生活のリズムを狂わす権利は私にはない。

いや、権利という表現は余り好きではない。あらゆるケースに乱発され過ぎている。恣意《しい》的《てき》に使われるそれらの権利が、抑制されることなく猛進したなら、人類はいがみ合いの末殺し合って滅びる。

要するに私は、好きになった女性に、愛という粉飾された刀を大上段に振り翳《かざ》す男が大嫌いなのである。

映画などに、その気のない女性に付き纏《まと》う男がよく現われる。そんな場面を見ると私は反吐《へど》が出そうになる。肉食人種のエネルギーといわれればそれまでかもしれないが、私には容赦できない。またそれに応じる女性がいるから不思議だ。

勿論私も男であり、時には激情をぶつける場合がないとはいえないが、どうも、女性に対して妙な誇りが出てしまう。自分の生き様を恰好良く見せたいせいかもしれない。

ただ、これだけはいえる。今の私は奈津子との一瞬を生甲斐《いきがい》にしているが、彼女が、もう会えないといえば、間違いなく分ったよ、俺は去ると応《こた》えるだろう。

男女の関係は、他人が容喙《ようかい》できないほど複雑だが、別れ際だけは、相手の気持を優先させたいのだ。

四ヶ月ほどの交際の間に、奈津子が水商売から身を退《ひ》き、細川に身を与え、その後、知り合った男性と結婚するまでの経過を私なりに知った。

勿論、奈津子が何処まで真実を話したかは疑問である。彼女にも話したくないことはある筈だし、彼女の心の微妙な襞《ひだ》まで、私に理解する能力があるかどうかは疑わしい。

私は彼女と再会し、深い関係になってから日記をつけるようになった。

四ヶ月だから、かなりの分量になる。その中から大事な部分をピックアップし、奈津子の気持を彼女になった積りで纏めてみた。書き終ったものは、誰にも見せずに焼くから、彼女を傷つけることはない。

書く前に、息子の浩が、一体どんな記事を書いているのだろうか、また記事だけなのか、とふと思ったが、書き出した途端、すべて忘れてしまった。

私（奈津子）がクラブ桐を辞め、水商売の世界から身を退こうと思うようになったのは、辞める半年ぐらい前でしょうか。再会した隅さんに某会社の会長がパトロンだったなどと嘘《うそ》をつきましたが、本当は東京にいた恋人と別れたことが引き金でした。彼は三十代の後半で、上場はしていませんが中程度の建設会社の専務、俗にいう御曹子《おんぞうし》でした。一流大学を出、学生時代はヨット部にいたという彼が身につけていた裕福さと、エリート意識の余り感じられないおおらかさに私は惹かれたのです。私の家は隅さんに話した通り貧乏で家の中は目茶苦茶でした。姉は高校中退で大阪に出、私が姉を追って大阪に出た頃は、水商売でかなり成功していました。姉は、水商売に入る以上、男に溺れては駄目だし、姉妹であることは隠し通さねばならないという考えでした。最初、その理由が分りませんでしたが、桐に入った頃には理解できるようになっていました。二人の女性がいる、その二人が姉妹だと知ると客は用心するか、白けるのです。そういう意味で、姉は私よりも水商売的な女性でした。姉は一時クラブ関にいたこともありました。オーナー会社の社長がパトロンで、私が桐に入った頃水商売を辞めブティックを経営していました。東京の彼と知り合うまで私に男性関係がなかったといえば嘘になりますが、心から好きになった男性はいません。そういう意味で彼は私が初めて愛した男といって良いでしょう。私は多分、私の知らなかった彼の裕福な雰囲気に惹かれたのです。私は彼との恋に夢中になりました。水商売を辞めようと悩みました。勿論《もちろん》、彼には妻子があります。私は銀座《ぎんざ》に出て働きたいといったのですが、彼は許しませんでした。東京と大阪だからお互い新鮮な気持でいられるのだし、長続きするのだと。姉がいった、男に溺れてはならないという意味が痛いほど実感されました。例外はありますが、客とホステスとの恋は、大抵水商売の世界という舞台の上での恋なのです。ただ、彼は月々、或《あ》る程度の援助はしてくれました。彼の父がオーナーだったので、その年齢にしては多かったと思います。私はその金だけは手を触れずに貯金しました。別れの原因はよくあることです。本当に呆気《あっけ》ないものでした。銀座のクラブに彼の新しい恋人ができたからです。別れた後、私は一ヶ月で八キロ痩《や》せました。それから演技をしながら懸命に働いたのですが、次第に私は水商売的な性格ではない、と気がついたのです。桐の収入は良かったし、マンションも持っていたので、そろそろ身を退いて良いと考えるようになったのです。店を持つ気は全くありませんでした。その頃、姉が胃癌《いがん》になったのです。近くの病院の診断では初期なので手術をすめられましたが、姉は手術を嫌い、漢方薬で治すといい張り入院はしませんでした。私が隅さんを何となく意識したのは、大勢の客と何処《どこ》か違っていたからです。一見、酒に酔い、くだらない冗談をいい、医者を懸命に接待していましたが、他のプロパーと違って、媚《こ》びたところがなかった。確かに競馬の好きな医者には情報を教え、場外馬券はこちらで手筈《てはず》をします、などとサービスされていたけど、声がストレートだった。卑屈になったり、その裏返しの高笑いや、猫撫《ねこな》で声を私は一度も聞いたことがありません。変った男だな、と私は意識するようになったのです。私にとってはお客はお客で、お偉い人でも有名な芸能人でも、余り変らないのです。お客なのです。東京の彼と別れて以来、お客の中で私が男と意識をしたのはあなた一人でした。意識するという言い方は曖昧《あいまい》ですが、好意などという表現よりも、もっと生《なま》なものです。そんなあなたに、細川先生と寝てみないか、といわれ、衝撃を受けたことは、私が話した通りです。細川先生と一緒に桐に行き、あなたを侮辱したい、という復讐心に囚《とら》われたことも事実です。でも、私が細川先生と関係を持つ決心を固めたのはそれだけではありません。姉の生命を救《たす》けたいことも大きな要因でしょう。当時の姉は痩《や》せ、誰が見ても異常でした。私は手術の腕は素晴らしいといわれている細川先生なら、救かるかもしれない、と思ったのです。私は細川先生にいいました。姉の手術に最善をつくして下さるのなら、一夜を共にしても良いって。別に細川先生の彼女になる、と決めたわけではありません。私は姉を口説き、MATO大学病院に入院させました。姉には恩があります。姉の後を追って家を出た私を受け入れ、力になってくれたのです。したくない告白ですが、最初ミナミで入ったクラブで、私は外見だけ恰好の良いくだらない男に引っ掛かったのです。姉が、金を渡し、別れさせてくれたのです。もし姉が助けてくれなければ、私はどうなっていたか、分りません。私は姉の生命を救いたかった。細川先生は姉を開腹し、あちこちに癌が転移していて、手術をしても駄目だ、といいました。それまで私は店を休んでいたのですが、死ぬまで姉を看病したいから、手術をして欲しい、と頼みました。細川先生は、自分はできないが、東本助教授ならする。ただし姉さんの場合は、まず駄目だ、といったのです。

私はその話を聴いた時、軽い衝撃を受けた。東本は当時助教授だった。現在S市立病院の院長である。その病院には、パリで南本恵と名乗った高村圭子が入院しているのだ。東本は細川の受けが良かった。他の助教授を抜いて教授になったのは、細川の引きによる、という。勿論、真偽のほどは分らない。

それにしても世間は狭い。

どうも細川という教授は卑怯《ひきょう》である。駄目と分っている患者の場合は手術を部下にまかせる。それだけでも、私は細川を好きになれない。

私は東本の名が出た時、奈津子に高村圭子の話をした。

奈津子なら理解してくれそうな気がしたのだ。案の定、奈津子はいった。

「そうね、男には現実から離れて夢を見るようなところがあるけど、間違いなくあなたはそういう男ね、嫌な会社を辞めて、夢を見た世界に生きているでしょ、げんに実行した、あなたはきっと高村さんにも夢を見たのじゃないかしら、そうでなければ、車の事故を自分と結びつけたり、日本での生活を調べようとしたりはしないわ、違うかしら？」

奈津子の分析には一理あった。

多分、私はパリで会った南本恵に夢を見たのかもしれない。現実にはあり得ない映画の世界の夢といって良いだろう。もし彼女に夢を見られなかったなら、あの事故と私自身の責任と結びつけたりはしないし、どういう状態で、彼女が日本に戻ってきているかを調べたりはしない。

私は彼女の私生活まで調べようとしたのだ。

「そうだろうな、現実にウェートを置いたのなら、なぜ、彼女が悩んでいたかを知ろうとはしないだろうな、誰が見ても、馬鹿気ている、と一笑に付す、あの浜田氏は、僕が彼女から隠し財産のことを聞かされ、それを手に入れたくて調べているのではないか、と疑ったよ、それが現実的な解釈だ、それなら私が調べた理由を嗤《わら》う者は少ないだろう」

「浜田さんらしいわ」

奈津子も苦笑した。

それにしても、高村圭子が、奈津子の姉を手術した東本が院長をしている病院に入院していたのは全く偶然だった。彼女は浜田が口にした〝村〟とは関係がないからだ。

奈津子の話を纏めよう。

東本先生の説明でも、姉は進行性の癌で完全に手遅れでした。それでも、私の頼みで、少しでも延命させようと、癌に冒された数ヶ所を除去して下さったようです。私はその間、病室に泊まり込み、看病に終始しました。今では、あそこまで無理に手術をしなくても良かったのではないか、と反省することもありますが、あの時は、ひょっとしたら、奇蹟《きせき》的に救かるのではないか、その望みを捨ててはならない、と藁《わら》にも縋《すが》る思いだったのです。手術後、半月で、姉は病院で亡くなりました。息を引き取る前日、意識不明だった姉が奇蹟的に意識を取り戻したのです。姉は殆ど肉のない手で私の手を握り締めました。こんなに瘦せられるのかと、胸が痛くなるような手で姉は私の手を握り締めたのです。信じられないような力でした。

「ナッちゃん、有難う、私のいうことよく聴くのよ、部屋に黒革の古いハンドバッグがあるの知ってる？　使い古して捨てても良いようなハンドバッグ、その中に銀行の預金通帳と判、それにキャッシュを隠した場所を書いた紙が、生理ナプキンの中に包んで入れてあります、皆、ナッちゃんのものよ、お葬式は要らない、私の骨は玄界灘《げんかいなだ》に葬って頂戴《ちょうだい》、お願い、分ったわね」

姉は私の手が砕けそうなほど力を込め、意識を失ったのです。姉が亡くなってから、私は都島《みやこじま》にある姉のマンションを調べ、姉が話したハンドバッグを見つけたのです。生理ナプキンを見た時の気持は、口にはいえません、新しいものでしたが、ナプキンを開ける時、手がかじかんで動かず、私自身、一種の貧血状態になったようでした。大事なメモ用紙をこんなところに隠した姉の気持に、女として衝撃を受けました。女の身体はお金よ、と姉は言っているのです。私は違う、姉とは違うと言いたかった。だが姉は、それ以外、生きる術《すべ》がなかったのでしょう。預金通帳、キャッシュ、それぞれ何ヶ所かに分けて隠されていました。総額で六千万ほどです。姉と付き合っていたという男は、ブティックを開いた時の三千万の資金は自分が出したといい、店の権利証も見せたので、ブティックの方は渡したのです。その代りローンは残っていましたが、マンションは私が貰うことにしました。姉の意志だからです。姉の遺言通り遺骨は玄界灘に撒《ま》きました。対馬《つしま》行きの汽船のデッキから撒いたのですが、風が強く、波も荒く、遺骨は海に落ちると同時に、あっという間に消えました。古びたハンドバッグとナプキンの衝撃が余りにも強かったせいか、焼き場でお骨を貰った日も涙が出なかったのに、遺骨を撒き終った瞬間、涙が溢《あふ》れ、なかなか止まらず、拳で拭いた時の感触を、今でも覚えています。姉のパトロンだった最後の男と姉との関係は一体、何だったのでしょう。二人の間に恋愛的な感情があったなら良いのですが、どうもよく分りません。ブティックを自分のものにしなければならないほど、男は経済的に追い詰められていたのでしょうか。それならまだ分りますが、でも姉の一生は淋《さび》し過ぎます。私は細川先生ときっぱり別れる積りで大阪に戻ったのです。

　奈津子と細川との関係は、彼女側だけの説明では、今一つ分りがたいところがあった。

　奈津子が細川と関係を持つことを承諾した主な気持は、姉の癌を、細川に執刀して貰うところにあった。何といっても細川は、自他ともに認める優れた外科医である。奈津子は、私を跪《ひざまず》かせる復讐心も、衝動的なものとしてあった、といっているが、姉への思いに較べると二次的なものである。私としては、そう考えたかった。

そういう点で、奈津子の気持は理解できないことはない。

問題は細川の方だ。

クラブ桐で、奈津子を取り持て、と私に仄《ほの》めかした時の細川の眼は異様だった。惚《ほ》れた女に対する執念といってしまえばそれまでだが、それだけでは説明し切れない変質者的なものを私は感じた。

だが奈津子にいわせると、細川は両刀使いで、それも、女性よりも男性の方にウェートがかかっているらしいのだ。

もしそれが事実なら、あんな眼をして、奈津子を要求したのは妙である。しかも細川は、奈津子と関係を持つと、私が売込みにかかっていた薬を採用したのだ。

私は細川に会い、彼の口からあの時の気持を訊き出したい思いに駆られた。勿論、今更、そんな理由では会えないし、奈津子も反対するだろう。

何があってもおかしくない汚濁の激流の中にいたが、細川の気持には引っ掛かるものがあった。

奈津子は、細川について、私に話し難いことまで告白している。それは、細川との関係の総《すべ》てを喋《しゃべ》ることが、私に対する誠実さの証《あかし》と考えたからに違いない。

上《う》手《ま》く纏められるかどうか自信はないが、奈津子が話した細川との関係は次のようなものだった。

私にとって細川先生は、私などが手術を頼めない偉大な教授でした。財界のお偉い人や有名人だけしか手術をしない、と聞いていたからです。男性としては、とくに嫌いなタイプではありません。私が最も嫌いなのは父を連想させる下卑たお客です。酔って大声で笑い、周囲の客やホステスなど眼中になく尊大にふるまう無神経な男性です。そういうお客以外なら、覚悟を決めたなら、ベッドに入って鳥肌が立つということはありません。何らかの理由で、特別、操《みさお》を意識している人は別ですが、大抵の女性はホステスであろうとOLだろうと、本能的に男性への欲望を体内に秘めているのです。雄《おす》に対して雌《めす》になり得るのです。最近の一部の女子中高生が、援助交際という名のもとに、初めて会った中年の男性と寝ることに、不思議がる方は多いでしょう。十五、六歳の少女が、脂ぎった男性に秘部を弄《まさぐ》られ、抱かれることに鳥肌が立つような不快感を抱かないのか、と。それは男性が女性を美化しているからではないでしょうか。十五歳のヴァージンの少女も、雌なのです。最近では小学三年生で初潮があるようですが、それは何時《いつ》妊娠しても構わないぞ、と自然の神様が承諾なさった身体ということです。つまり、それらの少女たちは、すでに動物でいえば発情期に入っているのです。雌は本能的に強い雄を求めます。雌が感じる雄の強さは、時代によって変るでしょう、これは一般論ですが、現代では財力ということになります。となると、財力のある中年男性は、発情期の雌にとっては、魅力のある雄というわけです。現代のコギャルの援助交際は、根本にある雌の欲情を認めなければ、コギャルに眉をしかめる男性方には何時までも納得できないでしょう。私は当時を振り返り、客と寝ることによって、世の御婦人方から批判されていたホステスも、今のコギャルたちによって救われたと考えています。今のコギャルに較べると、当時のホステスの行動なんて可愛いものです。売春といわれることを恐れ、擬似恋愛の形にもっていって、尻軽《しりがる》の女、と指弾されるのを防いだのです。それを手練手管と批判されても仕方ありません。それも時代の流れのせいでしょう。ただ、これだけ女性の性が解放されると、高い飲み代を払い、擬似恋愛を愉しむ客は間違いなく減るでしょう。女子大生を含む若い女性たちが、高級クラブの飲み代で、簡単に身体を売るからです。北新地や銀座も、今は晩秋ですが、何れ《いず》、出口の見えない長い冬の時代を迎えることでしょう。ホステスが傍に坐るだけで、お酒を飲むのに三万も四万も取られる、そんなクラブが存在しているのは日本だけです。今、日本経済は国際化の大波を浴びようとしています。否応《いやおう》なく大きく変ります。日本独得のクラブも淘汰《とうた》されるでしょう。ただ、今すぐ総ての店が消えるとは思いません。日本人の情緒性が、十年や二十年でなくなるとは思えないからです。欧米のように、客の傍につく女性が総て娼婦ばかりとなることを、すべての日本人が望んでいるとは到底思えません。何れにしろ、私がいた頃の北新地は、季節でいえば初夏でした。それは別として、やはり私は水商売に向いていない女だったのでしょう。

店に出なくなって、姉の入院、看護で、勤めていた時よりも多忙な日が数日続きました、その間、細川先生とはベッドを共にしていません。私が余り熱心に看護しているので、先生もいい出し難いのではないか、と私も気を遣ったほどです。土曜日、先生は、私を部屋の外に呼び、姉の開腹が月曜日である旨を告げました。その後、明日の日曜日の夜、時間をつくって欲しい、といわれたのです。覚悟はとっくに決めていたので驚きませんでした。先生はRホテルの部屋をすでに予約している、といわれたのです。そういえば、細川先生は、私が店を休み、姉の看病をはじめてからも私の部屋には来られませんでした。ロビーから告げられていた部屋に電話をかけると、「中華を食べたい」といわれたのです。和食の方が好きでしたが、先生がすでに予約されているので、エレベーターから降りて来られた先生と一緒に中華のレストランに行ったのです。その時の出来事は、先生とはまだ深い関係になっていなかったとはいえ、私にはショックでした。私たちが入ると、窓際におられた四十代の女性が、はっと顔を上げ、驚きと憎しみの入り混じった眼で私たちを睨《にら》みました。席にはもう一人、三歳ぐらいの子供を連れた三十歳前後の女性がいて、この方も吃驚《びっくり》したようでした。先生は立ち止まると、後に続く私を振り返り、手にしたメスに似た冷やかな口調で、「家内だよ、妹と姪《めい》も来ている、まずいな」と、いわれたのです。私は返事をする前に顔を伏せ踵《きびす》を返していました。エレベーターの前で先生は私の肩を叩きました。「嫌です」と私は首を振りましたが、さっきと違い先生の顔は何処か満足そうでした。こんなことを隅さんに話すのは抵抗がありますが、先生はこういったのです。

「君の顔を見て家内も驚いたに違いない、女性が見ても君は美しいからね」

その時、私は細川先生と奥さんの間は異常だ、と感じたのです。外からでは分らない亀裂《きれつ》が入っているような気がしました。

その後、奈津子と細川はルームサービスで食事を摂《と》った。中華が食べたいといっていたにも拘《かかわ》らず細川が注文したのは寿司《すし》だった。食欲のなくなった奈津子も、中華より寿司の方を望んだ。

細川夫人は小麦色の肌で、彫りの深い、理知的な感じのする女性だった。睨まれたにも拘らず奈津子がそう感じたということは、教授夫人にふさわしい気品のある女性だったのだろう。一瞬だが、奈津子は四十歳前後と見た。

奈津子が部屋でのことを話したのは、酔いが廻ってからである。それも、別々にバスを使い、浴衣姿のまま、それぞれツインのベッドに横たわっただけで、細川は奈津子のベッドには来なかった、という。

隅さんには信じられない話のようですけど、二人の間に男女関係はなかったのです。再会してすぐ、これが真実なの、といってもおそらく信じて貰えないので、詳しく話せるまで、話さなかったの。先日は簡単にそのことをいったけど……。細川先生はこういったのです。

「君には他の女にない魅力がある、バラの花だが青い色だ、君はこうして眺めているだけで良い、手に触れると花に垢がつく」

先生の奥様の視線が忘れられない私にとって、先生の歯が浮くような賛辞は、何の意味も持ちませんでした。くすぐったくもない、強いていえば私には余り関係のない世界の言葉のようでした。その反面、ほっとした安堵《あんど》感《かん》を味わったのも事実です。その夜、先生は睡眠薬を服《の》み眠られたようですが、私は奥様や妹さんの気持を思い、なかなか眠れなかった。私は別に愛人契約を結んだわけではありません。これからのことについて、先生と話し合ってもいません。長く、付き合う気持はありませんが、姉の手術があります。話し合うのは、手術が終った後で良い、と決めました。私自身のことより、姉の病の方が大事だったのです。姉が駄目にせよ、私にできる最善の策を取りたかった。姉に「日本一の先生が手術してくれるのよ」といって励ましたかったのです。でも、細川先生は、開腹して手に負えないと知ると、手術を東本先生にまかせました。その件はすでにお話ししたと思います。姉の遺骨を玄界灘に撒いた私は大阪に戻りました。私たちが家を出る原因となった父は、消息を絶っています。ギャンブルで借金をつくり、やくざに追われたとのことですが、自業自得でしょう。私はこれからどうしようか、と考えながら部屋に籠《こも》っていました。別にノイローゼになったわけではありません。悩むこともないし、すべての重荷が取れた感じで、ただ、ぼんやりしていました。細川先生から電話がかかってきたのは、大阪に戻ってから数日後でした。東京に行く用事があるので一緒に行こう、というのです。私、別れる積りなので断りました。細川先生はこういうのです。

「駄目だ、と睨んだ癌を手術したんだよ、場合によっては、執刀者が非難される、僕が頭を下げたから、東本君がメスを執《と》った、僕は彼に借りをつくったようなものだよ、僕の立場も考えて欲しいね、それに泊まるといっても前と同じだ、ベッドは別々、今回だけだ、別れの旅と考えて良い」

　本当に身勝手な電話でしたが、それで別れられるものなら同伴しようと思いました。先夜のことから、先生が私を抱く積りがないのははっきりしていました。それに私自身、男性としての先生に、嫌悪感を抱いていたのです。生理的に受け入れられない気持でした。新幹線の時間は一度変更になりましたが、私と細川先生は午後二時のひかりに乗りました。何でも恩師の卒寿を祝うパーティが明日あるというのです。

その後の奈津子の告白に私は、唖然《あぜん》とした。

京都から初老の男性が一人で近くの席に来た。奈津子の知らない顔だった。

「まずいな、学長だよ」

細川は舌打ちして呟くと、

「君のことを姪ということにしよう」

細川は素早く席を立つと学長に挨拶《あいさつ》した。奈津子を振り返り、姪といっている。奈津子も仕方なく立って挨拶した。学長だけあって会釈を返したが、不思議そうな感じが浮かんだのは否《いな》めない。

素人風をよそおってはいるが、やはり奈津子は垢抜けていた。

戻って来た細川は奈津子にいった。

「偶然、名古屋に行く姪と会った、といっておいたよ、済まないが名古屋で降りてくれないか、後は自由にしてくれ給《たま》え、それと、僕と東本君への謝礼、二人合わすと一寸した額になるんだけど、これは要らない、僕の気持だ、受けてくれ給え」

細川の言葉を奈津子から聞いた私は、吐き出すようにいった。

「驚いたなあ、傲慢無礼、思い上がりも良いところだな、そうなっていたんだなあ、それにしても学長に会う危険性があるのに、よく二人並んで席を取ったなあ」

「ええ、そこなの、私、大阪に戻って色々と考えたわ、拭いても拭いても取れない粘液が気持の何処かについているようで気持悪くて仕方ないの、それにしても、余りにも馬鹿にされた、私は細川先生を呼び出したの、会うのをしぶるから、本当のことをいわなければ、桐に戻って、他の医者やプロパーに全部話すって、これは人間の誇りの問題でしょう」

「当然だ、余りにも馬鹿にしている」

「私の電話に驚いて細川先生、私と会ったわ、その時に初めて、最近とみに、異性よりも同性への興味が強くなり困っていることを告白したわ、その噂《うわさ》が学内の一部に拡《ひろ》がりはじめたので、それを否定するために私と一緒のところを学長に見せた、というの、細川先生、将来、学長になる望みを抱いていたのね」

「何もかも、常識では一寸考えられないなあ、ただ、君を紹介しろ、といった時の細川の眼、前にも言ったけど何処か変質者じみていた、ひょっとすると、女としての君の魅力を観察していて、利用できる、と計算したせいかもしれない、だが、彼は君を抱く気はない、それらのもろもろの気持が絡み合ったんだろうな、妙に印象に残っているのは異様だったからだ、それに、細川は桐に飲みに来ても、女好きだ、という顔をしていた、あれも同性愛好者を誤魔化すための演技だったのか、見事に騙《だま》されていたなあ、君以外にも、彼のためにホステスを口説いたことがある、本当にベッドを共にしたのかどうか知らないけど、それはそうと、最初の奥さんと妹や姪との出会いは？　それにも何か計算が……」

「勿論私も疑った、でも、その件に関しては本当に偶然だった、仕組んだのではないといい張るの、考えるだけでも煩《わずら》わしいし、余り深く追及しなかったわ」

「僕に君を口説かせた件について話したかい、利用するためだということを」

「流石《さすが》にそれは否定していたわ、上手《うま》いことを言っていた、私を見て久し振りに女性の魅力を感じ、普通の男になろうと思った、だけど、思いがけずに、奥さんに会ったので、欲望が萎《な》えたという弁解、その件も、深く考えたくなかったわ」

「君としては当然だよ、だけど僕にも罪はある、魅力を感じた君を細川に……」

「もうやめましょうよ、私も含めて、皆おかしかったのよ、今と違って店に出ると、お客もホステスも、お酒を盥廻《たらいまわ》しに飲んで大騒ぎでしょう、それに何処からかお金が湧いてくる、そんな時代だったわ」

「ああ、狂っていたよ」

プロパー達は、まるで蜂《はち》が敵を襲うように群れをなして、大学病院の医局を襲った。まさに占領したといって良い状態だった。今は医局に入るには、社名と氏名を書いた許可証の名札を胸につけている。皆、おずおずと入る。現在のプロパーには、二、三十年前のそういう狂想曲に似た状況は想像もできないに違いない。

細川と別れた奈津子は、ヨーロッパやアメリカを次々と旅行した。貯めた金や姉から贈られた金を合わすと、十年や二十年は遊んで暮らせるだけの額はあった。

英会話をマスターした奈津子は、東京に住み、旅行会社に勤めた。

二十九歳で奈津子は、業界で知り合った男性と結婚した。自分で旅行会社を経営し、これからのし上がろうとしている三十半ばの青年実業家だった。

旅行好きで酒場など見向きもしない男だった。

「坐って、ボトルを置かれて数万円だなんて、そんな店に行く客の気がしれんよ」

彼は銀座のクラブをそう批判していた。

奈津子が結婚する気になったのは、その言葉に惹かれたせいかもしれない。

だがそれと、妻に内緒で、女性と遊ぶという男性の性癖とは別なのだ。

奈津子は夫の死でそれを知った。

幼い娘と二人きりになった奈津子は、これからどう生きて良いのか迷った。夫は奈津子のためにかなりの生命保険をかけていた。それだけが奈津子への愛の証だったのかもしれない。生活には困らなかった。

一寸した店をするぐらいの資産はある。といって商売をする気力が起こらない。奈津子は知人の紹介で、有名な占い師のもとを訪れた。

占い師はいった。

「こういうことをいうのは初めてだが、あなたは金銭に困らない、それに運命を予言する力がある、勉強をしてみてはどうかね、勿論、大変な努力が必要だが……」

その占い師は、自分より女性の占い師が向いているといい、大阪に在住している今の師匠を紹介した。

数年前のことだった。

前にも述べたが、奈津子がすべてを私に告げたとは限らない。人間には、どうしても他人に話せない出来事がある。それはそれで良いのだ。

私も奈津子に、これまでの人生の軌跡の殆どを話した。

奈津子との関係が、恋愛といえるものかどうかは分らない。私ぐらいの年齢になると、男女の関係をそう簡単に定義づけられないからだ。

ただ、私が新しい充実感を得たことは間違いない。


美冴は秋岡が保証人になり、ワンルームのマンションに一人で住むようになった。秋岡は保証人になる条件に復学を出した。結局美冴はそれをのみ、私立の高校に転校した。ただ、スナックで週三日のアルバイトは続けているらしい。

美奈江は中ロと離婚し、息子と共に天王寺の実家に戻り、相変らずパート勤めだ。秋岡が息子の養育費を増やしたので、何とか生活できるらしい。

実際、人生には色々なことがある。生きるということは、自分だけのものではないからだ。年齢と共にしがらみが増える。

桜の花も殆ど散った四月中旬、長い眠りから覚まされたような悲報を秋岡から知らされた。三月の初め、高村圭子がS市立病院で死亡した、というのである。二月に流行した風邪を患《わずら》い、肺炎を併発したのだ。

植物状態の患者は、健康体に較べると、体力が落ちるらしい。雑菌にも感染したりする。

「確か浜田さんは、彼女に何かあったら、隅さんに知らせる、と約束したということや、それで知らせてきたんですわ」

眠っていた子を起こしたようやけど、と秋岡は済まなそうにいった。

私は愕然《がくぜん》とした。その驚きは、高村圭子がパリで植物状態になった時の衝撃と何処か似ていた。

彼女のことは忘れた積りでいたが、埋火《うずみび》としてくすぶっていたのだ。秋岡の電話で、炎が噴き上がった。

「俺は彼女の母親にお悔みをいわねばならない、浜田氏に頼んでくれないか、家族の住所を教えてくれないかと……」

「隅さん、何をいうてんのや、浜田さんは彼女の家族など知らん、一昨日か事務局長と会った時、例の患者亡くなったという話が出て、俺に知らせてくれたんですがな、好意でっせ」

「礼をいって欲しい、それと、俺が悔みをいいたいという気持を浜田氏から事務局長に伝えて貰いたいんだ、無理なことは充分承知している、頼む」

秋岡は返事をするまでに何呼吸か置いた。

「分りました、伝えます、ただ期待はせんといて下さいよ」

秋岡は感情を殺した声でいった。

私はベッドに横になり、また起きてテレビをつけ、ビールを飲んだ。テレビはどの番組もくだらなかった。珍しく、女性のアナウンサーや、若いタレントを見ただけで苛々《いらいら》した。ビールを置いてテレビを消し、馴染《なじみ》のスナックに行こうとして立ち止まった。無性に奈津子の声を聞きたくなったのだ。いや、会いたい。奈津子には高村圭子についてすべて話していた。奈津子と会わなくなって、最も心に残った女性だからである。

もう夜の十時だった。子供のいる武庫川《むこがわ》の自宅に電話するのはためらわれる。三十分ほどうろうろした末電話した。

彼女の声を耳にした途端、気持をぶちまけた。

「良かった、君が出てくれて」

年齢甲斐《としがい》もなく救われたような声だったに違いない。簡単に高村圭子の訃報《ふほう》を告げ、明日会える時間はないだろうか、と訊いた。

「ええ良いわ、七時前なら、明日ね、梅田の地下街の方なの、六時半に終るから」

「じゃ、グランドビルのエレベーターの傍で待っている、夕飯を食べる時間あるかな」

「十時ぐらいまでなら、十一時までに戻れば良いから」

私は別人のような明るい声で、お休みをいった。棚からウィスキーのボトルを出し水割りを作った。

確かに浜田は、私が何故、浜田が何故《なぜ》知らせてきたのか、と軽い疑惑を抱いた。一杯飲んだ時、浜田は、私が何故、高村圭子の身辺を調べるのか、という点で私の説明に納得しなかった。結局浜田は、私がパリで高村圭子から利益に結びつく話を聴き、そのために行動を起こしたのだ、と邪推した。金に執念を燃やしている浜田らしい。彼は高村圭子について何か分ったなら知らせるといったが、息を引き取ったことまで知らせてきたのは少し気になった。

ひょっとすると、私がまた動きはじめる、と睨んだのではないか。そういう私を監視する。だが私が動くためには、高村圭子の家族などを彼なりに調べ、私に知らせるだろう。力を貸しましたよ、と仄《ほの》めかしながら。

秋岡は、私の望みを聞いた浜田は、不愉快がる、と推測している。だが私の要望に浜田が応じたとなると、どんな顔をするだろうか。秋岡は仕事上、浜田と組む場合が多い。全面的に浜田に頼っているのではないが、半分ぐらいは浜田に頼まれて動いているような気がする。当然、法すれすれの仕事もあるだろう。私は秋岡が浜田に深入りすることに不安感を抱いていた。警察に追われるような仕事だけはして貰いたくないからだ。

水割りを三杯ほど飲み、ベッドに横になった。スプリングが古いせいかベッドがきしんだ。こういう音は余り気持の良いものではない。こんなベッドで奈津子を抱いたりはできなかった。

気の変らないうちに、ベッドだけでも替えようと思った。外国映画に出てくるような幅の広いやつだ。そんなベッドがあれば部屋はおんぼろでも奈津子を招待できる。

奈津子は、私の部屋を見たがっていた。

翌日、私は堀江《ほりえ》の家具店に行き、少々値は張ったが大きなベッドを注文した。

グランドビルの周辺は、帰途につくサラリーマン、OL、学生たちで混雑していた。高級ブティックが並ぶ阪急十七番街のTビルがある。よくこれほど人間がいるものだ、と感心した。ターミナルの一角は、ラッシュの電車に詰め込まれた混雑と余り変らない。次から次へと歩いてくるだけに何となく無気味だった。多分、一日中眺めていたなら私でも気が変になるだろう。アメリカ映画の監督が、パニック映画を製作したい気持がよく分った。日本人でも同じだろうが、そういう映画は大変な資金が要る。今の日本映画では到底無理だ。

楽である。グランドビルのエレベーターはビルの凹んだ部分にあった。人の流れに邪魔されないだけ
奈津子は長めのアンサンブルのニットを着ていた。大勢の流れの中から現われたがすぐ分った。私が手を上げると嬉しそうな顔で足を速めた。

「隅さんて、背が高いからすぐ分るわ、それに手も大きいし」

大男、総身に知恵が廻りかね、か、と何となく口から出そうになったが、今では百八十糎《センチ》は大男ではない。

抱き寄せたくなったが、人混みでは照れる。

「君もすぐ分ったよ、ロボットの列から花が飛び出してきたようだったから」

奈津子は吹き出し、無理をしなくても良いのよ、と軽く身体をぶつけてきた。

何処で飯を食べようか、ということになりすぐ傍のSHホテルに行った。レストランを覗《のぞ》いてみたが満員だった。梅田の地下街に降りるとレストラン、和食堂が蜿《えん》々と続いている。

満席の店もあれば、半分ぐらい空いている店もあった。

同じ場所に同じような店を出しているが、やはり味が違うのだろう。それとも料金か。みなポピュラーな店なので、そんなに高くはない。しかし、奈津子が眼を凝らしたピラフは二千四百円だった。

「ねえ、この海の幸、山の幸のピラフっておいしそう、私、これにするわ」

「僕もそうしよう」

隅の方に空いている席があった。

奈津子も飲みたいというのでビールも注文した。私は、高村圭子の母に会い、悔みをいいたくなった、と告げた。

「まず君に知らせ、了解を得たかった、彼女については、これまで切れ切れに話しているが、僕がこだわったのは、僕と会わなかったなら車の事故にも遭わずに済んだだろう、ということだよ、色々と気持を整理してゆくうち、警察に引っ張られたことも衝撃として残っている点にも気づいた、パリの警察は想像以上に酷《ひど》い、日本人というせいかもしれないけど、初めから僕の人格など認めていない、娼婦と遊んだ黄色い猿扱いだよ、日本の警察にも調べられたことのない僕にとっては屈辱でもあり大変な衝撃だった、南本恵と名乗った高村圭子に対しても、モンマルトル界隈《かいわい》でうろついている娼婦と同じように視ている、こんなことを君にいうのは抵抗があるが、彼女は感性が鋭く、ガラス細工のようなもろさがあった、そんな女性がどうして娼婦になる、確かに、事故に遭う三ヶ月ほど前から日本人の旅行者と関係を持っていたようだ、生活費が足らなかったのだろう、何か悩み事があった、ただ、僕は彼女を娼婦とは思わない、今のコギャルの方がずっと娼婦だよ」

食事が運ばれるまで、私はビールを飲み一気に喋《しやべ》った。

奈津子は殆ど口を開かず時々頷《うなず》きながら聴き入っていた。私の口調が、彼女の口を封じたのかもしれなかった。

「済まない、反論したいことが多いだろう、あの秋岡など、聴く耳は持たぬ、といった感じだからなあ、確かに常識では通用しない、僕の内部の波濤《はとう》だよ」

「反論はないわ、つまりあなたの胸の中で、彼女のすべてを知らなければすっきりしない針が引っ掛かっているのでしょう」

「そうなんだよ、分ってくれたのか……」

「それは分るわ、だからといって、調べるために動かねばならないほど引っ掛りが強い、というあたりが、少し理解できないの」

「当然だよ、だから自分でも異常さに気がつき、調査を打ち切った、そして忘れた、君との関係も大事だし、本当に忘れていたんだよ」

「一寸考えさせて、明日電話するわ、豪華なピラフが来たわ」

二人分で五千円を超える夕食は、私にとって確かに豪華だった。マンションの近くで食べる場合は、大抵千円台だ。

食事を終えたのは八時だった。奈津子が十時半ぐらいの電車に乗るとしても、まだ二時間以上はある。何処に行こうかと顔を見合わせた途端、突然、奈津子を抱きたくなった。それ以外のことで費やす時間など無意味に思えた。何故か私は十数年前に戻っていた。そうしなければ身が持たないようなあぶられた衝動に身を焦がし、神戸のホテルに電話した情熱が今甦《よみがえ》った。

階段を上がりながら、私は若者のように奈津子の耳に顔を寄せた。

「抱きたくなったなあ」

「でも、時間が」

「二時間余りある、二十年ぐらい行ってないが、この近くにラブホテルがある」

「えっ、ラブホテル」

「シティーホテルでも良い、ただ予約したり、フロントで記入したり、煩わしい」

「そうね」

あなたの気持分るわ、といった風に奈津子が頷いた時、私は疼《うず》くような熱い思いと共に好きだな、猛烈に、と自分に呟いていた。口には出さなかったが、腕が自然に伸び彼女の脇腹を抱き寄せていた。

「馬鹿ね、階段の途中よ」

「そうだな、馬鹿だよ」

私は何故か階段を上がり切るまで奈津子を離さなかった。

「一寸待ってね、家に電話を」

奈津子の電話の内容を私は予想できた。

案の定、電話を終えた奈津子は私にいった。

「午前零時まで延ばしたわ」

「嬉しいね」

「私もよ」

日の長い季節だが、食事の間に街はネオンの夜になっていた。金融機関の不良債権問題が長引き、人々は財布の紐《ひも》を緩めないが、ビルの窓は大半が明りを残している。

私はかつて訪れたことのある兎我野町《とがのちよう》のラブホテル街に足を向けた。梅田から歩いて数分の距離だった。ホテル街のどぎついネオンは、その中に身を晒《さら》してみると、胸の中にまで染みてきそうだった。名の通ったシティーホテルが眼についたが、驚いたことに三、四人の女性がその傍の路上にしゃがみ込んでいた。皆、三、四十歳代である。膝頭《ひざがしら》から太腿が露出し卑猥《ひわい》な感じだった。疲れてしゃがみ込む時間ではない。明らかにその恰好で客を誘っているのだ。二人連れは意外に少なかった。

私たちの傍を走り過ぎた車が急カーブで筋向いのホテルの駐車場に入った。

こういうホテルには、車で来る客が大半なのかもしれない、と私はくだらないことを考えた。そうでも考えなければ歩き続ける足が重くなる。

三千五百円より、と書かれた眼の前のホテルに入った。奈津子の気が変ったら大変だ。

見当もつかない。突き当りにそれぞれの部屋の模様が映し出されていた。円形ベッドはこの種のホテルでは普通かもしれないが、クラシックカーを真似たベッドや、虎形《とらがた》のベッドには驚かされた。

私はノーマルなベッドの部屋を選んだ。部屋の写真が消えているのはすでに客が入っているのだろう。

好みの部屋を押して欲しい、と書かれているので押すと、その画面が明滅しはじめた。この種のホテルは従業員と、顔を合わせなくて済むという。

左手のレジらしい窓口には幕が垂れていた。

奈津子が私の胸中を読んだように、

「四〇五号室でしょう、行けば分るんじゃない?」

意外に明るい声で私を励ましてくれた。

女性はこういう場合、男性より度胸が据わるのかもしれない。

実際、エレベーターに乗った奈津子は、好奇心に満ちた微笑を浮かべていた。その部屋のドアには鍵がついている。なるほど、と頷きながら鍵を取り出し部屋に入り、内側から鍵を閉めた。これで明滅していた案内板の画面は消えるというわけか、と私は感心した。

ベッドは変形ではないが、照明がピンク色で如何《いか》にもどうぞ、といった感じだ。

「照明は調節できるのよ、あなた汗をかいているんじゃない、こういうホテル、私は初めてだけど、色々と面白いわ、ほら、カラオケ」

テレビの横にはカラオケがある。テレビの使い方やカラオケの説明もあった。

だが、そんなものを眺めている暇はなかった。時間は限られている。今の私たちは二人だけになり、別世界にいるのだ。

「バスを使おう、二人で入るか？」

「別々の方が良い、隅さん先に入って」

バスルームはスリガラスなので透けて見える。

私は、消毒済みと書かれたホテルの浴衣を着、ベッドに俯《うつぶ》せになり枕許《まくらもと》の照明を調節した。消してしまうわけにもゆかず極力暗くし、ルームライトも消した。途端にバスルームの奈津子のヌードが鮮明になり、慌ててルームライトをつけなおした。

混雑した階段で奈津子を抱き寄せられたのに、こういう点は妙に照れる。要するに盗み見していると思われるのが嫌なのだ。

奈津子はホテルの浴衣を着たが脱ぎ捨て、素肌のまま歩み寄りベッドに入った。

「あの浴衣、膝までしかないでしょ、変な恰好、浴衣はなくて良いわ、でも、二人きりになれて嬉しい」

照明やベッドのことなど消えた。

「猛烈に好きだ」

さっきは呑み込んだ言葉を口にすると力一杯抱き締めた。奈津子は頰を押しつけ、子供が嫌々をするように首を振った。身体中に火花が散りはじめ湿り気をおびた肌が声には出ない呻きを洩らして吸い付いてくる。

私と奈津子は二人だけの世界を浮遊し、花園を転がり、甘美な谷を落下しては上り、身を灼く閃光《せんこう》を求めて、喘《あえ》ぎながら力一杯羽搏《はばた》いた。炸裂《さくれつ》の瞬間には空気も何もなくなる。無我とはそういうものだ。甘さを含んだ気だるさにも浮遊感の名残りがあった。

奈津子は私の二の腕に顔を乗せ眼を閉じていた。私には心身を灼きつくした炎の激しさが信じられない思いだった。この年齢になって、こんなに燃えるのか、と不思議でもある。奈津子に再会するまでの私は、時たま秋岡の紹介でプロの女を抱いた。一ヶ月に一度もない、よう我慢しますなあ、と秋岡にいわれ、男として淡白なのだろうか、と苦笑することもあったが、別にストレスも溜《た》まらない。なければそれで良い、といったところだ。やはり私はロマンチストなのだろうか。それにしても十数年前の私は違った。何に対しても飢えた野獣のようなところがあった。

私は右手の指で奈津子の唇をなぞった。奈津子が柔らかく咬《か》む。

「今日は吃驚《びっくり》しただろうな、梅田の地下街で、突然、抱きたいなどといい出したから」

「私、吃驚したような顔をしたかしら……」

「全然、気のせいか君の顔が一瞬輝《かがや》いたように思えたよ」

「気のせいではないわ、胸の中が燦《きらめ》いて、それに全身が反応したの」

「そうだろうな、ただどうも僕は古い、何処かに、女は慎ましやかなものだ、という意識が残っている」

奈津子が微《かす》かに瞼《まぶた》を開いた。

「その通りよ、あなたどう思っているのか知らないけど、私、主人が亡くなって以来、男の肌に触れたことがないのよ、信じられる、あれから何年になるかしら、男がいなくて堪えられたのは、私が慎ましやかな女だから」

ちぎれるほど指を強く咬まれた。痛い、といわずに私は呻いた。奈津子は今、情熱は古風とは関係がない、といっている。

「血が出るぜ、よく分った」

「出たら吸ってあげる」

痛みに痺《しび》れた指は、奈津子の柔らかい舌に包まれた。指が溶けそうな気がした。

「間違いなく傷ついている、吸ってくれ」

「あなたの指って頑丈で厚いのよ、本当にグローブみたい、でもそれが好き」

私は腕時計を見た。まだ十時前だ。

秋岡と会う時、私は五万円持って出る。今日は十万円を上衣《うわぎ》の内ポケットに入れている。奈津子と会う時は、金の心配だけはしたくなかったからだ。マンションから外食に出る時は一万円である。金の価値とはそういうものであろう。数分無言だった。

奈津子が私の方に向きを変えた。気だるそうな眼に光が宿っていた。

「私ね、明日電話するといったでしょ、その必要はないわ、あなたの気が済むまで行動して欲しいの」

「えっ、そんなことを考えていたのか」

「今、そう決めたの、私が止《よ》してといえば、多分あなたは行動を起こさないでしょう」

「ああ、その通りだ」

「でも心の引っ掛りは消えない、あなたは停年前に自由な身になりたくて会社を辞めた人なのよ、やはり今度も自由に行動すべきよ、もしあなたがハードボイルド小説の主人公なら、自分の行動を、恋人の気持に合わせたりはしないわ、俺にさからうな、といってさっさと行動する」

「小説と現実は違うよ、しかしよくいってくれた、もし浜田氏が、そんなことを事務局長に頼めないといってきても、納得するまで調べる、その方が僕らしい」

「ええ、ただ危険なことは止してね」

奈津子は私の胸に顔を強く埋めた。


浜田は秋岡を通し、事務局長が入院患者の家族について他人に洩らすことは、職務違反になりかねないので、私の要求には協力できない、といってきた。

当然かもしれないが、私には少し意外だった。浜田は私の高村圭子への執着には、金銭が絡んでいる、と疑っていた。それなら可能な限り協力し、私が利益を得た時点で、応分の分け前を要求してもおかしくはない筈だ。

私には浜田が条件を出して協力するのではないか、と期待していた面があった。肩透かしを喰った気がしないでもなかった。あれは口先だけの冗談だったのかもしれない。

私は話がある、と秋岡を呼び出した。場所や時間は何処でも良い、ただ至急会いたい、といった。

「隅さんが至急という以上、今日にしましょう、ただ、午後十時頃になりますわ」

「午前零時でも良いと思っていた、仕事で疲れているところを済まない」

「済まないなんていわないで下さいよ、その時刻なら隅さんの部屋に寄れますわ」

「俺の部屋に来てくれるのか……」

「人がいるところはうるさいでしょう」

秋岡はことの重大さを察したらしい。そういえば至急会いたい、などと彼にいったことはなかった。

十時一寸過ぎに秋岡はインターホンを鳴らした。ダブルの上着にネクタイを締めていた秋岡は、何時ものような笑みを浮かべかけたが、顔を引き締めた。背広を脱ぐと、ネクタイを引き毟《むし》るように取った。

「朝は涼しかったのにえらい暑なりましたな」

「一杯やるか……」

「いや飲んできました、近所の医者に、酒を控えるようにといわれてます」

「まあ、坐ってくれ」

私は肘掛け椅子《ひじかけいす》をすすめた。

秋岡は脚を組みかけたが慌てたように、膝を揃《そろ》えて坐った。椅子をテーブルの近くに寄せた。その方が姿勢が良くなる。

私は、電話でいったように、高村圭子の母親に会い、お悔みをいいたい、だが、母親は何処の誰とも分らない、浜田が協力を拒否した以上、自分で探して会う以外にない、と話した。声の端々に私の決意が滲《にじ》んでいる。

上衣を脱いだせいか、部屋は暖かかったが、秋岡は寒そうに肩を竦《すく》めて見えた。

「君は昔、興信所か私立探偵を使い、医者連中の私生活を調べたことがあるらしいが、今知っている私立探偵がいたなら紹介して欲しい、君と浜田の関係は推測できる、多分、浜田に頼まれた仕事もしているだろう、生活のかなりの部分を浜田に頼っているわけだ、だからノーであればノーといって欲しい、俺は少しも恨まない、どうだ？」

秋岡は私の視線を逸《そ》らさなかった。

「つまり、隅さんが私立探偵に頼む内容は、浜田の意に反するものですな」

秋岡は浜田を呼び捨てにした。

「その辺りは、はっきりいわない方が良いだろう」

秋岡は微かに溜息をつき煙草を出した。首を振ると、ウィスキーありますな、と棚を見ていった。

冷蔵庫の氷を掻《か》き集め、二人分のオンザロックを作った。

秋岡はグラスを手にしたが飲む前に覗き込むように私を見た。

「隅さんがいうように、俺は収入の半分近くを浜田に頼っていますわ、そやけどなあ、あんたと浜田とどっちが大事か、といわれれば何のためらいもなく、あんたが大事や、といいますわ、俺、美冴を救われた時、何かの時は、絶対隅さんの力になる、と自分にいい聞かせた、口に出しただけやない、俺の心にいい聞かせたんや、隅さんには世話になり通し、昔、あんたに救《たす》けて貰わなかったら、あの時、俺は会社を放り出されていましたわ、それにこの間の娘の件、あれで俺の罪悪感の半分が消えた、これは大変なことですわ、俺だって罪悪感があります、浜田には余りなさそうやけど……」

一気にいうと秋岡は氷を鳴らし旨そうにウィスキーを飲んだ。不覚にも私の瞼が熱くなった。美冴を救ったのは私ではない、浩だった。私の力だけでは救えなかったのだ。それにしても、秋岡がそこまで感謝していたとは考えていなかった。口の達者な男である。気持は口の半分以下、と読んでいたのだ。

この現代に、生活面の犠牲を覚悟してまで、友人の力になろう、とする人間がどのぐらいいるだろうか。

「そうか、済まない」

「あんたに礼をいわれたら、俺、隅さんの顔を見る度に何度も頭を下げなあかん、あんまり下げてませんやろ、それはそうと、今でも続いている私立探偵、知ってますわ、興信所にいたけど、独立して探偵になり、今では所員十人ほどを抱え、地味やけどようやります、変に俺と気が合う男ですわ、ええ値段をいいよるけど負けさせます」

「金は心配しないでくれ、持っている」

「分ってます、それはそうと、誰か知らんけど恋人できたんと違いますか」

「分るか、君になら話しても良い」

私は奈津子との関係を話し、細川に同性愛の趣味があることを告げた。秋岡は知らなかったらしく、低く唸り、ボトルのウィスキーをグラスに注いだ。

「君は興信所に細川のことは調べさせなかったのか……」

「隅さんが支店に移ってから、余り酒場に顔を出さんようになったし、免疫薬で雲海のを採ったでしょう、暫《しばら》く、うちは駄目やなと諦め、細川への関心が薄らぎました、俺が興信所の阿馬《あま》を使って色々と調べたのは、東本やMATO大学の山城《やましろ》ですわ、興信所を使うのは禁じ手やったけど、先生方のガードも固くなったし、仕方なかった、浜田とは偶然同じ興信所やったので、急に親しくなりましたわ、類は友を呼ぶというわけですなあ」

秋岡は吐き出すようにいって自嘲《じちょう》気味に肩を竦めた。その告白で、秋岡と浜田が今も組んでいる理由が納得できた。

「ふーん、東本ねえ」

私の記憶にある東本の顔は、何処か狐《きつね》に似ていた。眼鏡をずらせ上向いたところなど、狐の特徴が出ていた。今はどんな顔になっているだろうか。

秋岡はまたグラスにウィスキーを注いだ。

「それにしても細川がホモとはねえ、今はゲイというて、かなりオープンになったけど、あの当時は隠さないかんかったなあ、出世にも影響するし、医者仲間から白い眼で見られる、じゃ、新地に飲みにきて女と遊んだというのは演技というわけか、奈津子さんの話やったら間違いないなあ、いや、これは驚きましたわ、それにしても、俺達の眼を誤魔化したのは凄《すご》い、大変な演技力や、当然、奈津子さんとは？」

「男女の関係はない、俺は奈津子の告白を信じる、ただ、細川には離婚した夫人との間に二人子供がいるらしい、だから同性愛の嗜好《しこう》は中年になって出てきたことになる、俺にはよく分らんけど、そういうことってあるのかなあ」

「それはありますやろ、青年期までは潜在意識の中に隠れていた、余り女性に興味はないけど、体面を保つために義務的に結婚する、子供ができてしまうと、隠れていた同性愛への嗜好が出てくる、となると男性の方にウェートがかかりますわ、芸能人やったら両刀使いですむけど、医者やサラリーマンは隠し通すのに大変ですわ、離婚した細川夫人は東京に住んでたけど、その後どうしているかなあ、子供も一緒の筈や、苦労しはったやろ」

「細川は現在独身かい？」

「もうそろそろ七十ですなあ、私立のT医大の院長におさまって二年、来年あたりは引退と違いますか、今は商売上の付き合いがないので、私生活については知りませんけど」

T医大は大阪でも京都寄りにあった。私立病院だが圧倒的にMATO大学出身の医者が多い。巨大な病院で、これまでの院長はすべてMATO大学出だった。

私が秋岡と共にマンションを出たのは、十一時半頃である。

二人共、何か物足りなく、私が馴染のスナックで一杯やろうか、と誘うと待っていたように応じた。

客は一組で、秋岡は、演歌を歌った。彼が歌った曲の殆どは有名歌手のデビュー曲だった。確かに、その一曲によって流行歌手になったという歌は、メロディーと歌詞が良い。歌手がそういう曲に巡り合えたのも運である。

どんな世界でも、才能と努力以外に運が影響する。天運というやつであろう。

午前零時半、秋岡がタクシーを呼んだ。乗る前に、明日、馴染の私立探偵に紹介する、と念を押すようにいった。

「隅さんを好きなんですわ、あの方」

マスターがテールランプを見送りながらいった。

「俺も好きなんだよ」

と私は頷いた。


私は二日後、東天満《ひがしてんま》にある阿馬探偵事務所を訪れた。古いビルの三階だったが、来客用の応接室以外に、狭いが社長室もあった。

阿馬は五十代半ばらしいが、髪はかなり薄くなっており、広い額が健康そうに光っていた。肉厚で眉が驚くほど濃い。眼窩《がんか》が窪《くぼ》み、俗にいう縄文《じょうもん》系の顔である。一癖も二癖もありそうな男だが、眼は人懐《ひとなつ》っこい。

秋岡が、俺の親友で恩人や、といったのかもしれない。

私は詳しく高村圭子について説明し、母親の住所と姓名を知りたい旨を告げた。

「病室には名札もないし、彼女の入院を秘密にしていたような気がします、看護婦の話では見舞客はなく、週に一度母親が来たとのことですが、できれば、彼女の私生活について調べたい、恥ずかしい話だけど、初めて知り合ったその看護婦から訊き出そうと呼び出しの電話をかけたんですが……」

「拒否されたんですな」

阿馬は白い歯を覗かせて頷いた。おそらく差し歯だろうが、かなり高価な歯に違いなかった。

私が、もう少しで成功するところだった、と告げると、阿馬は免田看護婦の名を訊いた。

「どうして家族か病院が、その患者を秘密にしていた、と考えられたんですか？」

「名札がないでしょう、それに免田看護婦が私と会うことを承諾しておきながら取りやめたのは、患者について喋るのが恐くなったからとも考えられます」

「なるほど、日本に移送された患者がS市立病院に入っていることをお客さんはどうして知ったのですか？」

「秋岡君に調べて貰いました、彼は職業柄、病院に顔が広い」

暫く浜田の名は出さないで欲しい、と昨日の電話で秋岡は念を押していた。秋岡としては当然のことだった。浜田が知れば、秋岡に不快感を抱くに違いない。

「いや、よく分りました、秋岡さんとの関係で昔から病院や薬品業界にはコネがないこともありません、最低限、患者の身許《みもと》調べは可能だと思いますよ、秋岡さんからくれぐれもよろしくといわれています、ところで料金の方ですが、うちは取材費以外に、一日、三万円ないし五万円いただくことになっています、勿論、うちの調査員が動いた日の値段ですが、かかりに月に十五日動くとなると、約五十万、それにタクシー代、取材の飲み代、それやこれやでまず百万ということになります」

「料金は請求通り払いますよ」

夫の浮気調査などでも、相当かかると聞いていたので覚悟はしていた。美冴を探し出すことを浩に頼んだ場合も、礼金は百万の約束だった。この調子では、私の老後の貯金は、あっという間に消えるかもしれない。だが、
阿馬は、

「いや、どうも……」

手で額を撫で上げ、その手を膝にきっちりと置いた。人懐っこい眼が厳しくなり言葉が大阪弁に変った。

「お客さんは、秋岡さんの親しい方やよって、この辺のことはお分りやと思いますが、調査する場合、相手によってはキャッシュを握らすこともあります、領収証はありません、こちらを信用して貰えるかどうかの話やけど、この件に関しては如何《いかが》ですか？」

一瞬、私は返答に詰まった。まず、常識的な調査ではあり得ない条件である。秋岡との間では黙認されている方法に違いなかった。

「額が問題だなあ」

「五万以下、まあそういうケースは滅多にないけど、私としては、一応お耳に入れ、イエスかノーかを知っておく必要がありますので、これはビジネスですから、ノーでも結構ですよ、

それなりに全力を尽します」

「その程度なら構わない、やって下さい」

私は前金の二十万を払って戻った。マンションに戻り一時間もたたないうちに、阿馬から電話がかかってきた。

「いや隅さん、申し訳ありません、五万円の握りの件、秋岡さんからえらい怒られましたわ、なかったことにして下さい、あんなに怒られたん、初めてですわ、どうもどうも……」

冷や汗を流しながら電話をかけている阿馬の顔が眼に見えるようだった。

多分、秋岡は、「くだらんことをいいよって、それはわしが払うがな」と怒鳴ったに違いなかった。

「しかし、その方が役に立つ、という場合があるでしょう、私が払いますよ」

「いや、あの話はなかったことにして下さい、私も動いて、全力を尽しますよって、なにか分ったら、すぐ連絡します」

阿馬は私との話が長引くのを恐れるように電話を切った。

秋岡が紹介しただけに、阿馬はまさにプロだった。

高村圭子の両親と住所が分ったのは十日後だった。

父親は高村良一、母親は高村幸枝で、住所は福井県F市の山の手だった。

阿馬はすでに高村圭子の実家について調べていた。

父親の高村良一は医者で市内にかなりの病院を経営していたが、バブル期に病院を拡げ過ぎ、一昨年あたりから借金が増え、銀行と揉《も》めている。院長は名目だけで、病院は乗っ取り屋が送り込んだ得体の知れない人物に喰い荒されている、というのだった。

母親が週に一度しか見舞に来れなかったのも、実家が福井なら仕方がない。

それにしても何故、大阪のS市立病院に入院させたのか。その辺りが、この調査の鍵になりそうな気がした。

第七章　死者の霊

高村圭子の父親の名は良一である。如何《いか》にも人の好《よ》さそうな名前だ。だが現代では、人の好さは馬鹿ということになりかねないし、周囲の人々に害を及ぼすケースも多い。

私は母親の高村幸枝に会おうと思った。幸枝は、週に一度、福井県のF市から大阪に来ている。脳死の娘に会うためだが、愛情のある証拠であろう。

母親が眼の前に立っても高村圭子には通じなかった。彼女の脳は死んでいるのだ。

ひょっとすると娘に対して、愛情と共に罪の意識があるのではないか、と私は勘ぐった。浩が脳死した場合を連想したのだが、これは私の自虐意識かもしれない。

問題はどういう理由をつけて高村幸枝に会うかであった。勿論《もちろん》、パリで圭子さんに会い、ベッドを共にしたなどとは口が裂けてもいえない。

色々と考えた末、まず手紙を出すことにした。その内容は、知人にガイドを頼み、高村圭子を紹介され、南仏まで案内して貰《もら》い、三日間ほど行動を共にした。丁度、私の亡くなった娘が生きていたなら圭子さんぐらいの年齢なので、たんなるガイド以上の親しみを覚えた。パリに戻り、別れた夜、車の事故に遭われたのを知り驚愕《きょうがく》し、日本大使館に病院を教えて欲しいと要求したが、面会謝絶という理由で教えて貰えなかった。圭子さんのその後を案じながら日本に戻り、仕事に追われながら心当りの病院を探しているうち、先日、圭子さんがS市立病院で息を引き取られたのを知った。できれば、お悔みを述べ墓参りもしたい、という内容にした。

便箋《びんせん》四枚の手紙を書くのに丸一日かかった。書いては破り、書いては破りした。高村圭子の母親に少しでも悪感情を抱かせてはならない。冒頭に、突然の手紙が如何に失礼であり、不審と不快の念を抱かれるのは重々承知の上、手紙をしたためた私の気持をどうか御理解いただければ幸甚《こうじん》です、と書いたが、その部分だけで一時間もかかった。

突然会いに行き、相手が困惑しているのを口説き落して訊《き》き出すのと、最初に手紙を書くのと、どちらが効果的なのか私にも分らない。

ただ、手紙を書いた方が、私の誠意が伝わるのではないか、と考えたのだ。速達で出したが、四日たっても返事がこない。

福井に行って訪問するか電話する以外にない、と決意を固めた日、返事の手紙がきた。女性らしい優雅さを感じさせる字だった。

私は心臓の鼓動を昂《たか》めながら手紙の封を切った。

手紙を拝読し、吃驚《びっくり》もしたが嬉《うれ》しくも思った、と書かれ、こちらでは気持が落ち着かないので、できれば近日中、京都に行く用事があり、その際、お会いしたい、という。土日以外なら十二時前後は自宅にいることが多い、と述べられ、電話番号が書かれていた。

彼女の気持は何となく理解できた。病院がそういう状態なら、落ち着かないのも無理はないだろう。それに地元では人眼もある。私は彼女の文面から、私の手紙を夫に見せていないか、見せたとしても夫が私と会うのに反対しているような気がした。

腕時計を見ると十一時半である。私は電話をかけることにした。

別な意味でプロパー時代に似た行動力が生まれていた。

何処《どこ》か感情を抑制した物静かな声が、はい、と答えた。自分の姓を告げなかったのは何かと煩《わずら》わしい電話が多いからであろう。高村幸枝に違いなかった。

「高村さんのお宅ですか？」

「そうですが、どちら様でしょう？」

「隅と申しますが」

「あっ、手紙の……」

高村幸枝は一瞬息を呑《の》んだようだった。

私はすぐ不躾《ぶしつけ》な願いを諾《き》いていただき、心から感謝している旨を丁重に伝えた。ゆっくりと気持の籠《こも》った口調で、相手の胸に伝わるようにいった。

「もし、京都に来られるならお会いしたいです、日や時間については、奥様の御都合に合わせます、必ず」

高村幸枝は、少し思案したようだが、

「こんなに早くお電話いただけるとは思ってもいませんでした、もしおよろしければ、明後日、私の方から電話しますが……十二時頃」

「お待ちしています」

私は電話番号を伝えた。こうして会う日が決まった。

約束の日、高村幸枝は私に電話してきた。私たちは四月下旬の金曜日、京都駅の近くにあるSホテルのロビーで待ち合わせることにした。時刻は午後二時である。私は自分の身長と年齢、それに左手に週刊誌を丸めて持っている、と告げた。

「私の年齢にしては背が高い方なので、分ると思います」

「私、白い縁の眼鏡をかけています、一時間一寸《ちょっと》しか時間がありませんけど、五時に大阪で約束がありますので」

「充分です」

「急用ができてお会いできない場合は必ず電話します」

こんなに早く高村圭子の母親と会えるとは考えてもいなかった。私立探偵のおかげである。プロというのは流石《さすが》に凄《すご》い。

その日は曇っていたが雨天ではなかった。ここ数年、台風の数は増えたが、それ以外の日は余り雨が降らなくなっていた。

阿馬《あま》への依頼は一応打ち切った。費用は、手付けの二十万も含めて四十五万だった。

秋岡の顔がなかったなら、七、八十万は請求されていたであろう。

私は会社時代の紺の背広に地味なネクタイを締めて京都に行った。

高村幸枝が私と会うのを承諾したのは、私が一日かかって書いた手紙のせいに違いなかった。四枚の便箋だが、書き終った後、身体《からだ》中《じゅう》の力が抜け、動くのも億劫《おっくう》なほど疲れた。つたない文章だが、心は籠っていた筈《はず》だ。

約束の時間の三十分前に着いた私は、ロビーと同じフロアにあるティールームでコーヒーを飲み、週刊誌を持ってロビーのフロントの近くに行った。私が見渡すのと、五十年輩の女性が立ったのとほぼ同時だった。

乳白色の縁の眼鏡をかけた色白で丸顔の小柄な女性である。プリント地のワンピースに黒いハンドバッグを持っている。品が良かった。私は緊張しながらも本能的に高村圭子と似た部分を探していた。眉《まゆ》の形が似ているような気がした。高村圭子はやや面長だった。私が想像していたほど母娘の類似点は多くはなかった。

ただ、世の中には、全く似ていない親子がいる。

私と浩がそうだ。浩は妙子似で身長も百七十糎《センチ》足らずである。しかも私と違って眼が細い。強いて類似点を探すとするなら、眼と眉の間が少し離れている程度である。

私は時々、何処か茫洋《ぼうよう》とした顔をしている、といわれるが、そのせいであろう。

高村幸枝と挨拶《あいさつ》した私は、さっき出たティールームに誘った。彼女と視線を合わせた時は気がつかなかったが、向い合うと顔に疲れが滲《にじ》み出ていた。

現在の病院の状況を思えば、それも当然だろう。

それに高村圭子の遺体を病院から引き取り、埋葬もせねばならない。密葬にしても色々と気遣いもあったに違いない。

脳死は確かに死だが、呼吸しない遺体と向い合った母親が、更《あらた》めて娘の死を確認させられ悲しみに涙ぐんだとしてもおかしくない。

私と高村幸枝はコーヒーを注文した。ティールームの客はまばらだった。私は隅商事代表者の名刺を渡した。

手紙で述べた通り、高村圭子とは、ガイドと客として知り合ったことにした。話しはじめた途端、緊張感が取れ、私の口はなめらかに動いた。プロパー時代の話術が悲しいほど甦《よみがえ》った。虚実を混じえ、真実らしく語り、相手を飽かせない。

パリのみならずニースやマルセイユに行き、カジノで遊んだことなど、実体験として語った。

「いや驚きました、お嬢さんはギャンブルがお好きなんですね、ニースでは夕食の後、午前二時までぶっ通しでルーレットをなさいました、何かに憑《つ》かれたようでした、パリに戻る前夜でした、休んだ方が良いと何度か注意したんですが、全く耳に入らない、別人のようで本当に驚かされましたよ」

「失礼ですが、圭子にはギャンブルに興じるようなお金はなかった筈ですが」

どきっとしたが、何の抵抗もなく作り話がすらすらと出た。

「一時間だけという約束で、ガイド代の一部でなさったんですよ、信じられないような付きでした、日本円で二万円ほどの資金が、一時間に三十万円になりました、私はあっさり予定額を負けたのでやめて、今のうちに止《よ》すように、と何度か忠告したのですが、結局、午前二時までに勝った分は全部なくされた、それでも、これでさっぱりした、と舌を出して部屋に戻られました、勿論《もちろん》、部屋は別々ですよ」

私が力を込めると高村幸枝は視線を伏せて、何か、自分にいい聞かせるように頷《うなず》いた。私は翌日ロビーで会った時、高村圭子が酷《ひど》く疲れている様子なので気になった、と告げた。

「プライベートなことは殆《ほとん》ど話されなかったし、訊かなかったんですが、パリに戻って、別れの食事をしたんです、圭子さんの家の近くのレストランでした、その時初めて日本でもパリでも、悩みは同じだ、というようなことをいわれました、御一緒したのは僅《わず》かの間でしたが、非常に感性の鋭い方ですね、それに繊細……」

高村幸枝はコーヒーカップを口に運んだが、私と視線を合わせるのを避けているような気がした。ゆっくりコーヒーを飲むと、決心がついたように私を見た。

「どんな悩みかについてはいっていませんでしたか？」

私は高村圭子の霊に、心の中で許しを乞《こ》うた。

「パリには逃げて来た、と、それに、金銭的に困っているようなことを洩《も》らされました、パリでの留学は色々な意味で大変ですし、圭子さんのようにアルバイトをしている学生は多いですから、余り気になさることはないと思いますよ」

「隅さんのお話で、あの娘《こ》が眼の前にいるような気がしました、圭子が悩んだのは当然です、主人は病院を経営しているんですけど、バブル時代に手を拡《ひろ》げて借金をつくってしまったんです、それに知人の紹介で借入金を増やして、更に額が膨《ふく》れ、返済ができない状態になりました、病院に妙な人が入り込んで事務長になり、薬なども、仕入先が変るし、はっきりいって喰《く》い散らされている状態です、それでも、昨年の二月まで、私が色々と工面して送金していたんですが、それも不可能になりました、主人は絶えず送金する金などない、日本に戻るようにいえ、と私にいい続けていたんですが、私としては、少しでも長く留学させてやりたいし、私にできる範囲で送金したんですが、それも殆ど不可能になり、戻るように、と何度か電話したんです」

「当然、圭子さんは家の事情やお母さんの悩みは御存知ですね」

「はい、でも、帰るといわないし……」

高村幸枝の声が掠《かす》れ、眼が微《かす》かに赧《あか》らんだ。彼女が初めて会った私にそこまで話したのは、私の手紙に誠意を感じたからであろう。同時に、彼女の周囲に娘への悩みを打ち明ける相手がいないからかもしれない。

「送金ができなくなったのは何時《いつ》頃です?」

「去年の二月です、でも四、五万程度は送りました、焼石に水でしょうけど」

高村幸枝は感情を抑えるようにコーヒーカップを強く握った。

高村圭子の手帳に、男性の名前が記入されはじめたのは、確か三月頃からだった。

「あのう、こういう質問……いいえ結構です」

「お母さん、何でもおっしゃって下さい、たった三日間でしたが他人とは思えないほど親しくなりました、僕にできることでしたらお力になります、どうか御遠慮なく」

「圭子は、アルバイトをしているから、送金は要らない、パリに残る、というのです、変な質問ですが、アルバイトだけで生活できるでしょうか?」

高村幸枝が訊いた意味は明らかだった。彼女は、身体を売らなくても、普通のアルバイトで暮せるのか? と訊いているのである。

「圭子さんの場合は、ガイドなどで、何とか暮しておられました、それに四、五万の送金があればどうにか生活できます、しっかりしたお嬢さんですから」

嘘《うそ》をつく場合、声に力が籠る。

高村幸枝の表情が一瞬緩んだのは、安心したからであろう。私の胸が痛んだ。

私は高村幸枝が腕時計を見た。あっという間に四十分もたっていた。訊くことは多い。

高村圭子のフランス語が、抜群だった、と褒《ほ》め、語学の才があるせいであろう、と補足した。思い出したように私はいった。

「お嬢さんは、お父さんと余り仲が良くなかったようですね、申し訳ありません、立ち入ったことをいってしまって」

私は丁重に頭を下げる。自分の手で思い切り自分の面を擲《なぐ》りたくなったほど、迫真の演技だった。私は高村幸枝を騙《だま》し、済まない、と心から詫《わ》びている。それが演技を生む。

高村幸枝が、私を手紙通りの誠実な人物と感じたのも無理はない。

あの免田看護婦が、好《い》いお母さんです、といった。まさにその通りの人だった。こういう人物に嘘をつくのは辛《つら》い。

高村幸枝は吐息をついた。

「そんなことを隅さんに……」

「余り、日本に帰りたくない、といわれるものですから、理由を訊くと、お父さんとの間が旨《うま》くいっていない、というようなことをさらっと……」

「それだけでしょうか？」

真剣な訊き方だった。

「お母さんには、悪いと思っているとも」

高村幸枝は一瞬眼を閉じた。安堵感《あんどかん》ではない。背負い続けている悩みが眼を閉じさせたように見えた。そういう嗅覚《きゅうかく》は、プロパー時代に徹底的に養われた。プロパーにとって大事なのは、お世辞をいうことよりも、相手の気持をどう読むかだ。

「色々と事情がありまして」

それだけはまだ語りたくない、という意志力が口許《くちもと》に表われた。高村圭子について知りたいことは八分通り訊いた。彼女が放心したようにパリの街を歩いていた理由も納得できた。父親との関係をもっと知りたいが、私にその権利はない。

「それはそうでしょう、ところでS市立病院に入院されたのは、お知り合いの方でもおられたからですか？」

「はい、縁戚《えんせき》の者に紹介されまして、院長の東本先生を御存知だったので、S市立病院に何か……」

「いいえ、ただ、薬品関係の仕事をしているものですから、有名な病院や先生方のお名前は知っています」

「そうですか、薬品を扱っておられるのですか」

高村幸枝はテーブルの上に置かれている私の名刺を見直した。再び腕時計を見る。

「お忙しいのにお時間をいただいて有難うございました、圭子さんは、勝手なことをして、お母さんには悪いと思っている、と旅行中とパリに戻ってからと二度も私にいわれましたよ、そのことも、お母さんにお伝えしたかったのです」

「圭子が……」

高村幸枝は、ハンドバッグからハンカチを出し眼に当てた。私は歯が全部折れるほど、自分の口を叩《たた》きたかった。

ハンカチを戻した高村幸枝はいった。

「そのお言葉を聴いて、お会いして良かった、と心から思いました、実は、今日お会いすることも、お手紙の件も主人には内緒なんです、病院を荒されて以来、主人は人間への不信感が昂《たかま》り、お手紙を見せたなら、腹に一物あって会いたい、といってきたんだ、と怒鳴るに違いありません、ですから、今日のことはどうか、隅さん一人のお胸に……」

「勿論です、私も仕事上、苦境の病院を喰い荒している連中がいることはよく知っています、本当にハイエナのような連中ですよ、その事務長というのは、何者ですか？」

「私もよく知りませんが、主人の話では昔薬品業界にいた人ということです」

「ほう、で、名前は？　大丈夫です、私の胸におさめておきます」

「小西さんですけど……」

御存知でしょうか、と彼女は私の眼を視《み》た。今日、彼女が初めて表わした強い視線だった。

「いや、残念ながら知りません」

そうはいったが、憶《おぼ》えのある名だった。秋岡にでも訊いてみよう、と思った。

高村幸枝が今一度腕時計を見る前に、私はテーブルのビルを取った。

「本当にお時間を取らせました、お会いできて良かったです、もしお母さんのお許しをいただければ、お墓に参りたいのですが……」

「圭子も喜ぶと思います、圭子は中学生時代に洗礼を受けていますので、F市にあるF教会の墓地に永眠させました、F教会に訊いていただければ、墓地の場所は分ります、圭子も事故で意識を失う前に、隅さんのようなお方と愉《たの》しい旅ができて幸せでした、今日は時間がなくて……」

「とんでもありません、今日、お母さんとお会いしたことは胸に秘めておきます、もし、大阪の近くに来られた時は是非お電話下さい、圭子さんのことは、もっと知りたいのです、亡くなった娘のような気がして、いや、身勝手なことをいって」

私は若者のように頭を掻《か》いて立った。

この頃の若者が、かつてのように頭を掻く動作で、気持を伝えるかどうか知らない。高村幸枝も、釣られたように立ち、私の手のビルを取ろうとする。

「とんでもありません、ではここで失礼します」

高村幸枝は、ホテルの正面玄関のドアまで送ってきた。

ドアに手をかけた私は、コロンボ刑事を真似《まね》て思い出したようにいった。

「そうそう、圭子さん、パリでは、御自分の姓を南本と名乗っておられましたが、これも、お父さんとの関係が悪かったせいでしょうか」

「南本、圭子が、南本と……」

高村幸枝の顔が白くなり、突然、瞼《まぶた》の下の疲労がくっきりと浮き出た。見張った眼は私に向けられているが焦点が合っていない。

おそらく、高村幸枝にとっては、触れて貰いたくなかった名前だったに違いない、それに彼女は自分の感情を即座にコントロールし、演技できるような女性ではない。

「はい、いや驚かせて申し訳ありません、もし、私に話すことで、少しでもお気が紛れるようでしたら、何時でもお電話下さい、どうも最後にお気を悪くさせてしまって、お母さんへの配慮が足りませんでした」

これ以上は詮索《せんさく》したくない、といった風に私は軽く頭を下げると、ホテルの外に出た。京都駅まで歩いた私は、彼女がまだ見送っているのではないか、と振り返った。勿論、彼女の姿はない。

南本の名前を告げた時、彼女が受けた衝撃は想像以上のものがあった。長年の間、背負っていた苦悩が衝撃のせいで顔に噴き出た、といった感じだった。

これだけははっきりいえる。高村幸枝はその名を耳にしたくなかったのだ。だが、圭子は、パリでは高村の姓を捨てたく、南本と名乗ったのであろう。

どんなケースが考えられるか。例えば母親が嫌っていた圭子の別れた夫、また婚約者だった人物かもしれない。要するに母親が未練を持つことを望まない姓かもしれない。また、圭子は養女で、実の母親の姓が南本というケースも考えられる。

高村幸枝の圭子に対する愛情は実母のもののように思われた。

高村幸枝も反対し、結婚できなかった恋人、というあたりが妥当であろう。

高村幸枝が、時間を急いでいなかったなら、もっと高村圭子について聴きたかった。圭子がパリで悩んでいた理由はほぼ見当がついたし、どういう家庭で育ったかも摑《つか》めた。私はそれを知りたくてS市立病院に行ったのだ。目的がほぼ達成されたにも拘《かかわ》らず満足感がなかった。何かが欠落しているような気がしてならない。それは何故《なぜ》か。切符を買い、JRのプラットホームに通じる陸橋を歩きながら私は頭を掻き毟《むし》りたくなった。私がパリで会いベッドを共にしたのは、高村圭子という名の女性ではなく南本恵だった。日本に戻った私は南本恵が偽名であることを知った。実名が高村圭子なのも分ったが、何故か他人のように思えた。しかも実名の女性は植物状態であり、私と会話を交せない。

私の脳裡《のうり》に残っているのは、風に吹かれたように歩いている南本恵だった。彼女はその名前で私と別れ事故に遭ったのである。

南本の姓を告げた時、母親の高村幸枝があれほどの衝撃を受けなければ、私は多分、母親の話を聴いただけで満足したであろう。

日本で南本恵の実名を知り、私は軽い不審感を抱いたが、よくあることだ、とさほどこだわらなかった。憧《あこが》れていたパリで彼女は、日本で背負っていた様々な心の荷物を捨てた。その中に高村圭子という名前も含まれていたとしても、そんなに不自然ではない。ただ、不審感が完全に払拭《ふっしょく》されたわけではない。だからこそ、私は最後の質問として残しておいたのだ。

今、母親の衝撃が、埋もれていた疑問に火をつけたのだ。

深い理由がありそうだった。私はそれを知りたくなった。高村という姓を嫌った彼女の気持を知ることで、より一層彼女を理解したかった。

プラットホームに立った私は、高村幸枝が京都駅に現われそうな気がした。彼女は何処かに行く予定があった。京都駅に近いホテルに泊まったところをみると、電車を必要とするからではないか。

もし大阪に行くのなら、京都ではなく大阪のホテルを利用するだろう。私は陸橋の階段の下に立った。もし高村幸枝が階段を下りてきたとしても、階段の背後なら眼につき難い。別に尾行する積りはない。もし大阪方面に行くのなら、どの駅で降りるか知りたかった。名古屋方面なら、プラットホームも違うし、わざわざ尾行することもない。

私は数分後に来た快速をやり過した。

私の勘は当った。更に数分たった時、高村幸枝が、私と会った時の服装で現われた。ハンドバッグと共に土産物でも入っていそうな白いビニール袋を提げていた。

高村幸枝は気落ちしているように見えた。肩が落ちて俯《うつむ》いている。何処にも視線を向けず放心状態だった。

普通電車が東の方からやってきた。高村幸枝の姿が階段で隠れた。彼女は快速ではなく普通電車に乗る積りのようだった。私も階段の下を通り反対側に出た。

普通電車の座席は空いている。迷った末、私は高村幸枝の背後に駈け寄り同じ車輛《しゃりょう》に乗ることにした。

高村幸枝は四人掛けの座席に坐《すわ》った。こういう場合、変にこそこそする方が怪しまれる。

私は、何処に坐ろうか、と車内を見渡すふりをして、驚いたのか少し口を開けている彼女と視線を合わせた。彼女の傍は空いているが、微笑して黙礼し、反対側の座席に坐った。呼ばれない以上、傍に坐る積りはなかった。

次の駅に停《と》まった時、乗り込んで来た高校生の二人が、彼女の向いに坐った。二人は歩きながら喋《しゃべ》っていた。坐った途端、一人が大声で笑った。二人共茶髪で、運動場と電車内との区別が全くついてなかった。

高村幸枝が困惑したのを見て、私は、手で隣りの空席を差した。彼女は救われたように立って私の傍に坐った。私たちの向いは寝込んでいる中年の女性だった。グレーのパンツに茶のジャケット、膝《ひざ》にはくたびれたハンドバッグが置かれている。彼女は寝込んでいるにも拘らず強い力でバッグを摑《つか》んでいた。

自分たちだけの世界で喚《わめ》いている茶髪の高校生は、高村幸枝が席を立った理由を、自分たちのせいだ、と敏感に気づいた。二人は高村幸枝を指差し、「好かん婆《ばば》ァやな」「好かんがな、糞婆《くそばば》ァいうやつや」「臭い婆ァやな」とののしり嘲笑《ちょうしょう》しはじめた。高村幸枝は恥辱と恐怖心で蒼白《そうはく》になった。どの言葉にも、好かんがな、が入っていた。

許せなくなった私は素早く席を立つと並んでいる高校生の前に坐った。

「何やおっさん」

「文句あんのか」

二人は眼を怒らして喚いたが、信じられない、という驚きは隠しようがなかった。これまで車内で、乗客に悪態をつき放題だったが、注意されたことは一度もなかったのだろう。

私は一人の左手を握るとゆっくり捻《ね》じあげた。タイミングが良かったのか、抵抗力は殆どない。彼は顔が引き攣《つ》り上半身を捻じって悲鳴をあげた。捻じあげながら私は窓際の一人の動作に注意した。案の定席を蹴《け》るようにして立った。躊躇《ちゅうちょ》せずに左手でカウンター気味のボディブローを鳩尾《みぞおち》に叩き込んだ。そんなに腰は入っていなかったが、相手は喉《のど》が詰まったような声を出し胃を押えて坐り込んだ。

私は腕を捻じっている相手にいった。

「おいガキ、次の駅で降りなければ半殺しにするぜ、分ったか、降りる時、あの小母《おば》さんに謝るんだ、分ったら頷け」

私は大きな拳《こぶし》を腹部を押えている奴《やつ》の鼻孔に当て、ゆっくり押し上げた。彼は女性に似た黄色い悲鳴をあげた。顎《あご》が僅《わず》かに動いたのは頷いたからだろう。

二人に反抗する気力がないのを見て、私は自席に戻った。驚いたことに中年の女性はまだ眠っている。高村幸枝は膝の上の袋を抱え石のようになっていた。腕を捻じあげた高校生の脂汗は私の拳にへばりつき、ザーメンに似た匂《にお》いを放っている。

私はハンカチで丁寧に手を拭《ふ》いた。

「乱暴な真似をして申し訳ありません、私としては堪えられなかったのです」

「はい、よく分ります、一体何故こうなったのでしょう、私の若い頃はまだ秩序があったような気がします」

「私もよく何故と考えます、結局、皆自分勝手に生きて、それを周囲がとがめなくなった、日本人の殆どがそうなりました、その原因は山ほどありますが、本当にこれからは大変です、ただ、ここまでくると、流石に放っておいて良いのか、と真剣に考える人が出てきたようですね」

「はい、隅さんて勇気のある方ですね」

高村幸枝の率直な賛辞に私は照れた。私は高校生を振り返った。何時の間にか彼等は座席にいなかった。電車は次の駅に近づいている。後部のドアの傍に立っている。そういう点はずる賢い。私に詫びを強制されるのを嫌って、早いうちに後部に行ったに違いない。

電車が停まった。鼬《いたち》の最後っ屁《べ》のように喚いて降りるだろう、と予想していたが、何もいわずに降りた。

電車が山崎《やまざき》を過ぎた。JRは淀川《よどがわ》を離れ山の手を走る。私たちは殆ど沈黙していた。今ここで高村圭子を話題にする気にはなれなかった。その方が、後日に期待できるかもしれない。

私は近々、高村圭子が葬られているF市のキリスト教墓地に行く積りだった。

その際、高村幸枝に電話をすれば、さほど不自然ではない。彼女はT駅で電車から降りた。

席を立つ際、彼女は、

「またお会いする機会がありましたら……」

と丁寧に頭を下げた。

「私も望んでいます」

京都駅で彼女を待って良かった、と私は心から自分に呟《つぶや》いた。

電車がT駅を出てから、この街に、細川が院長をしている私立T医科大学病院があるのをぼんやり思い出した。

夕方、マンションに戻ると、家具店から電話があった。明日、私が注文したベッドを運びたい、という。

ラブホテルで奈津子と会って以来、私は、自分の部屋に彼女を呼ぼうと考えるようになっていた。古マンションだが、一人住いにしては広さは充分ある。このマンションが建った頃は、1DKのマンションなど殆どなかったような気がする。

翌日の昼、大型のダブルのベッドが運ばれてきた。奈津子が好みそうな敷蒲団《しきぶとん》も買った。リビングルームに絨毯《じゅうたん》を敷きたかったが、最近、貯金の減り具合が激しく、今回は諦めることにした。

大きなベッドが入ったことで、寝室の感じが変った。柄にもなく、花瓶に花でも挿そうか、と気持が躍ったほどだ。

私は早速、奈津子に電話をかけた。

私の部屋でベッドを共にすることにためらうのではないか、と一抹の危惧《きぐ》の念を抱いたが、奈津子は、

「構わないの？」

と念を押すようにいって承諾した。

「当り前だよ、文句をつける女性は一人もいない」

マンションに駐車場がない旨を告げると、布施駅まで電車で行く、という。それはそれで

良いのだが、奈津子は最終電車に間に合うように部屋を出ねばならない。最初の夜は奈津子の仕事部屋に朝までいたのだ。ただ彼女としては、子供のために余り外泊したくないようだった。当然である。駐車場のある賃貸マンションに移ることも、思い浮かばないではなかったが、収入のない私にとって、月々、十数万の出費は痛い。

普通の日でも、夜になると違法駐車は多い。この辺りには、駐車場を持たないドライバーが無数にいる。ただ、奈津子に違法駐車をさせるわけにはゆかなかった。

食事は済ませてくるというので、私は午後七時に駅まで迎えに行った。小雨が降っていて、もうすぐ五月だというのに肌寒い日だった。奈津子はレインコートにもなる黄色いハーフコートを着ていた。

私を見ると嬉《うれ》しそうに眼を細めて駈け寄って来た。

私たちはすぐタクシーに乗り、マンションに向った。老人には不向きな石の階段を上ると、私の住むマンションが口を開けて待っていた。一階の壁際には自転車がぎっしり並んでいる。コンクリートのフロアは冷え冷えとして薄暗かった。奈津子を招待して、建物の古さを再認識した。今のマンションにはない広いエレベーターに乗り、ボタンを押すとエレベーターの重さが感じられるきしみを伴って上った。

「驚いただろう」

「どうして？」

「余りにもおんぼろだから……」

「あなたはおんぼろじゃないわ」

その言葉が凄く気に入った。私は奈津子を抱き締めて力を込めた。奈津子は苦しそうに呻《うめ》きながら、人が来る、といった。

こういう場合、外国人の女性はまずそんなことをいわない。勿論私は、羞恥心《しゅうちしん》を秘めた日本人の女性が大好きである。

私は早速、こんな部屋に置かれたのか、と不服そうな感じの巨大なベッドを奈津子に見せた。奈津子は口を開きかけたが何もいわずにベッドを撫《な》でた。途端にベッドは嬉しそうな溜《ため》息《いき》を洩《も》らした。分っただろう、と私はにやけて頷いてみせた。

私たちは窓際のテーブルに向って並んで坐った。向い合うのは離れているようで惜しかった。様々なチョコレート、チーズ、干ブドウなどを奈津子はウィスキーの付き出しに買ってきていた。

話題はすぐ高村幸枝と圭子に移った。圭子がパリで南本と名乗っていたのを知ると、幸枝が衝撃を受けたことや、それに対する私の推理を告げた。

「そうね、両方共当っているような気がするわ、そのどちらかね」

もし高村幸枝と再会したなら、その時は話すだろう。彼女にとって胸のうちを吐き出す相手は、私が最適の筈だった。形だけ院長の夫は、病院を喰い荒され、身心共まいり、死んだ娘の話に耳を傾ける余裕はないに違いない。

「病院も大変らしい、油断していると悪党につけ込まれて身包《みぐる》み剝《は》がれる、高村病院はそんな状態らしい」

「嫌ねえ、本当に一寸油断したなら喰われるのね、私、喰われなくて良かった」

「何事に対しても、溺《おぼ》れなかったらまず喰われない、そうだな、油断は最も禁物だよ、病院に入り込んだ悪党は小西というやつらしい、何処にでもいそうな名前の男だけど……」

「小西さんね、でもいそうでいないわ、ああ、一人いたような気がする、薬品関係の方だった、でもその人かどうか」

「プロパーだな」

グラスにウィスキーを注いでいた私は、思わず顔を上げた。

「大勢のお客の一人、普通なら記憶にない筈だけど、変なことで思い出したの、余り感じが良くない話だけど、でも、あの時の小西さんと高村病院の事務長が同一人物とは限らないわね」

「違っても良いじゃないか、話して欲しい」

当時の桐に飲みに来た薬品関係者といえば、まずプロパーである。私は興味を持った。奈津子はグラスを持ち上げて眺めた。部屋の明りが水割りのグラスに映え中央部が煌《きらめ》いて消えた。私の脳裡に桐のシャンデリアが甦った。奈津子もそれを思い出したのかもしれない。だが懐かしそうではなかった。

小西は山野製薬のベテランプロパーの犬養《いぬかい》と一緒だった。接待相手はＲＡＮＡ医科大学の春野《はるの》教授だった。奈津子にはよく分らないが春野はリウマチ関節炎の権威らしい。犬養がよく出入りするのはクラブ関で、桐には余り顔を見せない。春野の希望で桐に来たようだった。春野のお気に入りはリカだった。

小西は色白でトンボに似た感じがした。それに何処か神経質である。

十一時半を過ぎ、犬養が春野を誘い、センチュリーに遊びに行くことになった。ピアノがありナイトクラブ的な店だった。リカに頼まれ、奈津子も同行した。午前二時近くまで遊び、春野がリカを送り、犬養と小西が奈津子を送ることになった。ところが犬養は、急に用事を思い出した、といい出した。

結局、小西一人が奈津子を送るはめになった。奈津子は本能的に嫌な感じがした。まだ若いせいか言葉に引っ掛かるものがある。当時、奈津子は同心《どうしん》町のマンションに移ったばかりである。小西の家は堺の方だった。

奈津子と二人きりになると、小西は犬養が関のホステスとGホテルに泊まる積りだ、といった。奈津子は頷いただけで無関心をよそおった。

小西は春野教授の悪口をいった。小西は犬養に頼まれ、春野の細君を伊丹空港に迎えに行ったことがあった。細君は高校生の息子、中学生の娘と一緒だった。ヨーロッパから帰国したばかりの細君は大変な荷物に囲まれていた。小西は重いトランク二個を持たされ両肩が抜けそうだった。小西に対するいたわりは全くなかった。召使いのようにこき使った。息子は自分の荷物を持っただけで口笛を吹いている。小西がタクシー乗り場に向うと、

「あなた、ハイヤーで迎えに来たのじゃないの、タクシーにこの荷物と一緒に乗れというの」

細君はとがめ、汗をかいている小西に、気の利かない迎えね、と皮肉をいった。

息子も娘もふくれている。

小西はぶん擲ってやりたくなったのを抑えた。

小西の春野への憎悪は他の医者にも及んだ。医者に対するプロパー達のぐちはよく耳にした。だが小西のような剝《む》き出しの憎悪を聴いたのは初めてだった。

「恐かったし、不愉快だったわ、そこまで憎んでいるのなら転職すれば良いのに」

奈津子が小西のことを覚えているのは、そういうことがあったからだ。

「話さなければ良かったかしら」

暗く沈んだ私の表情を見て奈津子が気遣いを見せた。

「良いんだよ、そういう世界だった、ただ問題は一人一人のプロパーがどう受け止めるかだな、胸や背骨に傷を受け、完全に歪《ゆが》んだ奴《やつ》も多いだろう、秋岡も傷を受けたからトンビになった、犬養は深傷《ふかで》を負う前にきり抜けるタイプだ、奴は確か山野製薬だった、次長までいった、だが左遷になり退社した、その小西だよ、間違いない、病院を喰い散らしているのは、復讐《ふくしゅう》がその仕事を選ばせたのかな、浜田がいった、一蓮托生《いちれんたくしょう》の村人だと……」

秋岡が仕入れる薬などはかなり、そういう病院に流れているに違いない、と感じた。

秋岡は小西を熟知しているかもしれなかった。


ベッドルームには窓がなかった。巨大ベッドと共に買った狭いサイドテーブルのスタンドが、薄汚れた壁に、頼りない光を投げかけていた。壁の汚れは地図に似ていたし、動物にも見えた。

私の脛《すね》に脚を絡ませた奈津子は、眼を閉じて私の方に顔を向けていた。燃えた後の快い気だるさに身をまかせている。時々、柔らかく湿った太腿《ふともも》が引き攣《つ》る。それに反応するように瞼《まぶた》が微かに動くが眼は開けない。

私は身体を動かさなかった。雑音も時もなく、花粉と共に浮遊している彼女を、できるだけ長くそっとしておいてやりたい。

遠くでパトカーのサイレンが鳴った。雨の日、一日中部屋にいると、必ず何処かでサイレンが鳴る。余りにも人間が密集し過ぎているのだ。

それがどんなに濃厚で頭を痺《しび》れさせようと、男は夢から醒《さ》めるのが早い。ぼんやり奈津子の話を反芻《はんすう》していると、薬を仕入れて、売っている秋岡の顔が浮かんだ。

秋岡が仕入れる薬には色々あるが、使用期限の迫ったものが多い。抗生物質など大体三年だが、三年を過ぎると効果がなくなる、というわけではない。ただ、使用期限が三年のものなら、四年ぐらい過ぎると効果が落ちるものも出はじめる。使用期限というのは、三年なら絶対大丈夫という薬品会社の保証である。当然、使用期限内三年でも、まず二年たてば正規のルートには乗せられない。

かりに一年前に製造した薬を病院に納入したなら、返還されるだけではなく、販売担当の責任者に呼びつけられ、場合によっては購入を打ち切られる。これは問屋を通して薬局に売る場合も同じだ。

薬品会社は、需要の見積りより多目に製造するから、薬は余る。内部で処分するが、半分以上は現金問屋に割り引いて売る。現金問屋には、個人病院の事務長や、トンビが買いつけに行く。勿論、そういう事務長は、借金の多い病院や、家族が持て余して入院させる老人病院や精神病院が多い。

そんな病院の一割か二割は、週刊誌に、たまに叩かれ、病院長は逮捕ということになる。だが患者を安い薬漬けにして、真剣な治療を行なわない病院は、事件沙汰《ざた》になる病院よりはるかに多い。マスコミに叩かれるのは氷山の一角である。

薬の方は、使用期限に近づくほど限りなく安くなる。使用期限ぎりぎりのものは十分の一程度だ。そういう薬は、トンビの間を転々とし、高村病院のような乗っ取り屋に押えられている病院に持ち込まれる。

乗っ取り屋は、仕入先や製造年月日を書き替えたり、病院が保有している新しい薬を現金問屋に叩き売る。正価よりも安いが、ただ同然で買った薬の三倍ぐらいにはなる。利鞘《りざや》は大きい。

勿論、新しい薬も三割ぐらいは置いている。行政機関の検査に備えてだが、老人病院や精神病院でない限り、投書ぐらいでは検査はまずない。

乗っ取り屋は喰い荒すだけ荒して逃げてしまう。同時に病院は倒産だ。

企業に入り込み喰い荒すのは、昔からよく行なわれていた。病院の場合はバブル崩壊後に俄然《がぜん》多くなった。

プロである銀行がバブルに溺れ、想像できないような危ない金を貸し続けたのだ。経済界の恐さを知らない医者が、銀行のいうままに金を借り、土地を買い、病院を拡げたのも仕方がないだろう。

それをしなかったのは、余り物欲のない医者か、バブル現象に異常なものを感じた僅かな者だけである。

乗っ取り屋はバブル崩壊後、そういう病院を狙《ねら》った。融資話と経営改善を口実に病院に乗り込み、倒産に到《いた》るまで喰い荒すのである。

それが酷《ひど》かったのは二、三年前までだが、まだ続いていたのだ。

秋岡がそういう連中に薬を売るのは、職業柄当然だった。トンビが扱う薬の大半は、使用期限が迫っている品物である。

日本での高村圭子の生活をこれ以上調べるとすると、高村病院の実態にまで調査の手を拡げねばならなくなる。

トンビとしての秋岡が、どんなところに薬を売っているかについては、私は眼を逸《そ》らしていた。秋岡は法ぎりぎりの線で商売していることが多い。そうでなければ、喰ってゆけないのだ。

私と秋岡の友情は、私が秋岡の仕事の暗部に触れないことで続いていた。

だが、もし、高村病院を喰い荒している小西に、秋岡が薬を売っているのを知ったとしたなら、私は黙っておれなくなりそうだ。

名刺の上だけのことだが、一枚は秋岡の会社の社員にもなっている。当然、私が忠告すれば、二人の間は気まずくなる。それは、これまでの長い友情に罅《ひび》をもたらすかもしれない。

私は高村圭子の苦悩の原因の一部を知った。パリに留《とど》まりたいにも拘らず送金の額が僅かになり、彼女は日本に戻る以外に方法はなくなった。もし、居続けようとするなら、本格的に身体を売る以外にない。それが彼女の苦悩のすべてとは断言できないが、彼女が悩んだのっている。秋岡は間違いなく小西を知っている。は当然である。

秋岡が小西に薬を売っているかどうかは別として、秋岡は間違いなく小西を知っている。


浜田がいったように、二人は同じ村の出身である。それだけではなく今も、仕事の上で繋《つな》がっている可能性もあるのだ。

これ以上、高村圭子の調査は必要がないかもしれない。秋岡との友情のためだけではない。

私には奈津子がいた。

何時の間にか奈津子が瞼を微かに開き、胸中を読むような視線を私の横顔に注いでいた。

私の腕が急に重くなった。彼女は漂っていた仙境から現実に戻ったのだ。

「何を考えているの、それとも悩み事？」

「いや、たいした事じゃない」

「隠さないで良いのよ、あなたって昔から隠し事のできない人、根が正直なの」

「プロパー時代からか？」

「ええ、そうよ、だから光っていた」

奈津子が私の胸に手を置き、ピアノを弾くように白い指で叩いた。

「ほら、その通りといっているわ、誤魔化せないのよ」

「嘘をつけ」

私は自分の心臓に手を当ててみた。鼓動の音は感じられない。

「音がしないでしょ」

「沈黙を守っている、返事などしていない」

「鼓動が小さくなっているのよ、難しいことを考えているから、血が頭の中をぐるぐる廻って心臓に戻ってこない、それで分るのよ」

「おいおい、冗談だろう」

「冗談じゃないわ、悩み事なら打ち明けて欲しい」

「高村圭子の調査はやめようと思う、彼女の悩みの原因は分った、これで充分だよ」

「御免なさい、その件には口をはさまない、隅さんにまかせます、ミネラルウォーター、冷蔵庫にあるかしら」

「あるよ、今日のために買っておいた」

「そこが正直すぎるのよ」

笑った奈津子は念を押すように私の胸を一つ叩いた。

もし高村幸枝からの電話がなかったなら、圭子の調査を打ち切っていただろう。ひょっとすると圭子が幸枝に、もっと調査をして、すべてを暴いて欲しい、と取り憑いたのかもしれなかった。

五月中旬の爽《さわ》やかな朝だったが、その日のジョギングは疲れた。途中で何度も休みたくなった。調査をはじめて以来、ジョギングやボクシングのトレーニングも休みがちである。この年齢になれば、毎日、身体を動かしていなければ、すぐ疲労が溜《た》まる。部屋に戻り荒い息を吐きながらシャワーを浴びていると電話が鳴った。

奈津子か秋岡からである。バスタオルを身体に巻き受話器を取ると同時に電話は切れた。電話に出るまで時間がかかったのであろう。最近、シャワーを浴びていると電話のベルが聞き難い。私はズボンをはきシャツを着てから奈津子に電話した。午前八時を過ぎている。奈津子はすでに仕事場に出ていた。

秋岡からの急用だろうか。それにしても時間が早い。私立探偵の阿馬に調査を依頼して以来、秋岡には簡単な報告をしている。

高村圭子が悩んでいたのは、実家の病院が乗っ取り屋に蹂躙《じゅうりん》され、送金が絶えたせいらしい、と伝えていた。流石に小西の名は出していない。抑えたのだ。

それ以来、秋岡には電話をしていないし、彼からもかかってこない。私の簡単な報告だけで秋岡は驚いたに違いなかった。彼には繊細な面があるのだ。私は奈津子との関係も告げていたが、詳しくは話していなかった。今のところ結婚の話も出ていないし、二人の関係が何時まで続くかは分らない。

トーストを作っていると二度目の電話が鳴った。

今度は控え目な女性の声がした。高村幸枝であることはすぐに分った。彼女は十日後に大阪に出て来る、といった。

先日はもっと話したかったが、時間がなく、それに初めてお会いした方に余りお話しするのもと思い遠慮したが、心残りがしていると心境を述べ、もし差し支えなければ、と私の都合を訊いた。断ることはできない。奈津子は高村圭子の調査については、私の意志にまかせると結論を出した。

中途半端で終えたなら、将来、悔いが残るのでは、と私のために暗にいっているのである。悔いが残るほどではないが、私としては、今少し知りたい、というのが本音だった。

今回、高村幸枝は、堺の友人の家に泊まる、という。午後三時頃から夕食まで時間が取れるらしい。

「圭子がパリで、南本恵と名乗っていたことを隅さんから知らされた時、私は多分、顔色を変えたと思います、色々考えましたが、その理由について、やはりあなた様にお話ししなければ、圭子も納得しないし、私の気持も隠し事をしているようでおさまりません、御迷惑かもしれませんが聴いていただければ有難いのです」

「分りました、お会いしましょう、ただ、お嬢さんのことをお聴きしても、私はお力になれないかもしれません、それで良いのなら……」

「勿論です、聴いていただければそれで充分なのです、多分、圭子も喜ぶでしょう、あのような事故で亡くなる前、圭子があなた様と御一緒していたというのは、神の御意志かもしれませんし」

そんなおおげさなものではない、と私は自分に苦く呟いた。

薄曇りのその日、私は中之島のRホテルの小ロビーで高村幸枝と会った。

驚いたことに、高村圭子は、高村幸枝の実の娘ではなかった。養女であった。だが圭子が私に告げた南本は実母の姓ではない。

もし実母の姓だったなら、高村幸枝はやはり軽い落胆は覚えたかもしれないが、私に気づかれるほど驚くことはなかったであろう。高村幸枝は視線を伏せた。

高村幸枝の告白は次のようなものである。

高村幸枝は大阪府下の病院長の次女として生まれた。兄は病院を継ぐ予定で医大に進み医者になったが、幸枝とその姉は東京の私大を出た。年齢も十歳近く違うし大学も別である。幸枝と異なり姉は個性が強く派手で、自分の思い通りにならなければ気が済まない方だった。姉は有名ホテルの企画開発部に入り、当時では新しい分野だったフォークソングのミュージジャンと恋愛した。相手には女優の妻と子がいる。旨くゆく筈はなく失恋の傷を受けて大阪に戻ってきた。暫《しばら》く実家でふらふらしていたが、父の友人である医者の紹介で結婚した。

結婚相手は有望な医者だった。

私はそれとなく医者が病院勤めか、開業医かを訊いたが、幸枝はその件はと、口ごもった。その辺りは口が固くしっかりしていた。

姉は結婚して三年目に女児を産んだ。その後、三十代後半でまた次女をもうけた。それが圭子だった。長女と約十歳の開きがある。

その頃、幸枝は見合で、現在の夫と結婚し、F市に住んでいた。

圭子が三歳の時、姉がF市に来た。驚くべき事実を告げた。圭子は夫の子ではないと言い、養子として引き取り育てて欲しい、と頼んできたのだ。姉は実の父親の名は告げない。夫の子でない点については、何年間か、夫とベッドを共にしていないのではっきりしている、との一点張りだった。

ベッドを共にしなかった、と聴き、私の脳裡に奈津子の告白がダブった。

結婚して数年たったが高村夫妻には子供がなかった。どちらかに欠陥があるのかもしれないが、医者なのに夫は診て貰わない。幸枝にも診て貰うようにと要求しなかった。

聴いていた私は、疑問を口にした。

「お姉さんが、何年間かご主人とベッドを共にしていなくて妊娠したなら、ご主人も、自分の子ではない、と思われますね、当然、トラブルは起こるし、お姉さんの方も何故堕《お》ろさずに産んだのでしょう」

高村幸枝は悲し気に首を横に振った。

「それについては、姉は私に話しませんでした、何か、口ではいえない深い事情があったのだと思います」

彼女が視線を落とし、声を低くしたところをみると、事情は知っているが、私に話したくなかったのであろう。

私もそれ以上は質問し難かった。

私と高村幸枝は知り合ったばかりである。

幸枝の夫も承諾し、結局高村夫妻は圭子を養女にした。

姉夫婦について高村幸枝は、

「その後、別れたとしか申し上げられません」

と唇を結んだ。

圭子はややエキセントリックなところはあったが勉強はよくできた。

東京の大学の仏文科に入ったが、中退してパリに行ったのである。

「養女の件ですが、圭子が中学校に入った年に、告げました、戸籍を調べれば分ることです、隠し続けるのは圭子のためにならないと思ったからです、圭子は一寸驚いたふりをしましたが、どうも薄々感づいていたような気がしてなりません、だとしたら、圭子は演技をしたのでしょう、ただ、今日お会いしたのは、圭子が南本と名乗っていたことで、私がショックを受けた理由をお話しするためです、なかなかいい難いのですが、これは、あなた様にいわねばなりません、優柔不断だった私への罰です、もっと早く夫にぶつかるべきでした、南本は夫の愛人の姓です、今、F市で料亭をやっています」

驚かない積りだったが、私は思わず、えっと声に出していた。

高村院長と愛人との関係は、彼女が料亭の仲居だった頃からだから、もう二十年以上続いているようだ。

「私は圭子に、姉の子だとはっきりいいました、でも……圭子が南本と……」

「一寸待って下さい、それで圭子さんはあなたのお姉さん、つまり実の母に会いたいとはいわなかったのですか」

「内心はどうか知りません、でも口にはしませんでした、勿論、私の子とした事情については、私なりに説明しました、姉が心を病み、育てることが不可能になったという風に、人間って時には嘘をつきます、いけないことですが、圭子にはそう説明する以外なかったのです」

「圭子さんは、実の母が今どうしているかなど、本当に口にしなかったのですね」

「はい、あの娘なりに堪えたのでしょう、ただ私は実の母ではありませんし、そのせいで、実の母以上の愛情を注いだきらいがあります、敏感なあの娘にとっては大変な重荷だったと反省しました、ただ、隅さんから、圭子が南本と名乗っていたのを聞き、眼の前が暗くなるほど驚いたのです」

私の頭はプロパー時代のように回転した。

「驚かれたのも無理はありません」

「私は思い違いをしていたのです、圭子は自分勝手に、夫の愛人の南本早苗《みなみもとさなえ》の娘と思い込んでいたのに違いありません、二人の関係は、かなりの人が知っていましたから、圭子が知っていてもおかしくはありません、圭子は高村の姓を憎み、自分が母親と信じている南本さんの……」

「いや、そんなことはないでしょう、余り御自分を責められるのは良くありません、この頃の若者は、軽い思いつきで偽名を使います、髪の色を変えるのと、そんなに違わないんです、口にはださなくても、圭子さんはお母さんを思っていましたよ、日本よりもパリの方が解放されるけど、母親の気持を考えるとすまないという思いで気が重くなるといっていました、その母親はあなたです、あなた以外にありません」

勿論作り話だが、私は熱を込めていった。同時に私の頭は、またもや回転する。

高村幸枝の眼が赧くなった。私の胸も込み上げてくるもので熱くなった。

高村圭子は何という不幸な星のもとに生まれたのか。

パリの街路を風に吹かれたように歩いていた高村圭子は、実の母への不信感をずっと胸に抱いていたに違いない。

眼前にいる高村幸枝は、性格的に古い因習を破れない女性だったのだろう。

見合結婚の夫は、名門の病院長である。

普通なら、夫が愛人を持ち、それが発覚した段階で夫と闘わねばならない。今の妻なら大抵そうする。だが彼女にはできなかった。

何故か？　性格のせいか。

それもあるが、ひょっとすると養女にした圭子のためだったかもしれない。実の子なら、離婚覚悟で争い、別れれば子を連れて実家に戻る。

だが、圭子が姉の子で、養女にしたが故《ゆえ》に、彼女は夫と別れられなかった。圭子への責任感のせいだ。彼女は圭子の幸せのために堪えた。それにも拘らず結果的に、幸枝は圭子に裏切られた。

高村幸枝が、どんな衝撃を受けたかは、私の想像以上であろう。

圭子が何故、父の愛人である南本の姓を名乗ったのか、実の母親と感じたのか。いや違う。ひたむきに自分を愛した養母の呪縛《じゅばく》から脱したかったとも解釈できる。

何かがひらめいた。少なくとも彼女が何人かの男性に身体を売ったのは間違いない。

そうか、と私は自分の想像に慄《ふる》え、分ったと、叫びたくなった。

圭子は父の愛人を憎んでいた。本名で身体を売ることに抵抗があり偽名にした。偽名なら母に対する罪悪感が薄れる。母を穢《けが》さないで済むからだ。

圭子は汚れた名で身体を売ろうと考えた。最もふさわしいのは憎んでいた父の愛人、南本なにがしではないか。

これこそ、圭子が南本と名乗った唯一の理由である。高村幸枝は、圭子が身体を売っていることを知らないから、自分なりの解釈を下した。その解釈により悲しみ悩んでいる。それこそ絶望的な悲しみである。

私は高村幸枝の顔を見据えた。彼女の悲しみ、それこそ一生消えないであろう悲しみを解くのは、そんなに難しくない。だがそのためには、高村圭子が身体を売っていたことを話さねばならない。それを聴いた彼女は、どんな衝撃を受けるだろうか。

神よ、どちらを選ぶべきか、と私は神を信じていないくせに問いたくなった。

高村幸枝が腕時計を見た。

「本当に、申し訳ありません、身内にもいえないことを口にしてしまって、もう二度とお会いすることはないと思いますので、どうかお聴き流し下さい」

立ち上がろうとした高村幸枝を、

「一寸待って下さい、もう少し、このままではあなたの悲しみは癒《い》えない、そうでしょう」

「仕方がありません、圭子への私の愛情が足らなかったのです、神は私を罰せられた、私は贖罪《しょくざい》のためにも、圭子に詫び続けます」

「違うんです、あなたは勘違いしている、圭子さんは南本さんを真の母と思ってもいない、かえって憎んでいます」

「そんな、嘘です」

「その理由を知っているんです、嘘ではない、でもそれを話す前に、本当のことをお聴かせ下さい、あなたのお姉さんは医者の御主人と長年ベッドを共にせず、圭子さんを産まれた、その理由を、あなたは御存知です、だからあなたは圭子さんを養子になさったのではないですか」

「でも、それは他人に……」

「口外できないことでしょう、高村さん、あなたはこれから圭子さんのお墓に参られることがあると思います、圭子さんが南本という偽名を使った本当の気持を、あなたが知っているか、また誤解しているかでは、大変な違い、神のもとに召された圭子さんも悲しまれるでしょう、あなたは知るべきです、真実を……」

高村幸枝は両手の指を絡ませた。何か悩みながら聖書を口にしているように感じられた。

「隅さん、どうして姉と夫との関係を知りたいのですか、興味から……」

「とんでもない、あなた達は医者一族です、ひょっとすると私の大事な人が、お姉さんの御主人と関係あるかもしれない、と疑問を抱いたからです」

そうなのだ、私は高村幸枝から、圭子の実母と夫との間にベッドの関係がなかったのを知らされた時、奈津子の告白と共に細川の顔が浮かんだのである。大阪での結婚、有望な医者、それに高村圭子は細川に抜擢《ばってき》された東本が院長をしている病院に入院した。

高村幸枝は口を結び、絡み合わせた両手を凝視《みつ》めている。明らかに動揺していた。決心を固める前に突っ込まねばならない。動揺は空白状態といって良い。私がかつて難物の龍野教授を陥《おと》した時も、空白状態を突いたのだ。

「では、あなたが話し易《やす》いようにいいましょう、お姉さんの御主人は同性愛好者だった、最初は違う、何時の間にか潜在的な嗜好《しこう》が表に出た、お姉さんはそれに堪えられず他の男性を愛し、妊娠された」

「どうしてそれを……」

高村幸枝は、思わず出た自分の言葉に驚き、はっとして手で口を覆った。

「よくある例ですよ、私は医者に詳しいんです」

高村幸枝は先日、私立T医科大学病院のあるT駅で降りた。

「高村さん、私と京都でお会いした日、あなたはJRのT駅で降りられました、細川院長に会いに行かれたのですね、これで謎《なぞ》が解けました、理由は訊きません」

「それは答えられません」

「私はあなたに圭子さんが南本と名乗った真の理由を話すと約束しました、私の質問を、あなたは否定していない、お姉さんの御主人は細川院長です」

「私の口からは……」

「当然でしょう、二人共、余りにも重大なことを話しているので頭が熱している、少し外を歩きませんか」

「圭子は何故、南本と偽名を使ったのでしょう、隅さんは真実を話すとおっしゃった、どうか教えて下さい」

「話します、でもここでは無理です、三十分ほど時間を下さい、約束を守ります、歩きながら話します、三十分だけです」

「分りました」

丁度、伊丹空港行きのホテルバスが出る時間である。私は奈津子と待ち合わせたあの石の橋に立ちたかった。

石の橋まで歩くと十数分かかる。バスが停《と》まる場所は橋からそんなに離れていない。大きなバスだが乗客は数人だった。皆黙々と坐っている。これから飛行機に乗るのに、まるで葬式の車に乗っているようである。これが団体客だところっと変るのだ。

数分で石の橋の近くに来た。

「ここです」

私は高村幸枝をうながし、席を立つと先にバスから降りた。信号待ちのタクシーが列を作っている。今道を渡ると途中で信号が変りそうだ。

「お姉さんはお元気ですか？」

「ええ、何とか……」

幸枝は口ごもった。

圭子の姉についても訊きたかったが、強いて訊くと詮索《せんさく》しているように取られるかもしれない。

私と高村幸枝は石の橋に立った。昼下がりなのに殆ど通行人がない。退社時刻になると一挙に増えるのであろう。

二人は川を眺めた。西側の大江橋は車で詰まっていた。

「高村さん、不思議な御縁です、あなたのお姉さんはＭＡＴＯ大学の細川先生と結婚された、細川先生は教授となり、今は私立Ｔ医科大学病院の院長です、長女をもうけた頃から細川先生は女性よりも男性を愛するようになった、今よくいわれるゲイです、あなたのお姉さんは、多分、離婚を申し出られたが、細川先生は体面を重んじ、なかなか離婚に応じられない、憤りと憎しみから他の男性と恋をなさった、当然です、妊娠されたが、堕ろされなかったのは細川先生への面当てからかもしれない、その件はともかく、私の恋人は、細川先生から道具として扱われた、ゲイではないと周囲に見せるための道具にされたんです、本当に不思議な御縁だ」

あの当時の医者とプロパーは同じ村の出身、と浜田はいった。高村圭子には余り関係ないかもしれないが、私がプロパーでなかったなら、奈津子や細川と知り合うことはなかったであろう。

不思議な縁はまさに実感だった。

「圭子が南本さんの偽名を使った理由をお話し下さい」

「話します、その前に私が話したことが間違っているかどうか、お答え下さい、お願いです」

「どうして、そんなことが知りたいのですか?」

「私の恋人を信用したい、彼女はかつて細川先生と噂《うわさ》を立てられたことがあります、でも彼女は身体の関係はなかった、先生はゲイだったからと私に訴えているのです、お願いです、あなたから真実を聴きたい、答えがどうであろうと、圭子さんが私に告げたことを話します、私はクリスチャンではない、でも、私なりの神に誓いましょう」

高村幸枝は眼を閉じた。その手は動かなかったが、私は彼女が十字を切ったように見えた。その表情が酷《ひど》く頼りなげで幼かった。

「本当ですね」

「誓います」

私は無意識に石の橋に膝《ひざ》をついていた。

短パンの若い女性が橋に現われたが、全く気にならなかった。

「分りました、殆ど間違いありません、ただ姉が堕ろさなかったのは、細川先生への憎しみだけとはいい切れません、姉が関係を持った男性の子を産みたくなったのかもしれないし、これで良いでしょう、教えて下さい、圭子が偽名を使った理由を……」

高村幸枝は私が膝をついているのに初めて気づいたのか、

「お立ち下さい、お願いです」

「いや、このままで謝罪させて下さい、私は嘘をついていたのです、パリで圭子さんと知り合い、男女の関係になりました」

高村幸枝の顔が見られなくなった。橋の石が浮いてぼやけた。私は白い霧のような石畳に顔を突っ込みたかった。

返事がない。高村幸枝は凍りついたに違いない。年齢にしてはほっそりしている彼女の両脚は微動だにしない。私としては作り話をする以外になかった。

「圭子さんはいっていました、南本の偽名を使ったのは、汚れた名前だから穢《きたな》いことをするのにぴったりだと、南本ならどんなに汚れても良い、だけど母の姓である高村は穢《けが》したくない、父は嫌いだけど、母には感謝しているからとはっきり私に話してくれました」

「隅さん、立って下さい、人が見ています」

泣くような声だった。多分、私の告白で、圭子の自分への真の気持を知り胸が詰まったに違いなかった。

「許していただけますか？」

「許すも許さないも、私に対する圭子の思いを知っただけで充分です、ね、お立ち下さい」

私は一礼して立った。

サラリーマンらしい中年の男性が、ホームレスを眺めるような視線を私に向けていた。短パンの女性は、好奇に満ちた眼だった。

私は立ち、埃《ほこり》のついたズボンの膝頭《ひざがしら》を叩いた。

「申し訳ありません、嘘をついて、圭子さんを穢したくなかったので」

「怒っていません、男女の関係を穢いことという以上、援助交際をしていたわけですね、四、五万の送金ではやってゆけない、と心配していたのです、部屋代だけで十数万かかりますから、圭子が南本さんの名を使った本当の理由を知り、心から安心しました、圭子は復讐していたんですね」

高村幸枝の頬《ほお》は蒼白《そうはく》だが眼は赧《あか》い。唇は血の気がなかった。

「そうですよ、先日、細川先生に会われたのは、立ち入ったことですが、資金繰りですか」

「いいえ、病院に入り込んで来た事務長の小西さんが、細川院長の知り合いのようなので、相談にいったのです、小西なんて知らない、と取りつく島もありませんでしたが」

「ということは、小西事務長が、細川先生の名を出したんですか……」

「主人といい争った時、酔っていた事務長が細川院長の名を、ぽろっと出したんです」

「そうですか、小西事務長はプロパーでした、私がプロパーとして細川先生を知ったように、昔、知り合ったんでしょう、でも、どういう状態の時にそれを」

「私は、ちらっと耳にしただけです、小西さんは大きなことばかりをいう人ですから、でも今日は隅さんとお話しして良かった、これで私、高村と離婚できます、晴々とした気持で、実家も主人にはかなり融資をしました、主人には離婚を拒否する理由はありません、本当に、身内にもうっかりいえないようなことを隅さんにお話ししてしまいました、聞き流して下さい」

「圭子さんが取り持ってくれたんですよ、それだけが今回の救いです」

私は深々と頭を下げたが、高村幸枝が一瞬だけ微笑《ほほえ》んだように思えた。心なしか蒼白な頬に血の気が感じられた。

勿論、私が話した高村圭子の告白は作り話だ。ただ話している最中、私は彼女が母の姓を穢したくないため、南本と名乗ったことを確信していた。

それ以外に、高村圭子が南本を名乗る筈はない。それが私の高村圭子像である。

私が信じて話している以上、高村幸枝が信じたとしても当然だった。それに彼女が心の底で最も望んでいたのは、私が告げた内容に違いなかった。

私はF市に戻るという高村幸枝を石の橋のすぐ傍にあるSホテルまで送った。

ホテルの前には、今日も客待ちのタクシーが河筋の道まで並んでいた。

不景気を端的に象徴しているのはタクシーである。

「新大阪駅までだ、頼むよ」

といって私はタクシーの運転手に千円札を三枚渡した。

高村幸枝と別れ、時間がたつほど私は奇縁の重みを痛感せざるを得なかった。

私が日本の大使館員に、南本恵への再会を要求している時、高村幸枝は娘の事故を知らされ、急遽《きゅうきょ》、パリに発《た》つ準備をしていたのだろう。どんな母親だろう、と想像した記憶があった。

高村圭子の霊がきっと二人を会わせたのであろう。私は死後の霊など信じたことはないが、この時ばかりは霊魂を信じたい気がした。

車に撥《は》ねられたため、いいたいことが山のようにあったのに、一言も喋れなかった。そんな高村圭子の無念が、ひしひしと感じられた。

高村圭子は、私が自分の実母とも会い、何故、自分を妹に渡したのか、その真実を確かめて欲しい、と望んでいるのではないか。

私は慌てて昼下がりの妄想を打ち消した。

今日、高村幸枝から聴いたことは、秋岡と奈津子に話さねばならない。

細川は高村病院を喰い荒している小西を知っている。高村幸枝にとって細川は姉のかつての夫だ。

ひょっとすると小西は、有名な医者と親しいと、たんに自慢したのかもしれない。だが私にはそうは思えなかった。これは私の勘であり、特別の理由はない。

私は秋岡に電話した。

秋岡なら小西がどういう人物なのか、知っている可能性がないでもなかった。

常子が出て、秋岡は福岡に出張している、という。

驚いたことに常子は、秋岡が泊まるホテルを知らなかった。

「何時もそうなんです、その時の都合があるからって、何処で何をしているやら、本当に勝手なんだから」

何時になく常子は饒舌《じょうぜつ》だった。無口な女だったが、秋岡の家で同棲《どうせい》するようになり、女房になった積りでいるのかもしれない。

まあ男女関係とはそういうものだ。

「携帯電話は持っていますね」

「はい、携帯にかけてみて下さい」

常子は急に素気ない口調でいった。

私は秋岡の携帯に電話した。

コール音は長かったが秋岡は電話に出た。

「隅さんか、驚いたなあ、どうしはったんや、急用？」

「大事な話だ、何時戻って来る？」

「明後日、ああ、予定ありませんわ、晩飯でもどうですか」

「場所は？」

「何時ものSホテルのバー、六時半にしましょう」

「結構、じゃ」

小西の名を口にしたなら、秋岡はどんな顔をするだろうか、と私は溜息めいた息を吐いた。

奈津子は仕事中である。懸命に客の人生を占っている。仕事場に絶対電話はできない。マンションに戻った私は駅前にある焼鳥の店で腹ごしらえをし、そのまま馴染《なじみ》のスナックに行った。

八時過ぎで、まだ客はいない。

マスターはサンテレビ放送のタイガース・ドラゴンズ戦を観《み》ていた。もう八回で、二対六である。タイガースは相変らずの貧打だった。

ノーアウト一、二塁の好機である。

細君の顔が見えない。若いホステスは煙草《タバコ》を喫《す》いながらマスターに付き合って眺めている。大学で野球部にいた私は野球が好きだが、タイガースファンではなかった。好みの球団といえばヤクルトだが、熱狂的なものではない。プロパー時代は野球など観る暇もなかったし、野球から遠ざかっていた。私がヤクルトファンなのは、一癖も二癖もあるNが監督になってからである。彼は色々な意味でプロだ。テレビなどに登場している鼻持ちならない細君に、頭が上がらないふりをしているあたりにも、プロ根性を感じる。また、夫婦の間には、他人が勝手に論じられないものがあるのだ。

「奥さんは？」

「一寸風邪《かぜ》気味なので休ませています、隅さん、反撃のチャンスです」

虎《とら》キチのマスターは眼の色が変っていた。大阪にはタイガースファンが多い。巨人、つまり東京に対する敵愾心《てきがいしん》の表われだろう。この辺りの大阪の土俗性は面白い。

七番のSが恰好《かっこう》良くバットを振っている。

球場は沸いていた。Sはタイガースの花形選手だが、打率は二割二分、ホームランは五本だった。甘い顔でギャルの人気を集めている。ただ、私はSが何故、これほど人気があるのか分らない。茶髪と手首の赤いバンドが、彼の容貌《ようぼう》に似合っているのは間違いない。それに肩は強く、ホーム寸前で何度も走者を殺している。外野からの返球力を打率に換算したとしても、せいぜい二割六、七分というところである。それがホームラン王なみの喚声だ。

中日のH監督がゆっくり出て来て、押えの投手を韓国から呼んだSに替えた。中日ファンが待ってたとばかりに喚声をあげるが、タイガースファンの声にかき消される。

マスターが立ってボトルを出した。

「これが終ってからで良いよ」

「観たくない場面ですわ、ミドル級とフライ級の違いでしょう」

「そうだろうな、今のS野手には、百五十キロの球を飛ばす力はまずない、周囲がおだて過ぎだ」

だが、タイガースの放映権の大半を握っている地元のテレビ局のアナウンサーがいう。

「Sって、こういう時に打順がよく廻ってきます、これがSの花なんですね」

「ええ、打ってくれればね」

だが、往年、スラッガーで鳴らした解説者も、これではテレビ局に悪いと慌てて、

「こういう時は大きいのを狙う必要はない、センター返しで充分、まずつなぐ気持、気負ったら駄目です」

マウンドでの肩馴《かたな》らしが終り、ストッパー王を狙う投手が投球動作に入った。一、二塁の選手がじりじりと前に進む。

「一塁への牽制《けんせい》はなしだな、真正面から打者と勝負をするぞ、もう呑《の》んでかかっている」

私の予想に、マスターは、うん、と呟く。

案の定、Sの豪速球がインサイドぎりぎりに入った。百五十一粁のスピードガンに観衆がどよめく。見逃したSは一歩退《さ》がり素振りをする。

「マスター、次は？」

「外角へのシュートか、高めへの直球じゃないですか」

「間違いなく高めへのストレート、Sは空振り」

「ウィスキー、ダブルを賭《か》けましょうか？」

「ああ、賭けよう」

Sは高めへの速球に弱い。投手は二度目のサインに頷いた。一塁を見るが牽制する気持は全くない。唸《うな》るように飛んだ球は完全に高めのボール球だ。だがSは力まかせに振った。肩に力が入っており球とバットとの間隔は二十糎《センチ》ほどある。

「やられましたな、無様やなあ」

「球が全く見えていない、僕が監督ならバントだな」

「あれじゃ、頭上を飛ぶ球にバントして、空振りじゃないですか、くそ、次は？」

「落ちるボール球、ひょっとすると振るぜ」

私の予想はまたもや当った。ワンバウンドに近い外角のボール球を無様に身体を折り、バットを投げ出すように振って三振。余りの恰好悪さにSは俯《うつむ》いて戻る。

「あいつが俯いて戻る姿が可愛《かわい》いというギャルファンがいるらしい、何を考えているんですかな」

マスターが嘆息する。

笑うに笑えなかった。虎キチではないので、マスターほどの落胆、怒りはないが、球団がSを甘やかしていることへの不快感は拭《ぬぐ》えなかった。調子に乗せるのは良い。だが、甘やかすことは禁物である。プロの世界ではことにそうだ。

次の打者はショートフライでアウト。代打のYもホームラン性のフライだったが、フェンス前で受けられ、ノーアウト一、二塁はあっという間に夢に終った。

二対六のまま仕合が終った後、マスターに、何時頃からタイガースファンになったのか、と訊いた。こんなに早く店を訪れたことがなかったので、ここまでの虎キチとは思っていなかった。

「生まれは尼崎《あまがさき》、父が熱心なファンでよく甲子園《こうしえん》に連れて行かれました、だから小学生の頃からですわ、身体に染みついているからしようがない、しかし、ボクシングと較べると甘い世界ですわ、たとえば西日本チャンピオンに挑戦できるのも、まあ二回、新人王はまず一回、野球では二十打席ノーヒットでも、調子が悪い、で済むんですからねえ、それはそうと隅さん、今日はいきいきしてはりますなあ」

マスターは不思議そうに私を見た。

「そうかな、強いていえば、今していることに張りが出て来たということかな」

「ええことですわ」

「ボクシングの稽古《けいこ》、休みが多いけど、忙しくてね、部屋でサンドバッグは叩いているよ」

ＪＲ電車内での餓鬼退治は流石《さすが》に話せなかった。

「無理せんといて下さい、腰を痛めますから、必ず柔軟体操をしてから、それと、隅さんの場合は、まだまだ腰の回転が足りませんわ、野球と同じ、手打は駄目ですよ、それに腰に乗せた方が、身体を痛めないで済む、打撃の衝撃が分散されますから、それに相手のダメージは大きい」

これはマスターの口癖だった。

「分っている、刻み込まれるほど頭に入っているから」

間もなく近くの商店主らしい中年の客が顔を歪《ゆが》めて入って来た。

「また負けたな」

客は店内に響き渡るような声でいった。

秋岡はチェックのジャケットに紺色のズボン、アタッシュケースを持っていた。

「隅さん、おでん、どうですか、知ってる女が開店しましてん」

「いいよ、ただ色々と話がある、人に聴かれたくない、よかったら一品料理はどうだ、隣りとは衝立《ついたて》で仕切られているから大声を出さなければ大丈夫だ」

「いや、何処でもよろしおまっせ」

「今日は俺《おれ》が払う」

「冗談やない、隅さん」

「おい、年齢上《としうえ》の俺に、たまに払わせてくれ、そうでないと惨めになる」

えっ、という風に秋岡は私を見直し、指で額を叩き、会釈をするように頭を下げた。

「分りました、御馳走《ごちそう》になりますわ」

私は奈津子からその店を紹介されていた。一人が三、四品取り、二人で一万円ぐらいだという。部屋になれば当然値段が上がるが、間仕切りで充分だった。おかみは、桐出身ではないが、美容院で顔を合わせ、親しくなったらしい。庶民的な性格なので、気を遣う必要がない、といった。

秋岡は普段の彼と変らなかった。どんな遊びをしたのか分らないが、ネオン街はやはり博多ですわ、と昨夜の女を懐かしんでいる。

「今時、店終ってからホテルに来て、泊まって行く女なんて新地や銀座にはおりませんで、あの当時の新地にはいましたけどなあ」

気のせいか、最近の新地は人通りが少ない。たまに若いサラリーマンやＯＬが群れをなして歩いているが、かつてのように酔客で道が埋まるというようなことはない。

奈津子が紹介した、季節料理〝おなり〟は新地本通りから一本北の御堂筋寄りにあった。場所はそんなに良くない。

入った左側はカウンターで、右側に衝立作りで間仕切りをした席が並んでいた。テーブル席なので靴は脱がなくて良い。

「ええ店ですなあ、奈津子さんの紹介ですか？」

「まあな、ママは新地村出身らしい」

時間は七時前で、客は六分の入りである。テーブルには、和紙に墨書きしたメニューが置かれていた。

カレイの刺身、アジの塩焼、メバルの煮つけなど季節の料理を注文した。紺ガスリに赤いタスキをかけた仲居は四十前後だが、肉づきの良い丸顔で、何処か眼が潤んでいるようである。男好きのする顔だった。秋岡は早速からかっている。

私たちは最初はビールにした。

「隅さん、こみ入った話のようですな、一体何ですか？」

「君も俺の話を聴いたら眼を剝《む》くよ、本当に偶然かな、と疑ってしまう、それはそうと、小西ってプロパー知らないか、奈津子は覚えているんだ、桐には余り出入りしていない、主にＲＡＮＡ医大に喰い込んでいたようだが……」

小西の名を口にした時、秋岡は、鸚鵡返《おうむがえ》しにその名を呟き、はてな、と指で軽く額を叩いた。思い出そうとする時の秋岡の癖である。だが、その動作や表情に、私は何時もと違う何かを感じた。どう違う、といわれても説明できない。強いていえば、プロのギャンブラーが、手許《てもと》に配られたカードを読み切った時、体内から出る何かを、相手に隠すためそれとなく抑えた気、といったものかもしれない。私はギャンブラーではないが、相手の気を読む嗅覚《きゅうかく》は、プロパー中ではかなりのものだった。

小西について何か訊き返すか、また素直に答えるかによって秋岡の気持も読める。質問する以上、もし質問があれば、素直に答えられない何らかの関係があったという疑惑も湧《わ》く。こちらの意図を探っている可能性も否定できなくなる。

「あの小西かな、RANA医大に入り浸っていたなあ、一体、小西がどうしたんです？　確か山野製薬のプロパーやったけど、とっくに辞《や》めましたわ、先輩の犬養とつるんでいた」

矢張り質問があった。ただ考えてみれば、どうしたんです？　と訊いてきてもそんなに不自然ではない。親友を初めから疑うのは良くない、と私は自分にいい聞かせた。

「君は俺よりもプロパー仲間に顔が広かったから、訊いたんだよ、何故辞めたか知らないかなあ」

仲居がビールを運んで来た。私が取ろうとした手を払い除《の》けるようにしてビール瓶を持って私のグラスに注いだ。私も秋岡のコップに注ぎ返した。

「隅さん、えらい難しい顔ですなあ、何かトラブルでも……」

「トラブルじゃない、その件については後でゆっくり話す、知っていたら話して欲しい」

「分りました、ただ個人的な付き合いはありませんで、何故辞めたかについては、噂を小耳にはさんだ程度ですわ、それによると例の興信所の悪用ですわ、喰い込んどったRANA医科大学の教授のプライバシーを探っているうちに、涎《よだれ》が出そうなネタを摑《つか》んだらしい、その結果、会社のためよりも、私欲に走りよった、私も詳しいことは知らないけど、恐喝に近いことをやったらしい、教授は考えあぐねて会社の専務に、何とかしてくれ、と泣きついた、公《おおやけ》になったなら教授自身も危ない、相当勇気のある行動ですわ、専務も困りましたやろ、すぐ馘《くび》にしたなら、小西は間違いなく復讐する、マスコミに売り込むか、総会屋に駈け込むか、何れ《いず》にしろ、教授も会社もダメージを受ける、そこで会社は小西に金を握らせ、地方支店の勤務にした、おそらく一年ぐらいたって辞めて欲しい、ということでしょう、小西が納得したのは、握らされた金が相当な額だったからですよ」

「会社も苦労したんだな」

「しょうがないでしょう、利益のためにだけ利用しているんだから、ただ、小西もかなり性《たち》が悪い、企業向きの男やない、どうして奈津子さん、あんな男を覚えていたんです？」

「医者に対する憎悪を露骨に口にしたらしい、偶然車で送って貰うはめになって、その途中、ぶん擲《なぐ》るとか、ぶっ殺してやりたいとか奈津子にいった、奈津子にいわすと、あれほど生《なま》の反感を口にしたプロパーは小西が初めてだったし、不快感を覚えたらしい、それで一度送って貰っただけなのに記憶にあったというわけだ」

秋岡は顎を撫でた。如何《いか》にもといった風に頷いた。

「隅さん、俺も、ぶっ殺したいと腹を立てたことがありますわ、ただ、それをホステスに喋るのはあかん、企業マンとしては失格やな……」

付き出しとカレイの刺身を口にしながら、その小西を今頃どうして……と、不思議そうに私を見た。

「驚くなよ、小西は、赤字病院を喰い漁《あさ》るハイエナになっている、しかも私立T医科大学の細川教授と関係がありそうだ、実は、君に紹介された私立探偵の阿馬に調査させたんだよ、高村圭子の母親はF市の高村病院長の奥さん、その高村病院に小西一味が入り込んでいる、何かの時、酔った小西は細川の名を口にしたというんだよ」

私はこれまで調べて知り得た情報を総《すべ》て秋岡に話した。秋岡は出された料理を食べるのを忘れ、無意識のようにビールを飲みながら私の話を聴いていた。

私は話し続けた。

「高村圭子の霊が、安らかに眠らせて欲しい、と俺に告げているような気がする、俺がそう考えたとしてもおかしくはないだろう」

私がビールをあおると、秋岡は、まるで不老長寿の新薬を手にしたような、驚嘆の呻きを洩らした。これまで私が知っている秋岡の過剰な反応の範囲に入るが、疑えば少々オーバーにも思えないことはない。

トンビという秋岡の仕事上、病院のハイエナに使用期限の近づいた薬を売っている可能性は大である。

私としては、現在、小西と付き合いがあるのか、と訊きたいところだが、それでは秋岡を追い詰めてしまう。

高村幸枝と別れてから、私は高村圭子の霊を慰めるためにも、彼女を救ってやりたい、と望み出していた。これは明らかに、高村圭子の私生活を知りたい、という元来の目的から逸脱している。

元来の目的ならもう終っていた。

ただ、彼女の本当の父親が何者か知りたい気もしないでもない。誰か私を呼び込んでいるのだ。圭子が頼んでいるような気もする。これは私の勝手な思い込みだろう。

「細川院長と小西でっか、幾ら何でも、現在繋《つな》がっているとは考えられませんな、そうですか、あの男、そんな悪事に手を染めているんですか、それにしても、あの高村圭子さんが、細川夫人の不倫の子とは驚きました、たんなる偶然というより、どろっとした深い因縁を感じますなあ、こういうことも、人生にあるんですか……それにしても、細川先生、何時、同性愛好者になったんかなあ、奥さんが長女を産んだ時は、その気配は余りなかった、となるとだんだん表面に出てきたんか、俺、どうもゲイの世界は分らん、ただ、細川先生は十二、三年前に離婚して以来独身ですし、そういう噂がないでもなかったからなあ、しかし、奈津子さんを道具にして、ゲイでないところを見せようとしたなんて最低やな」

「ああ、最低だよ、屑《くず》だ」

奈津子の告白が思い出された。細川に連れられ、Rホテルの中華料理店に行った時、細川夫人と、妹、それに三歳ぐらいの女児がいたという。妹があやしていたから、幸枝の子供だが、どうやらその子は高村圭子ということになる。

それにしても余りにも儚《はかな》い人生だった。

私は秋岡に、細川に会いたいが、何か方法はないか、と訊いた。

秋岡はまさに絶句という顔になった。どんな時でも、こんなに詰まった表情を私に見せたことはなかった。彼は長年の親友に、自分の知らなかった面を見たに違いなかった。

秋岡が理由を訊いたので、細川と会い、小西との関係を問い糾《ただ》す、といった。小西が喰い荒しているのは、細川が、子までなした細君の妹の病院なのだ。

「隅さん、それは無茶や」

「何故？」

「だって、細川院長と小西が組んでいる、と勝手に想像してはるんと違いますか？」

「そこまでは想像していない、ただ、高村幸枝さんが小西の件で細川院長に相談に行ったのは間違いない、融資を頼んだのかもしれないけど、俺は細川が小西の悪を知っていると睨《にら》んでいるんだ」

「うーん、隅さんが、かっとなる気持は分るけど、幾ら何でも、考え過ぎと違いますか」

「そうかも分らない、だけど面と向わなければ俺の気持がおさまらない、秋岡、何か面会の口実はないか」

「口実というと？」

「細川が会わざるを得ないような弱味だよ、君なら一つや二つは握っているんじゃないかな」

「えっ、本気でいうてはるんですか」

「本気だ」

「隅さん、俺、会社を辞めて十年以上になりますがな、しがないトンビ、今は、あんな偉い先生とは何の関係もない、私立T医大病院に薬を売りつける身分でもありません、どうして細川院長の私生活を調べたりするんですか、俺が調べているのは、手持ちの安い薬を何処が買ってくれるかということですわ、俺は隅さんには恩がある、俺にできることなら力になりたい、俺の気持を分って欲しい」

「恩などというなよ、これは貸借の問題じゃない、長い付き合いの友達に訊いているんだ、細川の弱味を知らなければ、それで良いんだよ、俺が今まで、無理なことを頼んだか、一度でも」

「一度もありませんわ、しかし、今日の隅さん、何かきついなあ、そりゃ隅さんが、かっかするのも無理はないけど、いや申し訳ない、今の俺は、細川院長が蔭で何をしているか、全く知りません」

秋岡は珍しく生真面目《きまじめ》な顔になった。

「そういってくれれば、それで良いんだ、さあ食べよう」

奈津子に紹介されたおかみが現われ、挨拶《あいさつ》した。もう四十前後だが、小柄で愛嬌《あいきょう》がある。そのくせ、店を守り、何とか商売をやり続けている自信が溢《あふ》れていた。

といって別に気取っていない。

私が秋岡を紹介すると、

「まあ、握手」

おかみは笑顔で応じる。

「ええ店、不景気な時代にぴったり、魚の鮮度が良いし、安い、それにおかみは愛想の良い美人、いうことなしや」

秋岡は背広の胸ポケットから名刺を出して渡した。私との会話の緊張感から逃れてほっとしたのかもしれない。自分のペースに戻っていた。

そんな秋岡を見て、私は多分、殺気立って感じられたに違いない、と反省した。おかみが去ったので私は謝った。

「おい、ラウンジ・エルにでも行くか……不愉快な思いをさせたのなら詫びる」

「隅さん、冗談じゃない、何故俺が不愉快になるんですか、役に立てないので申し訳ない、と俺の方が詫びている、しかし、凄い話ですなあ、奇縁、偶然、因縁、やっぱり因縁というやつかなあ、行きましょうか、ここは御馳走になりますわ」

飲みに出た秋岡は何時もと変るところがなかった。下卑た冗談をいい、触って若いホステスに悲鳴をあげさせ、適当に怒鳴り、愉《たの》しそうに笑った。

私は余り酔わなかった。細川が頭から離れない。もう七十歳近い。一体どんな風貌《ふうぼう》になっているだろう。鶴《つる》のような痩軀《そうく》か、頰のたるんだ老人になっているのかと色々と想像される。

酔わないせいか、十一時になると部屋に戻りたくなった。ことに奈津子と深い仲になってからは、女たちのいるクラブで飲んでも何処かしらけている。

奈津子と二人、客を放っておくスナックのカウンターで飲んだ方が、どんなに愉しいだろうか。

私が腕時計を見ると、秋岡がいった。

「そろそろですなあ、車呼びますわ」

「今なら電車で帰れる」

「上六まで送りますがな、この頃はカラオケも飽きたし、早《は》よ眠りたい」

一緒に帰ろう、という以上断ることもなかった。ただ、今夜は心の何処かで一人になりたい気があった。

人間関係は恐ろしい。表皮の一部でも疑い出すと、なかなか払拭できない。うかうかしていれば疑惑が拡大する。

小西に薬を売っているんじゃないのか、その言葉が口から出せない故《ゆえ》に、疑惑が消えないのだ。

二人が出た店はカラオケも歌える小さな店だった。そういえば、飲み出した秋岡は何時もの彼に戻っているが、最後の店で歌ったカラオケは一曲だけだった。

二人はタクシーで上六に向った。

「いやあ、今日は乗りませんでしたなあ、仕方ない、しかし、パリの彼女の養母も、隅さんの男気に火をつけた、きっと、楚々《そそ》としてはる人と違いますか、ほんまに、たくましい女には手を貸したくないからなあ、常子もたくましゅうなりましたわ」

「一緒に住んだら夫婦と同じだ、皆、そうなる」

「いや、一本やられました、女中代りにぴったりの女、と思いましたけど、そうはゆきませんな、別れるのも大変やなあ、世の中の憂きことばかりに酒飲めば、狸《たぬき》の放屁《ほうひ》に幻を見る、というところですわ」

私は川柳じみた秋岡の歌を呟いてみて、意外にじんときたのに驚いた。

「これは参った、狸の放屁に幻を見る、か、侘《わび》しい味があるな、川柳でもやっているのか？」

「とんでもない、ただこの頃、川柳大流行でしょう、何となく詠みますがな」

秋岡も上六で降り、近鉄電鉄に乗った。私が降りる布施駅とは同じ線である。私たちは急行に乗った。酔客が多く混んでいたが、何とか坐れた。バブル期の酔客は大抵タクシーで帰ったので、この時刻は余り混雑《こ》しない。不景気を象徴している。

「隅さん、何が出るかも分らんけど、細川院長のこと調べてみますわ、奈津子さんがいうようにゲイなら今も続いていますわ、ことに途中で同性愛好者になり、女に見向きもしなくなった以上、完全にゲイになっている筈や」

「しかし、もう七十歳近いだろう、そんな欲望あるかな」

「ゲイの場合は、年齢は関係ありませんわ、俺、大阪で二、三ヶ所知ってる、吃驚《びっくり》するような爺《じい》さんが来て坐ってますわ、カウンター内のゲイボーイを、それこそ舐《な》めるように眺めている、ゲイに年齢はないですよ、これは爺さん婆《ばあ》さんでも一緒ですけどな、ゲイは少ないだけに執念が深い」

「そうか、俺には信じられないけどな、細川院長がそんなところに出入りしているとは」

「出入りしているかどうかは分りません、でもね、あの年齢で若いゲイと遊ぼうと思ったら、売り専と呼ばれている専門店に行く以外に方法はない、ＭＡＴＯ大学の教授時代やったらまた別やろうけど、今は売り専のゲイしかないですわ」

「一寸待ってくれ、教授時代なら、というのはどういう意味なんだ？」

「なりたての可愛い助手に、ゲイの教授が手を出した場合、大抵は逃げられるけど、なかには出世のため身をまかす場合もあるということですわ、だが、Ｔ医科大学の爺さん院長じゃ、そんな物好きはいないということですがな」

電車は間もなく布施駅に入った。

「秋岡、余り気にするなよ、俺は俺で細川院長に会う方法を考える」

私が立つと、秋岡も席を立った。

「俺を信じて下さい、俺は現在の細川の私生活は知らない、俺は屑やけど、隅さんにだけは嘘をつかない、隅さんを裏切ったら男やない」

「ああ、信じている、また、何かあったら頼むよ、できたら、暇な時、小西という男についても調べておいてくれ、おい、ドアが閉まるぞ」

私が降りると、秋岡は、自分の熱意が通じていないのに腹を立てたのか、ガラス戸を何度か叩いたが、まだ鼻をすすっているのが分った。憎めない男だった。小料理屋で言葉にこそしなかったが、気配で秋岡を疑っていた。多分、秋岡はそれをはっきり感じたに違いなかった。

だからこそ、秋岡は鼻をすすったのだ。


マンションのドアを開けた瞬間、奈津子の匂いがした。甘い香水と彼女の匂いが入り混じった、独得の香りを放つ。匂いだけで他の女との区別ができる。

奈津子には部屋の合鍵を渡していた。

「早かったわねえ、今日は秋岡さんと飲んでいる、といっていたので、もっと遅くなると思っていたわ」

「ひょっとしたら、来ているかもしれない、と感じたので、早目に戻った」

「嬉しい、この時刻なので車は五十米《メートル》ほど先の塀の傍に置いたわ、四、五台駐車していたから、違法駐車の常連ね」

「夜になると、この辺りは余り車も通らないし、それに駐車場も殆どない、あの程度の違法駐車は、警官も黙認しているよ」

ブルゾンを脱ぎ、スポーツシャツ一枚になって窓際のソファーに坐った。奈津子は白のワイドパンツに黒いボタンのついた紺の上衣《うわぎ》姿だった。サンダルは白である。

「ビール、ジュース、それともミネラルウォーター？」

「ミネラルにしよう、君も何か飲めよ」

「ええ、私はジュース」

奈津子は二つのグラスにミネラルウォーターとジュースを注いで小テーブルに置いた。顔を見合わせて、到頭来てしまった、と艶《つや》をおびた眼で笑った。合鍵を渡したのは最近だった。いとしいな、と年齢甲斐《としがい》もなく胸がときめく。この先どうなるかは、考えないことにしていた。生きている確認といって良い充実感に水を差したくない。

テーブルの下で、お互いの足指で膝や脛《すね》を愛撫《あいぶ》しながら、声には出さずに微笑《ほほえ》んだ。

私は空になったグラスを置いて、秋岡が話した内容を残さず話した。

「ただ、おかしいんだよ、秋岡のやつ、僕がホームに降りてから、顔をガラス戸にくっつけて鼻をすっているんだよ、鼻頭がひしゃげて泣いているように見えた、その時は、もう良いぞ、と手を挙げて背を向けたが、次第に気になってね、秋岡の奴、本当のことをいえない部分があって、済まないという気持で、心で泣いていたんじゃないかな、と思うようになった、勝手な解釈といわれればそれまでだが、あれはガラス戸で鼻がひしゃげたせいだけではない、秋岡は俺に詫びて鼻をすっていたんだよ、間違いない」

「そうね、あなたの解釈が当っているような気がするわ、でも、何を隠していたのかしら……」

「小西のグループだろうな、間違っていたなら秋岡に土下座して謝らなければならないが、彼が中古品の薬を売るのは、ああいう連中が主だからな、小西が現在、高村病院を喰い荒していることまでは知らないと思うけど、トンビのボスを通し、自分の薬が小西らに流れているぐらいは知っているだろう」

「トンビにボスがあるの？」

「トンビの問屋的な存在だよ、手数料は取られるが、品物を売る場合、便利だな」

「秋岡さんのボスって？」

「それは知らないが……」

私はガスを吸ったように息を止めた。

一瞬、浜田の顔が浮かんだのだ。

浜田が製薬業界のフィクサー的な存在であることを、秋岡は私に話していた。

実際、浜田は服飾店を持つ一方、風俗業界、また薬局などに資金を出しているらしい。ヘンシコーに代る窮極の漢方薬を求めて秋岡は大川と一緒に中国に行った。大川は数店の薬局を持っているが、浜田が資金主らしい。

それを考えると、秋岡も浜田と何処かで繋《つな》がっている。或《あ》る面で、秋岡のボス格といって良いかもしれない。

秋岡は薬局を持っていない。となると秋岡と浜田の繋がりは、秋岡が入手した薬の販売先ということになる。仕入先も入っているかもしれない。

考え過ぎだろうか。

奈津子が腕時計を見た。

私は反射的にベッドに視線を移した。

「まあ、こんな時間、今日は夜のドライブがてらに寄ったの、部屋、散らかってないか、と思って、もう戻らなくっちゃ」

奈津子は、私が彼女をベッドに押し倒すのを恐れていた。身体に火がつけば抵抗できなくなるからである。

「明日は仕事だな」

「ええ、勝手な時に寄ったりして、生駒山に行って大阪の夜景を見ようとドライブしたの、ところがあなたのマンションのすぐ近くのインターが眼に入ったらもう……」

「良いんだよ、車まで送ろう、この辺りはやばい、ことに女の一人歩きは」

腕を拡《ひろ》げると奈津子は私の胸に身体を預けた。唇を合わせて舌を絡ませた。奈津子は微かに喘《あえ》ぎ、幼児がいやいやをするように首を捻《ね》じった。まるで岩でも押すように私の胸を押して離れた。

「帰るわ」

私は奈津子を片腕で抱えて部屋を出た。

おんぼろエレベーターは音を立てて降りた。人相の悪い中年男が開いたエレベーターの前に立っていた。本能的に奈津子の前に出、エレベーターから降りた。

相手に悪意があるかないかは分らないが、こんな時刻は危険である。

自転車に乗った若者が、狼《おおかみ》のような声を発しながら行き過ぎる。珍しく車のライトが見えない。私はまた奈津子を抱き抱えた。腕に感じる奈津子の身体が、いとおしい。寄りかかる重みに、俺の恋人なんだ、としみじみ思う。

夜気が湿っぽい。そういえば間もなく梅雨の季節だ。古びた板塀の傍に三台の車が駐車していた。

怪しい人物はいないか、と周囲を窺《うかが》う。

「有難う、私、考えていたんだけど、細川先生と会う事情ができたの、食事ぐらいなら、引っ張り出せると思うわ、その時、隅さんを呼ぶ」

「えっ、食事の誘いに、応じるというわけ」

「多分、九分通りはね、僅《わず》かな間だったけど、私、細川先生の愛人役をつとめたのよ、今は話し難いけど、あることがあって、呼び出せる自信があるの」

「じゃ頼む、僕、病院に乗り込む覚悟まで決めていたんだ、君が呼び出してくれれば大助かりだ」

「あなた近くで待っていて、私たちRホテルで食事をするわ、終った後、偶然会ったふりをして、バーにでも行ったら、私もできる限り御一緒する」

「Rホテルか、三歳ぐらいの高村圭子に会っているんだな」

「そう、あの娘《こ》が高村圭子さんだったのね」

奈津子は幻でも見ているような眼をした。闇《やみ》の湿気が一段と濃くなったような気がした。圭子は暗い運命が待っていることも知らずはしゃいでいたのか。またむずかっていたのか。

車のライトが見えた。

「話はまたにしよう、乗った方が良い」

私は奈津子をライトから庇《かば》うように一歩前に立った。

エンジンをかけて奈津子が会釈した。手を挙げたが、急に車の事故が気になり窓ガラスを叩いた。笑みを浮かべて奈津子は窓ガラスを開けた。

「運転に気をつけて」

「大丈夫よ」

「本気でいっている」

「はい、注意します」

「有難う」

礼をいってから何となく照れた。

奈津子の車が動きはじめた。振り返り手を挙げる。危ない、それは余計だ、と私は顔を横に振った。

だが私が見送っている以上、奈津子が振り返るのも自然かもしれない。

私は車に背を向け大股《おおまた》に歩き出した。マンションの前で未練がましく振り返った。

テールランプが淡い霧に滲《にじ》んでいた。私は自分を叱咤《しった》するように石の階段を上がった。

第八章　対　決

翌日は雨でジョギングに行けない。職のないことに舌打ちしたくなるのはこんな日である。することがないのだ。

ふと奈津子との結婚を思う。子供がいるが、奈津子がその気になれば結婚は不可能ではない。問題は私だ。今のところ生活費に困らないが、職がないのに結婚はできない。私の自尊心が許さない。

会社勤めに嫌気がさし、自由な生活を送ろうと仕事を持たなかったが、この年齢《とし》で恋愛をするなど計算外だった。

恋愛のままでも良いのだが、何時《いつ》まで続くだろうか。げんに奈津子は、私の古びたマンションのおんぼろ部屋を訪れたがっている。私もそれを望んでいた。だからこそ、部屋には不似合いの大きなダブルベッドを購入したのだ。

男女の関係は深まるか別れるかの何《いず》れかである。お互いに年齢だし、人生経験を経た者同士の恋愛なのだ。将来、結婚話が出てもおかしくはない。私は吐息を洩《も》らした。仕事を持たない私に結婚の資格はない。

梅雨を思わせる雨で、強くはないが湿気が部屋にまで入り込んでいた。

昨夜の会話が思い出された。今は話したくないが、九分通り細川と会える、という。食事に誘うにしろ、奈津子には細川を呼び出せる何らかの理由があるのだ。そのことが次第に気になった。

何故《なぜ》奈津子は、昨夜話せなかったのか。

奈津子の告白では、別れて以来細川とは会っていない。だが実際は話しそびれたが、一度か二度会ったのかもしれない。

何のために？　また何故私に告げなかったのか。次第に私は苛々《いらいら》した。九分通りと奈津子はいったが、多分百パーセント会える確信があるのだろう。

私は奈津子が自信を持っていえた理由を早く知りたくなった。細川と会った際、その方が色々と話し易《やす》い。

私は奈津子に再会して以来、彼女の要望に反駁《はんばく》しなかった。奈津子の意志を尊重した。だからこそ昨夜は反問しなかった。

だが今回は、穏やかに私の気持を説明し、もし可能なら細川と会う前に聴いても良いのではないか。いったんそう思い出すと抑えられなくなった。

今日は仕事の日である。ただ、十二時から午後一時の昼食時なら電話できる。緊急の場合、この時間帯に電話して欲しい、と奈津子はいっていた。

十二時までの時間は長かった。本を取ってもテレビを観《み》ても役に立たない。テレビはチャンネルを替えるだけである。十数度替えただろうか。こんなくだらない番組をよくやっているものだ、とその度に腹が立った。何時訊問《じんもん》がはじまるか見当のつかない勾留者《こうりゅうしゃ》が留置場をうろつくように部屋を歩き廻り、冷蔵庫を開け、ビールやジュースを飲んだ。

やっと十二時になり、NHKのニュースがはじまった。奈津子はまだ客を占っているかもしれない。十分間待つことにした。一兆に近い銀行融資を受け、返済できなくなった不動産業者の顔が映っていた。人間ではなくロボットのように見えた。十二時十分過ぎ、私は奈津子のプライベートルームに電話した。

「やあすまない、忙しい日に電話して、昨夜の話を色々と考えてみたんだけど、一応、僕の考えを伝えておいた方が良いと思って電話した、仕事が終ったら電話をくれないか」

「私が細川先生と会う理由のことでしょ」

奈津子はちゃんと分っていた。奈津子もあれから帰宅し、私に告げた方が良いのではないか、と迷ったという。以心伝心というやつだ。

結局、今日の七時半に梅田で会い、夕食を共にすることにした。

私たちは梅田の地下の食堂街で食事をした。占いにエネルギーを吸い取られたのか、奈津子はかなり疲れて見えた。

奈津子は鰻《うなぎ》が食べたいという。私に異存はない。私も好物の一つである。

「隅さんにお話しした通り、私、細川先生とはお会いしていません、ただ、私のところに来ていた人を、先生に紹介したことがあるのです、紹介というより口添えといった方が正確かもしれませんが、T医大病院に電話をかけ、先生と話をし、会っても良いということなので紹介状も書きました、去年の冬のことです」

奈津子の話によると、紹介したのは畑中《はたなか》夫妻と一人娘の花岡恵子《はなおかけいこ》だった。奈津子は畑中夫人の夫である畑中満男《みつお》も恵子も知らない。恵子は生まれながらに心臓に疾患があり、母親の弥生《やよい》は絶えず恵子の身を案じていた。

素人の奈津子にはよく分らないが、大血管転位症という生まれながらの病で、心臓の右心室と左心室から出ている肺動脈と大動脈の位置が逆さになっており、血が完全に浄化されない。ただ人間の身体《からだ》というのは、自然の生命力が強く、恵子の場合、毛細血管の力が心臓欠損をおぎない、かなりの酸素を与えるようになったので、血流も良好で日常生活に支障はなかった。過激な運動は無理だが、社会人としても仕事を立派にこなしている。げんに花岡恵子は大阪府下のO教育大学を卒業し、公務員テストにも合格し、地方公務員となっていた。

約三年ほど前、二十五歳で結婚したが、妊娠出産は無理だとされていた。

畑中満男の会社も家も大阪にあった関係上、生後六ヶ月以降、MATO大学の小児循環器内科で、年に一、二回継続的に検診を受けていた。主治医の尾上《おのうえ》医師は間もなく大学を離れ伊丹の実家でクリニックを経営、恵子も尾上クリニックで定期検診を受けるようになった。

花岡恵子も女性である。子を持ちたい、と思いはじめた。といって彼女は心臓手術は絶対にしない、と夫や両親に話していた。

ただ最近の心臓病に対する検診技術は素晴らしい。将来の健康管理に備え、何処《どこ》か良い大学で診て貰《もら》いたい、と思うようになった。

ＭＡＴＯ大学出身の尾上医師は、二、三病院の名をあげた。その中に細川が院長をしている私立Ｔ医科大学病院の名も入っていたのである。

「私ね、どの病院が良いか、という占いは絶対しないの、生命にかかわることでしょ、それに畑中さんは私のところに来て日が浅いし、ただ、畑中さんの口からＴ医大病院の名が出たものだから、つい、口添えぐらいなら、といってしまったの、ただ、これは占いとは関係ない旨、念は押したわ、畑中さんも、手術はしない、と娘もいっているし、将来への健康管理に備えて、心臓カテーテルの検診を受けるだけなので、気を遣わないで下さい、といわれたし……」

奈津子は当時のメモ帳から眼を離し、溜息《ためいき》をついた。

「だが、結果的に手術をされた……」

「ええ、二ヶ月前に死亡なさったわ、お葬式に行った時、手術をした心臓外科部長の弓長《ゆみなが》医師は酷《ひど》い、と怒っておられた、赤ちゃんを産める身体になれると太鼓判を押したというのよ、それに死の危険を伴う手術だと、説明しなかったらしいの、もしそういう注意があったなら、絶対手術はさせなかったって、それにお嬢さんも、前々から、手術はしないと明言されていたというし……」

「誘い込まれたんだよ、弓長心臓外科部長は、ここが名のあげ時、と強引に手術をした、まず間違いない、僕は嫌というほどそういう外科医を見てきた、彼等の殆《ほとん》どは執刀欲と名誉欲に支配されている、おそらく細川が引っ張った若手の外科部長だろう、年齢は四十代の半ばかな、となると、畑中さんが訴えても、病院ぐるみで外科部長を庇《かば》うぞ、死の危険についてはいった、と嘘《うそ》をつく、こんな弁解は日常茶飯事だよ、医学界では、こういう事件に対しては、皆が同根一家となる、お気の毒だな」

それにしても、細川に会う理由を得た。これも高村圭子の霊のおかげかもしれない。

私は奈津子に、昔から細川院長に憤っている者として、手術に到《いた》るまでの詳細を知りたい、といった。

「紹介して欲しい、僕の過去や、細川との関係を話してくれても良い」

「そこまでいわなくても、執刀医や細川先生の非人間性に憤りを感じている、それだけでお会いするのは間違いないわ、何なら私も一緒に行く、畑中さんは本社で常務になった後、子会社の副社長をなさっているの、日曜日が良いでしょう」

私は全身の血が滾《たぎ》るのを覚えた。

話はすぐに纏《まと》まり、畑中は次の日曜日に宝塚の自宅で会いたい、と奈津子に告げた。奈津子が私のマンションに迎えに来ることになり、私は彼女の車に乗った。

雨は降っていないが厚い雲が空を覆い、蒸し暑く薄暗い日曜日だった。行楽の車は朝方から郊外に出ていて昼下がりの阪神高速道路は比較的空いている。

車は伊丹空港の傍を北に進み中国自動車道に入った。みな百粁《キロ》前後で車を飛ばしている。宝塚インターから出、武庫川に向かった。宝塚は起伏が多く、丘陵地の高台は、住宅街になっている。

大阪と違って緑が眼につく。

畑中家は閑静な住宅街の一角にあった。ガレージに車を入れた。縦長なので二台は入る。手摺《てすり》りのついた狭い石段を上がり玄関に着く。

応接室の窓からは川が見えた。

畑中満男は白髪で気品があった。ただ心労が表情を曇らせている。憤りを顔に表わすタイプではない。見えない重荷を背負っているせいか、心なしか肩が落ちていた。一眼見て、嘘をつく人物ではない、と直感した。この私の嗅覚《きゅうかく》がプロパー時代に発揮されたことはすでに述べた。他のプロパーほど医者に阿諛追従《あゆついしょう》しないで済んだのは、取引相手の人柄を見抜く眼力が優れていたからである。

畑中満男は、開口一番、「娘への焼香は後にしていただきたい」といった。彼は見据えるような眼を私に向けた。それは私を威圧しているのではない。自分の憤りと悲しみを抑えるための努力が、彼の眼をそんな風にさせていた。

畑中満男は、ワープロの手紙のコピーを三通私の前に置いた。

「このAは、私が弓長心臓外科部長の執刀について詰問したもので、Bは細川院長からの返答、Cは、それに対する再質問です、隅さんは長年、薬品業界におられ、病院の医師たちを御存知とのことですので、焼香よりも先に読んでいただくことにしました、その後に焼香していただければ、無念の死をとげた娘の供養になると思いましたので」

畑中満男の気持は私に通じた。真実を知り、霊前に坐《すわ》っていただきたい、といっているのだ。

「私がいた時代よりも循環器手術は格段に進んでいますが、問題は執刀医の弓長部長が、どう説明したかでしょう、お嬢さん御夫妻、畑中さん御夫妻、それに御主人の御両親も手術の説明をお受けになりましたか？」

「当然です、インフォームド・コンセントで、弓長部長は娘をはじめ私たちに、最も大事な、死の危険のあることを話しませんでした、それがあれば娘は絶対手術を受けていません」

「そうですね、お嬢さんは常々、手術はしないといわれていたのですね」

「はい、その通りです」

私は質問状のAに眼を通した。

私はインフォームド・コンセント（医者側の完全な説明を得て、手術を受けるかどうかなどを決めること）で弓長部長が述べたという、説明を三度読んだ。

手術の前に、花岡恵子は、将来の健康管理のため、循環器内科で心臓カテーテルの検査を受けている。

その検診結果が、弓長心臓外科部長に廻ったのだ。

弓長部長は執刀欲を燃やしたらしい。彼は恵子に心臓手術の可能性を指摘した。更に「赤ちゃんを産める身体になれる」と示唆《しさ》した。

結婚生活や、社会人としての仕事に不自由のない恵子は、赤ちゃん、という言葉に気持が揺れた。

恵子は夫や自分の両親に手術について心が揺れている旨を訴えた。こうして、畑中夫妻は娘と共に弓長部長の説明を受けたのである。

四十代前半の弓長は、英国にも留学し、心臓手術を学んでいる。如何《いか》にも気鋭の外科医らしく、口調も実に歯切れが良い。揺るぎない自信がその口調に溢《あふ》れていた。

「恵子さんの心臓欠損状態は、身体のすべての機能が働いて、絶妙といって良いバランスを保っています、仕事ができ、日常生活に支障がないのも、そのためです、ただ、バランスの上に成り立っているので無理はできません、今、手術をしたなら、健康者と同じ身体になり、赤ちゃんも産めます、私がいいたいのは、あくまで、出産可能な身体になっていただくための手術で、救命のものではありません、手術後早ければ一ヶ月、遅くとも一ヶ月半で退院となるでしょう」

畑中夫妻が疑念を抱く余地がないほど、説明は明快だった。まさに太鼓判を押すとはこういういい方である。

それに何度も、救命救急ではなく、出産可能な強い健康体にするのが最大の目的だと強調した。

畑中は、〝心臓病の家族でつくるグループの会〟の会員だった。大血管転位症の手術が難事であることは知っていた。ただ会員だからといって、技術の進歩の一つ一つを理解しているわけではない。

ことに畑中は仕事上現役で、子会社とはいえ、副社長という要職にあった。会での仕事は主に精神面に対してで、細かい問題に力を注ぐ時間はない。

事実、弓長部長の話を聴き、心臓手術も大変な進歩をとげたな、とただ感心するのみだった。

弓長部長が行なう手術は、二十年ほど前に外国の医師がはじめたR手術ということだった。弓長はその後も畑中に対し、その手術は何度か行ない、成功させた、と告げている。花岡恵子は、今年の初め、弓長の手術を受ける決心をした。同僚たちにも、「名医に会えて私はラッキー」と喜びを伝えている。

だが九時間半の大手術の予後は良くなかった。六日後、出血のためという理由で再び胸を開き、手術しなければならなくなった。それ以降、肺鬱血《はいうっけつ》、肺炎、肺水腫《はいすいしゅ》などを併発、患者の容態は悪化の一途をたどった。

一ヶ月たち弓長は、夫やそれぞれの両親に、明言は避けたが事実上、手術の失敗を認める発言をし、頭を下げた。

その内容には、畑中が黙視しえない重大な騙《だま》しがあった。予測に反し、左心室が大きくならず、自然ガス交換した血液を全身に送り出す能力が低下し、そのため右心室から送り出される血液は肺に積み残しの状態となり、鬱血する。そのため肺胞に水が溜《た》まり自己呼吸が困難となる。それを補うため人工呼吸器を使用せざるを得なくなった。つまり自力での呼吸が駄目となると、人工呼吸器という悪循環に陥ったことになる。

その結論として、出産可能な健康体は無理で、かりに退院ができたとしても生活は穏和であらねばならない。また今後、感染症に罹《かか》りやすくなる。勿論《もちろん》、これからも最善を尽して治療にあたるが、これ以上の手術は不可能、というのだった。

手術の失敗も親の身として許せないが、畑中が激怒したのは、弓長が、成人に対するR手術の経験が全くなかった事実を洩らしたことによる。

手術前は、それまで同手術を何度も行なってきた、と私に思わせる口吻《くちぶり》だったのだ。

これは騙しとしかいいようがない。

私は弓長の弁解を聴いていない。だがこれまでの経験上、畑中が主張している方が正しい、と強く感じた。

かつて、教授達と飲んだ際、彼等から、

「あの程度のことをいったからといって、騙されたとか、百パーセント安全の言葉を信じていた、などいわれても、どうしようもない、手術をしなければ悪くなる一方で、場合によっては死の危険性もあるんだ」

という言葉を何度か聴かされた。

患者を信じさせるためにオーバーな表現を使う医師は多い。

恵子の場合はそれだけではない。大事なのは、手術をしなくても死とは無縁で社会人として生活できたことである。弓長も認めているように、心臓欠損を毛細血管がおぎない、身体のバランスが非常に良かったのだ。

出産さえ諦《あきら》めれば、健康人として生命を長らえる可能性が大だった。

「細川院長の返事は、お持ち帰りになり、暇な時にでもお読み下さい、ただ許せないのは、インフォームド・コンセントでは、手術の目的、内容、必要性と同時に、手術の危険性の説明が義務づけられているんです、それにも拘《かかわ》らず弓長部長は、バラ色の話に終始して、危険性についての説明がありません、この事に憤りを感じるのです」

畑中は込み上げてくる激情を抑えるように、声を低めて視線を私の胸に落した。

「よく分ります、病院側の回答は帰宅して読ませていただきますが、誤魔化しの弁解でしょう、ことに畑中さんが、〝心臓病の家族でつくるグループの会〟に入っておられるので、心臓手術について充分の知識は持っておられる筈《はず》だ、死を伴う場合もあることも……などと居直っているんじゃないですか？」

「えっ、その通りです、まだ読んでおられないのに、どうしてそれを？」

畑中は吃驚《びっくり》したように顔を上げた。

「私は約三十年間、病院の医師連中に薬を売っていたんです、病院の体質やこういう際の医師たちの対応の仕方は嫌というほど知っています、よほどのことがない限り、病院は一丸となって正当性を主張します、ライバルの医師同士が団結して非を認めない、同根一家というやつです、ことに細川院長も弓長部長もＭＡＴＯ大学出身で、その結びつきは鉄より固い、中には良心的な医師もいますよ、そういう連中は、蔭に身を潜め、黙して語らずです、お力になれるかどうか分りませんが、細川院長に会う機会があったなら、医者の良心を説いてみましょう、畑中さんさえよろしければ」

「お願いします」

畑中は両手を膝《ひざ》に揃《そろ》えて頭を下げた。形式的ではなかった。

誠実な人だな、と私は驚いた。奈津子が連れて来た私がどういう人物なのか、畑中は知らない。勘ぐれば、細川と、弓長をゆするためにネタを仕入れに来た裏社会につながる男かもしれないのだ。畑中は電機メーカーの常務になり、子会社の副社長である。工学部出身らしいから社会の裏面に通じていないのかもしれないが、多少なりとも、私を警戒すべきであろう。

だが警戒心がないから畑中は、お願いします、と頭を下げたのだ。ひょっとすると悲しみと悩みが、警戒心を薄れさせたのか。

「畑中さん、私は細川院長とは長い間疎遠でしたが、昔は共に飲みました、はっきりいって好きな人物ではありません、当時から自分のメスの腕ばかりを自慢していたような人物です、だから義憤を感じ、一言、医師たちが忘れている使命感を説こうと思ったのです、他意は全くありませんから御安心下さい」

畑中は頷《うなず》くと奈津子に視線を移した。

「隅さん、私は家内から聞きました、先生は家内がMATO大学の名を出した時、占わない、ただ旧知の間なので口添えはできるとおっしゃった、私は占いについては分りませんが、人間として間違いのない人だ、大事な事に対するけじめがついている、と思ったのです、その先生が連れて来られた方です、裏に何かある、などと詮索《せんさく》はしません」

堂々とした返答であり人間観だった。私は感謝の念を込めて軽く頭を下げた。

畑中の細君が、現われた。

「どうぞ、奥の方です」

仏壇の前に坐蒲団《ざぶとん》が二組並んでいた。

私は正面に坐り遺影を眺めて手を合わせた。品の良い両親の血を引いており、整った顔だちで清楚《せいそ》な感じがした。

奈津子の話によると、妊娠や出産の準備などの本が遺品の中にあったという。

出産をどんなに望んでいただろうか。

手術だけは絶対にしないといっていた彼女が、自信あり気な弓長の説明に乗ってしまったのも、子供を産める身体になりたいと望んでいたからだ。執刀欲に燃えていた弓長は、多分、彼女が抑えていた欲求をあおったのであろう。

もし弓長が、死の危険を伴う手術である、と告げていたなら、まず手術には応じない。無念であっただろう。

インフォームド・コンセントは録音しておくべきだった。相手に隠してでも。

畑中は、初めから執刀医を疑うような人物ではなかった。録音はしていない。

これは畑中だけではない。こういう手術の説明会で、執刀医を疑い、録音するような患者やその身内はまずいない。

これからは、録音を義務づける法規が必要ではないか。

だが医学界は、そうなれば医師たちが萎縮《いしゅく》して、助かる可能性のある手術までしなくなる、と猛反対するだろう。

焼香を済ませ、私は今一度、恵子の遺影に眼を向けた。恵子が懸命に生きていたかった、と訴えているような気がする。不覚にも私の瞼《まぶた》が熱くなった。

私は後方に坐っている畑中に会釈した。

畑中は眼を大きく見開き、喰《く》い入るように娘の写真を見ていた。面影を眼に刻み込んでいるのだろう。毎回刻み込んだとしても足りないに違いなかった。

奈津子も焼香を済ませた。

細君が、はっきりした口調で礼を述べた。彼女は恵子が生まれた時から一体となって生きてきたのだ。胸中の苦悩は、私の想像以上のものであるに違いなかった。

私たちは畑中夫妻に見送られ、車に乗った。

「しんどいだろうな、昔も今も医師の体質は変っていないなあ」

「病院を訴えられるのかしら……」

「訊《き》けなかった、医学界での僕の体験からいえば非は弓長部長にある、ただささきもいったように、病院は当然、〝心臓病の家族でつくるグループの会〟の会員である以上、死亡の可能性もあることまで含めて、心臓手術に対する理解は、つまり危険性は御承知でしょう、と反駁してくるよ、それに手術の危険性は匂《にお》わせている、というに違いない、録音テープがない以上、場合によっては水掛け論ということになりかねない、でも畑中氏夫妻は、恵子さんの霊のためにも無念の思いを晴らしたい、と考えておられるんじゃないかなあ、これは推測だ、畑中さんは子会社といえども副社長だ、多忙なお方だろう、裁判となると仕事に差し支える、大変なことだよ」

「そうね」

奈津子は仕事場にしているマンションの駐車場に車を置いた。私は奈津子の部屋で、細川に二人で会うか、私一人で会うかについて話し合った。

私としては、口添えにしろ奈津子が細川に電話した以上、先に細川に会った方が良い、と判断した。私が一緒だとすると細川は用心するだろう。

結局、最初のように奈津子が、畑中の件で細川と会い、その席に途中から私が加わることにした。

「ねえ、千里ニュータウンでお食事をしない、今日は私が御馳走《ごちそう》する、ねえ、たまにはさせてよ、お願い」

奈津子は笑いながら両手を合わせる真似《まね》をした。

「簡単なものならね、それより家に戻らなくても良いのか」

「今日は、お仕事で食事は外でする、ということになっているの、殆ど子供とは一緒だし、たまには良いでしょう」

「そうだな」

奈津子と夕食を共にするのは愉《たの》しかった。

「和食、それとも洋食？　お寿司《すし》でも良い」

「そうだな、洋食にするか……」

奈津子はレストランに予約した。

時間は六時半である。

「へえ、すぐ予約できるんだな」

「不景気のせいよ、去年までならこの時間帯は前日にしなくっちゃ取れなかった、おいしい店だし、値段もそんなに高くないし、よくはやっていたの、今年になってから空席が目立つようになったの」

「そうだな、タクシーは滅多に乗らないけど、先日、上六で乗った時、運転手がこぼしていたなあ、四人家族で三十万にならないと、大変な時代だな、働いている人たちはしんどいだろうな」

「そうね、占いにも金銭問題が凄《すご》く増えたわ、この頃、私、仕事に自信をなくしているの、お食事の時、話すわ」

奈津子は珍しく軽い溜息をついた。

シャトーというその店はニュータウンの外れの坂道にあった。煉瓦《れんが》造《づく》りで階段の手摺りや窓に蔦《つた》が這《は》っている。古いヨーロッパ風の造りだった。

入った左側の席で、壁にはシャガールのリトグラフが飾られていた。テーブルにメニューが置かれている。店推薦のコース料理は九千円である。奈津子がいった。

「色々あるのよ、一品が少ないから、味を愉しめるわ」

「じゃ、それにしようか」

「ワインは？」

「良いね、久し振りだな、シャブリにしよう」

奈津子がいったように一品ずつ工夫がこらされていて旨《うま》かった。ワインですぐ顔が赧《あか》くなった。このところ殆どアルコールを飲んでいない。客は家族連れが多かった。

畑中や病院の話を何となく蒸し返していると、奈津子が思い出したようにいった。

「ねえ、私、今の仕事に自信を失ったわ」

「畑中さんの件か？」

「よく分るわね、実は私、勝手に占ってみようか、と迷ったの、でも自信がなかった、色々な意味があるけど、私が断念したのは、占いが当るという自信が湧《わ》かなかったのよ、その時以降、何処かで占いに疑いを抱いているんじゃないか、と思いはじめたの」

奈津子は最も大事なことを話していた。占いを職とする者が、占いそのものを疑いはじめたなら、職業として成り立たない。奈津子の性格からも、悩むであろう。疑いは拡大こそすれ、縮小することはない筈だ。

うーむ、と呟《つぶや》くのみで、私は意見を述べられない。奈津子の職を奪うことになるからだ。もし、奈津子が占いをやめようと決心したなら、その時こそ、彼女は私に意見を求めてくるだろう。奈津子はそんな女性である。

その夜は、食事を終えた後、一時間ほど奈津子の部屋で喋《しゃべ》り、近くの電車の駅まで送って貰って別れた。


三日後、奈津子からRホテルの旧館の最上階にある中華料理店で、細川と会うことになった経過を告げる電話があった。

「細川先生、妙に低姿勢だったたわ、畑中さんが訴訟で白黒をつける決意が固いので、鬱陶《うっとう》しがっているようよ、珍しく、君の口からなだめられないか、などと、弱音を洩らしたわ、だから私ね、口添えした結果があんなことになって、私も立場がないし相談に乗って頂戴《ちょうだい》、といったの、途端に強気な口調で、証拠がないから心配することはない、とにかく、会って話し合って、どうやら、畑中さんの意志や、応援している人たちのことを探りたいらしいわ」

「よし、何時に会う？」

「六時半よ、ホテルのフロントの右側にある奥のロビーで、私、六時頃から待っているわ」

「僕もその頃から行く、遠くから見ているから、細川院長、一人かな」

「その点については触れなかったわ、ただ、過去の私との関係、普通じゃないでしょう、一人だと思うわ」

「じゃ、金曜日、リラックスしろよ」

「大丈夫、北新地の修羅場《しゅらば》で生きて来たんだから」

そういって、奈津子は、低い声になり、ごめんなさい、と詫《わ》びた。何故詫びたのだろうか、一瞬とまどったが、分らないこともなかった。確かに私はしたたかな女よ、といったという風に誤解されかねない表現だった。私に嫌な気をさせたのではないか、と詫びたのかもしれない。

その日、私はテープレコーダーを用意し、Rホテルに向った。

細川が弓長を連れて来ても自信があった。私は病院の代表者として、細川が畑中に返事した手紙と、畑中がそれに反論した内容を把握している。

それはほぼ私が予想したようなものだった。病院側は手術の危険性については触れている、と弁解している。

だがそこには明らかに誤魔化しがある。先日、畑中は私に繰り返しいった。家族を含めた説明会で、この手術が、死を伴いかねない危険性がある旨を告げてくれたなら、まず手術はしなかっただろう、と。

となると、病院側は、説明を受けた家族たちが気にとめないような抽象的な表現で、軽く話したものを、はっきり危険性を告げたように、嘘の弁解をしているのである。

私が何故断言できるかというと、これまで数多くの手術ミスを、病院側がこのような誤魔化しで打消してきたことを、熟知しているからである。

ことに弓長は、二十八歳という成人期のR手術は初めてなのだ。それを隠したのは、恵子や畑中たちが手術を断るかもしれない、と危惧《きぐ》の念を抱いたからだろう。弓長は、患者の身の安全よりも、まず手術がしたかった。そういう連中を、私は数え切れないほど見てきている。

また病院側は、この手術は緊急を要する手術ではないので、セカンドオピニオンを含めて結構です、と説明したと述べている。

ここに真実に反する糊塗がある。

畑中の反論はそれを暴いている。

畑中は反論文の冒頭で、病院側の文書の内容は、真実とは異なり、修正または糊塗され、追加されたものと述べているが、セカンドオピニオンの部分について、次のように、反駁している。

畑中は説明が終った後、弓長に名刺を差し出した。それを見た弓長は、畑中の会社がS市にあるのを知り、「S市なら公立循環器でもいいですよ」と軽く一言つけ加えただけである。その時の話し方はむしろ、そちらでもどうぞ、といわんばかりの、軽くいなすような不自然な感じだった。決して良心的また誠実なものではない。それが、「相談されては、と話した」

というような偽りの内容にすり替えられている。熱を込めてバラ色の将来を語り、患者の家族に希望を持たせておいて、説明が終った後、他の病院でも良いですよ、とつけ足すように言われて気持を変える患者や家族がいるだろうか。まずいない。これは医師としての人格と良心を疑うゆゆしきことだ、と畑中は説いていた。

その通り、間違いない、と私は何度も呟いた。二人の間のやり取りについては、リアリティーが感じられた。その場の光景が手に取るように分った。

軽くいなした部分を真正面に取り出し、ちゃんと説明したではないか、という性質の弁解は実に多い。これは、金融商品の説明ではない。人間の生命がかかっているのだ。畑中がいったように、人格と良心が問われる問題ということになろう。

その日、私はグレーの背広に地味なネクタイを締め六時前にRホテルに行った。

六時丁度に奈津子は東側の方から現われた。白のジャケットにグリーンのパンツ、白地にグリーンの模様の入ったブラウスを着ていた。俗にいうオバさんの年齢だが、品が良く美しかった。髪はかなりカットしていた。そのせいか三十代の後半に見えた。勿論、私情も入っているかもしれない。奈津子は柱の傍に隠れるように坐っている私にすぐ気づいたが、顔は正面に向けたまま眼に笑みを浮かべ、フロントの前を通り奥のロビーに向った。

正面玄関から細川が現われたのは、六時半きっかりだった。私は柱に身を隠し、十数年ぶりに会う細川の顔を眺めた。

想像以上に瘦《や》せていた。こんなに鼻頭が高かっただろうか、と肩を竦《すく》めたほどとがっていた。眼窩《がんか》が窪《くぼ》み、銀縁の眼鏡の奥の眼は鋭かった。炯々《けいけい》というのではなく、鼻頭がとがったようにきつい眼になっている。グレーがかった髪は長い。薄茶のコートにベージュのズボン、黒のワイシャツに臙脂色《えんじいろ》のネクタイを締めている。病院長というより芸術家風だった。戦前ならステッキが似合うだろう。七十歳か、それに近い筈だが皺《しわ》は殆どなかった。

昔と共通しているのは、背筋を伸ばした歩き方だった。

細川は周囲には全く関心がないようだった。鋭角的に右に曲がり奥のロビーに向う。手術をする患者に向う時と同じである。確かに歳月は細川から脂肪を取り去った。私が溜息を洩らしたのは、歳月が老いと共に備える柔和さ、豊かさといったものが、全く感じられなかったからである。

私は場所をロビーの近くに移動した。細川と奈津子がテーブルをはさみ向い合っている。私は奈津子の視線が届く場所に立っていた。婦人服のショーウィンドーの前である。

細川の質問に対し奈津子が返答している。普通の会話でないことは、奈津子の表情で窺《うかが》えた。

奈津子もテープレコーダーを持参している筈だ。

当然、細川は畑中がどういう行動に出るかを質問しているに違いなかった。

細川の背を見ながら私は感じた。

多分、奈津子に言質《げんち》を取られるようなことを、細川は口にしない、ということだった。

二人は三十分近く話し合っていただろうか。席を立ちエレベーターに向った。中華料理店に行くに違いない。

奈津子はエレベーターに乗る際も、私の方を見なかった。ことが予定通りに進む場合は、周囲を無視する、と私たちは約束していた。

二十分たったので私はエレベーターに乗り、最上階の中華料理店に向った。流石《さすが》に緊張していた。

私が二人のテーブル席に割り込んだなら、細川は席を立つかもしれない。

その場合、どういう態度を取るか、私はまだ決めていなかった。おそらく細川は口を一文字に結び、無言で歩くであろう。エレベーターの乗降時間を加えるとタクシー乗り場まで十分はある。

その間、いいたいことをいえる。何等かの反応がある筈だった。かつて、手術室に向う細川に、出入口まで纏《まつ》わりついたこともある。

エレベーターが最上階に着いた。

レジの傍にいたウェートレスが、私に、予約の有無を訊いた。

「連れがいる」

私は短くいって大股《おおまた》に歩いた。背の高い私にウェートレスは付いてくるのが精一杯だった。

数年前なら、広い中華料理店も満席に近い時刻である。

だが、バブル崩壊後の不景気は、有名な中華料理店にも打撃を与えていた。店内は驚くほど閑散としていた。両窓際の席に奈津子を加えて三組、中央の奥に、家族連れらしい五人の客がいるだけだった。

細川と奈津子は右手の窓際にいた。

黒服のマネージャーが、細川の傍に立ち、何か話しかけている。細川は入口の方を向いて坐っているが、視線は窓外の夕景に向けられている。笑みを浮かべたマネージャーの説明を無視していた。相変らず手術台の傍に立ちメスを持った無表情さだった。鋭く屹立《きつりつ》した鼻だけがいやに目立つ。ウェーターがワインを運んでいる。

ウェーターと入れ替り、マネージャーが細川の傍を離れた。

「あの、あちら様でしょうか？」

追いついたウェートレスが二人の方を見た。私は黙って頷《うなず》いた。近づいたマネージャーに微笑《ほほえ》みかける。マネージャーが踵《きびす》を返し、その席に案内しようとするのを私は止めた。

「構わない、それよりもワイングラスをもう一つ追加だな」

「はい、すぐ持参させます」

マネージャーに不審の念は全くなかった。

奈津子が初めて振り返り微笑した。

「先生、黙っていて済みません、先生もよく御存知の方を招待していますの、いらっしゃったようです」

初めからの打ち合わせ通り、奈津子は細川にいった。ワインを手にした細川が、漸《ようや》く私を見た。冬はとっくに過ぎているのに、コートに身を縮めたような細川の薄目と私の視線が合った。会釈をしたが、私を確かめた細川は表情を変えずにそのままワインに眼を移した。予期していた患部の腫瘍《しゅよう》を見つけた、といった感じだった。張り詰めていた闘志が薄れた。驚いたことに細川は、懐かしさはもとより、不審感も嫌悪感も表わさなかった。私が同席しても、細川が席を立たないのを確信した。人間的な感情の何かが細川から欠落していた。

奈津子が席に置いていたハンドバッグを窓際に移した。

私は今一度丁重に挨拶《あいさつ》したが、細川は婦長や主任看護婦の説明を聴いた時に、大学教授が示す、あの権威と傲慢《ごうまん》が入り混じった頷きともいえない頷きを返しただけだった。

俺《おれ》はこの男を接待し酒を飲ませ、女を世話し、機嫌を取っていたのか、と信じられない思いで椅子《いす》に坐った。

ウェーターがワイングラスを持ってきた。細川はそれを無視し、ワインを飲んだ。テーブルには前菜のクラゲの皿が置かれていた。

畑中については、下のロビーで話がついているに違いない。早く飲むんだ、という私の思いが通じたのか、奈津子はワイングラスを口に運んだ。赤ワインが流行しているが細川は白だった。ワインについては詳しくない。何を飲んでいるかなど、私にはどうでも良かった。

「先生、隅さんねえ、畑中さんに会っていただいたんです、畑中さんね、医学界については余り詳しくないし、隅さんから詳しく説明していただいたんです、お医者さんて同根一家で、手術ミス、診断ミスを皆庇い合うでしょう、だから世間の常識など全く通用しないことを、具体例をあげて述べて貰ったの、そうでないと、畑中さん、お気の毒ですもの、ただ、信じられない、と茫然《ぼうぜん》となさっているし」

私は奈津子を見直した。これほどまではっきり細川と対決するとは考えてもいなかった。

細川は細切りの鶏肉の入ったクラゲを旨そうに食べた。歯がしっかりしているのか、嚙《か》み砕かれるクラゲの音がいやに響く。

「でも先生、病院への畑中さんの質問書は、隅さんに会われる前に御自分で書かれたの、本当にお気の毒ですわ」

細川の返事はなかった。

ワイングラスが空になった。奈津子は素早くワインクーラーから、ワインボトルを取り細川のグラスに注ぐ。

奈津子や私が何をいっても、畑中については話さない積りらしかった。

「隅さん、具体例についてお話ししては……」

小首をかしげた奈津子は穏やかな口調だったが、細川の無視に内心苛々しているに違いない。

「あれは去年だったかなあ、先生も御存知だと思いますが、龍野先生、御高齢なのに、友人の懇願ということで心臓手術をされた、手術の鬼といわれた方ですから、お気持は分るんですが、手術中に御自分が急性心不全で倒れ、その際、患者の大動脈を切断し、死に到らしめた事件、あれは新聞に載りましたね、ただ患者が何故死亡したか、という点については真相が伏せられています」

私は、ワイングラスを口に運び細川の表情を窺った。微《かす》かに鼻息が聞えた。私が加わって以来、初めて示した細川の反応である。含み笑いを洩らしたのか、何をこしゃくな、と不快の念を抱いたのか、それは分らない。

まだ僅《わず》かだが、人間の心が残っている。

「真相って何ですの？」

奈津子が真剣に訊いた。

「部下の先生方が、倒れた龍野先生に気を取られ、患者の応急処置が遅れたという事実です、その場にいた先生方にとっては、患者の生命よりも大変なミスを犯した院長先生の方が大切だったということだよ」

「まあ酷い」

奈津子の反応に偽りはなかった。

実際、あの事件の真相は、秋岡が医薬品業界の情報網を通じて知り得たのだ。

「そういうものだよ、親分乾分《こぶん》の関係は、官僚よりも医学界の方が酷い、本当にどうしようもない、ね、細川先生」

フカヒレのスープが運ばれてきた。

細川が私を見た。癌《がん》が全身に転移した患者、それも自分とは無関係の患者のレントゲン写真を診るような冷やかな視線だった。

「屑《くず》め」

と細川は呟いた。聞えるか聞えないか、はっきりしない心の発音のようだったが、私をクズ、と呼んだのは間違いなかった。

「屑とおっしゃいましたか」

「奈津子、この人に帰って貰うんだ、もし帰らなければ、このフカヒレのスープを食べ終った後、私は席を立つ」

その口調は、昔と同じように自分の女に対するものだった。流石に私は憤りを抑えかねた。

「香見田《かみだ》さんに対して失礼じゃないか、呼び捨ては」

「隅さん、私は構わないの、昔は、呼び捨てにされても仕方のない立場だったから、今、私は過去を償っているわけ、それより、パリでのことをお話ししては」

私は冷静になっていた。フカヒレのスープを食べ終ったなら席を立つ、といった細川に奇妙なおかしさを感じたせいかもしれない。

まさしく漫才師の科白《せりふ》だった。それを細川は真剣にいっている。間違いなかった。細川は他人に対する感情の何かが欠落していた。もう七十歳になるというのに、周囲の人間が、自分の言動を、どう受け取るかを全く考慮していなかった。自尊心が強過ぎるせいかもしれない。

それにしても滑稽《こっけい》だった。

こんな男を相手にむきになる必要はない、馬鹿馬鹿しい、と私は考え直したのだ。

「高村圭子さんを御存知ですね」

細川のどんな動作も表情も見逃すまいと彼を凝視した。細川はスープを口に運んだところだった。私の言葉を聞き流して飲もうとし、むせた。ハンカチを出し口を覆った。とがった鼻頭が、私を窺うようにハンカチから覗《のぞ》いていた。

「僕は圭子さんとパリでお会いし親しかったんですよ、驚きました、圭子さんからあなたの名が出た、何とあなたは三歳の圭子さんを養女に出したらしいですね、御夫人の妹さん夫婦の子としてね、いやあ吃驚《びっくり》しました、圭子さんは成長し、自分が養女であることを知り悩み苦しんだ、多分、高村院長が真相を話したんでしょう、日本にいるのが堪えられなくなり永住する積りでパリに行った……」

私はむせている細川を鎮めるように、一語一語に力を込めながらゆっくり話した。高村圭子がこんな作り話を許してくれる筈はなかった。後日、墓石の前で詫びる以外にない。

細川の眼が変質者じみた光を宿した。

「あれは圭子さんが車に撥《は》ねられる前夜でしたよ、私が医薬品業界にいたことを知ると、あなたの名を出し、一時父親だったといわれた、まるで自分が穢《けが》されたような表情だったなあ、今にも吐き出しそうな顔でね、そう、むせているあなたに似ている」

こんな風に人を揶揄《やゆ》したのは初めてだった。細川はハンカチで口を拭《ふ》き、未練がましくスプーンでスープをすくった。よほどフカヒレが好きらしい。手は慄《ふる》えていなかった。

「しかし、圭子さんはどんな思いで、一時父親だった、といわれたんですかねえ、まあ、圭子さんにも色々なことがあったんだろうけど、養女に出されなければ、人生も違ったし、日本脱出はなかったでしょうな、先生、どうですか」

「圭子は私の子ではない」

細川が濁った声でいった。だがその声は私を屑と呼んだ時よりもはっきりしていた。

「では誰の子ですか」

「それは別れた家内に訊きたまえ、養女に出したのも彼女の意向だ、私は彼女に従ったまでだ」

「それはそうでしょうな、あなたは奥さんに頭が上がらない、長い間、同性愛好者であることを隠していたからね、だけど不思議だなあ、長女はあなたの娘さんでしょ」

「君などには分らん」

「それはそうです、人にはそれぞれの性癖がある、ただ私が怒っているのは、出世のために自分の性癖を隠すべく、香見田さんを道具として使ったことです、騙された私も悪かったけど」

「なるほど、奈津子に惚《ほ》れていたのか、そのくせ、商売のために私に渡した、自分のしたことを思えば、君には何もいう資格はない」

「そのことについて、私は悩み悔いましたよ、だがあなたには、罪悪感のかけらもない、一言ぐらい、悪かったと謝るべきではないですか、香見田さんに」

「不愉快だ、私は帰る、二人はグルだな」

「愛し合っています、で、別れた奥さんは今、どちらに？」

「知らない」

細川は立った。

「タクシー乗り場までお送りしますよ」

それには答えず、細川は背筋を伸ばし、痩せた胸を張って歩きはじめた。

奈津子は立って細川に頭を下げた。堂々とした演技だった。こういう場合は、その演技が気持よかった。

私は細川を追い越し、慌てたようなマネージャーに、すぐ戻る、と告げた。

口を一文字に結んだ細川は、私を無視しているが、最初のように完璧《かんぺき》ではなかった。

「何年ですかね先生、十数年なんてあっという間に過ぎました、あの当時は酷い目に遭いましたよ、この頃のプロパーは楽だ、昔のようにホステスを口説いて宛《あ》てがわなくても、風俗店に案内して、代金を払えば良いらしいですからね」

エレベーターが止まり、若い男女のカップルが降りた。私が、どうぞ、と腕を差し伸べると、一瞬とまどったようだが、口を真一文字に結び、エレベーターに乗った。そんな細川がエレベーターの隅に身を寄せたのはおかしかった。ひょっとすると暴力をふるわれるのではないか、と危惧の念を抱いたのかもしれない。

「先生、別れた御夫人の住所が無理なら、お嬢さんの方を、東京にいらっしゃるとか……」

細川は歯を嚙み締めたらしく、削《そ》げた頰《ほお》に肉の筋が盛り上がった。

「ゆすりか」

細川はエレベーター内での沈黙に堪えかねたらしい。

「冗談じゃありませんよ、私は高村圭子さんの事故死に責任を感じているんです、まるで風に流されているように歩かれていた、あれでは危険です、何故圭子さんがそうなったのか、私なりに彼女の謎《なぞ》を調べているのです、それには成長過程を知る必要がある」

「くだらない」

「あなたから見ればねえ、権威と名誉欲、それにメスの技《わざ》だけを誇って生きてきた方には分らないでしょうね、ほんの少しでも人間らしくありたい、と望んで生きている僕のことなどは」

エレベーターが一階に着いた。

今度は細川と並んで歩いた。真一文字だった細川の口がへの字に歪《ゆが》んだ。

細川は無言だった。

驚いたことに細川は、私がパリで、どういう理由で高村圭子と親しくなったか、という点について、全く無関心のようだった。

自分の子ではないという思いが、深く刻み込まれているせいかもしれない。

表面には出ないが、あるとすれば寧《むし》ろ憎悪であった。そんな気がした。

ロビーに出た細川は表玄関に向わず左手に折れた。駐車場に通じる小ロビーの方にだ。

「車を運転されているんですか」

「運転手が待っている」

「そうか、病院長の車ですな」

細川は鼻を鳴らした。小ロビーを出ると長身のポーターが丁寧に挨拶した。

「ここでお別れします、今日の会話はすべてテープに録音していますからね、あなたは余り喋らなかったけど、あなたは私の質問を否定されなかった、あなたは同性愛好者で、亡くなった高村圭子さんの父親ではない、と認められた、圭子さんが生まれた時、前の御夫人とは、まだ離婚されてはいない、もし畑中さんのお嬢さんを死に到らしめた手術問題が訴訟になり、週刊誌が嗅《か》ぎつけたりしたなら、当然、執刀医を庇っているあなたも槍玉《やりだま》にあがる、今から覚悟なさっておいた方が良いですな」

「屑め、薬屋崩れはゴキブリだ」

今度は私にも聞きとれるように細川はいった。とがった肩を一層聳《そび》やかしながら細川は駐車場に向った。細川の姿勢も歩き方も、昔、私が見た時と余り変っていなかった。

ここ数年、梅雨の期間が短くなってきたような気がする。六月の末だが昨日から雲よりも青空の方が拡《ひろ》がっていた。

私は細川から娘と別れた細君の居場所を訊き出したかった。高村圭子の出生の謎を知りたい。本当なら、彼女の調査はもう打ち切っても良いのだ。不幸な星のもとに生まれ、日本を脱出せざるを得なくなった高村圭子の心情は、充分すぎるほど理解できた。それにも拘らず出生の謎まで探ろうとしているのは何故か。騎虎《きこ》の勢いというやつか。多分、彼女の本当の父親が誰かを知りたかったのであろう。細川夫人の不倫の相手を。それに夫人が何故堕《お》ろさなかったか、というのも謎であった。

その夜、私は午後十時頃、馴染《なじみ》のスナックに行った。夕食は自炊で外出していない。阪神と巨人戦の放映があったからだ。タイガースの仕合は、甲子園で行なう場合、神戸のSテレビが六時から放映するので、外出するのが惜しかった。今年も阪神の優勝は無理で、良くて四位であろう。何といっても打てないのだ。

それにも拘らずテレビを観るのは、惰性になっているせいかもしれない。結局、十時前に馬鹿らしいほどの大差で敗けた。三連敗である。

客はかなりいた。テレビを見終った近くの商店の馴染客が殆どだった。

私を見たマスターの顔が異常なほど強張《こわば》っていた。私をその場に釘《くぎ》づけにするほど強い眼差《まなざ》しだった。鋭い視線ではないが、切迫したものが漲《みなぎ》っていた。マスターは、入るなといわんばかりに首を横に振った。席は二人分は空いている。

本能的に私はドアを閉めて外に出た。悪い予感がした。昼は晴れていたが明日は雨らしく、月が厚い雲に覆われていた。

マスターがすぐ現われた。

「妙な男が来て隅さんのことを訊いていましたよ、白っぽいジャケットを着た男です、四十前後かな、明らかにスジ者ですよ、今夜は来ないのか、とか、来る予定はあるのか、としつこかったです、口調も態度も丁重でしたが、変に粘っこい、何か心当りはないですか」

「やくざには縁がないし、別にトラブルなど起こしたこともないよ、考え過ぎじゃない？」

「それなら良いですが、まずスジ者です、今夜は帰った方が良い、注意して」

「そういえば九時頃電話がかかったなあ、受話器を取ると切れたが」

「そいつです、隅さん」

「何だ？」

マスターは、レフリーを傍にして、対戦相手を睨《にら》むように私を見た。

「ジョギングは欠かしてないでしょう」

「ジョギングだけは……すまない、このところ、ボクシングのトレーニングをさぼって」

「そんなこと関係ない、妙な奴《やつ》に絡まれたら相手にせず逃げるんです、それも、駅近くの商店街の方に、人気のない暗い場所は駄目ですよ」

「どうしたんだ、マスター、やくざが僕を狙《ねら》っている、というわけか、そらないわ、阿呆《あほ》らしい」

大阪弁で笑ったがマスターはまた首を横に振った。

「絶対喧嘩《けんか》はしないで下さい、奴等は何を持っているか分らない、足なら自信があるでしょう」

ドアが開き、中の客が覗いてマスターを呼んだ。私は、分ったと頷き、スナックに背を向けた。

気のせいか身体が汗ばんでいた。どう考えてもやくざに狙われるような覚えはなかった。ズボンに半袖《はんそで》のシャツという軽装である。逃げる分には自信があった。マスターの考え過ぎと思いたい。だがよほどの確信がなければあそこまではいわない。私は前方を見据えた。車のライトに猫の眼が黄色に光った。次の瞬間猫は狭い道に姿を消した。私は前後左右を見た。用心するにこしたことはない。駅に通じる後方の道端を犬を連れた女性と子供が歩いていた。更に後ろに数人の若者がいる。女性もいて話し合っている模様だった。前方から自転車が迫ってきた。女性である。

怪しい姿はなかった。それにも拘らずマスターの言葉が胸中で重くなった。廻り道をして帰ろうと横道に入った。焼肉店から二人の男が現われた。余り人相が良くない、中年と若者だった。中年はシャツだけで、若者の方は作業服らしい。二人は私の方に向ってきた。汗が滲《にじ》んできたがマスターは白っぽいジャケットといった。私は右側に寄った。中年の男は私を一瞥《いちべつ》したが、敵意のある眼ではなかった。私は大きな吐息を洩らした。身体が固くなっている。

敵に襲われない先からこの有様では逃げきれない。私は次の辻《つじ》まで軽く走ることにした。辻を過ぎ右手を見ると煙草《タバコ》を咥《くわ》えた男が見えた。私は曲がらずに更に西側の近くまで走った。汗は相変らずだが少し身体がほぐれた。

スナックを訪れた得体の知れない男が、今夜、私を襲うとは限らない。ただ、あの無言電話で私がマンションにいることを確かめている。私が外出した後、もう一度電話をかけているかもしれなかった。

そうか、と私は唸《うな》った。相手は間違いなく私のマンションを知っているのだ。おそらく私のマンションの近くか、マンション内の自転車置き場あたりに潜み、私の帰途を待ち伏せている危険性があった。襲われる理由はない。それにも拘らず敵が待ち伏せている確信度が深まった。私は獣のような嗅覚をそなえているのかもしれない。

私は深呼吸を繰り返しながら十一時頃、マンションの近くに戻った。玄関前の電柱にもたれた若い男と向き合った同年輩の女が話し合っていた。男が電柱にもたれているのが奇妙だった。これも現代なのかもしれない。

怪しい気配はなかった。石の階段を上がり深呼吸をして自転車置き場の方を見た。入口に立った。エレベーターの右手の階段の辺りは暗い。玄関の明りが殆ど届いていない。ただ闇《やみ》の塊が息づいている気がした。闇が生きているのだ。私は背を向けると石の階段を下りた。男たちが暗闇から飛び出してくるのと、足で道を確かめ走り出したのと同時だった。

何人かは分らないが相手は古びた石の階段を走り下りた。案の定一人が転び派手な悲鳴をあげた。振り返ってみると三人だった。百七十糎《センチ》ぐらいの男が猛然と追ってくる。倒れた仲間を跳び越えた一人が彼に続く。

私は駅に通じる道に向って走った。相手の足音は執拗《しつよう》に続く。幅広い道に出たが諦《あきら》めずに追ってくる。次第に心臓が早鐘のように鳴り出した。ジョギングで鍛えている筈だが、息切れで胸が詰まっている。喉《のど》と口が鳴っていた。駅の繁華街の明りが遠い。前の辻から白っぽいジャケットが現われた。

はさまれた。ぞっとしたが、無意識に道を横切った。車がタイヤをきしませてクラクションを鳴らした。

追ってくるのは二人だった。もう一人は倒れた時足を怪我《けが》したらしく遥《はる》か後方である。バットさえあれば、と絶望的に思った。前方左手の狭い道に入った。通り抜けられそうだ。相手は二、三十米《メートル》離れていた。やっとの思いで道を通り抜けて愕然《がくぜん》とした。鉄の柵《さく》が行く手を遮っている。駐車場の裏手だった。柵は一・五米ほどだから越えられないことはないが間に合わない。石でも落ちていないかと下を見たが、小石もなかった。今の都会は舗装された道とコンクリートの建物ばかりだ。

荒い息で深呼吸をした。こうなれば戦う以外にないと腹をくくった。白いジャケットの男が追いつくまで少し間がある。執拗に追ってきた男が飛び込んできた。腰だ、腰だ、といい聞かせながら相手の顎《あご》に拳《こぶし》を叩きつけた。間違いなく腰が入っていた。顎は固かったがサンドバッグより軽かった。悲鳴にならない声をあげて相手は倒れた。私は無我夢中で鉄柵に飛びつきよじ上った。背後の気配に足蹴《あしげ》りをくわせた。これも顔面あたりに当ったらしい。鉄柵の向うに転がり落ち、膝を打ったが私はまた逃げた。駐車場から通りに出た時は、胸が割れそうになっていた。近くの電柱にもたれたが崩れ落ちそうだった。

「助けてくれ、強盗だ、誰か一一〇番」

私は精一杯、声を張り上げた。

足音が近づいた。敵も必死である。その執拗さが恐ろしかった。

現われたのは坊主頭の男だった。鉄柵で蹴りを入れたやつらしい。再び逃げようとしたが、無意識のうちに身体は相手に向っていた。坊主頭が歯と眼を剝《む》きながら擲《なぐ》りかかってきた時、私はこれが最後とばかり頭突《ずつ》きを胸にくらわせた。これも腰が入っていたし、体重は私の方が重い。腰を折るようにしてよろめいた坊主頭の顎にアッパー気味のストレートを叩《たた》きつけた。運良く喉仏にめり込んだ。呻《うめ》き声も出せずに倒れた相手が起き上がろうとした。私は逃げるのを忘れ、馬乗りになると顔面にパンチの雨を降らせた。坊主頭が舗装道路に当り鈍い音を立てた。恐怖心は消えていた。理不尽な相手が憎く殺したかった。こんな獣のような暴力が潜んでいたなど考えもしなかった。

坊主頭の剝いた眼が飛び出しそうになり、開いた口は金魚が空気を吸うようにパクパクと動いた。

白いジャケットが眼に入った。

近くにいたらしい女性が悲鳴をあげた。

「警察を呼べ」

と私が叫んだ時、脇腹《わきばら》に熱く重い衝撃を受けた。同時に乾いた拳銃《けんじゅう》の音を耳にした。気が遠くなったが、私は死なばもろ共とばかりに坊主頭の顔に覆い被《かぶ》さるようにして気を失った。

弾丸は腹部を貫通したが私は奇蹟的に一命を取りとめた。病院の集中治療室から一般病棟に移された翌日、最初の見舞客が入ってきた。

それは意外にも浩だった。

浩はこれまで見せたことのない優しい眼で私を覗《のぞ》き込んだ。

「運が強いよ、危ないところだったらしい」

浩は頭に手をやり椅子に坐った。

口が重く私は眼で頷いた。

「家族の面会が第一番だってさ」

浩は照れたようにいった。

「誰が……」

「美冴君が電話をかけてきてくれた、僕の電話番号を知っているのは彼女だけだから」

「ふーん」

と鼻息のような声でいった。

「好い娘《こ》だよ、秋岡さんも来ている、それに香見田さんという女性も、入って貰おうか」

浩が二人を呼んだ。

強張った顔の秋岡と奈津子が入ってきた。奈津子は頰が落ち、睡眠不足のせいか眼が赧かった。私の顔を見た途端、涙を抑えようと歯を嚙み締めた。だが抑えきれず一粒だけ涙が頰を伝った。

白衣の医者が入ってきて、警察の質問があるという理由で、三人に出て欲しい、と伝えた。浩が肩を竦めて顔を歪めた。

「今日は顔見せだ、俺、三日ほどいるから」

奈津子は唇がつくほど顔を寄せ、

「本当に嬉《うれ》しい」

熱い息を私の頰に伝えた。

秋岡は何もいわず、良かった、と何度も首を振った。

三人の気遣いの見舞に較べると二人の刑事の質問は執拗だった。私が幾ら否定しても、何か恨みを買うようなことがあった筈だ、という。私は秋岡の会社の社員になっていた。何度訊かれても、私は覚えがないとしかいえない。

一時間余りたったろうか。

年輩の刑事が、私を襲った相手の素性を告げた。ミナミの暴力団須藤組の幹部と乾分たちだった。私が覆い被さった坊主頭は顎の骨を砕かれ、後頭部に罅《ひび》が入り、失神していて動けなかった。駆けつけたパトカーの警官に逮捕され、組の名前と襲撃者が分ったのである。生命を取りとめた私の執念勝ちというところだろうか。

私の粘りが功を奏したのか、刑事は帰った。その夜私は三十九度ほどの熱が出た。医者は外部の刺戟《しげき》のせいだろうといったが、また酸素マスクをつけられた。翌日、平熱に戻ったが、マスクはもう一日つけられた。

マスクが外された途端、刑事が現われた。

逮捕された者たちは人違いだったといっているらしいが、警察は信じていなかった。拳銃を撃っているからだ。

刑事が苛立《いらだ》った顔で帰ると、浩と秋岡、それに美冴やスナックのマスターが現われた。奈津子は、夜になると秋岡に伝言していた。面会の時間は夕食までだが、これは一応のルールである。

美冴と会うのは初めてだが、色白の丸顔で、私の視線に羞《はじら》いを見せた。身長は百六十糎《センチ》ぐらいだろうか。白い半袖のブラウスに赤リボン、タータンチェックのミニスカートにルーズソックスである。私立高校の制服のようだった。風俗の店にいたなど想像もできない。

「今日東京に戻るわ、また顔を見せるよ、もう大丈夫や」

浩は珍しく大阪弁を混じえた。

美冴の口許《くちもと》に微笑が浮かんだ。

秋岡の説明では、警察に連絡先は？　と訊かれた私は、昏睡《こんすい》状態なのに秋岡の会社の電話番号を告げたらしい。美冴が浩と電話をし合っているのを知っていた秋岡は、美冴に連絡し、彼女が浩に電話をしたという。

「よく来てくれた、俺のことは心配するな」

私の言葉に浩は何かいいかけたが、にやっと笑うと美冴に目配せした。

「お大事に……」

美冴は深々と頭を下げ、浩に身体をぶつけるようにして出て行く。

私はベッドから眺めて、おやっと秋岡を見た。二人の間に男女の匂いを嗅ぎ取ったからである。秋岡は気にしている様子もなく傍のマスターを見た。

「隅さん、マスターが注意したらしいがな、ほんまに無茶ですわ」

「仕方ない、挟まれたんだ、逃げた道が行き止まりだった、どうして柵を越えたか自分でもよく分らない、運が良かったとしかいいようがない、マスターの警告があったから助かった、礼をいうよ」

「とんでもありません、秋岡さんに聴いたんですが、完全に治るらしいので、ほっとしてます」

私と秋岡の間を邪魔すまい、とマスターは笑顔になって帰った。病室の窓際やサイドテーブルには果物や花などの見舞品が並んでいた。花は奈津子で、二個の果物籠《かご》は秋岡とマスターだった。それぞれ心が籠《こも》っている。

「煙草でも喫《す》ったらどうだ、構わないぜ、内臓の病じゃないから、治りはじめたら速い、遠慮するなよ」

「ここでは遠慮しときますわ」

「しかし君なあ、ずっと緊張しているじゃないか、一度もいつもの、そうだなあ、俺の好きなとぼけたような顔を見せないぜ、妙じゃないか……」

「隅さん、弾丸ねえ、一粍《ミリ》狂うとったら動脈を切断してた、失血死でっせ、この病院で、酒を飲んでいるような顔になれ、というても無理ですわ」

「それはそうだな」

私は奈津子が置いていった手鏡を取って窓を見た。まだ身体を動かすことは禁じられていた。排泄物《はいせつぶつ》は看護婦の手を借りねばならない。手鏡で窓外を見るのは、楽しみの一つだった。ただ見えるのは高層ビルの上半部と生駒の山々だった。鏡の中だと山の緑が色褪《いろあ》せて見える。樹林そのものに力がなく、新鮮さがなく、くすんでいるからだ。

地肌が多くなっているせいかもしれない。

窓ガラスに小さな虫が這っている。三階だし、病院の窓に食物などはない。ゆっくりと這う。疲れたので休んでいるのだろうか、不思議な気がした。伊丹空港に降りる飛行機が雲と山の間に現われた。生駒山の上空は、飛行機が旋回する空域だった。飛行機のせいではないだろうか、這っていた虫が飛んだ。意外に羽が大きい。

なるほど、この羽で三階まで飛んで来たんだと何となく納得した。

「それにしても、隅さん、いつもと変りませんなあ、あれだけの傷の後には見えませんわ、俺よりもずっと度胸がある、今度の事件で、つくづく分りましたわ」

「度胸なんかないよ、無我夢中だったけど、死にそうなほど恐かった」

「あのちんぴらに喰らいついて、逃がさなかったのは度胸ですがな、それで、襲った連中がミナミの須藤一家ということが分りましたんや、あのちんぴらも、もう一寸《ちょっと》で死ぬとこやったらしい、警察も感心してましたわ、やくざ相手に、あれだけ戦った素人は珍しいと……」

「度胸じゃない、とにかく憎かった、今は信じられない、あの時はやつを殺したいと懸命だった」

私は苦笑したが、声に力が籠ったのか、秋岡は黙りこんだ。見開いた眼の奥に、苦悩が宿っているように見えた。

気のせいだろうか。私はいった。

「この個室はなかなか良いよ、君が病院と交渉してこの部屋に決めたんだな」

「部屋代ぐらい何でもないです、後で隅さんと相談しようと思てましてん」

「分った、その件は後にしよう、それはそうと、何か俺に話したいことあるんじゃないかな、君と付き合って何十年になるかな、美冴さんが失踪《しっそう》した時も、打ちのめされていたし、憔悴《しょうすい》もしていた、だが、君のそんな悩める眼は初めてだよ、君は胸の中を隠すのが上手《うま》い、ところが今の君は隠していない、隠しきれないのか、隠す気がないのか俺には分らないがね、一体、何を悩んでいる、話せよ」

「隅さん、思いきっていいます、確証はないけど、隅さんを襲った須藤組の幹部、村木《むらき》とは浜田がピンクサロンやってた時代からつるんでた、当時の村木はまだちんぴらで、用心棒兼塵《ごみ》処理役でしたわ、そのうち浜田は医薬品業界のフィクサー、須藤組長は関西会の若頭《わかがしら》補佐、仙田《せんだ》組系の組長で、村木はそこの幹部というわけですわ、何か気になる、隅さんは俺に細川院長に会わせる方法はないか、と先日いうてはったけど、俺以外の誰かに頼んだりはしませんでしたか？」

「頼んだどころじゃない、奈津子の策で上手く会ったよ、すまない、一週間ほど前のことだが、君にはまだ話していなかった、一度会って話そうと思っていたんだが、おいおい、細川が浜田や暴力団と関係があると考えているのか？」

「細川院長は、やくざとは無関係です、だが、院長は、浜田と深い関係ありですわ」

私は秋岡に問われるままに、細川と会ったいきさつを詳しく話した。高村圭子の実の父を知らせて欲しい、と迫ったことも。

「隅さん、やはりねえ、細川院長が浜田に、隅さんを脅すように頼んだのかもしれませんなあ、それとも、うるさいやつだ、何とかならないか、と泣きついた、それで、浜田が村木に話し、乾分を連れて襲った、ただ殺す積りはなかったんと違いますかなあ、拳銃でも見せ、乾分たちに擲らせておいて、後で余計なことはするな、と電話させる、普通ならそれで終る、ところが隅さんは強過ぎた、予想と違って乾分が殺されそうになった、兄貴分はかっとなって拳銃を撃ったと考えられなくもない、隅さん、院長は浜田と裏で繋《つな》がっている、それは間違いありませんわ、俺、どの面さげて隅さんに謝って良いか、悩んでました、F市の高村病院を喰い荒している小西、あいつらに薬を売っているトンビの一人が俺です、どの病院の経営が悪いなどという情報は、関西一円はもとより、その周辺の医師から細川院長のもとに集まる、あれでも院長はMATO大学系の有力者です、院長の息のかかった医師は多い、情報は幾らでも入る、院長から情報を得た浜田は、小西たちを使って病院を喰い荒す、あちこちであった、絶頂期は三、四年ぐらい前ですな、浜田は当然、院長に情報料を渡してるようですが、当時の浜田の儲《もう》けは大変なものでしたわ、隅さん、俺が扱う薬の三分の一は浜田の仕事です、先日はどうしてもいえませんでした、だけど、今回だけは許せない、俺は警察に、細川と浜田と須藤組の関係を話すことに決めましたわ、俺の仕事なんか、どうでもええ、隅さんをこんな目に遭わせた浜田を放っとくわけにはゆきません」

秋岡が眼に宿していた苦悩が憤りの炎となっていた。吐く息も熱をおびたように熱い。

「謎が少しほぐれてきたなあ、しかし秋岡、警察は駄目だ、警察は俺に訊く、浜田と細川にどんな恨みを買ったのか、とな、俺はパリで知り合った高村圭子の実の父を教えて欲しいと頼んだだけだと答える、警察は馬鹿にするな、と怒るだろうな、彼らは俺が細川の悪事を摑《つか》み、ゆすったと考える、ゆすられた細川は浜田に頼み、浜田は須藤組に、俺が手を引くように痛めつけて欲しいと依頼した、というのが警察の眼だよ、それは不自然ではないし、誰でも納得できる線だ、秋岡、君の気持は痛いほど分るよ、ただ俺はこれ以上、刑事にあれこれ疑われたくない、俺は被害者だが、悪者のように色々と訊かれる、げんに警察は、今の俺が暴力団に狙われるような裏の仕事をしているのではないか、と疑っている、俺はな、パリで若の高村圭子との関係を警察に話す積りは全くない、パリ警察の俺に対する冷やかな蔑視《べっし》、若い娼婦《しょうふ》に騙され、三千フランも渡したイエローモンキー、もう充分だよ、日本の警察も同じだろうよ、君だってそうだ、よく思い出せ、日本に戻った俺が高村圭子のことを話した時、君はどんな顔をした？　頭がおかしくなったんじゃないか、と呆《あき》れたように俺を見ていたぜ、俺を知らない日本の刑事は呆れるより内心せせら嗤《わら》い、怒る、そんな刑事に高村圭子との関係を話せると思うのか、これ以上、彼女を穢したくない」

次第に秋岡の顔が項垂《うなだ》れた。私の前でなかったなら、秋岡は頭を搔《か》きむしったであろう。

私が入院して以来の秋岡には、土下座でもしかねないようないつものオーバーな言動はなかった。それだけ秋岡は真剣だった。社会の裏まで知り尽した中年の男が、収入の三分の一、いや場合によっては大半を友人のために捨てるというのは並大抵のことではない。それにも拘らず秋岡は実行しようとしている。浩が美冴を救ったことへの感謝の念の表われに違いなかった。私は話題を変えた。

「なあ秋岡、浩のやつ、美冴君と親し過ぎる感じしないか」

「よろしおますがな、浩君、美冴のような娘と、よう付き合《お》うてくれてます、この時代、先のことまで想像してもしようがない、俺、嬉しいんです」

「そういわれると俺も嬉しい」

「それより、浜田をこのまま放っとくんですか」

「警察には何もいうな、ただ不思議なんだ、何故、細川と浜田は裏でつるんでいるのかなあ、あのプライドの高い細川が……そう、細川は最後にいった、薬屋崩れはゴキブリだと、その細川が何故だ？」

「そこや、たんに金銭だけじゃない、細川が同性愛好者と聞いた時、一瞬だけど浜田の顔が浮かびましたわ、浜田も若い頃離婚し、その後、女の噂《うわさ》がない、俺たちの仲間の中には、ゲイじゃないかという者もいるけど、それも確証はない、ミナミにショー抜きの、俗にいう売り専の店をやってるらしいけど、店に顔を出したこともないようです」

「浜田がゲイだって、考えられないこともないなあ、浜田の会社を訪れた時、入口と窓際におかれた薔薇《ばら》と胡蝶蘭《こちょうらん》をメインとした鮮やかな花々に異様な気がしたよ、十五坪ほどの室内を飾るには余りにも贅沢《ぜいたく》で華やかすぎる、変だと思った」

私は秋岡に、浜田の会社を訪れたことがあるか、と訊いた。

「一度もありませんわ、日本橋のビルにある会社でしょう、あそこには我々を入れない、特別な客用でしょう」

「となると俺は特別な客ということになるわけか、しかし、事務所に置かれる花じゃない、変な気がした、もしゲイなら、なるほどと頷けるなあ、ただこれは、そう思うと、そうかもしれないという程度だからな」

「クラブならいざ知らず、普通の事務所に、そんな花をおきませんで」

私はホテルで、ショーウィンドーの中を眺めていた浜田の背中を思い出した。背中にも顔がある。その時の浜田の後ろ姿は、何かに取り憑《つ》かれているようだった。何が飾られていたのか。見ておけば良かったと悔いた。今となってはどうしようもないが、退院したなら、一度、あの場所に行ってみようとふと思った。

多分、何の手掛りもないだろうが。

そろそろ夕食の時間が迫ってきた。

病院では食事が早い。朝は七時台だし、昼も十二時前、夕は五時半頃である。

「長居してしまいましたわ、せやけど、浜田をこのまま放っとくなんて……」

秋岡が歯軋《はぎし》りせんばかりの顔でいった。演技ではない。浜田が須藤組に依頼して私を襲撃させたと確信を抱いた秋岡は、心底から浜田を憎んでいた。

「いいか、警察には余計なことをいうな、そうだな、俺が知りたいのは真相なんだ、細川と浜田が何故つるんでいるのか……そ知らぬ顔で付き合い、それとなく探れないかな、いや待て、君は血の気が多い、そ知らぬ顔というのは無理だな」
「隅さん、俺も裏社会との境界線を歩いてきた、それぐらいの演技ならお茶の子ですわ、やらせて下さい」
「もう少し待て、この調子ならあと三週間以内に退院だ、それから話し合おう、それまでは今迄《いままで》通り浜田と付き合うんだ、場合によっては俺の悪口をいっても良い」
「そんな……」
「演技ならできるだろう、浜田は一度だけ妙なことをいった、俺が奈津子を細川に紹介し薬を売ったことを浜田は知っていた、浜田は俺より前に細川に色々アプローチしたが、細川への売込みは駄目だったらしい、隅さんは凄《すご》い、とおだてた後、奈津子以外にも秘密のプレゼントをしたのと違いますか、とさり気なくさぐるような口調で訊いたことがある、あの時は聞き流したが、こうなってみると、どうも引っかかるなあ、おかしいといえば、俺が高村圭子を調べはじめた時、金銭が関係しているのではと疑っていた、それなら乗りましょうといわんばかりに、S市立病院の事務局長を通じて面会できるよう段取りをつけた」
「それは知ってますわ、浜田は金に眼がない」
「俺もそう思っていた、浜田らしいと、ただベッドで今回の事件を色々考えているとね、本当にそうかな、と疑いはじめた、よく考えてみろよ、細川と浜田の関係が根深いものだとすると、俺がパリで親しくなった高村圭子は、別れた細川夫人の娘ということを、浜田が知っていた可能性も否定できなくなる」
「うーん、ないとはいえませんな、それなら、何故、そ知らぬ顔で、入院先の病院を教えたり、面会できるように電話したりしたんかなあ、また隅さんの調査に力を貸す、といってませんでしたか？」

「いっていたよ、協力の目的は金、俺が一山当てた際、それなりの代価をよろしく、と匂わせていた、だがどうも違うなあ、やつは、俺が何処まで調査するかを知りたかったんじゃないかな」

「隅さん、そうや、しかし、えらい話や、もしその推測が当っていたなら、浜田は細川夫人や高村圭子について、相当、深いところまで知っていた、と考えられなくはない、しかしまさか……」

自分の思いつきに内部から胸を強打されたように、秋岡はしゃがれた呻きを洩らした。

「浜田が高村圭子の実父という可能性も考えられますなあ、やつは隅さんにそれを知られるのを恐れた、あの頃、教授を陥《おと》すため、夫人に取り入ったプロパーはかなりいた、皆、召使いになったが中には……」

「深い仲になった奴もいた……」

私と秋岡はどきっと光った眼を見合わせた。私は首を横に振った。

「浜田が須藤組の村木に依頼して、俺を襲わせたと知った時、それも疑ったよ、だが浜田がゲイだとすると、それはないだろ」

「両刀使いもいるがな」

天井のスピーカーが、夕食時間を告げた。何度も看護婦に注意しているが、アナウンスの声が耳に響く。この病室だけ、音を絞ることはできないらしい。

そのアナウンスを合図に秋岡は帰ったが、食欲がない。病院食も悪くはないのだが、決められた時間の食事はうんざりだった。

自分の好きな時間に駅前の大衆食堂で、カレーライスや鰻丼《うなどん》を食べる方がどんなに旨いか。一人で暮していると、空腹感で旨い食事を味わえる。

その日の夕食は焼肉がメインだったが、私は半分残した。

奈津子は八時過ぎに病室に現われた。ナースステーションには、若い看護婦が喜びそうな物をよく渡しているので、時間外の面会でもとがめられない。

「疲れた顔をしているだろう」

「日に日に元気になっているわ、食欲は？」

「君の顔を見た途端、腹が減ったなあ」

満更嘘ではなかった。

「秋岡さん、来ていたでしょう」

「長くいたよ、どうして？」

「あの人の体臭って独得なの、でも今は全然気にならない、あなたの親友だから」

私が唇をへの字に結ぶと、

「本当よ」

自分の言葉を私に納得させるように声に力を込めた。

ビニール袋からドライアイスを載せた弁当箱を出した。

「一時間前に握らせたの、でも夏でしょ、だからネタだけは冷やしてきたわ、御飯の方はそのままよ」

奈津子は握ったシャリの上に中トロ、ヒラメ、全く形の崩れていないウニなどを、器用に置いた。私の腹が音を立てた。

十年前と異なり、暴力団に対する警察の取り調べは厳しい。拳銃を撃ったやくざはもとより、他の三人も、次々と別件で追及され、場合によっては組員二十人足らずの須藤組は、潰《つぶ》されかねなかった。それは結構なことだが、私に対する訊問も執拗だった。

その翌日、秋岡から電話がかかってきた。

浜田や大川と飲みに出たが、何時になく浜田が無口で、秋岡に私の回復ぶりを訊いたという。

秋岡は浜田に、私が高村圭子の過去を調べ、彼女の実の母親が細川の別れた妻であったことや、F市の高村病院の状態まで知ったことを話していた。

私としても、暴力団の幹部に撃たれた以上、浜田に対しては、警察に応答しているように、何も知らないでは済まされなかった。

細川の話を聴いた浜田が、須藤組の幹部に頼み、私を脅したというのは推測である。

秋岡は間違いない、といきまいているが証拠はないのだ。

私は半信半疑だった。

そんな私を擲るような勢いで秋岡はいった。

「隅さん、浜田のやつ、えらいこと喋りましたで、ぼかしたいい方やったけど、やくざが隅さんを襲った理由、近々はっきりするんやないか、というようなことをふと洩らしよった、俺が理由を訊くと、須藤組の若い者の情報やから当てにならんが、と逃げましたがね、浜田と須藤との昔からの関係を俺が知ってることを、浜田は承知してますわ、俺は何くわぬ顔してますが、浜田はそのことを俺が隅さんにばらすんやないか、と内心恐れてる、俺の反応から、それを知りたいと思って洩らしよったのか、と疑ったけど、どうも違う、別れてから寝ずに考えましたわ、その結論はですな、犯人がゲロしそうになってきた、ということですわ」

「俺はやくざなんか知らん、何故そんな結論が出たんだ？」

「まず、あのしぶとい浜田がえらい暗い、窮地に立っているのが滲《にじ》み出ている、となるとその理由は、犯人がゲロしそうになったからですわ、最近の警察は暴力団に対してそりゃ厳しい、小さな組なら潰されかねませんわ、ことに銃撃犯はとことん追い詰める、俺なあ、あの犯人は銃を撃つ積りはなかったと睨《にら》んでる、隅さんに若い者が殺されそうになったので、かっとなって撃った、となると隅さんへの襲撃を須藤組長が知っていたかどうか、これが問題ですわ、薄々知っていたとしても黙認程度やったかも分らん、だが警察の調べは組長にまで及んだ、場合によっては組を潰されかねない、そこで組長は犯人にプレッシャーをかけた、組に関係がないことをゲロせよ、ここまで頑張れば、浜田への義理も充分や、とね、昔から浜田がつるんどったのは、拳銃の犯人ですわ、俺、組長は黙認か、事の詳細を知らなんだと思う、近々あの男、ゲロしまっせ、浜田は挙げられる、浜田もそれを知ってしょぼくれたというわけですわ」

秋岡の声にはいつになく底力があった。

今年も夏の気候は不順だった。灼熱《しやくねつ》の日が二、三日続くと、夏とは思えないほど気温が下がる。東京と大阪の温度差も酷《ひど》かった。十度近く違う日もあった。

台風が三度も関西地方を襲い、八月下旬、私が退院した日はすでに秋の気配が濃厚だった。秋といえば、十月がくれば私は五十七歳になる。二ヶ月たらずの入院だが、内臓の損傷が少なく、ほぼ全治に近い。

医者にいわすと運が良かった、ということになる。主治医は三十代後半で、まだ青年の面影が残っていた。明るく感じの良い医者だった。

私は、医者でも大学の教授連中には、人間的な不信感を抱いているが、患者として病院に担ぎ込まれ、親しく会話を交すと、よく治療してくれた、と感謝の念も湧く。

もし私が薬品会社のプロパーでなかったなら、あれほどまでの不信感を医者に抱くことはなかったに違いない。

総《すべ》ての医者が酷いというのではない。人間的に信頼できる医者や、好い奴《やつ》も結構多いのだ。

私たちプロパーは商品を売るのに夢中になり過ぎ、召使いのように扱われ、取引相手の医者を憎悪した。医者の暗部を必要以上に見過ぎたのかもしれない。

それに医者は人間の生命を預る立場にいる。今は稀薄《きはく》になっているが、教師と同じように特別な職業と考えられがちだ。かつては医は仁術《じんじゆつ》といわれた。仁とはいたわりの心である。

悪徳病院が次々と摘発されている現代でも、医者に対しては、何処か縋《すが》るような思いを抱いている向きが少なくない。プロパーたちにそんな思いは少ないが、かつて、そういう存在だったという意識はある。

それだけに、患者の生命に対する冷やかさや、金銭に対する貪欲《どんよく》さ、また出世欲などを見せつけられると、反撥《はんぱつ》も強くなる。

まして召使いのように扱われたなら尚更《なおさら》だ。

ただ私には、あの鶴《つる》のように痩せた細川が吐き出すようにいった、「薬屋崩れはゴキブリだ」といった言葉が妙に忘れられない。

確かに薬九層倍といわれてきたように、薬品会社は昔から利益に対して、濡れ手に粟《あわ》的な貪欲な面を持っている。

持ちつ持たれつの関係にありながら、医者はプロパーを軽蔑《けいべつ》し、プロパーは尻尾《しっぽ》を振りながら、医者を憎悪する。尻尾を振るだけ、自己嫌悪を生み、憎むのだろう。

それにしても、細川の口調には軽蔑だけではなく憎悪があった。

何故か。その辺りは細川が胸中を開かなければ分らない。憎悪する何かを、多分、過去の人生で味わったのであろう。

どんなに古びていようと我家は病院より良い。医者は当分の間過激な運動を避けるようにいっていた。それと週二回通院して診察を受けねばならない。ただそれも、そんなに長期間ではないらしかった。

新しく買ったソファーに坐り、脚を組むと、生きていることの有難さを、今更のように痛感した。撃たれた時の重く熱い衝撃は忘れられない。それにしても、よくあのちんぴらを離さなかったものだ。憤りで頭が燃え、死の恐怖を感じなかったせいであろう。

「何か飲む?」

奈津子が背後から覗《のぞ》き込むようにしていった。声がひどく甘い。奈津子の胸の膨《ふくら》みを背中に感じた途端、俺には今、恋人がいるんだ、と思い、どきっとするほど嬉しくなった。何度も見舞に来てくれて会っている。汗も拭いてくれた。だが、病室では乳房に触れたことがない。乳房というより、この柔らかい感触は、胸の部分ではなく女性そのものだった。

遠い昔、中学生時代に、電車の中で乗客に押され、好意を抱いていた同級生の女生徒の胸に腕が触れたことがあった。想像もしていなかった膨みの弾力に腕が痺《しび》れ、離すのが遅れた。軽蔑され睨まれると慄《ふる》え、

「押されたんだよ」

と、どもりながら弁解した。

私は赧《あか》くなっていたが、彼女は意外にも平然としていた。私がどもったのがおかしそうだった。間もなく彼女は私立の高校に入り会うこともなくなったが、あの時の甘い焼印を押されたような腕の疼《うず》きは今も忘れていない。

そんな私も、プロパーになり毎日クラブに行くようになると、平気でホステスの乳房に触れた。感激もなく刺戟《しげき》も殆《ほとん》どなかった。相手に対する挨拶《あいさつ》でもあり、時には悪ふざけだったからだ。

そうなのだ、女性が持つ乳房の吸引力は、男性の思いや、時と場所によって大変な落差がある。

時には溢《あふ》れんばかりの女性の象徴となるし、まただの瘤《こぶ》に似た物体ともなる。

「コーヒーにしようか、久し振りに部屋で君と飲みたい」

「コーヒー？　でも刺戟物でしょう、先生、暫《しばら》くの間、控えるようにとおっしゃっていたわ」

「おいおい、コーヒーも入っていたかな」

奈津子は胸を私の背中に押しつけ、なめらかな頰を私の頰に寄せた。

「紅茶にして、ね」

「仕方ないな、こいつ」

私は顔を捻《ね》じ奈津子の唇を求めた。舌と舌とが絡み合い、思い切り吸うと彼女の幅広い舌が遠慮なく侵入してきた。噛み切りたかった。それを感じたのか奈津子は唇を離した。舌鼓を打ったような音が爽《さわ》やかだった。

奈津子は二人分の紅茶を運んでくると、私と並んで坐った。

「ねえ、私、今年中には占いの仕事やめるわ」

「僕への見舞で休み過ぎたんじゃないか」

「ちょっと休んだけど、前にもいったと思うけど、占いに自信がなくなったの、占いなんて自信がなくなればどうしようもないわ」

「四柱推命って、勉強して内容をマスターすれば、余り占うのに頭を使ったりはしないんじゃないか、運命学っていうやつだろう」

「幾ら勉強しても奥は深いわ、簡単にいうと、いいえ、簡単にはいえないけど、人間の運命を動かすのは十個の宿命星とされているの、一方、生年、月、日、時の四柱には七つの場があって、そこに宿命星が入るというわけ、その辺りまでは大体決まっているんだけど、凶の星と吉の星が混じって入ったりするの、そこの解釈というか、どう判断するかが大変なのよ、精神を集中させねばならないし、四柱推命を信じきっていなければ答えが出ない、疑い出すというより、やはり自信をなくしたの、好い加減なことのできない性格だから」

「まあね、君の仕事には口をはさみたくないなあ、君が決めることだよ」

「だってあなたは、生年月日で主運が決まるなんて信じていないでしょう」

「全く信じないというわけじゃない、人生って不可解だし、高村圭子の一生など、どう考えても暗い星の下に生まれたとしかいえないだろう、ひょっとしたら、という気持もないではないよ、ただ信じたくない、というのが本音だろうな、やはり人生は自分の手で開拓したいよ」

「勿論《もちろん》四柱推命だって、吉を生かす努力、凶を避ける努力が必要なのよ、何から何まで決められているというわけじゃないわ、ごめん、お祝いの日なのに、もうやめましょう」

「いや、構わないよ」

私は、俺だってこのままぶらぶらしていて良いのか、と考えているんだ、と胸の中で呟《つぶや》いた。

自由を求めて会社を辞めたが、高村圭子について調べはじめてから、警察に象徴される社会が、無職の人間に、どういう視線を注ぐかを、否《いや》が応《おう》でも知らされた。今少し老いて、犬でも連れて散歩するような生き方なら、社会の眼も変る。

だが事件の中を駆け巡るとなると、冷たい針が注がれる。

それよりも奈津子との関係が問題だった。私の方からは絶対口にできないが、もし奈津子が結婚を口にしたなら、今の私は受けられない。どんなに好きでもだ。

奈津子はそんな私の性格をよく知っている。それに子供もいるし、当分、結婚は望まないだろう。

結婚か、別離かは分らないが、その時がくるまで、今の関係を持続すれば良いではないか。先のことを何かと思うのも、この事件のせいか。ただ私は自分が思っているよりも或《あ》る面で繊細なのかもしれない。だからこそ会社勤めが堪えられなくなって辞めたのだ。

私の腕は何時《いっ》か奈津子の肩の辺りに廻っていた。胸の膨みの感触がよみがえり腕に力が入る。少し抵抗しながら奈津子は上半身を寄せた。身体を捻じ、唇を彼女の頰の辺りに押しつける。弾丸の入った右側の背中よりも、抜け出た右脇腹の傷痕《きずあと》の辺りが引き攣《つ》った。内臓の方は何ともない。

接吻《せっぷん》しようとすると奈津子は、少し躊躇《ちゅうちょ》したようだが、おずおずと応じた。唇を吸い舌を絡ませていると、いとしさの欲情で身体が熱くなる。

奈津子の腕にも力が入ったが、顔を離すと、

「傷に悪いわ」

と言葉だけでたしなめる。だが眼は濡れて少し赧らんでいた。

女って、こういうところが可愛《かわい》いな、と胸が疼く。年齢などは関係がない。女性が持っている、いい訳に通じるこの含羞《がんしゅう》がなかったら、女の魅力などない。欧米の女性や、自己主

張の強い女たちなど糞《くそ》くらえだ。

「大丈夫だよ、拳銃の弾丸にも壊れなかったんだ」

私は再び抱き寄せ三人掛けのソファーに押し倒した。スカートに手を入れると、太腿《ふともも》を締めた。凄《すご》い力で簡単に指が入らない。

「駄目、絶対に嫌」

それでも聞えないふりで指先を進めようとすると、奈津子は上気した顔を上げて睨《にら》んだ。

「シャワーを浴びていないでしょ」

「そんなこと平気だ」

今日はその方が良い、といいかけて言葉を呑《の》んだ。男女の間には男が欲しても女に応《こた》えられない行為があるのだ。それを無理強いするのは良くない。

「分ったよ、じゃ、シャワーを浴びたら」

奈津子は私を打つ真似《まね》をして立った。私のものは痛いほど勃《た》っていた。シャツとズボンを脱ぎ肘《ひじ》かけに掛けるとパンツも取った。

青年に戻ったように昂奮《こうふん》していた。弾丸の傷痕は周囲が茶色で中央には桃色の肉が盛り上がっている。その上に大きなバンドエイドが貼《は》られていた。シャワーの音を耳にしながら無意識にソファーの周りを歩いていたが、カーテンを八分ほど閉めた。部屋は薄暗くなった。

私は一人がけのソファーに坐りなおした。バスタオルを胸に巻いた奈津子が現われた。不思議そうな顔をしたが、眼が私を望んでいる。それを隠すように顔をカーテンの方に向けた。

その横顔も滲《にじ》み出た艶《つや》に仄《ほの》かに光って見えた。部屋が薄暗いせいか気持の昂《たかぶ》りがかえって表われていた。

「ヌードを見たいな」

「駄目よ、恥をかかせないで」

「僕も見せているじゃないか」

私の股間《こかん》のものは相変らず力強かった。今度は顔を背けなかった。奈津子は、何かいいかけ慌てて下唇を噛む。

「隅さんて若いわ、身体を鍛えているせいかしら……」

語尾が生唾《なまつば》で掠《かす》れた。

「それは関係ないよ、身体の筋肉と、ここの肉とは違うんだ、さあ、早く」

「残酷よ、子供を産んだし、四十を過ぎているの、知っているくせに」

「立っている君のヌードは知らない、なあ、良いじゃないか、今日は特別の日だ」

「そうね」

奈津子はのろのろとバスタオルに手をかけた。私ははっとした。羞恥心《しゅうちしん》の中に悲しみの感情が混じっている。

私は本能的に立つと奈津子に突進した。彼女がバスタオルを外す前に抱き締めた。

「いいんだよ」

奈津子は贅肉《ぜいにく》こそついているが、年齢の割に身体の線は崩れていない。それでも、立って身体を見せたくはないのだろう。若い部分よりも老いた部分だけが気になるのだ。

私だってそうだ。会社を辞めて以来ジョギングに励み、ここ一年ほどボクシングの真似事をした。腕立て伏せも欠かさなかった。

だが、鎖骨の下の肌は明らかに老いている。腹も出ていた。股間の部分だけを誇示しているのは、若さへの郷愁であり自慰にすぎないのだ。

身体を誇示するのは、ボディービルの筋肉マンで良い。

週刊誌にヘアーヌードが氾濫《はんらん》しているが、売れなくなった三十代の後半から四十代の女優や歌手がよく登場している。乳房の衰えを誤魔化すために、立った場合は両肩を思いきり後ろに引き、胸を突き出して撮っている。それでも老いは隠せない。金銭のためだろうが、何となく侘《わび》しい。

私は自分に恥じた。

私にとって奈津子は勿体《もったい》ないほどの恋人である。女性の魅力だけではない。細川を呼び出し、会わせてくれたことなど、私に対する彼女の気持がよく表われている。行動こそ愛情の証《あかし》である。

「身体を拭いてくれるか」

「ええ、横になって」

私はベッドに大の字になった。まだ傷痕が完全に治っていないのでシャワーは浴びられない。あと半月はかかるという。

奈津子は髪をピンで止め、熱いお絞りで私の身体を拭いた。弾丸が入った背中の傷口の方が小さく治りも早かった。仰向けに寝ても、ヒップの肉のせいで、傷口はシーツに密着しない。

「何だか照れるな」

「勝手なことばかりいって」

奈津子が手に力を込めた。

「痛いじゃないか」

「傷の方なの？」

「違うよ、バカ」

「バカはあなたでしょ、生きていて良かった」

奈津子は突然、私の胸に顔を押しつけた。心臓の鼓動を聞いているらしい。

返答に詰まり私は眼を閉じた。

奈津子が部屋を出るまで、私は事件のことを含め、総てを忘れた。こういう間を至福の時というのであろう。

奈津子は、マンションの近くに駐車場を見つけ、月極めの契約をしている。路上駐車はやはり色々な意味で危険だった。

私は駐車場まで奈津子を送ることにした。道に出ると、ちんぴらたちが襲って来るような気がする。細い針先でちくちく刺されるような痛みを傷口に感じた。

夜気に殺気が秘められている。

あの時の恐怖がまざまざと甦《よみがえ》る。病院では味わえなかった生《なま》の恐怖だ。

マンションを変える必要があるかもしれない、と私はぼんやり考えた。道路が無気味に光って見える。暗がりが蠢《うごめ》く。

私の手を握る奈津子の指に力が入った。

「大丈夫だよ」

と私は微笑んでみせた。


私が秋岡の電話で叩き起こされたのは、奈津子を送り、戻って来た深夜の寝入りばなだった。

奈津子の移り香に神経が昂っていたし、私は医者の忠告を無視し、ウィスキーをかなり飲んで寝たのだ。暗闇《くらやみ》の何処《どこ》かで蟋蟀《こおろぎ》でも鳴いているような音が急に高くなった。私は眼をこすりながら電話に出た。

「隅さん、浜田から電話があった、やつは今東京にいる、あんたを撃ったやくざ、到頭ゲロしたらしい、いや、ゲロは明日かも分らん、浜田、姿を隠すというてますわ、刑事行きよったでしょ」

「警察は来てないぞ」

「じゃ明日にでもやって来ますで」

「俺、犯人じゃないぞ」

「何をいうてますねん、寝呆《ねぼ》けとったらあかん、犯人は浜田に頼まれてあんたを撃ったとゲロしたんでっせ、刑事、浜田との関係を訊くために飛んで行きますがな、まるで犯人を見つけたような勢いで」

「あっ、そうか」

頭に籠《こも》っていた靄《もや》が吹き飛ばされた。私は拳で額を叩いて残り滓《かす》を追い払った。

「退院したばかりで辛《つら》いやろけど、もし、浜田と会う気があるなら、そこを出て、何処かホテルにでも泊まった方がええ、浜田の奴、隅さんが、警察に内緒で東京に来るなら、高村圭子や細川について総てを話す、というとりますわ」

「総てを話すと、分った、ここを出る、今何時かな？」

「午前二時半ですがな」

眠気もアルコールも完全に消えていた。

「ゲロは明日じゃないかな、浜田は犯人が告白する状態になったのを知って逃げた、逃走準備はできていたんだろう、今夜はNホテルに泊まる、泊まれなかったら別なホテルにする、一時間半か二時間後に電話する、浜田から電話があったら、警察に知らせず会いに行く、と俺が確約した旨を伝えておいて欲しい」

奈津子にも電話したかったが、この時刻は電話のベルを消しているので連絡は無理だった。

私は早速Nホテルに偽名で予約の電話を入れた。

部屋は空いていた。不況続きはホテル業界をも巻きこんでいる。よほどの名門ホテルでなければ断られることはない。

下着類に身の廻りの品、薄いブルゾンにズボン、シャツ二枚を軽いナイロン製のバッグに放り込んだ。念のために預金通帳の判を薬袋に入れた。キャッシュは二十万、それにキャッシュカードを薄茶のジャケットの内ポケットにおさめ、二十分後にマンションを出た。私は被害者の方だが、警察は私が何かの事件に絡んでいると睨んでいた。どんなに何も知らないといっても諾《き》かない。今度こそ、いよいよだな、といった顔で押しかけてくるのは間違いなかった。

私が浜田に会いたいのは、浜田が警察に捕まる前に真相を知りたいからだった。

ミナミの繁華街にあるNホテルのフロントの周辺も、この時刻では人気がなかった。

予約はしたが、飛び込みの客と同じである。フロントで二万円を預け、バッグを持つというナイトボーイを断り、一人で五階のダブルの部屋に入った。

秋岡に電話するとすぐ電話に出、午後八時ジャストに、芝《しば》の東京タワーの傍で待つように、と浜田から指示があった旨を告げた。

「隅さん一人で、俺の携帯電話を持って待っていて欲しいということや、危害を加えるようなことは絶対ない、と繰り返しましたわ、ゲロしたやくざについて、銃なんか撃って最低の男やった、やくざは所詮《しょせん》やくざ、長い付き合いやったけど、見る眼がなかった自分が悪いと、隅さんには心から詫《わ》びてました、そやけど、本心かどうかは俺にも分らん、余り信じられませんなあ、ただ、俺も驚いたようなことというてましたわ」

秋岡が一息入れて話を続けた。

「浜田の話では隅さんとの間には深い因縁があるらしい、隅さんが細川に売り込んだ抗生物質も関係がないことはないといいよりました、勿論《もちろん》、隅さんは知らんことやけど、細川への売込みで自分の人生が変った、だから隅さんにだけはどうしても知って貰いたい、ということですわ」

私にはさっぱり分らなかったが、見えない粘液に絡みつかれたような嫌な気がした。ただ真実の切り札を握っているのは浜田である。不快な男だが、浜田は嘘《うそ》をついていないような気がした。

確かハマナスで会った時、浜田は私に、彼も細川に同じ種類の薬を売ろうと懸命だったが、私に負けた、と告白した。全く知らないことだったが、嘘ではない、と感じた。一人の教授に、何人ものプロパーが群がるなど日常茶飯事だった。

負けたからといって、それを根に持つ者は殆《ほと》んどいない。毎日のように、違う相手と、勝ったり負けたりしていたからだ。

ただ、私との間に深い因縁があるといった以上、想像外の何かがあるのかもしれない。

私は濁流の中を夢中で泳いでいた当時を思い出しながら、冷蔵庫の上のミニバーのボトルを三本も飲み浅い眠りについた。

朝、八時に眼が覚め、私は奈津子に電話した。八時半なら子供は登校している筈だ。奈津子が電話に出た。

私の話を聴いて驚き、危険だから東京に行くのは止《よ》して欲しい、と珍しく縋《すが》るような口調で頼んだ。

私は行かなければ、胸中に澱《よど》んでいる重い靄は一生消えないだろう、と話した。あのやくざは浜田の依頼で私を撃ったのではない、頭に上った血が炸裂《さくれつ》し引金をひいてしまったのは間違いない、と説いた。

「あの件について浜田は、これからの人生を棒に振ったと後悔し、私に詫びている、今は浜田の言葉を信じる以外ない、勿論、用心する、行かなくっちゃならないんだ、頼む」

「じゃ、今夜は仕事場の方に泊まるから必ず電話して、それとあなたが入院してから携帯電話を買ったの、番号を控えて頂戴《ちょうだい》」

私はメモ用紙に記し、必ず電話する旨を約束した。

九時に秋岡がホテルに来て、携帯電話を渡した。二人はティールームで軽い朝食を摂《と》った。秋岡の顔には、何時ものカボチャの感じが全くなかった。眼は充血しているくせに底光りがしていた。かつて秋岡が私の部下だった頃、彼は惚れられた女に、自分に靡《なび》かないならパトロン関係にある教授に、あなたに口説かれたと訴える、と脅迫された。

それを私に話した時の秋岡の眼と同じだった。

二人は浜田が告げた深い因縁について色々と推測しあった。

「浜田は何歳なんだ？　僕より四歳下といってたけど」

「若《わか》う見えますけど、そんなもんですわ」

「女性関係がなく、ゲイの噂もないではない、と病院でいってたなあ」

「そういう噂もないではない、ということですわ、あれだけ金を儲けたなら愛人の一人や二人いてもおかしくないでしょ、当然、色々という奴も出てくる、せやけど確証はありませんからなあ、それに僕は面白がっていうのも好きやないし……」

秋岡は半分喫った煙草を灰皿で潰し、新しい煙草を咥《くわ》えた。ライターで火をつけようとしたが新しい煙草も二つに折って捨てた。

「かまわない、今夜分るんだ」

「俺も眠れず考えましたわ」

「高村圭子の父親と疑っているんだな」

口に出したくなかったことだが、到頭出てしまった。それは私が一番恐れている事実だった。だからこそ私は、浜田がゲイであることを内心望んでいるのかもしれなかった。

「それがぴったりのような気がしますなあ、しかしそう決まったわけやない、細川の子やないのに、何故、細川夫人は堕ろさずに産んだんかなあ、浜田に惚れて産んだとは考えられんし、やはり違いますわ、くだらん妄想や」

秋岡の口調は自分を励ましているようだった。

「もし彼女が自分の娘だったら、高村病院を喰い荒したりはしないだろう、どう成長しているか、調べている筈だし」

「そりゃそうや」

「それに俺は、パリでの高村圭子との関係を話している、実の父親なら、顔色も変るし、色々訊くだろう、それがなかった、浜田は俺の気持が分らん、と不思議そうだった、何故、そんなに一夜の娼婦に執着するのか、と、実の父親ならああはゆかん」

「そうですわ、余計なことをいうた、柄になく神経が昂ってる」

苦笑した秋岡は、自分の失策を責めるように、人差指で顳顬《こめかみ》をはじいた。

秋岡と別れた私はチェックアウトの前に、地下のブティック街に行った。飾られている婦人服は全く変っているだろう。ただ、浜田が立っていた場所は奥の隅の方だったので記憶にあった。

その辺りを眺めた私の眼は少女歌劇風の衣裳《いしょう》を身につけたマネキン人形に吸い寄せられた。赤のジャケットに白いパンタロンだが、舞台に立っているようで、他の服とは全く違った。凄く華やかで、マネキンもニューハーフのような顔をしている。飾られている他の服は大体十万までで、高くても十五万ぐらいだった。

普通では着られないような衣裳で、値段がついていない。

私は近くの女店員を呼んだ。店は開いたばかりで客は少なく瓜実顔《うりざねがお》の店員は微笑を浮かべてすぐに来た。

「これ、どうして値段がついていないのかね？　売らないの？」

「はい、これそのものはお売りできません、でも、時々、これを真似ておあつらえになる方もいらっしゃいます」

「そうか、着る場所が限られるからなあ、それで、前からこういうものを飾っているわけ……」

「はい、確か去年の秋頃からだと思います、季節によって衣裳は色々と変りますが、それにマネキンも特注なんですよ、よくできていますでしょう」

女店員は自慢気にいった。

私が浜田とこのホテルで待ち合わせたのは、一年ほど前である。おそらく新しい試みとして飾られたばかりの頃に違いなかった。浜田の背中は魅入られたようだった。

「ちょっと何だけど、これを真似てオーダーする客って、女性よりも男性客が多いんじゃないかなあ、それもゲイ的な……」

「まあ、それは……」

流石《さすが》に女店員は手で口を押え、返答をためらったが、笑みを含んだ一重の細長い眼は私の質問を肯定していた。

浜田がゲイである可能性はかなり強い、と私は感じた。

品川《しながわ》のビジネスホテルに予約を取った私は、六時半頃東京タワーに行った。プロパー時代に東京にはよく来たが東京タワーに上ったことはなかった。大阪の通天閣《つうてんかく》より高い日本一の塔だが別に感慨も湧かない。浜田に命じられて来た場所に過ぎなかった。ただ映画館や遊戯店、飲食店に囲まれている通天閣に較べると、冷たく傲慢《ごうまん》な気がした。またパリのエッフェル塔のような歴史や格調もない。

夜景でも見るのか、小学生らしい修学旅行の一団と出会った。何処の小学校かは分らないが、余りにも発育した体軀《たいく》に唖然《あぜん》とした。女子はすぐに子供を産めそうだった。

秋岡から借りたショルダーバッグの携帯電話が鳴った。浜田からである。

「いやあ隅さん、まず怪我《けが》をさせた件を詫びます、絶対私の意志ではない、次に、東京まで呼び出して申し訳ありません、私はあなたが見える場所にいます、あなたを信じますが一人でしょうな」

「一人です、真相を聴きたい」

「後でゆっくり話しますよ、十時ジャストに新宿《しんじゅく》のMデパートの前に立っていて下さい、それまで食事でも摂られたらどうですか、では十時に、遅れないで下さいよ」

「分りました」

浜田の姿を探したが勿論見えない。東京タワー近くの芝のPホテルは超高層ホテルではなかった。私が立っている場所からは、木立に邪魔され最上階の一部が見えるだけだった。

私はPホテルに入りロビーから浩に電話した。留守電だと思ったが浩はいた。

無愛想な口調は変らないが、銃撃事件の犯人と会うために来ている、というと、黙り込んだ後、怒ったようにいった。

「警察に何故まかせないんだ？」

「心配するな、僕は被害者だ、依頼したやつはかつてのプロパー仲間で、どうしても聴きたいことがある、やつが警察に捕まれば聴きたいことも聴けない、今から新宿に行く、十時にMデパートの前で待ち合わせているから、八時に着いたとしても一時間半ほど時間があるわけだ、飯まだだったらどう？」

「ああ良いよ、あんた新宿のPホテルを知ってるだろう、あの近くに旨《うま》い焼肉店あるんだ、芋やナスビを煮た家庭料理もあるし、Pホテルのロビーで待ち合わせよう、八時」

「分った」

会話がかつてのように義務的ではなかった。私に対する浩の気持は間違いなく変っている。私が入院中、浩は三度も美冴に電話をかけ私の容態を訊いていたのだ。

私は田町《たまち》までタクシーに乗り、山手線で新宿に行った。電車は思ったほど混《こ》んでいなかった。八時前には約束の場所に着いた。新宿のPホテルは芝の方に較べると客の年齢層が若い。

浩はもう来ていて、「やあ」といって視線を私の腹部に向けた。確かに私は疲れていた。退院したばかりだし、過激な運動は禁じられている。新幹線に乗り、ここに来るまで少し歩いただけだが、汗びっしょりになっていた。緊張感のせいかもしれない。

ジーパンにTシャツ、薄茶のジャケット姿の浩は、耳に指を突っこみながらいった。

「そのショルダー似合わない、いやにおっさん臭いな、サラ金の取立屋といった感じだぜ」

「秋岡に借りたんだ、携帯電話が入っている」

「やはり借り物か、不思議だよな、借り物はどうしても浮いた感じがする」

浩は耳から指を出し、爪先《つまさき》を眺めてひと吹きした。

「耳クソじゃない、塵が入ったんだ、腹ペコだ、行こう」

私は浩の後に続いて外に出、歌舞伎町《かぶきちよう》の方に少し歩いた。

焼肉店は雑居ビルの隣りにあった。かなりの客が入っているが、浩は席を予約していた。肉は網焼きで、タレをつけて食べる。タレにはニンニクがついている。浩は大量にニンニクを入れた。私も嫌いでない。

「病み上がりには一番だよ」

ビールを少し飲んだ。浩がよく喋ってくれるので、疲労感が取れた。

「詳しく話すと長くなるので要点だけをいうが、去年、パリに行って若い女性と会った、それがはじまりなんだ」

私は映画の場面を説明するように話した。浩は食べるのに夢中のふりをしながら、へえとか、ほう、など合の手を入れて聴いた。余り質問をしないのは話の腰を折りたくなかったたからだろう。そのせいで、一時間ほどで殆ど話せた。何よりも浩は、何故私が高村圭子を調べ続けたか、その理由をくどくど訊かなかった。好い年齢《とし》をしてとか、不思議そうな顔もしなかった。それが私の口をなめらかにしたのだ。

「細川教授は、自分のことや、高村圭子について私に調べられるのが嫌だったらしい、そこで浜田に、何とかならないか、といったようだ、浜田は須藤組の幹部に私を痛めつけるように、と頼んだのだが、私が乾分《こぶん》を殺しそうになったので拳銃で撃ったというわけだ、細川と浜田は昔からつるんでいた、それに浜田は細川への薬の売込みで私に負け、私を恨んでいた節もある、いやそれだけじゃない、さっきもちょっと触れたが、浜田は当時細川夫人だった高村圭子の実母の使い走りなどをして、親しかったという、浜田は私と深い因縁があるといっているんだ、今夜はそれを総て話すらしい」

「金銭のもつれとかそんなんじゃなく、あんたの話には何だかすえたような血が絡みついているなあ」

浩は片頬を僅《わず》かに歪《ゆが》めた。そのせいか、鼻孔の形が少し変形した。

「そうなんだ、嫌な想像をしないでもない、ただはっきりした時点で、俺がどういう態度を取るか、それは俺自身にも分っていない」

「病院で会った女性、あんたの恋人だろう」

「うむ、まあなあ」

「高村圭子を調べること、よく許したなあ、今の話じゃ、協力もしたんだろう」

「そういうところだ」

私は残っていたビールを飲んだ。

「よくやるなあ」

「俺もそう思う」

「時代離れがしているよ、俺が口をはさむことじゃないが」

エプロン姿の中年のおかみが現われた。固太りでたくましそうだった。色が黒く、大きな眼を剝いている。

おかみは私に軽く会釈をすると、

「煮物は？」

と浩に訊いた。

私としては九時半までにここを出たかった。腕時計の長針は半に近い。

「もう十分ほどだな」

「じゃ、今日は良いよ、これ、僕の親父《おやじ》なんだ」

「まあ、御挨拶もせず、よろしく」

坐ったままだったが、私は深々と頭を下げた。親父、と呼ばれた記憶はなかった。

「勝手なやつで、何かと我儘《わがまま》をいっていると思います」

「何をいってるんだよ、古いなあ、それに勝手なのはそっちだろう」

おかみのたしなめるような声に、浩は少し照れたように肩を竦《すく》めた。

「少し早いがそろそろ行くか、勘定は入口のレジだな」

「今日は俺が払うよ、俺な、あんたが想像しているよりも稼いでいるんだ、それに、こういう時はきっちり清算しない方が良いよ、危険性はないといってるけどやくざ絡みだろ、俺に借りといた方が良いんだ、大阪まで行って葬式だすなんて考えただけでもめんど臭い、俺なあ、凄く忙しいんだよ」

浩は別人になったような早口で喋《しゃべ》った。

私はすぐに声が出なかった。出せば多分喉《のど》に詰まり、泣き声と勘違いされるだろう。それが癪《しゃく》だった。

「うん」

私は声帯が潰れたような声で返事をし、先に店を出た。女子中学生らしい三人連れがぶつかりそうになり気を取りなおした。

美冴との関係を訊きたかったが、口にすれば余計な質問になりそうな気がした。

四、五百米《メートル》ほどの距離だが、私はゆっくり歩いた。高校生などの若者が目立つ。女性の方が多く見えたのはルーズソックスのせいだろうか。緊張感と疲労のせいかやけに傷痕が引き攣る。汗も滲《にじ》み出ているのかもしれない。

Mデパートの前に立ったのは九時四十分だった。まだ二十分もある。新宿の夜はいやに蒸し暑かった。浜田は何処かで監視している。早く携帯を鳴らせ、と叫びたかった。私は一人で来ているのだ。復讐《ふくしゅう》のためではない、深い因縁なるものの真相を聴きにきたのである。

私は薄いブルゾンを脱ぎ肩にかけた。半袖のシャツから剝き出た腕は汗に濡れている。これだけの汗なら傷口が沁《し》みて痛んでも仕方がない、と勝手に納得した。

私は周囲を眺めず棒のように立っていた。そうしている方が、浜田が安心するような気がしたのだ。殆ど眼も閉じていた。俎板《まないた》の上の鯉《こい》である。どうにでもしろ、胸の中で呟いた。

しなやかな足音が近づいてきた。足音が化粧の匂いを運んでくる。私は眠そうに見せている瞼《まぶた》を開いた。面長で彫りが深い若者が媚《こび》のある眼で微笑みかけた。美しかった。黒地に赤い水玉がちりばめられた半袖のシャツだが、シルク地のように思えた。

「おじさま、隅さんでしょう」

ゲイだなと分り、身体が石になった。彼が歩いてきた方を眺めた。

「まあいや、そんなに吃驚《びっくり》して、笹川《ささがわ》センセに、お連れして、と頼まれたの、おじさま、行きましょう」

笹川センセ？　と鸚鵡返《おうむがえ》しに訊こうとして、浜田の偽名であることに気づいた。

私たちは黙々と歩いた。この蒸し暑さなのに案内するゲイは汗をかいていなかった。シャツはシルク地ではなく化繊かもしれない、と私は愚にもつかないことを考えていた。緊張感のせいか、余裕が生まれたためか。

もし余裕だとしたなら、予想していたように浜田はゲイに違いないことを感じ、ほっとしたからだろう。彼は新宿三丁目で右に折れ、更に左に曲がり広い通りに出た。

Tシャツにジーパン姿の浜田が立っていた。眼鏡をかけていたので、浜田と気づくのが少し遅れた。ゲイは黙って消えた。

「隅さん、秋岡君を通じて詫びましたが、あなたを撃つ気持など毛頭なかった、ただ、あなたが余りしつこく細川先生や高村圭子のことを調べるので、鬱陶《うっとう》しくなりましてね、そうでしょう、人間には知られたくないことがあります、ことに私のような貪欲な人間にはそれが多いんです、おや、大変な汗ですね」

「退院したばかりです、それに傷口も痛む」

「いや、申し訳ありません、ただ、隅さんもやり過ぎた」

「僕は犯罪を犯していない」

「あなたはそういう方だ、私と馬が合わないのはそういうところでしょう、人間の知られたくない面を、興味半分に掘り返し、犯罪を犯していないから、と胸を張る、どうも鼻持ちなりませんなあ」

高村圭子について話しているのだな、と私は思った。

「彼女のことですか、あのまま放っておいては可哀想《かわいそう》だし、私にも負い目が残る、真実を知って納得したかった、興味半分などではない」

「勝手な理屈ですなあ、彼女が望んでもいないのに、真理は我にありと自信満々、そのことについては、後でゆっくり話し合いましょう」

何時《いつ》の間にか二人は新宿二丁目に来ていた。十時過ぎという時間なのに意外なほどひっそりしていた。ゲイらしい男が所々に立っている。ラブホテルの明りも、大阪の上六界隈《かいわい》と異なり、湿って見えた。

浜田は小さなビルの狭い階段を上った。

店内は十二、三坪で正面はカウンターである。内側に立っていた四人の若者の眼が、観察するように私に注がれた。

浜田は入口の傍で、白いジャケットに、グリーンのスポーツシャツの小柄なマスター風の男と話していた。

私と浜田は左隅にあるボックス席に案内された。カウンターから一人の若者が私の席に来た。チノパンにTシャツ、薄いブルゾンを着ている。〝高校三年生〟でデビューした歌手の若い頃とよく似ていた。もう少し線が細く、淡い翳《かげ》りが漂っている。私たちを見る眼は冷たく無機質な感じがした。受け入れてはいないが拒否してもいなかった。Mデパートの前に現われたゲイとは全く異質だった。

カウンターに椅子はなかった。内部の若者たちは容姿を客に見せるために立っていた。

右手の席でウィスキーを飲んでいた初老の客が女性的な丸顔の若者を呼んだ。二、三分後、客は立ちマスターに金を払い、若者と共に店を出た。

どうやら、身体を売る若者を集めた店のようだった。

「この男はカズというんです、細川先生、月に一、二度、カズに会いに来ますよ、勿論、偽名ですがね」

流石に息を呑んだ。意味は分っている筈だがカズは眉《まゆ》一つ動かさなかった。カズは日中、強い陽にあぶられ、夕暮れになって冷えて横たわっている白い砂のように思えた。感情は陽が傾くまでに焼きつくされ、今は乾いた砂になっている。

「出ましょう、私の部屋で話しますよ、カズも来なさい、タクシーを呼んで」

カズが席を立つと浜田がいった。

「売り専門の店ですよ、ゲイもいるけど、カズのようにその気がない男もいますよ、カズは雨の日の球つき事故で、一千万近い借金をつくった、それを払うために身体《こ》を売っているのです、一年前、細川先生に紹介しました、案の定、大変なお気に入りで、先生、毎月上京されています」

浜田が料金を払い、私たちはタクシーで新宿のKホテルに向った。多分浜田は偽名で泊まっているのだろう。それにしてもよく私に教えたものだ。私が警察に知らさないと信じきっているのか。

部屋はデラックスツインで、壁は乳白色だった。壁側の長椅子と二個のソファーが白いテーブルを囲んでいた。

浜田にすすめられ、私は長椅子に坐った。

カズは私と向き合うソファーに、浜田は中間のソファーに坐る。カズは無表情な顔を私に向けている。いや簡単に無表情とはいえない諦念《ていねん》が、悲哀と怯《おび》えと共に凍ったような眼に微《かす》かに漂っていた。そのせいか澄んだ感じがし、売り専、と呼ばれている店のゲイボーイとは到底思えなかった。

「カズ、何でも話して良いんだよ、月に一度か二度、大阪から通ってくる痩せた医者がいるだろう、名前は？」

「佐々山《ささやま》先生です」

浜田が私に、それが細川だよ、と頷いた。

「好いお客かい？」

「余り好きではありません」

「どうして？」

「あの先生、道具を使わないと駄目なんです、それなのにしつこくって……」

「道具というと、ペニスをポンプで膨ませるやつだね……違和感があるのかい？」

「あれ、嫌です、僕は借金を返すために働いているので、男よりも女の子の方が好きですから」

カズは眉を寄せる代りに初めて凍りついたような顔になった。嫌悪感や憎悪も凍っていた。

「そうらしいね、それなら道具を使わない男のものでも嫌だろう」

「はい、でも、ポンプで膨ませると、終りがないんです、ことに佐々山先生の場合は感度が鈍っている上に、根本をゴムで締めていますから、ペニスの神経が麻痺《まひ》してしまってなかなか終りません、仕事ですから我慢していますけど、辛いです」

「カズ君、それなら何故断らないんだ？」

私は思わずとがめるようにいった。

その場の光景が眼に浮かび、それ以上聴くに堪えなくなった。

「僕たちは一時間一万円なんです、佐々山先生は二時間で十万円くださるんです、借金取りの中には恐い人もいるし、早く返したいので」

「ゲイは女性に較べると安いんですよ」

と浜田はカズを弁護するようにいい、もう良いでしょう、と私を見た。

浜田から三万円貰ったカズは、「すみません」と丁寧に礼を述べ、私にも頭を下げて部屋を出た。

「一錠服《の》んだだけで、即勃起《ぼっき》という夢の薬ができたらねえ、今アメリカで実験中らしいですよ、どこまで効くかなあ、隅さん、コニャックでも飲みませんか、私と細川先生との関係、高村圭子の父親について隠さずに話しますよ」

「ああ、私も飲むか、ただ君は、私が彼女について調べようとすると、金目当てではないか、といった、何故だ？」

「秋岡君でさえも、何故隅さんが、高村圭子の過去を調べるのか、分らないといっていましたよ、私も全然、理解できなかった、ただ、私はベッドの中で圭子が、何か喋ったのではないか、と疑っていました、そうでなければ、パリで偶然知り合い短い時を過しただけの若い女の過去を、執念深く調べたりはしません、一体、何故調べるのか、それを知りたかった、余りしつこく調べられると、私と細川先生のどろどろした関係が暴露されかねません、だから、金銭がからんでいるのではないか、といってみたのです、たとえば恐喝の材料を得たとか、そんなに睨まないで下さい、そう推測してもおかしくないでしょう、そこで、隅さんの調査の謎《なぞ》を知るために、S市立病院の事務局長に話して、病室に通すようにいったのです、高村圭子がS市立病院に入院したのは、細川先生の紹介ですよ、それまでの面会人といえば福井県F市の義母一人しかいなかったのです、勿論、好い加減に手を引いていただきたいという願望もありましたがね、私は今でも、隅さんが何故彼女についてしつこく調べたのか、原因が分りません、本当に分らない、私は、今から全部告白します、だから教えて下さい、お願いです」

浜田は懇願するように私を見た。

幾ら説明しても浜田には理解できないだろう、と私は胸の中で首を横に振った。

「彼女は私に会わなければ、あんな事故には遭わなかった、そのことに対する負い目が主な理由だ、それと私は彼女に惹《ひ》かれていた、もう一度会いたいという未練もあった、少なくとも私に対して彼女は打算的ではなかった、それだけは間違いない、自分がどう生きていて良いか分らないという悩みを抱えていた、それに……いやもう良いだろう、詳しく説明しても君は納得しないだろう、秋岡だってまだ完全に分らない筈だ、人間、心の中の世界が違えば、相手のことを幾ら詮索しても理解できないケースがある、ただ調べたのは打算ではない、もうそれで良いだろう」

秋岡は、一眼惚れと彼なりに納得せざるを得なかったようだ。俗な表現だがそれに近い面もある。

浜田もそれ以上は訊かなかった。

浜田はルームサービスに電話して、氷とブランデーを注文した。

部屋にあるミニバーのボトルだけでは足らないようだった。

浜田は話している最中、自分のことを私といったり、僕といったりした。

窓の外が白みはじめるまで浜田は話し続けた。

細川は、薬屋崩れはゴキブリだ、とののしったが、浜田はそれにぴったり当て嵌《はま》る。

ただ、告白を聴いているうちに、何となく浜田には僕という表現が妥当のように思えた。

浜田も生まれながら暗い運命の星を背負っていたようだ。

以下述べるのは浜田の告白である。

僕の父は長唄《ながうた》、母は琴の師匠だった。末っ子だったが上は三人の姉で兄はいない。そのせいでもないだろうが、女性の嫌な面ばかりを見て育ったような気がする。

高校生になって、少しおかしいなと感じたのは、他の級友が騒ぐほど女性に興味が湧かなかったからである。といって同性愛を自覚するほど男性に興味を覚えたわけでもない。ひょっとすると中性的な性の持主だったのかもしれない。若い頃の欲望の発散はオナニーである。女性を想像しながらする連中が多いが、僕にはオナニーの対象にするような者はいなかった。空腹になれば飯を食べるように、欲望が溜《た》まれば手で放出する。僕にとってはそれが自然だった。

高校を出た僕は、関西でも有名な私大に入学したが、その頃から同性愛の嗜好《しこう》があるのではないかと自覚するようになった。といって、異性に対して好奇心がなかったわけではない。異性の肌は、男性に較べると綺麗《きれい》だ、と結構感じたりする。後で考えると、花を愛《め》でるのと同じ感覚だったのかもしれない。

同じ卓球部に、僕に好意を寄せる女子学生がいた。大学からの帰り道で偶然一緒になったことがある。色白で彫りが深くハーフっぽい顔だった。卓球部の中でも、彼女にアタックする連中がいたようだが、彼女は超然としていた。プライドが高かったのだろう。

僕も、女性を抱くのなら彼女が良いな、とひそかに思っていた。ただ、積極的に誘うほどの気持はなかった。それにしても、異性の中で抱きたいと欲したのは彼女が初めてだった。

電車を待つ間に彼女がいった。

「浜田君のアパートに寄ってみたいな……」

私は吃驚したが、口から出た言葉は意外にも、「君のアパートなら……」であった。

多分、自分の部屋に彼女を入れたくないという防禦《ぼうぎょ》本能が働いたのであろう。後から考えてみると、これは女性的な本能である。

「へえ……」

と彼女も驚いたように眼を見張った。彼女は「ふん」と鼻を鳴らしたが、小首をかしげて覗き込むように見た。

「浜田君、ガールフレンド、いないいんじゃない？　これまでも」

「うん、余りいないなあ」

「じゃ、許すわ」

と女王のようにいった。

彼女が住んでいたのは東福寺《とうふくじ》の東方にあるマンションだった。ワンルームだが、マンション住いは実家が裕福か、水商売でアルバイトをしている女性である。

彼女は、「見ちゃ駄目よ」といい、あっという間にノースリーブの部屋着に着替えた。窓際のテーブルの傍に坐っている私にビールを運んできた。

壁にはトレーナーやジーパンなどが掛けられ、ロックシンガーの顔写真が貼られていた。

書棚には学術書や小説本などが並んでいる。

何を話して良いか分らない私は、好いマンションだとか、バスのある部屋は良い、などと、あり来たりのことをいう以外なかった。

「でも、浜田君とこ、シャワーはあるんでしょ」

「いや、アパートだからないよ」

壁際にあるベッドには、フランス語や万国旗などが描かれているベッドカバーが掛けられていた。

ビールを飲むと、観察するように僕を見て、意味あり気に笑い、ベッドカバーを取り、訊くのが当然のようにいった。

「浜田君、先にシャワーを浴びる？」

「いや、僕は後で良い」

「じゃ、私が先」

彼女は今着たばかりの部屋着を脱ぐと、ショーツだけになり、慌てて視線を伏せた僕を眺め、上向きの乳首を振り上げるようにバスルームに消えた。

間もなくピンク色のバスタオルを胸に巻いて現われ、

「浜田君」

と何処か揶揄《やゆ》するような口調だった。

シャワーを浴びたものの、身体を覆うバスタオルがない。彼女が身に纏《まと》ったのだ。

彼女が意地悪な女性であるのを僕は感じた。姉たちにもそういうところがよくあった。

私のパジャマなどを隠し、僕が探し廻るのを見て喜んでいた。僕の欲望はこの時点で半分は萎《な》えていた。

タオルで身体を拭いた僕は、おそるおそるバスルームのドアを開け、バスタオルを貸して欲しいといった。彼女は相変らずバスタオルを纏ったまま、窓際のソファーに坐り煙草を喫っている。

「恥ずかしがらないで、私ね、浜田君の身体を見たいのよ」

彼女は煙草の煙を吐きながら眼を細めた。獲物を狙っている猫の眼のような感じがした。

「駄目だよ、そんなの」

半分泣き声になっていたのではないか。彼女は卓球部の仲間というより、別世界、たとえばクラブのホステスのように思えた。

「じゃ、こうする、暗くしたら良いでしょ」

彼女は窓のカーテンを閉めた。カーテン越しの明りはあるが確かに薄暗くなった。

タオルで股間を隠そうかとも思ったが、かえって恥ずかしかった。僕は思い切ってバスルームから出ると彼女のベッドに腰を下ろした。その恰好《かっこう》がおかしかったのか彼女は笑い声をあげ、バスタオルを取って僕に投げた。全裸になって僕の方に歩いてきた。腰に手を当て僕の前でゆっくり一回転した。ウエストが締まりヒップが盛り上がっていた。股間の繁《しげ》りが濃く、僕を圧倒した。太腿を押しつけるようにして僕の傍に坐った彼女は股間を隠している僕の手に熱い掌《てのひら》を乗せた。

「ね、浜田君、まさか初めてじゃないでしょう」

僕は返答に迷った。初めてだがそれを口にするのがためらわれた。卓球部なので彼女の太腿はたくましかった。

「へえ、童貞なの、私、童貞の男の子って初めて、ね、こんなの取ったら……」

彼女は邪魔なものを毟《むし》り取るように僕の手を取った。完全に縮んではいなかったが、屹立《きつりつ》にはほど遠い。彼女よりも薄いヘアーに囲まれた僕のものは、生まれて間もない小蛇が草叢《くさむら》から、おずおずと覗いているようだった。獲物を眼の前にした彼女の眼が妖《あや》し気に光った。彼女が舌舐《したな》めずりしたかどうかは分らない。だが、熱い息を吹きかけられ、指で草叢を掻《か》きまわされた僕のペニスは自分の意志とは関係なく膨張した。

実際それはあっという間だった。

僕は慌てて彼女の顔を持ち上げようとしたが、凄い力で動かない。彼女は喉に絡まった痰《たん》を吐き出すような、また鞴《ふいご》に似た声を放った。甘美な疼《うず》きが火花を散らし、待ってくれと叫ぶ間もなく爆発していた。放出した液は彼女の顔面に飛び散ったに違いない。彼女は鼻を鳴らし、肉が裂けるほど僕の太腿に爪を立てた。

痛さのせいもあるが僕は急速に醒《さ》めはじめた。彼女がまだ僕の股間を凝視しているのが気持悪かった。

突然彼女は僕の上半身を押した。ぼんやりしていた僕がベッドに倒れると、彼女は落ちていたバスタオルで自分の顔を拭き、僕に乗りかかってきた。

「浜田君、可愛い」

彼女は生臭い顔を押しつけて接吻《せっぷん》すると、縮んだ僕のペニスをまた摑んだ。驚きよりも嫌悪感が強かった。

「やめろ」

「若いのに何よ」

彼女の執拗《しつよう》さに、嫌悪感が怒りに変った。

初めて僕は力を込めて彼女を撥《は》ね飛ばした。仰向けになった彼女の繋りが逆立ちしているように見え、僕はベッドから降りた。

僕は逃げるように彼女のマンションから出たが、女性の正体を知らされた気がし、不快で気持悪く、途中、何度も唾を吐いた。

僕は彼女と顔を合わせたくないので卓球部をやめたが、それ以来、何となく女性を避けるようになった。

といって同性に性的な魅力を覚えたわけではない。

ただ、四回生になり、同じゼミで陸上部にいた男子学生と一緒になった。長距離だったから痩せ形で、身長は百七十糎《センチ》、体重は五十瓩《キロ》前後であろう。無口で遠くの獲物を眺めている狼《おおかみ》のような冷たい無表情さが魅力的だった。そういえば、助教授時代の細川に何処か似ている。

初夏の一日、彼は関西の大学のマラソンに出場した。僕は大阪城の近くで応援していたのだが、彼は偶然にも僕の数十米《メートル》近くまで走って来て脱落した。顔をしかめ腹を押えながら走っていたが、沿道の観衆の前で蹲《うずくま》った。僕は飛んで行った。

彼の名を呼びながら手を差し出すと、苦痛に堪えて微笑し、僕の手を握った。汗塗《あせまみ》れなのに冷たかった。狼狽《ろうばい》した僕はどうして良いか分らず彼を抱き抱えていた。鼻を刺す汗は生臭くなく、潮の香りに似た爽《さわ》やかさがあった。途端に眼が眩《くら》み、股間が熱くなった。僕が狼狽し腰を引いた時、係員が駈けつけた。

同性に性的な刺戟《しげき》を受けたのはその時が初めてである。彼との接触はそれきりだったが、恍惚感《こうこつかん》を伴った記憶は鮮明に残っている。

二十二歳で佐戸村《さとむら》薬品に入りプロパーとなった僕は会社にとって優秀な社員だった。

昭和四十年代の初めで、プロパー同士の営業は、競争というよりも戦いである。

僕が新米プロパーの頃から、隅さんの名は僕たちの憧《あこが》れであり、また目標だった。

僕が結婚したのは二十代の末で、相手は日舞の師匠の娘だった。母の紹介である。当時の母は、癌《がん》に罹《かか》っている様子で、僕の結婚と孫の顔を見るのが望みだった。結婚するまで女性関係がないではなかったが数えるほどである。

結婚の相手は能面じみた顔で、卓球部の女子学生とは正反対だった。

はっきりいって僕の結婚は、母親の懇願に応《こた》えたもので、仕方ない、というのが本音だった。夫婦の夜の営みは淡白で、二、三年もすると、今でいうセックスレスの夫婦になった。また、そんなことにエネルギーを消耗する暇などなかった。僕が俗にいう色好みだったらまた違っていたかもしれないが、もともと女性との肉体関係にはそんなに興味がない。

何時だったか、酔った時にプロパー仲間と女の話になった。僕が卓球部の女子学生の一件を話すと、後輩の大川が眼を剝《む》いて訊いた。

「浜さん、恰好《かっこう》良すぎる、彼女のあそこぐらい見たいと思いはったでしょう」

「何をいうてんね、そんな気、起こるかいな」

僕の返答にプロパー仲間は、そりゃおかしい、男なら誰でも見たがる、と反駁《はんばく》した。何か探るような眼を向けた者もいた。僕は内心ぎょっとし、彼女の話は今後絶対すまいと自分に誓った。ゲイの素質があるのではないか、と私が感じたのはその時である。

妻とは昭和四十年代の末に離婚した。僕が仕事の鬼で家に帰らない日が多く、妻も愛想をつかしたのであろう。

僕としても一人の方が気楽だった。

僕がMATO大学の細川助教授に熱心にアプローチするようになったのは、昭和五十年代の初めである。細川の手術の腕は大学でも認められ、次期教授の声が高かった。

癌に対する新しい手術法なども発表している。

細川に会うと不思議に、マラソンで脱落したゼミの仲間を思い出す。容貌《ようぼう》も似ていなくはないが、クールさに共通したものがあった。勿論、細川に彼のような爽やかさはなかったが。

細川は若い僕を相手にしなかった。

僕は細川に取り入るために、夫人に気に入られようと懸命になった。夫人は私を浜ちゃんと呼び、可愛がってくれた。

僕は三十代の半ばで、今では信じられないが童顔だった。

細川夫人は東京の有名私大を出ており、艶《つや》やかな淡い小麦色の肌で華やかな容貌だった。実家のO病院はなかなか繁盛していて西宮にも分院があった。資産家である。子供は娘一人で、小学校に入ったばかりだった。

夫人はなかなか勝気で、将来有望な大学助教授の夫に満足していないようなところがあった。

「本当は結婚するより広告業界で活躍したかったの、今でもその望みは捨てていないわ、私が独立したら、浜ちゃん、スタッフになってくれない、私ね、医者なんて余り好きじゃないのよ」

夫人がそんなことを洩らしたところをみると、細川との夫婦関係は余り旨《うま》くいっていないようだった。結婚するまで東京で、自由奔放《ほんぽう》な生活を送ったらしい。

僕は夫人の使い走りに徹した。なかなか入手し難い英国の有名ボーカリストの公演切符を手に入れたり、砂かぶりに近い相撲の席に招待したりした。細川の乾分《こぶん》といって良い新任助教授の東本を紹介してくれたのも夫人である。彼は後にS市立病院の院長になり、脳死の高村圭子を入院させた。

そんな或る日、僕は夫人のお供で会員制のクラブで飲んだ。ホステスはいず、女性はバニーガールだけである。その日の夫人は妙に荒れていて僕の忠告も諾《き》かず、ヘネシーのVSOPを半分近く空けた。アルコールが顔に出ず眼だけが酔っていた。やばいな、と僕は不安になった。こんなに夫人が飲んだのも珍しい。

「ねえ浜ちゃん、本当のこと教えて、主人はプロパーの接待でよくクラブに行くんでしょう」

「ええ、でも他の先生方に較べると少ない方だと思います、いや、本当です、それにホステスとの噂も聞きません、細川先生は真面目《まじめ》ですよ」

嘘ではないので僕は夫人の視線から逃げなかった。夫人の眼は据わっていた。鼻頭に小皺《こじわ》を寄せ、薄嗤《うすわら》いを浮かべた。

夫人は突然僕の手を握った。握られたことよりも薄嗤いが消えていないのでどきっとした。説明はつかないが、異性を誘う顔ではないように思えた。据わった眼の奥に刃物が光っているようで恐かった。

「浜ちゃん、今夜ホテルに泊まらない？」

「奥様、そ、それはちょっと」

突然夫人は天井を向き、口を開いて笑った。プライベートクラブだったから店内は静寂で、客は少なかった。それでもとがめる視線が夫人に向けられた。

「馬鹿ね、私が本気でいったと思うの」

と夫人は吐き出すようにいった。険しく眉を寄せ窺《うかが》うように僕を見た。そのときの夫人の気持はいまでもよく分らない。

細川は僕に全く注文しないのではないが、購入する薬は会社にとって利潤の大きいものではなかった。

そんな或る日、何時ものように医局に行くと、助手が僕に、細川助教授が呼んでいる、と耳打ちした。俗にいう天にも昇る気持で、僕は助教授室に入った。細川は革張りのソファーに横顔を向けて坐り脚を組んでいた。

細川に命じられてデスクの椅子に坐った。細川は僕に横顔を見せたまま、冷やかな口調でいった。

「君、家内に取り入っているようだが、何か収穫があったかね」

「はっ？」

冷や汗が腋《わき》の下に滲み出て来た。

細川は、薬の注文ではなく僕をいたぶるために呼んだようだった。

「君は家内に誘われなかったのかね」

「どういう意味でしょう」

冷や汗は額にも滲み出はじめた。

「好い年齢《とし》をして何をいっているんだね、それはそうと君、離婚したんだってね、どういう理由で……」

「性格が合わないといいますか、それに、僕が忙し過ぎて、家を顧みないのが不満だったようです」

何故そんなことまで喋らなければならないのか自分に腹が立ったが、相手が相手だけに我慢せざるを得ない。

細川は顔を正面に向けると、ふんと鼻先で嗤った。

「家を顧みないか、ふむ、それはそうと家内は、若い男性がホステスのように女性にサービスするホストクラブとかに通っているそうだな」

「先生、通われているというのは当りません、興味半分、二、三度覗かれた程度です」

実際、夫人がその頃大阪にも店を出しはじめたホストクラブに行き出したのは、二、三ヶ月前からである。それも、馴染の店ではなく、好い男がいないかしら、と興味半分に僕に案内させたので、通うといういい方は間違っている。それよりも僕は、細川が何故、夫人の行動を知っているのか不思議だった。

僕の胸中を読んだように片方の口の端を僅《わず》かに歪めた。

「家内が話したんだよ、浜田君、そんなことをしたって、僕は薬を買わないよ、第一、不愉快だ、君も君だ、好い加減にしないと吉沢《よしざわ》君に話して、出入りを禁止させる」

吉沢はプロパー担当の部長である。

僕は何度も頭を下げて退《ひ》き下がらざるを得なかった。

夫人とは距離を置かねばならなかった。だが、夫人は何故、ホストクラブに行ったことなど、細川に喋ったのか。普通の夫婦では考えられない会話である。

ひょっとすると長女が生まれた後、細川夫妻は、僕たち夫婦のようにセックスレスの日々を過しているのかもしれない。細川は、他の教授のように愛人があるとは聞かないが、細川は夫人に飽きたのだろう。別れた妻と僕のような関係にあるのか。

ただその時点で僕は、細川にゲイの趣味があるとは知らなかった。何といっても、子供を儲《もう》けているからだ。

僕は細川夫人と距離を置きはじめた。夫人に尽しても何の益にもならないことが分った。かえって危険である。

その年は七月下旬になっても梅雨は去らず、蒸し暑い鬱陶しい日々が続いた。

深夜、細川夫人から電話がかかってきたりしたが、僕は丁重に断った。

細川は僕に、家内に誘われなかったか？　と訊いた。吃驚《びっくり》して明確な返事ができなかったが、ベッドに、という意味である。何時かホテルに、といったが本気ではない。僕をからかっていたのだろう。夫人にとって僕は使い易《やす》い召使いだった。それ以外の何者でもない。もしそんな気配を感じていたなら、僕はもっと早く距離を置いたであろう。僕も夫人には性的なものは全く感じなかった。だからこそ使い走りに徹したのである。

納入先は細川だけではない。他の大学にも多くの教授がいた。MATO大学への足も自然に遠のいた。

その日は内科の安長《やすなが》助教授の接待の約束を得、医局に行く途中、細川の輩下の井出《いで》講師に廊下で会った。もう五十歳に近いが、万年講師である。

「今日は、何か好い事ありませんか」

愛想笑いを向けると、井出はとがめるような眼で見返した。

「今日は細川先生に会うなよ、御機嫌斜めだ」

「へえ、どうなさったんです？」

「先生が手術をなさった患者が亡くなった、先天的な心臓病だ、初めから無理だったんだが、あの先生にしては珍しくショックだったらしい、顔が引き攣《つ》っている」

「ほう、遺体は？」

「まだ葬儀屋も来ていない、院内だろう」

講師は余計なことを喋ったと舌打ちして去った。

こういう場合、患者は遺体置き場に運ばれる。葬儀屋が来て棺に納め、家族と共に家に戻ることになる。

外科の遺体置き場は、裏の出入口の地下にあった。何故僕の足がそこに向いたか、その時の気持は今でもよく分からない。

僕は明りの灯《とも》ったコンクリートの階段を下りた。家族の気配もなかった。妙に静まり返っており、僕の靴音がいやに響いた。

病院内は静かなようでいて、誰かが動き廻り、喋り、呻き声をあげている。真剣な顔をした看護婦もいれば、うんざりした顔、また犯罪が隠されていないかと院内を嗅《か》いでいる刑事のような顔、様々な顔がある。地下の静寂にはそれらの生がなかった。鉄扉を軽くノックしてみたが返事がない。

鉄扉を開けた僕は脳天を擲《なぐ》られたように息を呑んだ。白布をかけられた遺体の傍に白衣の細川が一人で立っていた。

僕が鉄扉を開けても気づかずに姿勢を正して立ち、四角い白布を取り除いた遺体の顔を凝視していた。出るに出られず立ち竦《すく》んでいると、細川は僕を見た。

薬物中毒者が甘美な幻覚を見ているような陶然とした顔だった。とがめられることよりも僕はその表情が恐かった。

細川はまだ幻覚の中にいるのか僕を手招いた。無言で遺体の顔を指差した。

年齢は二十歳前後だろうか。面長で鼻梁《びりょう》が高く唇は薄い。デスマスクだから生気はなく蠟《ろう》人形《にんぎょう》を連想させた。日本人離れのした容貌である。苦痛から解放されている筈なのに眉間《みけん》に生存中の苦悩と悲哀が漂っていた。

僕が細川の存在を忘れ彼のデスマスクに惹かれたのは、僕も幻覚の世界に引き込まれたせいかもしれない。ギリシャ彫刻のような美貌《びぼう》の青年が鞭《むち》で打たれている。だが苦痛の声は洩らせない。洩らすと同時に首を刎《は》ねられるからだ。鞭で打たれることだけが彼の生であり、後は何もない。それに死ぬまで苦痛に堪えねばならないのだ。僕は戦慄《せんりつ》した。胸が鼓動を高めエーテルでも嗅がされたように脳が溶けてゆく。それなのに下半身が熱くなった。

細川が初めて僕に気づいたように生唾を含んだ声でいった。

「出ろ、死者を穢《けが》すのか」

細川の眼はまだ幻覚に酔っている。だがさだかではない眼線の底でメスが光った。

僕は夢遊病者のように外に出た。

その光景と異様な昂りを僕は一生忘れることはないだろう。

ただ、僕にも分っていた。細川も僕と同じように死者を穢していたのだ。時間が長かっただけに僕よりも酷《ひど》く。

それから二日後、細川は僕の先輩を通じ、時間を指定し、僕に電話するようにといってきた。一昨日の件に違いないと僕は緊張した。僕が電話をかけると、今夜、空いているか、と訊く。

十時頃まで私立病院の院長を接待する約束だった。僕が、十時半頃なら、とおそるおそる告げると、それで良い、といやに鷹揚《おうよう》だった。

「君のところのPOSIマイシン、あれは新薬だろう」

「はい、勿論です、他社はまだ販売していません、先生に指定願えればこんな嬉しいことはありません、よろしくお願いします」

「まあ、ゆっくり聴こう、今夜は九時以降Pホテルにいる、十時にもう一度電話をくれ給《たま》え、下からだ」

僕が胸をはずませながら電話を聴いたのも当然であろう。ＰＯＳＩマイシンは会社が本腰を入れて販売をはじめたばかりだった。細川が購入したとなれば箔《はく》がつく。細川が次の教授になるのはほぼ間違いない、と噂されている。薬品業界に流れるこういう噂にはそれなりの根拠があり九十パーセント以上当るのだ。

僕は指定された時間に新しくできたホテルに行き、電話をかけ細川の部屋に行った。おそるおそるブザーを鳴らすと、私を確認してドアを開けた。

バスローブという想像もしていなかった細川の姿に、僕は入口に立ったままだった。

「何をしているんだ？」

と怒られても、バスルームか何処かに女性が隠れているのではないか、と緊張しながら歩いた。細川に命じられるままに坐った。

ダブルのベッドで、壁紙はベージュ色、風景画が壁にかかっていた。細川はバスから出たばかりらしく、まだ髪が少し濡れていた。バスローブの襟《えり》が拡がり胸毛が見えた。青白い顔の細川に胸毛があるなど思ってもいなかったので、別な意味で緊張した。わざと僕に胸毛を見せつけたのかもしれない。僕は初めて細川に雄《おす》を感じた。何のために呼んだのだろう。彼女との痴態を僕に見せつけて昂奮するためか。実際、若いプロパーの中には、他の教授にそういう体験を強いられた者もいる。

「浜田君、君は先日、心の中で死体を犯した、いい訳は無用だ、僕には分る」

「それはありません」

「好い加減なことをいうな、死亡した青年の顔を見、美しいなあ、とうっとりしていた、嘘とはいわせないぞ、どうだ？」

細川は、草叢の中で慄えている小兎《こうさぎ》を睨み舌舐めずりする獣のような眼になった。僕が反駁できなかったのは正直なせいか。あの異様な衝撃を僕は覚えている。

「あのような綺麗《きれい》なデスマスクは初めてでした」

細川の眼が一層粘っこくなった。

「それで良い、だが、たんに美しいと感じただけではない、君はあの青年を犯したい、いや、犯されたいと望んだ、私のアンテナが察知したのだから間違いない、そうでなければ運ばれたばかりの遺体置き場に忍んで来る筈はないからね」

「先生、幾ら何でも……」

「心の中での話だ、うろたえるな、君の見えない性のデーモンは涎《よだれ》を流していた、私は見た」

細川は何をいおうとしているのだろう、と僕は視線を落した。汗が滲みはじめていた。恐怖感でも不快感でもない。ただ細川が指摘した性のデーモンが下腹部で産声をあげたのを僕は耳にした。それは泣きながらせせら嗤っているような奇妙な声だった。そいつが体内に響き、僕は慄えを隠そうとして、ますます汗をかいた。

細川はクローゼットのハンガーに吊《つる》していたバスローブを持って来た。

「さあ、バスに入り給え、男というのはね、女と違って清潔な身体でいなければならない」

遺体置き場の時と同じく、僕はまた夢遊病者になって歩いた。バスローブをしっかり抱えて。

それからのことは、ベッドの中でしかはっきり覚えていない。僕の人生が変った日だった。今の僕はその日に誕生したといって良いだろう。偽装を剝《は》いだ裸の僕が現われたのである。

僕は細川の命令のまま、ベッドで四つん這いになっていた。まるで怪し気な呪術《じゅじゅつ》をかけられたように僕は動いた。当時の細川は四十代の末か、五十代に入ったばかりだったと思う。年齢にしては意外に身体が締り贅肉がなかった。胸毛だけではなく、股間から臍《へそ》にかけて黒い線のように毛が生えていた。腋窩《わき》の繁りが濃く鼻を刺す匂いがした。腋臭《わきが》とはいえないがそれに近い。

大体、アナルに続く直腸は排泄物《はいせつぶつ》を押し出すように動く。アナルの括約筋が強靭《きょうじん》なのは、排泄物を漏らさないためである。細川の行為は自然の摂理に反する。直腸は激痛に悲鳴をあげ進入者をはばもうと蠕動《ぜんどう》する。儚《はかな》い抵抗である。それが細川にはサディズムの悦楽となる。どろどろとした暗い洞《ほら》を蹂躙《じゅうりん》する快感に身体中の筋肉を強張《こわば》らせた細川は僕のヒップに腹筋を叩きつける。

僕は歯を喰い縛り二度と開かないほど瞼を閉じ、深い縦皺をつくり両眉を寄せ、眼の周辺を皺だらけにして苦痛に堪えた。しかもその皺は下がっているに違いない。閉じていた筈の口は左端が開き、釣り針に刺され引っ張られるように引き攣っている。

僕は何も見ていない。いや暗黒の中に無数の火花が散っていた。激痛が放つ灼熱の火花が脳を焼く。

激痛の極致は失神となる。だが僕は気を失わなかった。細川の手が何かをしごいていた。どうやら勃った僕のペニスらしい。奇妙な快感が靄《もや》のように拡がり、痛みの火花を蔽《おお》いはじめる。それが失神を防いでいるのだ。

突然細川が部屋中に響きわたるような咆哮《ほうこう》を放った。

それに釣られるように僕も悲鳴じみた声をあげていた。

それ以後、僕は細川から呼び出しの声がかかるのを待った。だが僕の期待は裏切られた。細川は約束した薬を買わないばかりか、顔を合わせても石を眺めるような眼を向けた。その眼は新米のプロパーを見るよりも冷やかだった。何が何だかさっぱり分らないが、細川が僕を弊履《へいり》のように捨てたのだけは間違いなかった。

手術に向う廊下で待っていても、細川は僕を無視した。だが出入り禁止になったわけではない。何故だろうか。

悩みに悩んだ末に僕が下した結論は、細川はゲイ嗜好を周囲に知られるのを恐れ、僕を疎外した、ということだった。あの遺体置き場で細川は僕が同じ趣味の持主であることを確認し、一夜の欲望を発散させたのに違いない。当時はまだ今のようにゲイがオープンになっていない時代である。

教授という地位を眼の前にし、細川は自分の趣味を秘密にしておきたかった。

細川は、僕が喋らないかという不安は抱かなかった。僕がプロパーであり、企業の一員である以上、自分を不利にするようなことは喋らないだろうと睨んだのである。

僕は細川を憎んだ。その憎悪は人間としての根底から湧いたもので、細川も想像できなかったに違いない。僕は細川に復讐《ふくしゅう》するため、サラリーマン生活を捨てる決心を固めた。

そんな時、細川夫人から電話がかかってきた。

またホストクラブに行って遊びたい、というのである。

夫人と会い、今度は前と違って、気に入った男がいたなら寝ても良い、と思っていることを知った。長いセックスレス生活に堪えられなくなっていたのだ。

ホストクラブの遊び代は夫人が持つ。その辺りは夫人のプライドだった。どうやら夫人は細川とは反対の男性的なホストを求めていた。僕は懸命になって探し、遂《つい》に夫人の好みにぴったりのホストを見つけた。

眉が濃く野性的な感じで、俳優なら宮本武蔵《みやもとむさし》とか、柳生十兵衛《やぎゅうじゅうべえ》が適役というホストだった。名前などどうでも良い。僕は貯《た》めていた金の一部を彼に渡し、上手くやって夫人を妊娠させろ、とそそのかした。

もし夫人が妊娠したなら細川に告げる積りだった。路傍の石のように僕を無視している細川がどんな顔をするか、それを見たかった。

僕の計画は当った。夫人が妊娠したのである。

だが考えてもいなかった誤算が生じた。

夫人が子供を産む、といい出したのだ。啞然《あぜん》とした僕に、夫人はねとつくような微笑を浮かべた。

「夫はね、堕《お》ろせとは絶対いわない、当然自分の子として産ませる、浜ちゃんも知っているでしょう、一部で夫はゲイではないか、という噂が流れているのを……その噂を否定するためにも夫は黙認するわ、だって教授の椅子が眼の前にあるんだもの」

浜田の告白に相槌《あいづち》を打ちながら聴いていた私は耳を塞《ふさ》ぎたくなった。

そんな私の耳に息を吹き込むような口調で浜田はいった。

「隅さん、聴きたくはないでしょうな、夫人が産んだ子が高村圭子です、でも、あなたが僕にいわせたんですよ」

その時、浜田は初めて勝ち誇ったような顔になっていた。

一瞬私は返答に詰まった。私は頷くともなく頷き、そのホストは今、どうしているのか？と口籠《くちごも》るような口調で訊いた。

「夫人が子供を産んで二年ぐらいたちましたかなあ、やくざの女が彼に惚れて貢いだんですよ、知ったやくざが怒って彼を刺し殺しました、新聞にも載りましたよ、隅さん、真実を暴く、それも良いでしょう、ただ、人生には知らない方が良い、ということもありますよ」

私は見えない手で擲られたような気がした。暴いたんじゃない、俺は知りたかった、と私は胸中で呟いたが、打ちのめされたのは間違いなかった。もう話を聴くのが辛くなった。浜田の告白は間違いなく腐敗物を伴っていた。それが私の内部に積もり、喋れば汚物となって吐き出されそうな気がした。

窓を見ると何時の間にか闇が薄れていた。

エピローグ

浜田の細川への復讐《ふくしゅう》は、夫人が細川と離婚し東京に行った後も続いた。浜田は佐戸村薬品を辞《や》め、ピンクサロンを経営した。半分は借金だったらしいが、その方面の商才があったらしく成功した。

浜田は金を儲《もう》ける一方、細川の悪業を調べた。その結果、教授になった細川が、地方の医大に遷《うつ》した自派の教授たちに裏口入学をさせている事実を摑《つか》んだ。それを知った浜田は出来の悪い医者の息子を、大金を出させて入学させた。何時《いつ》の間にか、浜田と細川は持ちつ持たれつの関係となった。といっても細川は弱味を浜田に摑まれている。

浜田は細川や、プロパー時代に知り合った教授に金銭を初め、様々な便宜を計り、次第に医薬品業界のフィクサー的な存在となっていったのである。

悪事を働き、会社を馘《くび》になったプロパー崩れを集め、経営の悪化した病院を乗っ取り、喰《く》い荒すような計画を立て実行したのも浜田である。どの病院が危ない、などという情報は、大学の教授や、私立病院の経営者を通じて得ることができた。

国立大学の教授となれば、数え切れないほどの配下の医者をあちこちの公・私立病院に持っているのだ。

細川はMATO大学から私立T医科大学病院の院長に移る頃、ゲイの若者を浜田に紹介されるようになっていた。

細川に対する浜田の憎悪はまだ消えていなかった。それが医者全体に対する敵意にもなっていた。

その憎悪や敵意は、私などとは次元が違った。明らかに個人的な怨恨《えんこん》から生まれたものである。

浜田の部屋を出る前に私は浜田にいった。

「確かにあの当時の医者連中には、貪欲《どんよく》で鼻持ちならない者がかなりいた、だが彼等をそうさせたのは薬品業界じゃないかなあ、あれだけ猛烈な接待攻勢を受ければ、大半は釣られる、これぐらい頼んでも良いだろう、と自己弁護するようになる、後は釣瓶落《つるべおと》しだよ、気がついたら接待の渦の中で胡坐《あぐら》をかき、それが当り前だと酔っ払っている、人間って弱い、俺《おれ》が社を辞めたのは会社に嫌気がさしたからだよ、はっきりいって、あの頃の接待は、今の金融界の官僚接待以上だったたと思う」

「あんたには分らない」

眼の下が黝《くろ》ずんだ浜田が叫んだ。

「分らないかもしれない、また分りたくない、それと、君とここで朝まで過したことを警察に密告したりはしない、私は帰る」

吐きそうなんだ、という言葉を、私は何故《なぜ》か抑えた。

誰も乗っていないエレベーターの中で、私は眩暈《めまい》を覚えしゃがみ込んでいた。

浜田は海外に逃亡するかもしれない、と匂《にお》わしていたが、意外にも五日後大阪で自首した。その間、私財を適当に隠したのだろう。それに海外に逃亡するほどの罪ではない。細川も警察に呼ばれた。

某週刊誌が元大学教授のスキャンダルとして、細川と浜田との関係を記事にしたのは一ヶ月後だった。大きな記事で、細川にとっては致命的である。

これこそ浜田の最後の復讐であろう。

私によって、瀕死《ひんし》の重傷を負わされた組員は、生命は取りとめたもののまだ入院している。驚いたことに、私の行為は過剰防衛ではないか、と何度もしつこく警察で調べられたが、最終的には正当防衛となった。

晩秋の一日、私は奈津子と共に、高村圭子が合葬されている教会の墓を訪れることにした。一人で行く積りだったが、奈津子が是非自分も参りたいというので同行することになった。

高村圭子の義母はすでに離婚し大阪に戻っていた。病院は倒産し、建物は銀行に差し押えられたがまだ売れないらしい。

秋岡は薬を求めて海外を廻った際、片手間にはじめた個人輸入の代行業に力を注ぎ、トンビの仕事は徐々に減らすという。

法律に違反しないという点では、その方がましかもしれない。

秋岡にいわすと今回の結果は私の執念が実を結んだわけで、祝杯ものだった。

だが私はそんな気になれなかった。

浜田の告白が体内で腐り、その残滓《ざんし》がまだ心にへばりついていた。すべてを消すには、かなりの時間がかかりそうだった。

奈津子は自分の将来を語ることで、そんな私を励ましてくれた。

占いは今年中でやめ、あの近くで託児所を開く計画を進める、という。

奈津子が占いの部屋を持っていた辺りは昔でいうミドルクラスが大半である。

だが長引く不景気で、主婦業に専念していた女性たちの中にも、パートで働きに出る者が多くなった。驚いたことに奈津子は資格を取るという。

「その数は、私が想像している以上だと思うわ、勿論《もちろん》、ビジネスとしてする以上、最低限の利益を得なければならないけど」

最初、奈津子と託児所は結びつかなかったが、彼女の説明を聴いているうち、可能性もないではない、と半信半疑になってきた。それは仕事に向う時の奈津子の熱意のせいかもしれない。何よりも奈津子はちょっとした資産家でもある。

奈津子は保母やアルバイトの女性の給料まで調べていた。

「私、慌てない、蝸牛《かたつむり》のようにゆっくり歩くから御心配なく」

奈津子はことあるごとに、自分にいい聞かせるようにいった。

私も、何か仕事を持ちたいと望むようになっていたが、まだ漠としたもので果して決意にまで昂《たかま》るかどうか自信はなかった。

私と奈津子は午前中の「雷鳥」に乗った。大阪からF市まで二時間ほどである。高村圭子の墓参りを済ませてから芦原《あわら》温泉に一泊する予定だった。奈津子との旅行は初めてだった。

花は買わなかった。しおれた後を想像し、要らないと思った。

電車が琵琶《びわ》湖からF市に向う山中に入った時、何となく高村圭子の話になった。

「隅さん、私、高村さんの短い一生を知って、私なりに色々考えたわ、少女時代の私って不幸そのものだった、姉もそうだけど、私たち姉妹ほど不幸な星の下に生まれた者はいないと毎日を呪《のろ》っていた、でも、高村さんの方がずっと不幸だったのね、私、自分に甘えていた、と心から反省したの」

「甘えていたということはないだろう、何でも一所懸命にやる方だから」

「そうね、でも心の底で甘えていたわ」

そういわれると何となく分るような気がしないでもなかったが、私は、うん、と頷《うなず》きながら自分にいい聞かせるようにいった。

「まあな、人間って絶えず自分に厳しくあれ、なんて到底できない、修行僧じゃないんだからな、余り深刻にならない方が良いぜ」

「ええ、甘い時間も必要、だからお墓参りの後、あなたと温泉に行くんじゃないの、あれ以来、あなたの方が深刻よ、時には甘くなって頂戴《ちょうだい》」

身体《からだ》を強くぶつけられ、固くなっていた気持が少しほぐれた。無意識に私は奈津子の太腿《ふともも》をつまんでいた。

トンネルをくぐると次第に視野が拡《ひろ》がった。小雨も降り田園風景も濡《ぬ》れている。

私たちは駅前でビニール傘を求めタクシーに乗った。圭子の義母から場所は聞いていたので朴訥《ぼくとつ》な感じの中年運転手に告げると、

「ああ、共同墓地です、丘の麓《ふもと》で静かなところですよ」

観光客に説明するガイドのような口調だった。大阪には、こんな感じの良い運転手は少ない。

西方に二十分ほど走った。山の紅葉が小雨のせいか、仄《ほの》かに煙って見えた。鮮やかな紅よりも滲《にじ》んだ色の方がかえって眼に染みた。共同墓地は尾根の先端を削って造られていた。彼岸も過ぎ平日のせいか人影はない。タクシーに待っていて貰《もら》い、私と奈津子は墓地に向った。教会の墓は左手の奥の方にあった。小石を敷き詰めた四坪ほどの墓地に、教会の名を刻んだ銅板を嵌《は》め込んだ長方形の石の墓があった。十字架は銅板の上に刻まれていた。この墓に埋葬されている人々の名は記されていない。その方が公平のように思われた。何かを覚悟していたのか、高村圭子はパリに発《た》つ前、自分が亡くなったなら、この墓に葬って欲しい、と義母に頼んだという。

雨で墓石も銅板も濡れていた。

日本の墓参りのように手を合わせて良いものかどうか私は迷ったが、形式はどうでも良いだろうと思い、深々と頭を下げた。パリの大通りを風に吹かれるように歩いていた高村圭子の姿が脳裡《のうり》を掠《かす》め、不覚にも瞼《まぶた》が熱くなった。

頭を上げた時、私の頭上にビニール傘を差しかけていた奈津子の手と当った。

私は奈津子にビニール傘を差しかけた。奈津子は私と違って手を合わせた。何故《なぜ》かそれが私に安心感を与えた。

墓地を出て、待っているタクシーに向った時、奈津子が驚いたようにいった。

「あれ、雨がやんでいる」

「本当だ」

私は空を仰いだ。暗く厚い灰色の雲の一部が割れ、白い小川のように見えた。何だか微笑《ほほえ》んでいるような気がする。

ビニール傘を畳み、私は口に出さずに、生きているんだ、そろそろ何かしなくっちゃな、と呟《つぶや》いていた。

解説

清原康正

本書『落日はぬばたまに燃ゆ』は、一人の女性の死をめぐって浮かび上がる医薬品業界の暗部と現代社会のさまざまな矛盾を描き切った長編である。「小説すばる」の一九九七年一月号より九八年十月号まで連載され、九九年一月に集英社より刊行されたものだが、サスペンス風の現代小説としては久しぶりの黒岩作品ということになる。

現在では古代史小説のジャンルの第一人者としての定評と根強いファン層を持っている黒岩重吾だが、一九七六年に連載が始まった長編『天の川の太陽』で古代史小説を手がけるまでは、もっぱら現代小説のジャンルで活躍してきた。

プロの作家としてのデビューは、一九六〇年五月に処女出版した書き下ろし長編『休日の断崖』であった。小説はその約十年前からすでに書き続けていたのだが、この長編が第四十三回直木賞の候補作となったことに力を得て、ミステリアスな手法を駆使して書き下ろした長編『背徳のメス』で、翌六一年一月に第四十四回直木賞を受賞した。

以後、ミステリアスな手法が次第に薄れていき、複雑な現代社会が生み出す思わぬ亀裂と陥穽をとらえ、その狭間で呻吟する男と女の内面に鋭いメスを入れる社会派的な現代小説を主とするようになっていった。人間の根源的な生と欲望のさまを活写し、その裏に淀んでいる翳りの部分に焦点を当てて、今日的なテーマを抉り出した長・短編を数多く手がけてきた。

これらの作品の根底には、社会と人間を見つめる黒岩重吾の冷徹な観察眼がうかがえる。これは戦中・戦後の過酷な体験から生まれたものであることは、黒岩ファンならすでに周知のところだ。そして、この冷徹な観察眼は、古代史小説にも存分に生かされている。

黒岩重吾の作家としての軌跡をたどってみると、本書『落日はぬばたまに燃ゆ』は、黒岩重吾にとって現代小説の集大成となる作品であることが実感できる。

主人公の「私」、隅高志は五十五歳。大阪に本社のある薬品会社のプロパーだったが、一昨年に会社を辞め、今は職を持たない自由の身である。彼のプロパー時代の感慨にからめて、新薬競争の渦中にある製薬会社、大学病院の教授や有力病院の医師たちとプロパーの関係が赤裸々なタッチで描写されていく。そして、妻の癌による死を境に生じた、三十歳近くになる一人息子との親子断絶のさまも物語展開に沿ってたどられていく。

物語は、主人公が十余年ぶりにパリを訪れ、オペラ座の石の階段にたむろする若者たちをホテルの窓から見ている場面から始まる。この冒頭部の場面は、主人公が帰国してからの日本の若者たちの生態描写と関連しており、用意周到な構成の一端を感じ取ることができる。主人公がオヤジ狩りの若者たちに襲われる場面や、女子中学生が電車内でソフトクリームを舐めているところを目撃する場面などを通して、現代日本の若者たちの無神経さが取り上げられ、主人公は自分の少年時代を振り返って、「現代は自分の行為にこだわらない人間が余りに多過ぎる」という感慨を抱く。これは作者の感慨でもあるのだ。

主人公はパリで、留学中の日本人女性・南本恵とベッドを共にした。恵はその帰り道、車に撥ねられて瀕死の重体となり、意識不明の状態で日本へ戻ったようだが、どこの病院に入院したかは不明のままであった。

主人公は帰国後に、クラブ桐の奈津子と再会する。彼は四十代になったばかりの頃、医者の接待で連日のように高級クラブに出入りしていた。そして国立大学の細川教授に取り入るために、あるクラブに勤めていた奈津子を抱かせ、その後、酔った勢いで奈津子と一夜を共にした苦い思い出がある。その奈津子との再会で、彼の心理が変化していく。このあたりの男と女の関係、その機微を描き出す筆致には、作家としての年季を感じさせるものがある。

主人公は、かつての部下で、今はトンビと呼ばれる一匹狼のブローカーとして医薬品業界の裏社会で生きている秋岡に、恵の探索を頼む。秋岡の娘で家出した高二の美冴の捜索もあって、風俗店の情報に詳しい元プロパーの浜田と会い、美冴と恵の行方捜しが始まる。この人捜しという要素がサスペンス調の味わいをもたらしている。

やがて浜田の情報から、交通事故で植物状態となり、二ヶ月前から大阪府下のS市立病院に入院している高村圭子が恵であることが分かる。日本にいることに堪えられずにパリへ逃げた彼女だが、異国の街も心の傷を癒すことができず、主人公はその原因を知りたいと思う。その一方で、奈津子との繋がりを深めていく。それは彼にとって、自分が生きていることの確認でもあった。

翌年三月の初めに恵＝圭子が死亡し、主人公は圭子の母親の高村幸枝と会う。南本恵の名を告げた時、母親はショックの表情を見せた。何やら深い理由がありそうだった。幸枝の告白から、圭子の実家の高村病院が乗っ取り屋に押さえられていること、圭子は実の娘ではなく、医者と結婚した姉の次女で、しかも姉の夫の子ではないことも分かる。圭子の出生の謎、実父は誰かを探っていた主人公は暴力団に襲われ、銃弾の腹部貫通で入院する羽目となる。浜田に頼まれての襲撃だったことが判明して、物語はそれこそ意外な方向へと突き進んでいく。

主人公が圭子の死の要因を探るというサスペンス仕立ての展開だから、その結末をここで明かしてしまうことは読者の興を削ぐ。そのために意外な方向という陳腐な表現になってしまうのは承知で、これ以上は触れないこととする。物語は、晩秋の一日、主人公が奈津子と共に、圭子が合葬されている教会の墓を訪れる静謐な場面で終わっている。

パリで全くの偶然から知り合った日本人女性の事故に端を発して、異国の地に逃れて来た女性の心の奥底にあったものを探ることで、自らの今後の生き方を模索していく主人公の複雑な心境の背景に、医薬品業界と医療機関との癒着、親と子の確執と断絶、援助交際などに見られる若者たちの性風俗の乱れといった今日的なテーマがとらえられていく。競争が競争を生み出し、他人に勝つことだけが目的となっていた薬品業界のプロパー時代、主人公は人間喪失の渦中にいた。この物語は、そうした人間喪失から人間回復をめざした男の物語ともいえるのだ。

黒岩作品には、フランスやイタリアなどヨーロッパを舞台にした作品や医薬品業界を扱った作品がある。放心状態で歩いているところを車に撥ねられた南本恵の心情は、一九七四年に「オール讀物」五月号に発表した短編「石に咲く花」に登場してくる日本人女性・南川ユミのそれを想起させる。パリに留学しながらも、途中で娼婦となってしまった女性なのだが、共通するのは、パリの街が持っている独特の体臭にどうしようもなく惹かれていく心情とその底に確実に存在する異郷の街で暮らす深い孤独感である。一九八〇年刊の長編『霧の中の異邦人』の主人公・阿里子も日本を嫌ってパリに住みついた女性だが、彼女が感じるパリでの孤独感は、ユミとも、そして本書の南本恵とも相通じるものがある。

パリでもぐりの皿洗いをしている青年を主人公にした一九七八年刊の連作長編『モンマルトルの陽と風』では、主人公がパリに住む日本人女性の印象を「何故か、眼に表情を失い、無感動さを感じさせる顔になっている」と語る場面が出てくる。小説はフィクションであるとはいえ、そのどこかに作者の肉声が籠もっているものだ。主人公たちのこうした観察は、黒岩重吾のパリ観察の眼とも重なり合うものと言ってよいだろう。

また、紀行エッセイからも、作者のパリ観、フランス人観をつかむことができる。本書の冒頭部で、主人公がフランス人の東洋人に対する冷やかさを指摘する場面があるのだが、これと同じような感想が黒岩重吾のパリ紀行のエッセイにも見受けられる。黒岩重吾が初めてヨーロッパ旅行に出かけたのは一九七一年三月末から四月初旬にかけてのことであったが、それから何度もヨーロッパを旅し、パリを訪れている。パリではダウンタウンや日本人があまり行かないスラム街をさまよったり、一日は最低のホテルに泊まってパリの本当の姿をつかむようにしているという。

本書には、主人公がサンマルタン運河へと出かけて行く場面も出てくる。

「サンマルタン運河の川岸には、ダビの小説よりも、ルイ・ジューベが名演技を見せて有名になった北ホテルがある。落魄の人々の生き様を描いたものだが、私は学生時代に観て感動した」

と描かれているのだが、退職金も含めて、ある程度の金を握って自由な身となった主人公は、自分も日本の社会通念では一種の落魄者かもしれない、と感じていた。

黒岩作品には『飛田ホテル』『西成山王ホテル』『夕陽ホテル』『西成海道ホテル』などの長編をはじめ、題名にホテルがついた作品が多いのだが、ヒントは、ダビの『北ホテル』だった、とあるエッセイの中で述べていたことがあった。

「私が最初『北ホテル』を知ったのは、小説ではなく、ルイ・ジュウベが出演した映画であった。サン・マルタン運河に面した下街の、北ホテルに住んでいる、人生の落魄者たちの人間模様は、当時まだ二十歳にもなっていなかった、私を戦慄させるほどの衝撃を与えた」

それは戦時下の暗い青春に絶望する涙であると同時に、ホテルに集まってくる落魄者に対する無意識的な涙でもあった。戦時中の青春の中で感じた感動が、作家を志した時に蘇ってきて、いずれはホテルの名を冠した作品を書こうと決意していた、とも記していた。作者の体験がこうした形で物語の中に滲み出て、臨場感をもたらしていることに、興味と関心がもたれる。

本書が刊行された折に、筆者は「青春と読書」の一九九九年一月号で対談（「三十年を経た小説観、人間観―新作『落日はぬばたまに燃ゆ』の周辺から」）したことがあった。昔からの黒岩ファンには、初期作品の、まだ社会派といわれていた時の雰囲気が思い出されて、大変に懐かしい感じがあることを伝えたところ、

「ただ、あの頃よりはディテールというか人物描写にかなり力を注いでいるわけですよ。単

に謎を追いかけるだけじゃなくて、主人公自身が絶えず自己反省しながら自分自身を見つめている」

「この小説の主人公や周囲の人間は、絶えず自分の生き方について悩みながら生きている。そういう点が、なるほどなあ三十年たったか、という気がするんですねえ」

と、初期作品との違いを自ら分析してみせた。肩叩きにあって会社を辞めた主人公のイメージは以前からあったものだそうだが、あまりにもオープンになってしまった若者たちの性風俗に対する主人公の怒りと嘆息は、即、作者のものですね、と問いかけたところ、

「このままでは、一体どうなるのかということですね。国を憂うるというのではなくて、人間を憂うるという気持ちですよ」

「ぼく自身としては単なるサスペンスではなく、人間を書き込んだ人間の謎を解く小説であると思っていますから、いろんな読み方をしてもらいたいですね」

「人間が行動するときの動機というのは、簡単に二言、三言でいえるものじゃなくて、もっと曖昧なものである。それが、ぼくの小説観、人間観にとっては自然なんですよ」

といった言葉が返ってきた。

この物語の主人公のように、何かを背負って生きていて、そこからのしがらみのようなものを切り捨てたいのだけれど、切り捨てられないようなところで、人間は皆、生きている。そういう人間の葛藤の凄まじさを通して、黒岩重吾が現代社会をどうとらえているかが、よく理解できる。そうした意味の感想を述べてみたら、

「そうですね。この小説は、さまざまな人間を投入することができたし、その意味では充実

感がありました。それから、いろいろなアプローチを通して、ぼく自身の現代社会に対するさまざまな疑問を、かなり真正面からぶつけてみたつもりです」

と、作品の手ごたえを明かしてもくれた。

二〇〇〇年は作家デビューからちょうど四十年に当たる年で、「本の話」の二〇〇〇年二月号が「流行作家、四十年。黒岩重吾」の特集を組んだ。その中の編集部によるロングインタビュー「書き続けるということ」の冒頭部で、黒岩重吾は次のように述べている。

「今振り返ってみると四十代や五十代の時より、今のほうが人間が良く見えるようになってきてるなあ。

僕は昔から小説は徹底的に散文精神だと考えている。散文精神とは何か。仮に、目の前に肉の塊がぶら下がっているとしよう。それを表から眺めて書くのは散文精神ではない。肉の内部に手を入れて、中から引きずり出したものを書くのが、僕の散文精神なんや。人間の内部にある小さな秘密の袋、それが破れた時、時として信じられないような行動をその人がとることがあるということ」

「人間の心には人に言えない無数の小袋がある。その一つひとつを破って、その時の人間の心理を書くというのが僕のやり方なんだ。年齢を経るにしたがって、何かその袋の襞《ひだ》まで感じとれるようになった気がする」

現代小説と古代史小説のジャンルで第一人者の書き手としての活躍を示してきた黒岩重吾の小説観を理解する上で、この言葉は重要なポイントとなる。創作の軌跡、古代史小説を書くようになったいきさつなどに触れた後、最後にこうも語っていた。

「現代の人間像に憤りと興味を覚えるなあ。人間が、特に女性が、戦後もの凄く変わってきたんじゃないかな。平均身長が伸びたり、性の情報がこれだけ氾濫すると、人間の遺伝子も変わってくるはずや」

「でもね、どんなに遺伝子が変わっても人間の苦しみは変わらない。小説に求められているのは、やはりテレビゲームのようなものではない。今は景気が悪くて、中年層が書物に金を出せないから、若い人向けの小説が流行るけど、いずれ人は人生のなんたるかを小説に求める日がくる。読みながら、ああなるほどと、読者が自然に頷くような小説なんだな」

こうした黒岩重吾の小説観、人間観は、本書の中にも表出されており、本書は黒岩現代小説の集大成でもあるのだ。作家デビューからの蓄積が確かに存在することを感じることができる。社会と人間を見つめる黒岩重吾の観察眼の鋭さを検証する上で欠かすことのできない長編であり、黒岩作品の中でもひときわ光彩を放つ作品として明記しておきたい。

集英社文庫

落日《らくじつ》はぬばたまに燃《も》ゆ

2002年2月25日　第1刷

定価はカバーに表示してあります。

著　者　黒《くろ》　岩《いわ》　重《じゅう》　吾《ご》

発行者　谷　山　尚　義

発行所　株式会社　集　英　社

東京都千代田区一ツ橋2—5—10
〒101-8050
(3230) 6095（編集）
電話　03 (3230) 6393（販売）
(3230) 6080（制作）

印　刷　凸版印刷株式会社

製　本　凸版印刷株式会社

造本には十分注意しておりますが、乱丁・落丁（本のページ順序の間違いや抜け落ち）の場合はお取り替え致します。購入された書店名を明記して小社制作部宛にお送り下さい。送料は小社負担でお取り替え致します。但し、古書店で購入したものについてはお取り替え出来ません。

Printed in Japan

ISBN4-08-747409-7 C0193